杨庆祥 主编
新坐标
谢尚发 编

# 朝着雪山去

甫跃辉 著

江苏凤凰文艺出版社

图书在版编目（CIP）数据

朝着雪山去 / 甫跃辉著；谢尚发编. -- 南京：江苏凤凰文艺出版社, 2025. 4. -- ISBN 978-7-5594-9187-9

I. I217.2

中国国家版本馆 CIP 数据核字第 2024RH5743 号

## 朝着雪山去

甫跃辉 著　谢尚发 编

| 出　版　人 | 张在健 |
|---|---|
| 责 任 编 辑 | 胡　泊 |
| 特 约 编 辑 | 余慕茜 |
| 责 任 印 制 | 杨　丹 |
| 出 版 发 行 | 江苏凤凰文艺出版社 |
|  | 南京市中央路 165 号，邮编：210009 |
| 网　　　址 | http://www.jswenyi.com |
| 印　　　刷 | 苏州市越洋印刷有限公司 |
| 开　　　本 | 880 毫米×1230 毫米　1/32 |
| 印　　　张 | 11.25 |
| 字　　　数 | 238 千字 |
| 版　　　次 | 2025 年 4 月第 1 版 |
| 印　　　次 | 2025 年 4 月第 1 次印刷 |
| 书　　　号 | ISBN 978-7-5594-9187-9 |
| 定　　　价 | 59.00 元 |

江苏凤凰文艺版图书凡印刷、装订错误，可向出版社调换，联系电话 025-83280257

# 新时代，新文学，新坐标
杨庆祥

编一套青年世代作家的书系，是这几年我的一个愿望。这里的青年世代，一方面是受到了阿甘本著名的"同时代性"概念的影响，但在另外一方面，却又是非常现实而具体的所指。总体来说，这套"新坐标"书系里的"青年世代"指的是那些在我们的时代创造出了独有的美学景观和艺术形式，并呈现出当下时代精神症候的作家。新坐标者，即新时代、新文学、新经典也。

这些作家以出生于1970年代、1980年代为主。在最初的遴选中，几位出生于1960年代中后期的作家也曾被列入，后来为了保持整套书系的"一致性"，只好忍痛割爱。至于出生于1990年代的作家，虽然有个别的出色者，但我个人认为整体上的风貌还需要等待一段时间，那就只有等后来的有心人再续学缘。

这些入选的作家都是我们这个时代的新青年。鲁迅在1935年曾编定《中国新文学大系小说二集》，并写有长篇序言，其目的是彰显"白话小说"的实力，以抵抗流行的通俗文学和守旧的文言文学。我主编这套"新坐标书系"当然不敢媲美前贤，却又有相似的发愿。出生于1970年代以后的这些作家，年龄长者，已经五十多岁，而创作时间较长者，亦有近30年。他们不仅创作了大量风格各异、艺术水平极高的作品，同时，他们的写作行为和写作姿态，也曾成为种种文化现象,在精神美学和社会实践的层面均提供着足够重要的范本。遗憾的是,因为某种阅读和研究的惯性,以及话语模式的滞后,对这些作家的相关研究一直处于一种"初级阶段"。具体来说表现在以下几个方面。第一,单个作家作品的研究比较多,整体性的研究相对少见;第二,具体作品的印象式批评较多,深入的学理研究较少;第三,套用相关的理论模式比较多,具有原创性的理论模式较少;第四,作家作品与社会历史的机械性比对较多,历史的审美的有机性研究较少;第五,为了展开上述有效深入研究的相关史料的搜集、整理和归纳阙失。这最后一点,是最基础的工作,而"新坐标书系"的编纂,正是从这最基础的部分做起,唯有如此一点一点地建设,才能逐渐呈现这"同代人"的面貌。

埃斯卡皮在《文学社会学》里特别强调研究和教学对于文学"经典化"的重要推动。在他看来,如果一部作品在出版20年后依然被阅读、研究和传播,这部作品就可以称得上是经典化了——这当然是现代语境中"短时段经典"的标准。但是毫无疑问,大学的教学、相关的硕博论文选题、学科化的知识处理,即使是在全(自)媒体时代依然发挥着不可替代的历史化功能。编纂这部书系的一个初衷,就是希望能够为大学和相关研究机构的从业者提供一个相对全面的选本,使得他们研究的注意力稍微下移,关注更年轻世代的写作并对之进行综合性的处理。当然,更迫切的需要,还是原创性理论的创造。"五四一代"借助启蒙和国民性理论,"十七年"文学借助"社会主义新人"理论,"新时期文学"借助"现代化"理论,比较自洽地完成了自我的经典化和历史化。那么,这一代人的写作需要放在何种理论框架里来解释和丰富呢?这是这套书系的一个提问,它召唤着回答——也许这是一个"世纪的问答"。

书系单人单卷,我担任总主编,各卷另设编者。需要特别说明的是,所有的编者都是出生于1980年代以后的青年评论家、文学博士。这是我有意为之，从文化的认领来说，我是一个"五四之子"，我更热爱和信任青年——即使终有一天他们会将我排斥在外。

书系的体例稍作说明。每卷由五部分组成：第一，代表作品选。所选作品由编者和作者商定，大概来说是展示该作者的写作史，故亦不回避少作。长篇作品一般节选或者存目。第二，评论选。优选同代评论家的评论，也不回避其他代际评论家的优秀之作。但由于篇幅所限，这一部分只能是挂一漏万。第三，创作谈和自述。作家自述创作，以生动形象取胜。第四，访谈。以每一卷的编者与作者的对话为主体，有其他特别好的访谈对话亦收入。第五，创作年表。以翔实为要旨。

编纂这样一套大型书系殊非易事。整个编纂过程得到了各位编者、作者和江苏凤凰文艺出版社的大力支持，尤其是张在健社长和青年编辑李黎老师的大力支持！在此向付出辛苦劳动的各位同代人深表谢意。其中的错讹难免，也恳请读者和相关研究者批评指正。记得当初定下选题后，在人民大学人文楼的二楼会议室召开了第一次编务会，参会的诸君皆英姿勃发，意气飞扬。时维夜深，尽欢而散。那一刻，似乎历史就在脚下。接下来繁杂的编务、琐屑的日常、无法捕捉的千头万绪……当虚无的深渊向我们凝视，诸位，"为什么由手写出的这些字／竟比这只手更长久，健壮？"生命的造物最后战胜了生命，这真是人类巨大的悖论（irony）呀。

不管如何，工作一直在进行。1949 年，作家路翎在日记中写道："新的时代要浴着鲜血才能诞生，时间，在艰难地前进着。"而沈从文则自述心迹："我不向南行，留下在这里，为孩子在新环境中成长。"在这套"新坐标书系"即将付梓之际，我又想起苏联作家帕斯捷尔纳克的一首诗《哈姆雷特》：

　　喧嚷嘈杂之声已然沉寂，
　　　此时此刻踏上生之舞台。

倚门倾听远方袅袅余音，
从中捕捉这一代的安排。

敢问，什么是我们这一代的安排？

是为序。

2019. 2. 16 于北京
2020. 3. 27 再改
2023. 7. 11 改定

# 目 录

## Part 1　作品选　　　　　　　　　　　　　　　001

动物园　　　　　　　　　　　　　　　　　　003

收获日　　　　　　　　　　　　　　　　　　029

朝着雪山去　　　　　　　　　　　　　　　　122

阿童尼　　　　　　　　　　　　　　　　　　152

鱼王　　　　　　　　　　　　　　　　　　　173

## Part 2　评论　　　　　　　　　　　　　　　221

独在此乡为异客——关于甫跃辉短篇小说集《动物园》（李敬泽）　　223

故事尽头，洗洗睡吧（杨庆祥）　　　　　　　227

巨象在上海：甫跃辉论（黄平）　　　　　　　232

时代的精神状况——甫跃辉小说阅读札记（项静）　　248

外部世界与内在自我：我们时代的侨寓困境——甫跃辉论（丛治辰）　　259

个人生活史、梦的解析与生死命题的文学讨论
　　——论甫跃辉《嚼铁屑》（刘小波）　　　266

越轨的自由——论甫跃辉的小说（李琦） 282

经验的虚构，或召唤痛感的文学——论甫跃辉的小说创作（曹禹杰） 295

## Part 3　创作谈 307

我们不是一个人活着 309

人类、历史、地球上的这个"我" 313

## Part 4　访谈 317

笔涉城乡之间，叩问苍茫人生——甫跃辉访谈录 319

## Part 5　甫跃辉创作年表 332

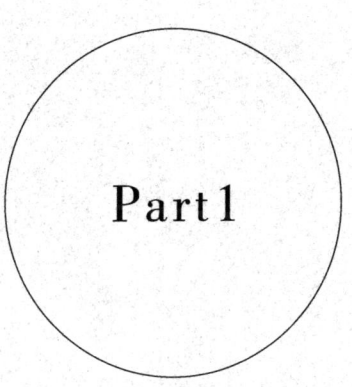

# 动物园

顾零洲租住的小区紧挨着动物园。"我和老虎狮子是邻居。"他介绍自己时常这么说。他说这话时，总带着一副调侃的神态，还有一点儿无可奈何，然后，在对方愣住的一瞬间，他会呵呵呵地笑起来，又有了一点儿得意。他说："我住在动物园旁边。"对方也跟着笑起来。双方似乎在笑声中变得不那么陌生了。久而久之，朋友们都知道了，顾零洲住在动物园旁边，和老虎狮子是邻居。偶尔，同事还会以此和他开个小玩笑。譬如吧，因为工作的事儿，彼此意见不统一了，同事会说，哟，我哪敢不同意你？我可没老虎狮子做邻居。如此一来，顾零洲反倒不坚持了，笑着说，算了算了，还是照你说的弄吧。仿佛是，因为他有那么厉害的邻居，应该显得大度一点儿。

这样的自我介绍，只有一次没有达到预期的效果。

那天，顾零洲转了一次地铁后，总算赶到了约好的地点，却比约定的时间晚了足足半小时。他四处张望，在一溜小摊边看到了一个穿紫红竖纹长袖衬衫、黑长裙、高跟鞋的女人。顾零洲几乎一眼就认定了是她。他走过去，略带夸张地喘着粗气，说："欸……不好意思，没想到地铁也这么慢。"

女人背对着他，快速翻检着小摊上的袜子，眉眼间有着一丝不耐烦。迟了一会儿，才转过头来乜斜他一眼。"你就是顾零洲？"

顾零洲心里一惊，女人比他想的要漂亮，眼睛里有一种凌厉的东西，小刀子似的刮在他脸上，冷冰冰的。他用手背擦着脸上的汗水，露出一个笑容，"对不起，第一次见面就迟到……你是虞丽吧？"

这一刻，顾零洲想，他们简直是陌生人。

女人很轻地嗯了一声算作回答，又乜他一眼，重又低头翻检袜子。那是一些颜色极其浓烈的线袜，大绿，大红，大紫……像是一大堆油画颜料肆无忌惮地泼出来的。顾零洲盯着袜子看，想什么人会买这样的袜子？正想着，虞丽已经挑好了三双袜子，问老板多少钱，老板说十块两双。虞丽飞速地转了一下眼珠，"三双十块吧？不卖我走人。"说着把挑好的袜子放回了小摊。老板愣了一下，说得得得，你就拿三双吧。虞丽迅速转回来，给老板绽出一个微笑。老板转身找了塑料袋装袜子，嘴里喃喃道，"天天遇到你这样的顾客，我就亏大了。"虞丽笑得更媚了，"天天顾客盈门，您还不偷着乐？"虞丽把袜子塞进手里的紫红色小包，沿着路边走了几步，上了一座天桥。顾零洲跟着她往上爬，黑裙子像一朵硕大的灯笼花在他眼前摇晃，他感觉心也那么摇晃着。到了天桥中央，摇晃的心停了下来，虞丽转回头，迟疑一下，眼光如风里的蜡烛，有了一忽儿闪烁。

"欸……你也不说一句话，去哪儿呀？"

"我还以为你知道去哪儿呢。"

"我知道去哪儿还问你啊?"虞丽垂下眼睑,嘟囔着,"哪有你这样跟人约会的?"

顾零洲有些不好意思,怅然道:"还真不知道去哪儿。"

"唉。"虞丽叹了一口气,手上的紫红小包荡来荡去,啪啪地轻敲在髋骨上。

天色慢慢暗下来了,灯火渐次亮起。先是路灯,然后是广告牌、窗户,镶嵌在墙上的霓虹灯勾勒出一幢幢高楼的轮廓。黑暗像浓稠的糖浆,被灯光一点一点地稀释开,终于只剩下一点儿淡漠的气息在眼角萦绕。他们望着那些灯光,那些灯光也望着他们的脸。

顾零洲搜寻着可以说的话。

"我和老虎狮子是邻居。"顾零洲又使出了这百试不爽的招数。

虞丽并不搭腔,仍痴痴地望着那些灯光,灯光清晰地照出她的脸。她白皙的脸颊上,散落着两三粒浅浅的雀斑,泪痕似的。

"其实,我住在动物园旁边。"顾零洲自说自话。说出来的话很是寡淡。他心里掠过一丝后悔,若此刻没出来见面,他可以多么舒服地待在屋里呵。一瞬间,他无限怀念起自己那小小的屋子来。

"我们到你住处去吧!"虞丽忽然转过头来,眼睛里闪映着灯光。

顾零洲心里又是一惊,仿佛心里的秘密被偷窥了,不由得微微地红了脸。

跨进地铁时,顾零洲转身抓住了虞丽的手。这时,他才想到,从见面第一眼,他就想抓住她的手,他的心为这念头灯笼花似的摇晃着。她扭头瞥他一眼,嘴角动了动,任凭他握着。地铁已经过了最拥挤的时段,两人很快找到了空位。坐下后,顾零洲顺势揽住了她的腰。她的衬衫有些短，露出一截细白的肉，顾零洲便把手放在上面，手指蠕蠕地动着。虞丽转过头乜他一眼，"别人看着呢。"他小声地嬉笑道："让他们看吧。"谁也没再说话。

他们认识一年多了，这会儿却如同陌生人一般。他们是老乡，顾零洲在出版社做美编，虞丽在郊区一所小学做美术老师，偶尔也会做些美编的活儿。他们聊了几次，先是聊家乡，后来渐渐发现在平面设计方面有着许多共同理念，为此还一起做了好几本书的封面。他在心里感叹，竟然还真有一个人能如此理解自己，她也对他说过类似的感觉。他们还有着一些共同的朋友。有时，他们会间隔不了几天见到同一个人，会和那人谈论起对方。奇怪的是，他们从来只通过网络和手机联系，都没想过要见面。一个月前，一位共同的女性朋友结婚了，他们在网上聊起来，都有些或真或假的唏嘘。他随意问道，你怎么还不找个人嫁掉？她也问他，你怎么还不找个人结了？几乎同时，他们都说，找不到合适的啊。他心里动了一下，就对她说，那你做我女朋友吧。他都吃了一惊，竟会这么说。她回道，那好呀。他又吃了一惊，竟然如此简单。他觉得简直不像真的。她也这么觉得，过了两天还问他，不是开玩笑吧？他说，当然不是。一副笃定的样子。他们开始每天联系，网上聊了，还要打一两个电话，认真做出和以往不同的架势来。时间久了，就聊到了性。虞丽说起这个毫不扭捏，倒有点儿让顾零洲意外。他也露出自己在这方面随意的本性来。说得久了，自然而然想到对方，都说，不知道我们做那事会怎样。话到这儿，见面才迅速提上议事日程。

顾零洲努力显得坦然一些，可脑海里止不住浮现出一张床，巨大的云朵一般压下来，几乎让他无法呼吸。他想，她会不会知道他在想什么？她会不会也有同样的想法？可惜不能直接问她。就转过脸去看车窗外。不知什么时候，落雨了，三三两两的雨点划过车窗玻璃，留下粗大的痕迹，很快，雨大起来，雨水已来不及分行，鸭子的蹼似的连成一片，让人只觉着车厢一头扎进了水底。听着啪啪的雨声，顾零洲想，真有点儿像世界末日。这时，虞丽把头靠在了他的肩头。

在地铁站的麦当劳吃了东西，又坐了一阵子，雨仍旧落着。顾零洲说，走不走？虞丽说，那就走吧，总不能一直这么等下去。麦当劳门口就有临时卖伞的，可他们像是约定好了，只朝地上那堆花花绿绿的伞扫了一眼，就拉着手冲进了雨里。柏油马路积了手掌厚的一层水，细细密密地起了一层水花，晃动着路两边的灯光，仿佛沸水上漾着一层猪油。湿热的水汽一蓬蓬迎面扑来。他们蹦跳着，跑着，转瞬间就湿了鞋子。顾零洲看到虞丽的黑裙子好似快要萎谢的灯笼花，豁口处露出一截白皙的小腿。虞丽自己似乎并没注意到，不停地尖叫着，笑着，有一股疯劲儿，甚至，有些做作。

"没用了，全湿了。"顾零洲一进屋就嘟囔，下意识地甩着手上的水。

"脱了吧，洗一下，晾起来明天就干了。"虞丽打量着正对着门的、占了大半面墙的窗户。木色的窗帘垂着，偶尔被风撩动一下，听得见哗哗的雨声。原来窗户都打开着。

话音刚落，顾零洲就抱住了虞丽。虞丽并没拒绝，两个人搂抱着，湿淋淋地躺到了宽大低矮的床上。顾零洲往下伸手时，虞丽推开他坐了起来。

"我自己来吧。你把灯关了。"

顾零洲关了灯,还是能够看到那硕大的灯笼花开上了椅背。过了一阵,两人相拥着坐在窗边,顾零洲无意间瞅见那花彻底谢了,花瓣落了一地。

雨还在下,屋里有些闷热。虞丽拉开了一角窗帘,探头望向窗外。窗外黑黢黢的,两三粒白炽灯好似深嵌在蛋糕里的果核,散不出一点点光。顾零洲从后面抱住虞丽,盯着她精致的侧脸,右手在她胸前摩挲着。

"我们……是不是太快了?"顾零洲佯笑着。

"那总不能憋上一夜吧。某人有那么正人君子?"

顾零洲哑哑地笑了两声,握住了她小小的乳。

"唉……一股什么味儿?"

"动物园里的……"顾零洲一愣,起身关上窗户。"有时候,会有一点点……"

"哦,你说过的……动物园。"

"嗯,白天可以看到不少动物。"

"这会儿能看到什么吗?"

"很多动物进屋了,这会儿还可以看到大象吧。"他伸手指点着,"就在那儿,看到没?"

"只看到黑漆漆一团啊。"

"就是黑漆漆一团嘛。"

他看到她唇边浮动着笑意。

多数情况下，虞丽每周五下班后会到顾零洲这边。忙的时候，两周会来一次。有一次三个星期了才聚到一起，一见面，虞丽就抱怨道，那些学生，真够烦人的！他们并没多少事情可做，通常是，一见面便迫不及待地扑到床上，然后，一起到卫生间里洗澡，再然后，虞丽打扫卫生洗衣服，最后，一起坐在床上一边做事，一边隔着窗户看看动物园。顾零洲租住的是三室一厅，另外两间屋住的都是单身小伙。他和他们都算不上认识，见了点个头而已。

"他们会不会听见啊？这门隔音效果也不知道行不行，床也太响了……都不好意思见人了。"每次从床上坐起，虞丽总是很担心。

"不会吧……动物园里猴子那么吵，谁会听得见这个？"

"你才是猴子！瘦巴巴的猴子！"虞丽脸唰地红了，小姑娘似的拍打着顾零洲。恍惚间，他们都成了初高中谈情说爱的小恋人。

"那你去找大象吧。"顾零洲很无所谓地说。

"不！"虞丽猛地抱住了他的脖子，嘴唇拱进他的耳朵，"我就喜欢猴子。"

顾零洲反身又把她抱住了。

"他们会不会听见呀……"虞丽眼瞅着门。

很长一段时间，他们乐此不疲。一开始，虞丽就以非常惊讶的语气说，她从没过这样的。"以前我从来没觉得这事有什么意思，老公真厉害。"虞丽脸色绯红，尽是陶醉的神色。每当她这么说，顾零洲心里就有些郁郁的。他当然知道她有过其他男人，在她之前，他也有过其他女人。他们都没向对方隐藏什么。可他听她这么说，仍还是觉得心里被什么东西梗住了。他有时候都为自己的心理感到奇怪。有时，他还挺想听她说说过去的，一旦她说起，他又会觉得不舒服，心里空得要命。

"老公真厉害。"虞丽眼神迷离地望着顾零洲。

"是吗？"顾零洲不知道说什么好。他还是不知说什么好。

"是呀。"虞丽靠紧他，娇声道，"老公怎么会这么厉害呢？"

顾零洲默默无言地躺着，眼瞅着空无一物的天花板，忽然很担心虞丽会说出他比她以前的男人厉害之类的话来。他越来越感到沮丧，心里空荡荡的。

"老公？"虞丽轻声喊道，"怎么不说话了？"

顾零洲还是不言不语。沉默如同一片温柔的沙幔裹住了他和她。又躺了一会儿，顾零洲用脚趾在被窝里找到了内裤，慢腾腾地穿好衣服，唰一声拉开窗帘，大片阳光瞬即占据了半间屋子，仿佛在黑暗的地洞里突然拧亮了手电筒。

"讨厌！"虞丽拥着被子，迅速躲到黑暗里去。

顾零洲翘首注视着不远处的动物园。真是好天气，阳光晃得人眼睛生疼。几只土红色的亚洲象悠然自得地挪动着笨大的身躯，鼻子好比沉甸甸的橡胶管子，不时甩到背上。

"我们去动物园逛逛吧。"顾零洲说话时并未回头。在一起三四个月了，顾零洲不止一次提出要带虞丽去动物园看看，总是为这样那样的事没去成。

"好呀，"虞丽也坐了起来，"天天看，你还没看够啊？"

"你不是没去过嘛。"

"也是，"虞丽呵呵笑着，背对着顾零洲穿好了衣服。"我都多少年没逛动物园了,算算啊,上次去还是中考结束后,我妈为了奖励我带我去的。你还记得市中心那家动物园吧?记得有一张很大的蛇皮。想想真是骗人,动物园展出的不是活着的蛇,竟然是蛇皮。"

顾零洲当然记得。小学六年级时学校组织旅游,他第一次到了那家动物园——到目前为止,也是唯一的一次。给他最深印象的就是这张巨大的蛇皮。他隔着笼子久久地盯着它,莫名其妙地觉得只要喘一口气,它就能活过来。那次旅游回去,他在一篇作文中写道,长大了要当"动物学家"——这是从动物园工作人员口里听来的词。可能因为这理想比较特殊,作文还被语文老师在全班念了。为此,有一段时间,他被同学们起了个绰号:动物学家。有那么几年,他还真煞有介事地做过动物学家的梦呢。现在虽然不做了,他还是特别喜欢看有关动物的纪录片……虞丽穿衣服梳妆的时候,他对她讲了这些。她侧脸对着镜子戴一只亮晶晶的耳钉,有点慵懒地说:"小时候啦,谁都这样的。"他便没再说什么。

"逛动物园还要带包?"他瞅着她臂弯上的紫红挎包。

"逛动物园就不能带包吗?"她对他妩媚地一笑。

顾零洲有年票,要给虞丽也办一张,虞丽说,再说吧,谁还天天逛动物园啊,我们又住得这么近,一抬头就能看到了。

进门不远,是一座用水泥墙围起来的假山,假山建在低于围墙外地面的深坑里,和围墙又有一段距离,猴子们并不能够跳出来。猴子们吱吱呀呀地叫着,跳着,好似和墙外的游人们吵闹着,有的还将空矿泉水瓶扔向围观的人,人群笑着散开一个口子,重又回拢来。猴子一点办法没有。趴在墙上看猴子的大多是孩子,他们和猴子一样,有着用不尽的精力。顾零洲和虞丽挤在兴奋的孩子们中间,往假山上望了一会儿。"走吧?"虞丽拽了拽顾零洲的胳膊。顾零洲想说再看一会儿吧,看到虞丽没什么兴致,改口说,那就走吧。他太熟悉这家动物园了。他像带着虞丽参观自家后院一般,带着她一路看了山魈、斑马、羚牛、长颈鹿、红袋鼠、土狼、豹子……在喂养老虎的几个笼子前,顾零洲指给虞丽看一只纯白的老虎。白虎原产自印度的某片丛林,据研究,属于变异品种,数量极少,是这家动物园的"镇园之宝"。虞丽捂着鼻子,偏着头听着,偶尔嗯呀一两声算作回答。顾零洲瞅了一眼她臂弯上的紫红拐包,陡然失了继续介绍的兴趣。

"你这样子,怎么看怎么不像逛动物园。"

"那怎样才像逛动物园呀?"

"总之不像你这样……你这是逛商场嘛!"

"讨厌!"虞丽娇嗔道,"我都快给熏死了,你还说。"

关猛兽的笼子附近,气味确实很大,好似堆满了尿素等肥料的仓库。

走到黑熊的笼子前,顾零洲又变得兴味盎然了。

一头黑熊紧贴笼子站着,两只前爪扒住竖着的铁栏杆,半张脸挤在栏杆间,看上去很是狰狞——黑熊正竭力伸出舌头舔栏杆外的一颗水果糖。铁栏杆是立在一段水泥矮墙上的,水果糖就落在水泥矮墙顶上,黑熊已经将它舔得湿淋淋的了,可就是没法把它卷进栏杆里去。黑熊停下来,伸出手去够,干脆连碰都碰不到,又低下头去,长长地伸出舌头舔,换了一个又一个角度舔。顾零洲看着看着,禁不住也伸出了舌头，仿佛他就是那只黑熊，感到虞丽怪异的眼神，他才缩回了舌头。尽管如此，虞丽还是笑了起来。

"你也想吃糖了？"虞丽笑得咯咯咯的。

"没有啊。"他脸色略微红了红，心里涌起很深的失落感。

"那你跟着舔什么？"

"哪有。"他心里的失落感更强了。

"还狡辩！"虞丽斜觑着他，眼含狡黠。

他没理会她，只顾往四处看。

"找什么呢你？"

"棍子啊，帮帮黑熊。"

"还真有劲儿啊你！"虞丽惊呼道，"看熊不抓了你。"

竟然没找到一根棍子。他真想直接伸手拿起那颗糖扔进笼子里。

顾零洲没能这么做。虞丽挽着他的胳膊，半拉半拽地带着他离开了。走了很远，他回过头来，仍看到黑熊两手扒着栏杆舔那颗糖。这真是令人忧伤的画面。忧伤源源不断地涌上心头，几乎令他措手不及。有一瞬间，他很想跟虞丽说说这种感情。可一想到刚才的对话，他就打消了这念头。他一时间不知道怎么继续接下来的路程，任由虞丽挽着随意地走。他们走到鸟类展馆，看了丹顶鹤，看了斑头雁，看了黑天鹅，神不知鬼不觉地，又转回到了猛兽区。他们面前的笼子里，关了七八只狮子。

虞丽一看见狮子，扭头便要走，给顾零洲硬拉住了。"气味怎么这么重啊。"虞丽捂着鼻子，皱着眉头说。"没事，"顾零洲安慰她，"动物园里那么多参观的人，哪有你这样的。""可人家就是觉得很臭嘛。"虞丽娇嗔道。"哪有那么娇气,适应一下就好了。"顾零洲坚持说。他不再看虞丽,专注地盯着笼子里的狮子。

大多狮子都趴在笼子最靠里的墙角,唯独一头看上去邋里邋遢、神情疲惫的公狮子不紧不慢地踱步,走到狮群身边,又折回头走到铁栏边,来来回回的,仿佛潜心思索着什么。铁栏外的几个青年男女不满足,用矿泉水瓶敲打着铁栏杆,"嘿嘿嘿"地大声呵斥,似乎想让另外几头狮子也站起来。顾零洲一眼一眼瞪他们,他们丝毫没在意。这时,那头公狮又走到了铁栏边,在几个人的笑声中掉头往回走,猛然间,公狮的尾巴根动了动,一大股淡黄色的腥臊尿液激射而出,那几个男女躲闪不及,给溅了满头满脸,笑声戛然而止。惊呼声里也有虞丽的。她衣服上也给溅了一些。顾零洲没有惊叫,反倒是咧开嘴笑了。

"你笑什么?"虞丽没好气地说。

"笑那些人啊,"顾零洲没注意她的情绪,兀自笑着,"这狮子真够聪明的,也只有这么一招能够治一治这些人。"

"不是吧,你是笑我吧?"虞丽仍旧冷冷的。

"你想哪去了……"顾零洲意识到她的情绪变化时,已经晚了,"你太敏感了。"

"我今天究竟什么地方不遂你的心了?"虞丽一面用卫生纸擦拭衣服,一面盯着他。"还没出门你就对我拎包有意见,进了园子你又说我不像逛动物园的,我受不了这些畜生的屎尿味,你又说我娇气。我大老远地到你这儿,究竟图个什么?"

虞丽越说越激动,顾零洲有点慌了手脚,几次想要打断她,都没能成功。等她终于说完了,他只是很淡地说了一句:"不是你想的这样。"

"那是哪样?"虞丽的目光像一柄小刀子,冷冰冰地刮着他的脸。

顾零洲一瞬间想起了他们刚见面那会儿。他想,他们简直是陌生人。他沉默了许久,想着怎么解释,却没再说什么,无所谓地挥了挥手。"随你怎么想吧,"他说,好像还不过瘾,竟又恶狠狠地加了一句:"爱想什么想什么!"

虞丽三个星期没来,顾零洲又过上了单身生活。这周末,报复似的睡到了下午四点,饿得受不了了,才起来煮了方便面。吃完后,开始看美国国家地理的纪录片。这曾经是他无上的享受,和虞丽在一起后,竟然没再有过。去他的吧,他这么想着,接连看了三集。最后看的一集是《象族》,当大象的身影从摄影机前慢慢远去,解说员说:"大象的生活充满了庄严、温柔的举止和无尽的时光。"顾零洲无限感慨地回味着这句话,抬起头来,窗外已黄昏。暮色温柔地笼罩了动物园,游人正在散去,一切渐趋静谧。隔着窗,看得最清楚的正是大象的领地。他看得清楚,有十二头亚洲象,厚重的身躯覆满红色的灰尘,矗立在寸草不生的泥地上,像一堵堵沉默的红砖墙。

他蓦然想到,那天,他们竟没去看大象。他原本想,一定要带她去看看大象的,因为站在大象的领地边,正好可以看到他们小小的窗户。

他抓过手机,输入了一句话:"这周末可以过来么?"想了想,把"可以"两字删掉,发了出去。他忽然觉得,不会有回音的,她可能从此消失了。这段时间,他一直恍惚觉得,她似乎从未来过。——不过虞丽很快回了消息:"好呀,前段时间太忙了。"他仔细咀嚼着这句话,知道她已经不生气了。他回复道:"上次的事很抱歉,以后——"他不知道是不是该说,他以后想要带她去看看大象。他迟疑着,最终删掉"以后",把短信发了出去。好一会儿,她只是简单回道:"没事了,下周见。"

顾零洲到地铁站接她,出乎他的意料,她似乎彻底忘了上次的不快,脸上尽是轻俏的笑,"老公",她低声喊他,旁若无人地在他嘴边啄了一下。虞丽一句没提上次的事儿,顾零洲也不再提。回到屋里,虞丽放下挎包,径直走到窗边,拉开窗帘,关上窗户,重又拉好窗帘。回过头来,顾零洲正盯着她。

"看我什么?"她莞尔道。

"没什么。"顾零洲迟了一会儿,嘴角也往上翘了翘。

"老公不想我吗?"虞丽瞟了一眼床,又瞟了一眼他,眼神中满是温软的俏皮。

"想呀,怎么能不想?"他有点干巴巴地说。

抱在一起时,仍旧有一点勉强。顾零洲持续了很久,脑海里不断闪现出那句话:"大象的生活充满了庄严、温柔的举止和无尽的时光。"这话让他莫名地焦躁。后来,虞丽柔声道:"停下来,好吗?"他才如释重负地松了一口气。

"可能是最近太累了,不知道怎么,一点感觉也没有。"虞丽轻声说。

顾零洲把她抱紧一些，心里莫名地充满了歉疚。

大体上说，他们恢复了过去的生活。顾零洲发现，唯一不同的是：虞丽以近乎执拗的态度坚持关窗。以前，她也会要求关窗，但总是撒着娇征求他的意见："老公，我们把窗子关上一会儿好不好？"现在，不了。只要一看到窗户开着，她立即会关上。哪怕窗帘拉着，她一闻到空气中那股臭味儿，也会很警惕地拉开窗帘查看窗户关了没有。其实，顾零洲也不喜欢那味儿。但他喜欢开窗，屋子本来就小，老关着门窗就会显得愈发小。在屋里待久了，他会有种窒息的感觉，就如一条被闷在密闭水箱里的鱼。他将什么也做不了，就像那头走来走去的狮子，只能不停地走来走去。

这天，他们在屋里待了一下午，一起设计了两个封面。配合很默契，自己想到的，对方也会想到；对方提出的意见，总是能让自己称心如意。顾零洲喜欢和虞丽一起工作，工作总能让他们的心紧紧挨在一块儿——那种心灵相通的感觉令他痴迷。她还在说着自己的想法，他偏着头瞅着她的侧脸。初秋的阳光透过窗玻璃，照在她脸上，睫毛的影子水草一样在脸上轻微地晃动着。鼻子、嘴唇、下巴，淡淡地笼着一层光润，白皙的脸庞仿佛一件易碎的瓷器。她丝毫没发现他正注视着自己，仍盯着电脑上的图片说着自己的想法，那样的专注、单纯。他无声地笑了，眼睛里也跃动着笑意。忽然，他想，把她的侧脸用线条勾勒下来，即可做成很好的封面。他抑制着兴奋，凑近她的耳朵，小声说，我上个厕所，回来跟你说件好玩儿的事。她转过脸，微笑着望着他，揶揄道，某人又神神秘秘的！临出门，他下意识地推开了窗户。等他匆匆上完厕所，干干净净洗了手,再回到屋里,发现虞丽神情淡漠地瞅着电脑。他看到,刚刚打开的窗户又严严实实地关上了。

开窗和关窗,是一场漫长的战争。

往往是,她刚关上窗户,趁她不注意,他又给打开了,他再一疏忽,窗户又会被她关上。他们暗暗较着劲儿。若窗户打开后长久未被关上,他禁不住有种成就感;若窗户刚打开就被她关上,他不免会感到沮丧。很多时候,他们习惯拉着窗帘,所以,并不能看到窗子关着还是开着,那就全凭嗅觉了。他早习惯了动物园的气味,此时,重新让自己加以注意。——他觉得,自己就如臭鼬一样尖起了鼻子。当他的嗅觉越来越灵敏时,她丝毫未居下风。他们活得越来越像动物,机警而且多疑。

他们默默地恪守着一条原则:不在对方眼皮底下去关窗或开窗。双方的战争成为名副其实的"暗战"。表面上,始终保持着应有的礼节;内底里,其实寸土不让、硝烟弥漫。战争很快由白天蔓延至夜晚。两人躺在床上,总是暗暗较劲儿,看谁先睡着,先睡着就意味着放弃了对窗子的控制权。为了迷惑敌人,两人在伪装上都下了大工夫。顾零洲的伪装方式是打鼾,她知道他很少打鼾,为了不至于引起她的怀疑,他装作鼻塞。响了两三声后,她小声嘟囔了句什么。他试着调大一点声音。他的嘴巴和她的耳朵挨得很近,他相信,在阒寂的夜里,这可以说是声若惊雷了。她只呷巴了一下嘴。睡得真够香的,他无声地笑了一下,慢慢从她脖子底下抽出手臂,起身推开了窗户。为了保证不发出一点声音,他推得极其小心,推开一点,又回头觑她一眼。月光下,她的脸安静而柔和。花了三四分钟,他才推开了窗户。夜晚的空气清冷、潮湿，什么味儿也闻不到。他眺望着月光下的动物园，大象影影绰绰的，在人们安睡的夜里，它们仍清醒着。这样静谧的时刻，他才真正体会到那句话的含义：大象的生活充满了庄严、温柔的举止和无尽的时光。

一早醒来，顾零洲发现窗户关得严丝合缝。

他有点恍惚，难道昨晚自己并没开窗？不对啊，他分明记得自己的一举一动。想来想去，只有一个可能，那就是虞丽也像自己一样装睡，或者半夜醒来过。他偷偷观察她，她没露出一丝一毫的破绽，完全是一副无辜的样子。还装得挺像的，顾零洲在心里冷笑了一声。他并未由此退缩。除了躺下后努力争取最后睡着，他还想出了一个绝招，就是睡前多喝水。这样，便能保证他半夜醒来上厕所，也就能够保证半夜再检视一遍窗子。渐渐地，他又更进一步，摸索出喝多少水便能在天亮前醒来，这样，可以在白天到来前最后检查一遍窗子。然而，一切都是徒劳。不管他怎么努力，他早上一觉醒来，窗户总是关着的。他一次次怀疑，睡前开窗加上夜里复查，难道都是梦里发生的事儿？如果不是，那虞丽是怎么做到的？太不可思议了。简直可怕！她对他的一举一动明察秋毫，他却对她的所作所为懵懂无知。他看她的眼神，越来越充满了困惑。他总是怔怔地盯着她看，她有太多他所不能了解的了。她是如此熟悉，又是如此陌生。

就连做爱时，他对她的困惑也未能消解。他盯着她紧阖的眼睛，心想，她多像一个无法破解的谜呵。或许是太三心二意，整个过程变得冗长、拖沓。汗水密密地布满了他的额头，屋里热得像个蒸笼。

鬼使神差地,他微微侧了侧身,伸手探过窗帘将窗子推开了一条缝。猛然间,他感到身子一颠,摔在了床上。虞丽背对窗帘,面无表情地瞪着他。

"顾零洲,你究竟想怎样?"

"什么怎么样?我不想怎样啊。"他有点蒙。

"没病吧你?"

顾零洲瞪着她,不知道该如何回答这样的质疑。

"你对我究竟有什么不满?就因为那天在动物园里我生气了吗?你不知道那股尿骚味儿让我多难受!可我一直坚持着,陪着你逛了大半天!我一两周才过来一次,你就不能迁就我一下,把窗户关上?你喜欢闻屎尿味,就不能等我离开后闻吗?就算我一周过来一次,那七天里你还可以有五天尽情地闻啊,你怎么就连两天都不能等!你怎么就这么自私!"虞丽拉过被子堆在身上,深深喘了一口气,语气缓和了一下:"你想想,和你在一起这么久,我对你要求过什么?别说房子,就连衣服也没让你给我买过一件!这些我都不在乎,只要我们志趣相投就好。可你呢?我不提要求,你就从没想过要给我什么吗?连关窗这么一件小事都不愿满足我?"

虞丽抽噎着,泪水顺着脸颊往下滚落。

顾零洲慢慢地红了脸,汗水一层一层地从不知什么地方冒出来。

"不是这样的,"他支吾道,"我只是想让你知道,其实那气味没什么……夜里更没什么,什么气味也没有。"

虞丽不解地瞅着他,张了好几次口,才说:

"不是我说话难听,你真没毛病吧?你说过的,我是你遇到过的最知心的人，我也曾经认为，你也是我遇到过的最知心的人，我从来没跟谁谈论工作那么投机，可是，现在你越来越让我搞不懂了。你难道还想成为动物学家？想要我跟着也成为动物学家？你喜欢的，不能强制我也喜欢啊。别胡乱找理由了，其实，你不断开窗，只是想让我不舒服，想让我不高兴。很简单，你想折磨我！你知不知道，跟你在一起，我有多少夜没睡觉了?！我以为，只要坚持关窗，总有一天你会醒悟，会心疼我迁就我，可我想错了！"

虞丽湿漉漉的眼睛里却闪烁着仇恨的光芒，有一把火随时要烧到他身上似的。不知道她那瘦瘦的身体里，怎么会潜藏着如此巨大的力量。

"不是……不是这样。"顾零洲磕磕巴巴的。被虞丽这么一说，他也开始怀疑自己了——我为什么就那么想开窗？

"不管是不是吧，你对我来说就像一个谜。我喜欢你，可就是猜不透你。现在，我真的累了，不想猜了。"虞丽眼里仇恨的火焰被不断淌下的泪水熄灭了。

没有虞丽的日子，顾零洲仍旧保持着几周来养成的习惯，临睡时喝下足够天亮前一刻醒来的水，躺下后假寐一会儿，然后检视一遍窗子，天亮前起来上厕所时再检视一遍。不过检视的内容有所不同，现在，他是为了确认窗子关好没有。自从虞丽离开后，他一直关着窗子。他想试验一下，自己能否为了虞丽做一次彻底的改变。

顾零洲深感生活陷入了一团迷雾中，他既想看清去路，也在竭力回想来路。高考让他误打误撞地来到这座城市，毕业后到了现在的出版社，同时到了现在住的地方。快毕业那段时光，他总是惶惶不可终日，担忧自己无法适应学校外的世界——工作和生活，都让他紧张。然而，时间一天天催逼着他去面对。他在同学的介绍下找到了现在的住所，房东向他推介房子，说他可以天天免费看动物园了。他至今记得，房东的这句话给了他很大的安慰。那时候，他想起了年少时对动物园的印象，想起了自己曾有过的"动物学家"的绰号，以及要做一个"动物学家"的梦想。

回望近三十年的生命，顾零洲惊讶地发现，自己几乎没什么梦想可言。从小到大，他哪方面都不算突出，不会给别人留下什么特别印象。换种安慰的说法，也可以说他哪方面都还可以。进出版社做美编，并非他的梦想，只是他的第一份工作罢了。他适应了，并且喜欢上了——偶尔，他会误以为自己从来就喜欢这个。他几乎没想过换工作。那太危险了，他必定又会如毕业前夕那样惶惶不可终日。算起来，"动物学家"算是他有过的唯一的梦想了。那么，他现在算是紧挨着梦想生活吧。

是这样吗？这就是我的梦想？好像，又不是。他站在紧闭的窗前，下意识地辨识着夜色中大象们巨大的身躯。他很少计划什么，也很少坚持什么，同样，很少思考什么。他的生活就是顺着一条不需要挣扎的轨迹往前滑动。高考、工作、租房，莫不如是。就连和虞丽在一起，他也有这样的感觉。他想，若非通过网络，他可能不会有勇气对她说那样的话。他本科时有过一个女友，也是在网上认识的。他们没有任何可以交流的话题，即便如此，他也没想过要离开她，直到她大学毕业后离开这座城市。他没和她一起离开，因为他实在没有勇气去面对一个全新的城市。

现在，他想有所改变了。他不止一次回想起和虞丽生活的情形。他会想象着她的形象自慰，然后心里变得愈加空落落的；会忽然想起一些细节，譬如她的水草一样凉丝丝的头发滑过他胸口的感觉。他回过神来，看到窗外已是暮色沉沉，动物园里的树梢浮着一缕叹息似的橘黄色夕光。他感到茫然的生活被赋予了某种意义。他给她发短信解释说，他之所以那样做，真的只是想让她对动物园破除偏见。他并不是要把自己的理想强加给她——再说，动物园也并非他寄寓理想的地方——只是，很想带她去看看动物园里的大象，因为在大象身边，可以看到他们的房子。他知道这是个听起来很难成立的理由，但他不知道除此还能怎么解释。她没表示相信，也没表示不相信。他以为她理解了他。他一次次问她什么时候能过来，她总说最近太忙，过一阵子再说。她曾说过，她住的是老师们的集体宿舍，不方便让他过去。现在，他真想去找她，看看她在自己之外有着怎样的生活。一个多月后，他再发短信让她过来，许久，她回短信说，我们分手吧。

顾零洲为这条短信困惑不已。他还以为他们之间的问题早解决了，一厢情愿地等着她什么时候忙完了过来。事实上，她可能并没那么忙。她可能一直在想，是不是要和他分开，现在，她想清楚了。必定是这样的。他不明白为什么会这样，又似乎有所憬悟。他反倒平静下来，仿佛一直在期待这个后果。后果明晰了，反倒容易应付了。

他打电话给她。第一次没接，他又打了一次，还是没接，他歇了一阵子,静静地望着窗外夜色沉沉的动物园,感受到内心的平静。他又一次拨了电话。她接了。

"为什么?"他一开口,还是问了这么十足多余的问题。

"我们不合适,你不觉得么?"她的回答同样多余。顿了顿,她又说,"除非你能有所改变——最起码,你能离开你的动物园吗?"

他沉默着。奇怪地沉默着。

"不愿意了吧?你宁愿离开我,也不愿意离开一堆禽兽!"

他听得出虞丽包含仇恨的语气。她一定恨透了他。这样的恨是怎么来的?

"既然如此,我也无话可说了。这样吧,过一阵子我过来一次,把我留在你那边的东西带走。你别误会,我不是舍不得那些东西,反正不是什么值钱的,我只是不想让你的新女朋友看到它们。"虞丽的语气里有着嘲讽的意味。

顾零洲握着手机好半天,迟迟未能反应过来事态如何急转直下的。刚才究竟是怎么回事?他为什么不答应她?他已经有一个多月没开窗了,离开动物园也不是多么困难的事。但就在那一刻,他什么也没说。如果再来一次——虞丽说,你能离开你的动物园吗?他能说什么呢?他发现,他可能还是一句话不说。他终究克服不了,又顺着那条不需要挣扎的轨迹往前滑动了。他拉开窗帘,一股想要推开窗的冲动在胸中鼓荡着,可那股力量在到达手掌前,莫名地消失了。现在,充溢着他的,是不要推开窗的力量。他知道,他已经适应关窗了。这多少有点儿讽刺。他望着黢黑一片的动物园想。

又过了一个星期,虞丽来了。是个晴朗的下午。顾零洲一直设想，两人再见面会是怎样的情形。其实没什么特别的。虞丽一进门就脱了外套，往手上呵着气说："屋外还挺冷的。"已是初春时节，天气似乎并没转暖的迹象。顾零洲笑了笑，"那就别忙着脱衣服啊。"虞丽还是脱下了大红色的长风衣，随手搁在床上。她穿一件嫩黄色毛衣，令顾零洲心头一阵暖热。

"你这屋里味道这么重！"虞丽瞥一眼顾零洲，拧着眉头。

"一个多月没开窗了……可能有点儿。"顾零洲红了脸，转身想要推开窗，又停住了。他觉得很尴尬，不知道怎样做才是合适的。

虞丽似乎也有些尴尬。很明显，她没想到会这样。她慢慢地舒展开了眉头，低了声说："那我收拾一下吧，你做你的事，别管我。"

顾零洲目光似温软的蛛丝一般粘在她身上。看着她收起她留下的拖鞋、内衣、镜子、毛绒熊、化妆品等小东西，同时，像往日一样收拾床铺、擦净桌椅，还拖了地板。为了不妨碍她，他不时挪一下位置，像一件多余的破旧家具，不知道该往哪儿摆放。她注意到他一直盯着自己，抬起头瞟他一眼，一瞬间，眼睛里闪过一点什么东西，又低下头去。"你做你的事呀，别管我。——我没打搅到你吧？"她异常客气。

她不停地在屋里走动，白皙的脸变得红扑扑的，不时抬起手背擦拭额头。后来，她干脆卷起了毛衣袖子。不过，不管如何仔细，屋子毕竟很小，不到一小时，实在没什么可收拾的了。只是，那浓重的气味还在。

"要不，开一下窗吧？"她迟疑地看着他。

"你……能习惯吗？"他探寻地问道。

"还好吧,"她莞尔道,"透透气总比闷着好。"

他也笑了一下。一个多月没开了,窗子有点儿不大灵活了,他用上两只手才推开。刹那扑来的空气竟让他有点儿难以适应。这就是动物园的气味?他有些疑惑地想。

他们并排站在窗前。他看到她大大呼吸了几口气,带着动物园气味的空气。

"那我走了。"她轻声说。

他感到心头突地跳了一下。他攥紧拳头,又松开,再攥紧。她仍旧和他并排站着,并没有走。他鼓起了很大勇气,把手抬起,搭上她的肩头。他如同机器,扭过她的身子,把手放在她的脸颊上,她的脸颊有着薄薄的初生鸡蛋似的温热。她怔怔地盯着他。他也怔怔地盯着她。她的眼眸深处闪烁着一点亮晶晶的东西,是那么……熟悉。这时,她轻柔而又坚决地推开了他。"别这样。"她轻声说。又扭动了一下肩膀,好摆脱掉他的手。一瞬间,他回过神来,不禁又想,他们简直是陌生人。这感觉像一道魔咒,再次牢牢地箍住了他。

"没什么事的话,我走了。"她开始穿风衣。

"我带你去动物园里看看大象吧?"他忽然说,连他自己也吃了一惊,"在大象身边,可以看到我们的屋子。我们晚上去,就不会有气味了。"

她瞅着他,惊讶得张大了嘴。

"你让我说什么好……对你,我当真是无语了。"她果断地挎了包,"你那么想去,跟你以后的女朋友去吧。"

虞丽坚持不让他送，独自拎着包走了。他趴在另一边窗口，望着她走出自己这幢楼，一径走出小区，始终没有回头。不到五分钟，她的大红的长风衣如一束火焰熄灭在路的拐角处。他呆呆地趴在窗口，凝望着拐角那儿。那一束火焰似乎还燃烧在他的眼睛深处。即便闭上眼，仍能感觉到它在眼帘上熊熊燃烧。再睁开眼睛，他才确认，她消失了。他突然拔腿往下跑，一心想要追上她。他想，他应该和往日那样送她到地铁站的。他追出了小区，追到了动物园门口，放眼望去，地铁站前这一段路上已经没她的踪影了。初春明晃晃的，使得柏油马路蜿蜒成一条波动的河流。他没再追下去，气喘吁吁地坐在动物园前的马路牙子上，不知道接下去该做什么。

不知坐了多久，暮色在马路上涂下他孤零零的影子。马路上尽是下班回家的人。他木然地站起，两眼茫然，不知是不是也该回家去。一转头看到了动物园的大门，不断有人往外走，快要闭园了，再有几分钟就不让进了。他毫不犹豫地朝大门走去。

他拐过曲折的路径，径直往大象区走。对这家动物园，他实在太熟悉了。可不知怎么，走了半天他才发现迷路了。他又回到了猴子们的假山旁。猴子们嬉皮笑脸地笑话他。他不理会它们，疑惑地望着来路，皱着眉，慢慢让自己平静下来。好一阵子，他才发现在什么地方出了差错。他小心翼翼地继续朝大象区走去。暮色越来越重，树影越来越重。他仿佛走在无尽的时光中。看到大象的那一瞬间，他终于难以自已，感到泪水一再涌满眼眶。透过泪水，他看到了夕阳下正咀嚼着干稻草的大象们。此时，他莫名地觉得，它们不再是庄严和温柔的，它们赭红色的庞大身躯里，似乎隐藏着同样庞大的痛苦。

　　避过清园保安的视线，比想象中要简单；在夜色的迷障和十来栋楼的迷宫里辨识自己的窗口，却比想象中难多了。他背靠大象们的围栏坐着，盯着一处黑洞洞的窗口，却总不能完全确定那就是自己的窗口。大象们在不远的黑暗中，它们在睡觉么？大象的睡眠时间很短。如果它们做梦的话，可能都来不及回到家乡吧？这么想着，他想回去了。这儿并没想象中的特别，再说，初春时节的夜还是挺冷的。他出门时没穿外套，瑟缩着，又望了一眼黑暗中大象们小山丘似的身躯，觉得自己就如一只受伤的动物，要回到自己的窝里去了。一路上，他觉得自己心里是那么柔软，那么孤独，又那么平静。走到大门边，他才发现棘手的问题：动物园的大门黑沉沉地关着。

2010 年 12 月 6 日 6：30：41 师大一村

# 收获日

## 第一章

  月亮还未落下，如一块凉薄的冰，浅浅地浮在青瓷碗底。时值八月，庄稼成熟的浓郁芬芳弥漫在田野和村庄，丰收的喜悦，终结的哀伤，还有天长地久亘古不变的庄严，这一切都静悄悄地在月光中浮动着。女人的一只手横在月光照不到的暗处，摸索着揿亮灯火，强烈的白炽灯光射向男人黝黑的国字脸，浮肿的眼皮抖了抖，裂开一条缝。睡在另一张床上的儿子同样感到了光的刺激，但他固执地抱住梦境，很不乐意地翻了个身，背对灯光，试图重温灯光打断的好梦：一大个青皮雪梨，一间敞亮的房间，且房间里只有他一个人。他毫不客气地在雪梨丰硕的腹部咬了一口，饱满的汁液涌出来，甜甜的，触到舌尖的一刹那几乎令他眩晕。……灯光一照，硕大的雪梨倏然飘远，消逝成一个淡淡的点，他认出那是窗外的月亮，很懊恼地闭上眼睛，努力回味舌尖的感觉。

刘春山蹲在房前的缅桂树下磨镰刀。缅桂树宽大的叶影随他的动作轻微晃动，如同水面的影子。刘春山瞅着零乱的影子出神，脑子一片空白，两条黝黑的手臂机械地前后移动，呛嘟嘟，呛嘟嘟，镰刀弯弯，在他眼前晃成一弧白光。缅桂花开满枝头，小朵小朵白色的嘟着的嘴唇，在浓绿的叶子底下藏头露脑，它们的清香粘在清晨湿漉漉的风中，一阵一阵地传得很远。刘春山撮起鼻子嗅了嗅，三个响亮的喷嚏冲出，揉揉鼻子，他闻到的已经是从灶房飘出的饭菜香。他放下镰刀，松了松裤带，为肚子腾出发展空间，歪着脑袋朝灶房走去。

"晌午饭炖在锅里，放学回来吃完饭记得把碗洗了，不想洗也记得把碗泡锅里，再像上回那样吃完把碗随便往桌上一搁，汤汤水水的都干在碗里，哪个洗得干净？"儿子用被子蒙着头，并不理会李惠文说什么。儿子真让她操碎了心。结了婚，生下儿子，丈夫高兴得手舞足蹈，只会对着自己傻笑。她虚弱地睃一眼那团丑陋的红色肉体，那是他的骨肉，也是她的骨肉，她该把它当作心肝宝贝，可她心里分明有些怨，它毫不讲理地向她宣布了它的存在那天，她便狠狠地用指甲掐它，掐死它。父亲把她打了一顿，打完了蹲在一边哈拉哈拉痛哭流涕，母亲把她抱在怀里，骂她，骂丈夫，也骂自己。她心里涌起强烈的酸楚，一阵一阵，为自己，为母亲，也为父亲。她见不得父母哭泣，她宁愿父亲再打她一顿……细细的竹棍落在身上，一条一条红色的山峦暴起。疼痛在她身上如垂死的蛇，翻滚着，尖叫着，她的心却分外平静。……母亲使劲将她的头挤到胸前，母亲的两只乳房如同干瘪的米袋子，饱经风霜地耷拉着，抚慰她，责难她。母亲涕泗横流,抹一把眼泪,又抹一把鼻涕,哑着嗓子说:"你这是自作自受呀,这是你的命。"

这是她的命!如果不是一时的绝望,她不会有他,她也不会嫁到这穷乡僻壤。她会嫁给谁?许多年来那个人恍如一团明亮的光,时常飘过她的梦境,她抓不住他,那才是她的命。她生怕自己一不小心在梦中喊出他的名字,走漏了秘密。吴作栋。这三个字在她心里千回百转萦绕不绝,却是对谁都不能说的,不能说,她生怕说不好,说坏了那三个字。丈夫的粗蠢让她放下了心,丈夫并不会疑心她。——这同时也让她分外伤心,丈夫对自己竟然连疑心都不曾有!

"听见没?吃完饭把作业做了,下午我们上街买今晚吃的东西。"

"你几天前就说过去买东西买东西,现在还没去!"刘瑞明唰地扯开拢在头上的被子,很委屈地大声喊。这是什么父母?说过的话从来就没算过数!

刘春山站在院子里卷了一支烟。黄黄的烟草,一丝一缕用白纸卷成喇叭状,就是他的烟了。刺啦,划亮一根火柴,小小的红色旗帜凑到大喇叭头上,冒了一股青烟,没点着。火柴差点烧到他的手指。妈的,烟丝又受潮了。他甩甩手,歪着脑袋又擦亮一根火柴。最近什么事都不顺,心想怎么说也是中秋,为了老婆孩子,这节不能过得太寒碜,那天鼓起勇气到对门刘春堂家借钱,刘春堂白色的确良衣兜里那包烟半遮半露,他眼睛不由得一亮,红塔山!那一瞬间他忘了自己到刘春堂家是做什么来的,愣愣地看定了那包烟,咽了一口唾沫。刘春堂笑眯眯的,掏出烟来,敲了一支点上——他的心跳瞬时加速,妈的,想不到今个儿运气好,还能抽上一支红塔山。——他几乎伸出手去。刘春堂笑眯眯地把烟放回衣兜,"人这张嘴还真他妈娇气,习惯了什么就是改不过来,我就习惯了抽这烟,我这种烟,老弟抽就太没分量了,飘得很,没劲道。"他悻悻然地笑,连说是这样是这样,暗暗把意识中已经伸出去的那只手拉回来。这钱还怎么借?没法借。

刘春山擦了两根火柴仍旧没把大喇叭点着,很不耐烦了。儿子的抱怨更勾起了他心里的耻辱,没钱!没钱怎么买东西过节?小娃过节,大人遭劫。这日子还怎么过?没法过。大喇叭扔在地上,还不甘心,还要重重踩上一脚,还要用脚尖旋一圈,一口没抽的大喇叭在地上开了一朵黄色的菊花。

"买买买,拿什么买?把你卖了去买!"镰刀挑了儿子身上的被子,刘春山虎着脸,"你怎么不跟别人比读书?就知道吃!起来!现在就吃死你老子!"

刘瑞明一向对父亲心存畏惧,好多时候了,他还没法忘掉那天:他跟刘瑞强偷了张成军家的石榴,赵翠兰撂了一堆石榴皮到家里向母亲告状。母亲还没来得及说一句话,父亲的手掌已经掴到他脸上。天旋地转,地转天旋,鼻血嗒嗒嗒滴在地上。……母亲嘴角浮着一丝微笑,"打死了好,打死了干净。"母亲的话让他感觉整整一个世界都已经离他远去。父亲似乎不愿在外人面前显得按照母亲的话做事,听到母亲这么说后立即停了手,瞥一眼赵翠兰带来的那一大堆蜡黄色的石榴皮,揸开五指抓了一把。刘瑞明立即明白了父亲别出心裁的举动,他使劲抿紧嘴唇,扭过头,躲避父亲的手。这无疑是螳臂当车。苦涩得顶嘴的石榴皮挤进他嘴里,一直挤到喉咙。他连连干呕、泪水、鼻血、石榴皮姜黄色的汁液混合在一起，涂了他个大花脸。他朝母亲求援地快速一瞥，母亲嘴角上那丝微笑一点都没变，母亲说："弄死了好，弄死了干净。"他感觉自己撑不住了，就要吐出来了，那样太丑，太丑，但他实在撑不住了。

此刻，赵翠兰脸上的表情不再是刚进门时的兴师问罪的愤怒，也不再是刚才作壁上观的冷漠，她害怕了。

"不要打了，不就两个石榴吗，值不了什么，刘春山，你不要打了。"

刘春山不理她，他朝她露出一丝很轻蔑的笑。

"真的不要打了！"赵翠兰拽住李惠文的胳膊，"李惠文你劝劝他，这石榴就算我给小明的，再打要出人命了。"

李惠文微笑着，也不理她。她忽然感觉他们这是在演戏给她看，自己真蠢，巴巴地跑来让人家演一出好戏。"不要打了，打死了他也是你们的儿子。——你们把他打死了也跟我不相干。"赵翠兰转身走出去，她听见身后的打骂声立刻停了。"看你再去偷别人的金子宝贝！下次就把你这两只爪子剁下来。以后再别想跟着龙王吃活鱼，鱼没吃到，所有罪名都归到你头上。"她想李惠文这话是说给小明听的，也是说给自己听的。她骂她不敢去找刘瑞强他爸刘春堂呢。

刘瑞明战战兢兢地翻身起床，一只眼睛斜斜瞟着父亲，父亲手上的镰刀闪烁着寒冷的光芒，令他浑身起了一层鸡皮疙瘩。他再不敢看父亲一眼，默默地穿衣服，手指却禁不住颤抖，纽扣打错了亲家，没一个扣对地方。

李惠文把儿子揽到身边，瞪丈夫一眼，"说清楚就行，不要唬着小娃。"刘春山气鼓鼓地出去了。李惠文一面替儿子解开扣错的纽扣,一面安慰儿子:"妈这次说话一定算数,下午回来跟你上街买东西,现在先去学校,想好你最想吃什么,下午跟妈说,妈一定给你买。"儿子真让她操碎了心。她把儿子的纽扣一一解开,又一一扣上,却发现儿子的衣服还那样执拗地扭着,纽扣没一个扣对地方。她擦了擦眼睛,重新把儿子的纽扣解开,解开又扣上。——睁大眼睛一个一个对齐,费了很大的劲儿才扣上。儿子真让她操碎了心。

院子边上孤零零立着一株柿子树,巴掌样的树叶疏疏朗朗,红得鲜亮透明。树叶间一大个一大个橘红的柿子浑圆浑圆,压得枝头低低的,透不过气来。一切鲜艳的色泽都掩在月光里了。没人看得见。树下是鸡窝,鸡叫二遍,赵翠兰醒了。睁开眼睛望见树梢的月亮,从没见过的月亮,那么大、那么圆、那么白,不由得恍然,今儿是中秋?心里咯噔一下,这小阿炳给瞧的是什么日子,刚好凑上这么个节骨眼儿,家家忙着过节,谁会来帮忙?伸手去推张年生,一推推了个空。

张年生坐在床脚抽烟,嘴皮子挂个油腻腻的烟斗,没装烟丝,只是挂着,冰坠子一样冷冷地挂着。这小儿子真是让他前所未有地犯愁,早知今日如此,当初老婆生他时的那份高兴真真没来由。他把他高高地举起来,一直往上举,举过头顶。初春早晨的太阳格外温暖,格外温柔,他的小脸蛋儿、小脚小手、两瓣小屁股儿在水一样流动的阳光中,通红、透明、熠熠闪光,如同金灿灿的鲤鱼。他是他的命根子,他的福气,他的宝!多少年了,一直等着这么一天,老天开眼呐，终于没让他张家绝种。儿子皱着小脸，很难看，难看得分外舒坦。他张着嘴巴，高高举着儿子，在太阳光里走了一圈，又走了一圈，恨不得把他举到太阳上去，举到天上去。儿子鸟嘴一松，热烘烘的尿液晶莹透亮，从太阳上、从天上浇下来，浇了他满头满脸，他高兴得哈哈大笑……然而现在他禁不住后悔了，禁不住为那条牛感到委屈了。多么壮实、多么好用的一条水牛，就为他这第四个小娃，叫计划生育的人拉到大队去了。

"今儿是中秋？"赵翠兰这话问得很没意思，她找不到更有意思的话说，现在还有什么好说的？

"唔。"张年生暗淡的眼珠子往老婆身上转了转，又转回窗外。一团浓厚的云彩遮住了月亮，今儿可别下雨，十五里山路，来回三十里，够折腾的，再落雨，迎亲的人就没法活了。昨晚跟三胖子媳妇说好了，今儿让三胖子一早就来家里，怎么还没来？可别误了大事，娘儿们往往靠不住。

赵翠兰无话可说，不说话又实在难受，忍不住呵欠连天，困得要命，却无论如何睡不着。她睡不惯二楼，做女儿那会儿，她睡的都是一楼，前天晚上第一次爬到二楼，硬是睁着眼睛躺了一晚。第二天她红肿着两只眼睛，喊住了张成军："你倒是乐了，你爹你妈这么大年纪，还爬高蹿低的，你心里好不好受？"

张成军垂下头。

赵翠兰一时间控制不住自己，劈手就扇了他一个耳光。她从没打过他，他让她在丈夫面前扬了眉吐了气，她该感激他。这会儿，她却只想打他，打他，狠狠地打。他平日里跟他那该死的爹，都是三拳打不出两个屁，旁人都说，这父子俩是一个模子印出来的，一样的忠厚老实。哼，忠厚老实！那忠厚老实的肚子里什么花花肠子没有？人家十七岁的姑娘，肚子里都有四个月了呀！再不给他娶，怎么得了？他这是丢我的脸要我的命呀！

张成军突然挨了母亲一巴掌，惊异地抬起头来，瞅着母亲，母亲发红的眼睛那么陌生，他没见过母亲发怒，更没见过父亲发怒，只有别人对他们发怒，他恨他们，他们在人前面前总一副低三下四的样子，连累他在外面什么话都不敢说，只好成天装哑巴，除却在小慧面前。

赵翠兰啪啪扇了儿子两个巴掌，一屁股坐在石墩子上哭了。她跟小孩子似的，两只手捂住脸，垂着脑袋，呜噜呜噜地哭泣。滚热的泪水从宽大的指缝间漏出来，穿过秋天冷冷的空气，落到地上。滴答滴答，面前的土地湿了黑黑的一大片。这一瞬间，她的一辈子像走马灯，转过她面前。无声地转。她为儿子受了多少苦，多少苦！结果儿子要结婚了，她只能跟丈夫搬到楼上，把原来住的房间让给儿子。楼上没装修过，哪能住人？……她哭不出来了，哭不出来又不好意思放下双手，她捂住脸说："你就找也找个坝子的呀，多少坝子的姑娘你不找，偏偏上那山旮旯去找，山上人有什么好？别的不说，单是亲戚，就牵丝攀藤一大堆，以后人情来往都应付不过来。"

张成军一直站在母亲面前。他长得瘦瘦小小，一张脸总露出奇怪的表情，像在讨好人；又像无可奈何地苦笑。母亲一哭，他略微有些过意不去，想走开，又不好意思走开。他只好站着。一只脚绷直，一只脚弯曲，绷直的脚抵住地面，弯曲的脚微微晃动，过一会儿，又换过来。他知道母亲一哭就会很久，非得两只脚轮换着休养生息熬不过去。

"那你不也是山上人，我爹不也娶你了？"

赵翠兰双手倏地挪开。满脸皱纹，满脸泪痕，满脸的凄楚、愤怒、委屈："你是我儿子，我不嫁给你爹，哪来的你？再说你怎么跟我们比？我嫁给你爹之前，肚子里可没装不下的东西！"

张年生朝床沿磕了磕烟斗，什么都没磕出来。他不甘心，捏住脖子卡了两声，朝窗外射出一口浓痰。他感觉身上的不爽快很大一部分给这口浓痰带到窗外去了。他又望了一会儿窗外，黑咕隆咚的，他只在那儿望见一双蓝色的眼睛。许多年前，他在村口玩耍，暮色昏黄，村口一个人没有。一条狼悄无声息地出现了，悄无声息地向他靠近——两排锋利的牙齿深深地嵌进他的肋骨。健壮的狼带着他飞越村庄，飞越田野，飞向树木茂盛的大山。渐渐地有人抡着锄头追上来了，渐渐地漫山遍野都是呼喊了。"堵住它，堵住它，别叫它歇气！"人人清楚，狼咬了人，一歇气，第二口咬在脖子上，人就没命了。大队长刘山南扛着锄头刚好从山地回来，舞开锄头，在狼即将换气之前截住了他。……伤好后，他什么都不记得了，只记得那条狼的一双眼睛，蓝色的，两团飘忽不定的鬼火，带着他在黄昏的村子里飞奔，飞奔……之后他在人群中也时常发现那双眼睛，许多人常常用那样一双蓝幽幽的眼睛看他，冷冷的，是另一个世界的寒光。前几天，在刘山南儿子的脸上，他再次看到了那双眼睛。

"家里这么挤，哪儿腾得出房间作新房？"赵翠兰的话三分有一分是问自己，另一分是问张年生，还有一分是在下结论：根本没有可以做新房的房间。

张年生蹲在院子里的石墩子上，捏着烟斗，吧嗒吧嗒，他感到脑袋里装的是一坨铁疙瘩，转不动弯，挪不动窝，随便一动就头疼，头一疼就得抽烟，吧嗒吧嗒，这声音给了他一点安慰，不多的一点，仅仅足够他支撑下去。

"急死人，你倒说句话呀，过几天你儿子就把四个月的孙子给你接回来了。"

张年生在石墩子上磕干净烟斗，又朝地上射一口浓痰，三只芦花鸡一齐冲过来，争抢这难得的美味。他朝一只鸡踢了一脚——母鸡咯咯尖叫着蹿起老高，三五片肮脏的羽毛在秋天潮湿的阳光中缓慢飞升、降落——他由衷地解了一口气："我去找刘春堂说说。"

刘春堂正在刷牙，雪白的泡沫口罩一样遮住他的嘴巴，他朝张年生点点头，又唔唔两声。张年生不懂他说什么，站在他前面，目光虚虚的，脸上自然而然地露出那种奇怪的表情，像在讨好人，又像无可奈何地苦笑："春堂——"他忽然有些不知如何开口，刚刚在路上想好的话这会儿一句想不起来了，越是使劲儿想，越是想不起来了。他张了张嘴，牙齿黏得很，上牙粘着下牙，一张开就拉出无数条线，亮晶晶的像蜘蛛网。他眯缝着眼睛，瞅着刘春堂嘴巴周围高高堆起的泡沫，他可没闲钱去买那种又辣又苦的玩意儿给嘴巴罪受，这会儿，他却很想把刘春堂手里那根东西抢过来，刷一刷牙齿，很仔细地刷一刷，给嘴巴堆出雪白的泡沫……偶尔有泡沫从刘春堂嘴角飘起来，缓缓飘落，淡淡地闪烁着一点儿秋天的阳光，五颜六色的……他又张了张嘴,黏糊糊的蜘蛛网蒙住了嘴巴。刘春堂又朝他笑了笑,鼓励似的。他的脸立即红了。"春堂——"他誓死一搏了,"小军要结婚了,我想请你踩一间楼板。"刘春堂对着他笑,雪白的泡沫堆在嘴巴周围,有的泡沫飘起来,淡淡地闪烁着一点儿秋天的阳光。

"我知道你忙,不过踩一间楼板也用不了几天,寨邻之间,说起来大伙儿也是弟弟兄兄的,你就帮个忙。——工钱,也不会亏你,不过大伙儿弟弟兄兄的,你多少让点儿——小军一结婚,收了礼钱,我就把工钱给你送来。"

张年生从未一口气说过这么多话,不知从哪儿来的勇气,这次一开口竟说了这么多。说完再也不知道说什么了,他的话袋子都给掏空了。他的心里空洞得不行,一点把握都没有。刘春堂还在刷牙,那么几颗黄牙,怎么就刷个没完?张年生瞅着那些雪白的泡沫,心里慌乱得不行,憋屈得不行,他的嘴巴这会儿彻底地给蜘蛛网缚住了,上牙下牙严丝合缝粘一块儿了。

刘春堂呼啦啦往地上喷一口水,嘴巴周围的泡沫随水漂流,汇聚成一汪浑浊的泥水。他咧咧嘴巴,吐出两个字:"忙呐!"

那一刻,张年生满面通红,害羞得直想撞墙而死。

刘春堂一双眼睛蓝幽幽地斜睨着他,他的迟钝的心忽然在胸腔里颤了一下,一股冷飕飕的气从脚底板滋溜溜钻上去,迅速钻遍全身,他迟钝的心又颤了一下,又颤了一下。

张年生转过脸,木呆呆地瞅着老婆:"你刚才说什么?"

赵翠兰气得恨不能咬他一口，这大半辈子是怎么过来的，想都没法想。本以为嫁到坝子，能享福了，屁！影儿都没有！这种男人别的不能，净会出馊主意。前天她睁大眼睛瞪着他，睡楼上？怎么睡？楼板都没有。他把那脏得不能再脏的乌黑的烟斗塞进厚厚的嘴唇，吧嗒两下，说有办法。这算什么办法？放几根竹竿，铺几张毯笆，就能住人了？万一掉下去怎么办？不会？那儿子和媳妇在楼下什么声音听不见？上楼下楼的，儿子和媳妇的什么动作看不见？——"哪能呢？都四个月了。"这叫什么话！

"我说今儿八月十五，别人都过节呢，哪个来帮忙？"

"要来的总会来的，不来的什么时候也不会来。——四个月了，捂着还来不及呢，要那么多人来看做什么？"

这倒是，她想自己是急坏了，连这茬都给忘了，嘴上却要强："捂着藏着也一样，四个月了，纸包不住火，别人什么不知道？一眼就看出来了。"

张年生不说话了，又转回头去望窗外的月亮，月亮还不是很圆，微微地缺了一弧儿，今晚就圆了，今晚之后，为四个儿女的操心也该结束了。尚未圆满的月亮生硬地嵌在他的眼眶里，那是两只死鱼的眼睛，呆板的，没有一丝儿生气。

丈夫不说话，赵翠兰也不说话。大半辈子了，她仍旧不知道跟自己的丈夫有什么好说的，除却生活上的事。大半辈子了，真真除了油盐柴米酱醋茶，她跟他再没说过什么。没事可说的时候，他们之间就只剩下沉默——长久的沉默。她熟悉他无语的喘息，他也该熟悉她无语的喘息。无语的喘息弥漫在他们之间，她嘴里呼出的空气,他又吸进嘴里;他嘴里呼出的空气,她也吸进嘴里。她熟悉他的气味,他也熟悉她的气味。大半辈子了!他们在彼此的气味中喘息着,过活着,这多少让她有些感动,却也让她感到悲哀。

"小华丽不会没给三胖子捎信儿吧?"丈夫很突然的一句话。

她的眼睛竟有些湿。

## 第二章

太阳还没露头,天空是千里万里的青白色。没有一丝云,无边的天空只看得见尚未圆满的一块月亮,淡淡的,如同哈到蓝色玻璃上的一口气。

李惠文和刘春山一前一后朝田里走去。他们不说一句话,陌生人似的,走出村子,沿小河东岸一直往北走,两抹影子并排躺在明亮的河水里,影子与影子之间隔着一段静悄悄的流水。李惠文心里有些怨——倒不是怨恨中秋节还出来割稻子——心里像是流过一汪水,一阵接一阵地冰凉。村子里断断续续响起小贩的声音:"卖鸡蛋糕嘞——鸡蛋糕嘞——糕嘞——"声音越传越远,再远一点就只听见一连串的"嘞",长长的尾音在村子上空扩散,让没钱买鸡蛋糕的人们心里一阵酸酸的怅然。她突地想起,出门前怎么把那么重要的事都给忘了?每天早上,小明上学前,她都会变戏法似的从衣橱里摸出两片山楂片,一片放在儿子伸出的舌尖上,一片放在儿子摊开的手心上。圆圆的、粉红色的两片山楂,如同两轮小小的月亮。儿子把一轮月亮送进嘴里了,另一轮月亮仍小心翼翼地攥在手心。今儿早上竟完全把这事忘了！现在回想起来，小明一直跟她磨蹭，不愿出门去上学，她却一点儿都没看出儿子的心思。

"阿嫂哪里去？"三胖子腆着鼓鼓的啤酒肚，打一声招呼，开着拖拉机过去了。李惠文没搭理他。嫁到这个村子八年了——眼一眨怎么就八年了，简直不敢想！她仍旧跟这个村子的人们格格不入，她最最受不了他们的邋遢，太脏了，擤了鼻涕就往随便什么地方，或许墙上，或许鞋底，或许衣襟，或许另一只手上，毫无顾忌地一抹！她心里一不高兴，更不愿跟他们说话。她知道他们背地里说她什么，说她算什么城里人，还拿城里人的架子！她爹妈不还是泥腿子？离县城近点儿罢了。她不去管他们，日子是她自己的。

"大哥，一大早哪去啊？"三胖子今儿似乎格外热情，嘭通嘭通停下拖拉机跟刘春山打招呼。人家福气好嘛，娶了小华丽那么有钱的老婆，陪嫁一辆手扶拖拉机！能不天天把笑挂脸上？

"割稻子嘛，都黄在田里了。"刘春山说话时咧着嘴，似乎牙痛。

"大哥要犁田吧？我一哥们儿这两天开大胶轮拖拉机过来，好几家都跟他约好了，大哥犁田的话说一声，一起犁了算了。手头一时周转不过来也不要紧，什么时候有了给我就行。"听听，这才叫人话！刘春山差一点儿感动了。

"等我瞧瞧，看稻子什么时候割完。"

"那行，到时你来找我也行，直接去村里找他也行，他姓吴。"三胖子又嘭通嘭通开着拖拉机过去了。

刘春山回头望了望三胖子突突远去的拖拉机，咧着嘴，牙真的有点痛。转回头骂了声，这儿子！那牙痛才松活了些。望见媳妇呆呆地站在前面，他不禁有些火，都多少年了，还拿什么架子，对村里人爱理不理的。他就是不喜欢她这点，人跟人活，唱什么高调呢？她坚持只生一个小娃，可见她天生就是一副独食独活的心肠。想到这儿，他又有些得意，他的朋友是很多的，这县里的乡乡镇镇，哪儿没有他刘春山认识的人？

三胖子的最后一句话像一把小锤子，叮叮叮敲击李惠文的耳膜。他姓吴！明知道那不可能是他，天下这么大，姓吴的人多了去了，怎么可能随便逮个就是他？可她心里还是紧张，热血往上涌，旧事一幕一幕从眼前过，过去的时间又活过来了，只活一刹那。是她对不起他，是她沉不住气，是她没有等他，十年她怎么等？谁想到他才待了三年半就给放出来了呢？早知道这么快，她怎么说也会等他的，她真的不在乎别人怎么说他。那天傍晚，她远远地望见一个人朝自己走来，一下子就呆住了。落日金黄，照在草屋顶上，照在七叉八丫的树枝上，照在默默走过的一条野狗身上，屋顶、树枝、野狗一齐浸润在金黄的夕光中，时间变得格外的悠长了。他走到她面前，目光看定她。他那双眼睛多么漂亮，灵活得简直会说话！目光终于转到她按住小腹的双手——小腹微微鼓起。他的嘴唇抖动着，一丝痉挛的光芒也在他眼中抖动着。半晌，他什么也没说，转身走了。他颀长的身影浸润在金黄的夕光中，时间在他身后刹那间死去。她眼前一黑，泪水滚了满脸。……许多年后，死去的时间又活过来了，可是只活了一刹那。

太阳已经冒了个尖尖儿，河水一片可怜的艳红。河水泛泛，他们的影子静悄悄地往北移动。一挂灵幢出现在两个影子跟前。——

按照村子的习俗，人死后须在棺材上山经过的地方悬一挂白纸糊的灵幢，死人在家里放三天后，方抬到山里埋葬，路过灵幢时，要停一下，让孝男孝女放开喉咙大哭一阵，才再次起棺，棺材悠悠荡荡地朝山上走，进入永久的安息之地。

"这是乔老太的？"

"死了三天了，今儿该埋了。"

"眼一眨就三天了。——大前天晌午，她还到我们田里拾谷穗呢，还说老天不要她，怎么一下子就入土了？"李惠文鼻子酸溜溜的，眼眶水红水红。

"是呐，老辈子人都说养儿防老，乔老太养了赵泰山、赵恒山这两兄弟算是打水漂了，还不如养两条狗，养两条狗饿了还能吃狗肉，养了他们两兄弟连泡屎都吃不着。"刘春山说着激动起来，同时因女人表现出来的感伤暗暗高兴，自己这女人还是好的，心善！这比什么都好。——他如何知道女人是因为乔老太而勾起了一些于他不利的联想？

"不要瞎说，你又没看见。着防别人听见了，跟你不甘休。"

"我还怕他们！饿死了老娘，什么仁义道德的话还让他们说？拾来什么不晓得？他们不让他说！"

……近三人高的灵幢悬在树杈上，迎着秋天的阳光微微晃动，唰唰唰响，似乎应和他们的话，却是谁也听不懂。乍一看，红艳艳的水面，倒映着一挂白惨惨的灵幢，说不出的瘆人。

## 第三章

　　拾来端一碗新米稀饭，偷偷摸摸朝柴楼边废弃的猪圈走去。新收的糯米，前两天刚碾出来的，一粒一粒滚圆、修长、晶莹如玉，放嘴里一嚼，糯糯的软软的凉凉的，清香满嘴跑。新糯米煮成稀饭更是香气四溢，一村子的人都能闻到。（昨天下午，稀饭还未煮熟，邻居赵老太就撮起鼻子，贪馋地说："香，真个香！我们年轻那会子可没这样的好东西，现在的人真有福气呐！"说完嘴半张着，硕果仅存的两枚牙齿，一上一下遥相呼应，因为闪烁着一点儿暗淡的夕光，两颗丑陋的牙齿竟仿佛旧时代辉煌的文物了。）拾来手中的那碗稀饭，表面凝着一层乳白色的米脂，映出蓝天上飘过的一朵红云。霞光满天的早晨安静而安详。

　　他靠近一点儿，听听，没声音，再靠近一点儿，听听，还是没声音——除了他自己踩到玉米秸秆的脚步声，哗哗哗，像小河里翻腾起雪白浪花。他有点儿怕了。那个可怕的念头，如一朵焦黄的火苗子在他脑海中腾地燃起。对死亡的畏惧令他止步不前。敝旧的猪圈四周层层叠叠围了枯黄的玉米秸秆，那里面无论白天黑夜都黑洞洞的，还有那么多肥硕的老鼠，他自个儿无论如何不敢进去。

　　"阿祖！……阿祖！……"拾来踌躇半晌，惴惴地朝屋里喊。

　　"哈哈哈，进来进来！"屋里传出一阵唰唰声，那个声音又赶忙喊道："慢点儿进来，等我叫这些宝贝躲起来，不能吓到我的重孙子。——老头子，你先躲起来，还有你们，秋菊秋兰，也赶紧躲起来。——好了好了，拾来，进来呀！"

拾来轻轻一推，门吱呀一声倒了，激起许许多多散发着浓重霉味的金色尘埃，在秋天陈旧的阳光里飞舞。阳光从门框射进去，打在一堆零乱的干玉米叶儿上。阳光的尽头，黑暗笼罩的地方，金色的干玉米叶儿上坐着一个干瘪的小脚老太太。她肆无忌惮地劈开双腿，一双小脚乌黑油腻，裹脚布黑腻腻的，松松垮垮地缠住两条瘦腿，脏兮兮的裤子和衣服——准确点儿说，应该是破布片儿和破布条儿，不是穿在她身上，而是披在她身上、挂在她身上。一只黑乎乎的乳房不知廉耻地从破布堆里探出头来，轻声呼唤它养育过的每一个儿女……他们用脚踹它，用手撕它，用牙齿咬它、吃它，用嘴巴唾弃它。……它已经记不清楚那是哪一年的事了，它像一只长长的米袋子，当肩膀压着一挑柴火的时候，它惊人地越过肩膀甩到后背，喂进背上小人儿饥饿的嘴里。七个儿女，五个已经到另外的世界去了，但他们很孝顺，他们每天化作那些乖顺的老鼠，日日夜夜守候在它身边。它从破布堆里钻出来，日日夜夜轻声呼唤他们……老太太干枣子一样皱巴巴的小脸，黑乎乎的，从纠结成一团的白头发中露出来，冲跟前的重孙张大嘴，嬉笑着。

乔老太的全部目光兴奋地罩住拾来。拾来穿一件草绿色衬衣，脖颈松松地系着一条红领巾。重孙刚好为她挡住了那令人难堪的阳光——她又何尝不知道自己是什么模样？她瞅一眼重孙，那条红艳艳的领巾在重孙绿茵茵的胸前微微地跳荡着，跳荡着，欢快极了！好看极了！福气极了！一刹那间，她浑浊的双眼恍惚了，那是多少年前？她跟一伙女伴儿在广场荡秋千，她穿着红艳艳的长裙，抓住秋千绳子,冲破女伴们的尖叫声,高高地荡上去,荡上去……远远望去,她一定像一朵红艳艳水灵灵的云彩,在春天绿茵茵的背景上跳荡着,欢快极了!好看极了!福气极了!……然而这不过是她的幻想,她从未有过那样一袭红艳艳的裙子,甚至从未荡过一次秋千,她的全部过去只是一条灰暗暗的路,从一个没有光的远方,伸向另一个没有光的远方。

"你阿公叫你送来的?"乔老太嗅到了糯米稀饭的浓香,自从昨天上午,第四个儿子赵泰山把她提前送到第六个儿子赵恒山这儿,一昼夜来她颗粒未进,此时肠胃不禁一阵兴奋而焦灼地蠕动,一大口唾沫早已急匆匆提到喉咙。

"……"

"那是你六阿公叫你送来的?"

"……"

"是哪个叫你送来的?说呀!"乔老太急躁地搓着一对臭烘烘的三寸金莲。

"……是我偷偷……从家里拿出来的。"拾来低下了头,为自己的爷爷感到惭愧,也为自己没能照顾好这个老阿祖而惭愧。

"把碗递过来。"乔老太愣了一会儿之后,很平静地说。——碗递过来了。瞬时之间,她浑浊的眼睛里,闪现两朵焦黄的火苗子,一撒手,一碗稀饭飞到屋角,泼了个干净。干干净净。米粒粘在干玉米叶儿上,茫茫金黄之上白白的一小片。浓郁如陈年老酒的芬芳在黑洞洞脏兮兮乱糟糟的屋子里久久弥漫。糯米的芬芳中,那一大口饥饿的唾沫缓缓下沉,如同陨石沉入湖泊,发出一声空洞的巨响。

"去跟你那王八蛋阿公说,他不来请我,我就不吃东西,看他饿死了自己的老娘还要不要脸!"她气呼呼的,弓一样的肋骨剧烈扇动,露出干瘪的肚皮。肚皮上积了厚厚的老泥,一层一层,鱼鳞似的,碰一碰就会掉下一块儿来。

拾来吓得不轻,站着不敢动。阿公阿奶都跟他说,你阿祖疯了,他不信,这会儿,他有几分相信了。他只觉得毛骨悚然。

肋骨的扇动渐渐平息,乔老太胸中那颗心,仿佛一只老态龙钟的老鼠,撒了一会儿野,疲了,倦了。她朝惊恐不安的拾来嬉笑着:"拾来,拾来,阿祖可别吓坏了你,阿祖不是骂你,你是阿祖的心肝宝贝儿,阿祖哪儿舍得骂你呀。来来来,阿祖给你讲个故事,故事一背篓,天天听不够,拾来要听哪一出?⋯⋯"

村里有人实在看不下去,李惠文叫小明给乔老太送过一碗炸得咯嘣脆的粑粑丝儿——她记得五六年前乔老太常常笑嘻嘻地向人炫耀她那一口牙齿:"有什么办法?前年上下牙都掉光了,去年一开春,又一颗颗冒出来了,小阿炳说这叫老树开新花,后福大着呢。我说呀,这叫老不死,尾巴都绕脖子喽。有了牙口,什么酸的甜的苦的辣的软的硬的,都想尝点儿,儿女不待见啦!"小阿炳眼睛不方便,从衣柜里翻出一瓶罐头,郑重嘱咐孙子送来。住在村头的赵老太,偏要自个儿出马,她颠着一双小脚,逢人便说,我亲眼看着乔老太一把屎一把尿把他拉扯大的呀,他赵恒山还能饿死自己的老娘?我就不信他这个马蜂窝,偏要捅一捅!

赵老太没踏进赵恒山家的大门就给王家桢撵出来了。王家桢八叉手挡在家门口,破口大骂:"你说你也是八九十的人了,怎么年纪都活到狗身上了？是赵恒山不养他妈，还是他哥赵泰山不养他妈？两兄弟说好的，一人负责一个月，每月十五轮换，这才初十，赵泰山就把这老疯子送过来了，要我们拿什么养她？日子都是辛辛苦苦过出来的呀，谁家也没种下摇钱树，每个月都这么着，我们吃了一次亏，又吃一次亏，什么亏都叫我们吃，这日子怎么过！你们怎么不去找赵泰山？我算看透你们了，柿子只拣软的捏，都是欺软怕硬的货色！"赵老太气得大张着没牙的嘴巴赫赫喘气："你也头发花白了，这样没孝没道的，看你的儿女怎么对你！天打五雷轰啊！"王家桢呸了一声，一口浓痰射向赵老太的三寸金莲，赵老太赶忙缩脚，还是迟了点儿，那泡浓痰粘在了她的裤腿上。赵老太还没骂出口，王家桢又骂道："什么叫现世报？这就叫现世报！我算看透你们这些人了，一个个装模作样，随便拿点儿什么东西给老疯子，你们就仁义道德了，就高人一等了，就对别人指手画脚了！每天三顿饭呀，短了一顿都不行，你们要真仁义，把老疯子接家里供起来呀！到时候我和赵恒山挨家挨户给你们挂光荣匾！久病无孝子，谁家碰上这么个疯子，也孝不到哪儿去！……"说到后来，王家桢竟哽咽了，絮絮叨叨地述说起年轻时候受了婆婆多少苦。赵老太本来觉得道理都在自己这边的，给王家桢这么一说，也有点觉得自己站着说话不腰疼，一时间竟不知道如何是好，喃喃讷讷地自语道："天打五雷轰啊，你们要遭天打五雷轰的！老姐姐，你命苦哇！"颠着一双小脚，悠悠晃晃回家去了。

这么一来，村里没人送吃的来了。事实上，乔老太对村里人好心送来的各种食物一概不闻不问，她将那些食物齐整整地排列在破猪圈外面,她自己则不分昼夜地躺在那一片金黄柔软的干玉米叶儿上,她静静地等待着。她起初等待的是儿子亲手送来的一碗饭,渐渐地,就不知道在等待什么了,也许她等待的是那最后的时刻?太长久的风雨,她甚至记不清自己多少岁了。一百,还是一百五十?村里的年轻人偶尔会笑着这样问她,她晓得他们跟她说笑,她并不恼,她伸出乌黑的两只手,翻一下,又翻一下,笑嘻嘻地说,三百岁!无论白天黑夜,那群大老鼠都守候在她身边,无论她在四儿子家,还是在六儿子家,那群大老鼠都追随着她。她熟悉它们,它们是她的大女儿、二女儿、三儿子、五女儿、小八子,以及她那一辈子的冤家;它们也熟悉她,她是它们的母亲、妻子。它们时常静静地环绕在她周围,静静地朝她闪烁一双双蓝勾勾的眼睛。

那一双双深情无限的眼睛再次让她产生幻觉。她想起某个人的目光来了。五六年前,她还常常给村里人讲述那个故事,她还记得有一次刚刚讲完故事,村口老黑家上高中的小儿子安民,鄙夷地皱皱眉头,说,祥林嫂!乔老太不晓得这"祥林嫂"是哪个,但安民是村里有大文化的人,他皱着眉头说自己"祥林嫂",可见自己这故事讲得不对了。打那以后,乔老太再没跟村里人讲过那个故事。现在,故事里的情景又回到眼前了:

她跟女伴们坐在村口老榕树下纳鞋底儿,一匹白得晃眼的马嗒嗒嗒踏响青石路面朝她们走来,马走近了,大伙儿才发现马上还坐着一个干净白皙的年轻男人。那人头戴瓜皮帽儿,身着青布长衫,轻轻一拉缰绳,马到她们跟前滴溜溜立住了。男人恭恭敬敬作了个揖,问这庄子叫什么。当年的乔小姐左右看看,发现女伴们不知什么时候全走光了，转回头来，男人仍然望着她，目光那么温柔，静悄悄地望得她一颗小小的心在胸腔里扑腾，浮上沉下，沉下又浮上。她记不得自己怎么回答他了，只记得他又很温柔地向她笑了笑，那笑几乎令她浑身瘫软。待她回过神来，那人，那马，已经远了。白马在水蓝色的远方闪烁点点阳光，马蹄声嗒嗒嗒远远地传来，是谢幕时悠悠的鼓点……毫无疑问，这又是一次美妙的虚构。乔老太每讲一次，故事都会改变一点儿，丰富一点儿，最后她甚至对人们说，那人跟她约好了，要她等他——可谁知闹了那样大的灾荒，她给卖到这旮旯来了。记忆欺骗了她，也安慰了她，归根到底，分清真和假对她又有什么意义？乔老太坐在叫干玉米叶儿装点得金碧辉煌的破猪圈里，怔怔地望着那群老鼠蓝勾勾的眼睛，想，他什么时候会来？

农历八月十一傍晚，拾来揣了两个软塌塌的大红柿子来看乔老太。乔老太皮皮壳壳鸡爪似的一双脏手，静静抚摸着红红的柿子。那时候她已经整整两天没吃一星儿东西了，空荡荡的肚子里洋溢着对食物的美好回忆。柿子火红的触觉一点一点从她的掌心渗进去，暖乎乎地遍身游走。她睨一眼柿子，目光有点儿惨，"哪儿听说过妈当到这么大把年纪了，还要求着儿子给口饭吃？"浑浊的眼睛转了转，几乎落下泪来。不过这仅仅是一瞬间的事，她立即冲拾来哈哈大笑了："阿祖晓得你孝顺，柿子阿祖要留着给我的儿儿女女吃，阿祖啊，要等你阿公送吃的来，你阿公明儿就送来了。"

拾来晓得阿祖说的儿儿女女是什么，心里乱得很，仿佛有几十根锥子刺着自己的心。乔老太瞅见拾来黯然销魂的样子,哈哈大笑了,她捏了捏那对臭烘烘的三寸金莲,转瞬间满脸的皱纹花瓣一样绚烂地绽开:"拾来,不亏阿祖当年救你一命呐,来来来,今晚阿祖给你讲一晚上的故事,阿祖把三百六十天的故事都讲给你。"拾来一听,脸上现了难色,嗫嚅着不敢答应。乔老太有些失望地盯着他的脸:"怎么?你也嫌弃阿祖这儿脏?"拾来当时心里一下子跳出两个念头,乔老太说中了第一个,浑身脏兮兮的阿祖确实让他有些害怕和厌恶,那些肥硕的老鼠也令他胆寒,但他对乔老太说的是第二个跳出来的念头,他嗫嚅着说:"不是……是我阿公阿奶……爹妈不让……"

拾来关上门,出去了。一扇门切断了一切光明。乔老太满脸盛放的花瓣一刹那暗淡了,枯萎了,凋零了。她隐隐约约听见了身体内部的崩塌,目光很惨了。

第二天一大早,乔老太身体里突然充满一股强大的力量,一道光突然照亮了她,令她做出了一个奇怪的决定。她披着一身脏得掉渣的破布条走出猪圈,推开赵恒山的灶房门。

赵恒山、王家桢和儿子儿媳正围着桌子吃早饭,赵恒山正跟一只猪脚拼命,王家桢正埋怨儿子少收了工钱,儿子红旗正埋头扒饭,媳妇小兰正将一勺香喷喷的萝卜排骨汤打进丈夫的饭碗。乔老太打开门,众人都是一愕,随即掩住了口鼻。啃猪脚的停下来了,埋怨的停下来了,扒饭的停下来了,打汤的一把汤勺也停在了半空。他们也无声地望着她。她肮脏的脸庞闪耀着淡紫色的光芒,站在阳光中,生出一股威严来。他们一时间竟然忘了责骂这个擅自闯入的疯子。寂静折磨着每一个人的神经。最后是小兰第一个放下遮掩口鼻的手，颤颤地说："奶奶！……"这句话提醒了席上的每一个人，他们回过神来了，眼前这邋里邋遢的人不过是个疯子，都疯了五六年了，谁都不用怕她。赵恒山把猪脚往碗里重重一放，呵斥道："你来做什么！出去！出去！脏成这样！……"乔老太既不恼怒，也不害怕，她笑了笑，似乎没听见儿子的话，很温和地对孙媳妇说："小兰，你得把拾来教养好了，当亲生的养，别叫他像这一家子。"

乔老太给那股奇异的力量推动着，走向八月丰收的田野。放眼远望，辽阔的田野黄灿灿的一片连着一片，温热的风缓缓地吹过，稻子沉默地俯了又仰。风从饱满的稻粒，一直吹到人身上、脸上。芬芳浓郁的气息裹了人一身，渗进每一个毛孔里去。与田野成熟期间呈现出的躁动不安、激情澎湃、踌躇满志不同，村子一如往日的静谧平和。蓝灰色天空下，村子里一树红，一树黄，一树绿，红的是熟透的柿子，黄的是萧萧的柳树，绿的是修长的竹子。从田野到村子是一条漫长的路，人们用篮子背，用肩杆挑，用拖车拉，背蹭出了血，肩压出了血，脚磨出了血，鲜血的腥味是秋天的芬芳必不可少的调和剂，使其忧伤而又悲壮。粮食搬运回村子后，打下了，扬净了，晒干了，储进黑沉沉的粮仓，一切的汹涌方才熨帖。乔老太看到了路上那些黄灿灿的稻粒，一向惜粮如命的她，这会儿竟把心态放平了，她不去管它们，她不要这些零碎，她有更远大的目标——那无限广阔的田野。她决定走进丰收的田野，自己养活自己。当年那样的大灾荒，饿了吃草根，吃树皮都活下来了，现如今，面对如此丰收的土地，人怎么会饿得死呢？

乔老太激动不已地准备重操旧业了。

五年前——或许已是六年前，乔老太每时每刻手上都不停地有活儿做，搓麻绳、捡破烂、带小孩，小麦水稻两季收获时节，那双手就专职拾麦穗、拾稻穗，拾回来后不但能喂饱自己，还能卖钱。那时候她谁也不靠，照常活得硬邦邦的。日积月累的，还攒下了一笔钱。

那晚上，她找到了小阿炳。她有些怀疑地问他："你真学会算命瞧风水了？别人能哄，老姐姐你可不能哄。"小阿炳眨巴着一双瞎眼，慌忙说："老姐姐，你这说的哪里话，我小阿炳一辈子对你感激不过来，哪里会骗你？只是老姐姐你洪福齐天，有什么要算的？"乔老太啐了一口："你本事阿有学到手我不知道，这阿谀奉承的本事倒不小。——如果你真有本事，就给我找块好穴，我要砌坟。"

"他们两兄弟要给你砌？"

"靠他们？我早就饿死了，还砌坟呢，老姐姐跟你交心说实话，我呀，好几年了，攒了点儿钱，我琢磨着够给自个儿买副棺材砌座坟了，活着操劳一辈子，死了总得过两天好日子呀！"

"老姐姐这又何苦？人死了，那还不是一堆土？哪来哪去。老姐姐有钱不如活着这会儿花在自己身上，吃了穿了才是实在。"

"你算命的也这么说，那你这命还怎么算？"乔老太说这话时有些激动了，幽冥之事在她心里是不争的事实。

小阿炳有些慌，搓着两手，不知所措地说："这个——"

乔老太瞅他一眼，平静了，"我也不单是为自己，主要是——你也晓得，拾来可不是小兰生养的，从那山上人手里抱回来后一直七病八殃的,我看他这命恐怕不大好,你给我找穴好地,以后我死了,也能保佑他。"

小阿炳听了这话,绞着两只手,不言语了。

小阿炳在村子后山坡给乔老太瞧了块地,后靠大山,面朝西南方向。乔老太说:"这真是好地?"小阿炳绞着两手,点了点头说:"是好地,好地。"乔老太还不甘休:"拾来能考功名?"小阿炳把两手绞得更紧些,说:"能考个好功名。"奇怪的是,自瞧了坟地之后,小阿炳似乎总是躲着她,而且那以后再没人见他拉过二胡。乔老太倾其所有,请村口老黑砌了坟。面对那冢大青石砌成的坟,她心里直比喝了蜜糖还甜。

乔老太首战失利。她一只脚刚踏进刘春堂家的大田,刘春堂就扬起镰刀冲她吼:"这老疯婆娘,到别处去,种的人还没收呢,你就来拣什么白食?"乔老太毫不介意,被人喊疯子、被人唾骂都早已习惯了,换一块田换一家人就是。她露出一口好牙,远远地朝刘春堂无声地笑笑,左右望望该去哪儿,就听到了谁喊自己,是喊自己,没错儿。

李惠文站在自家田里,两手环抱一捆稻子,远远地喊乔老太。乔老太走近了些,手棚在额头,看清楚是李惠文,脸上就笑开了。满脸的皱纹一绽开,平日折叠着的皮肤展出来,脸上便白一道黑一道的。李惠文望着她披着那身真正是狗不闻、驴不碰、牛不嚼的衣服,颠着小脚,蓬头散发的棕榈树似的晃过来,脸上也漾满了笑:"老阿祖,好些时候不见了,你好哇!"

"好哇好哇,老天不要哇!"乔老太饿了两天多,这会儿竟还有力气开玩笑。

李惠文和刘春山故意把一些稻子扔在地上,让乔老太来拣,没一会儿,乔老太直起腰来,就冲他们哈哈地笑:"你两口子这是怎些,眼睛长在屁股上,白天还想晚上的事,怎么好好的稻子四处乱扔?"刘春山听了呵呵笑,李惠文却红了脸,笑骂道:"这老疯子,乱嚼蛆!"望见乔老太把他们扔下的整束整束的稻子拣了放回稻子堆,自己只拣那种散落各处的零碎的稻穗,一时间,眼眶红了,略一犹豫,就到田埂拿来了一小桶饭菜。"老阿祖,我们带了冷饭,你吃点儿。"乔老太转了转浑浊的眼珠子,伸出指甲长长、黑黢黢的手——那手没伸向李惠文手中的小桶,而伸向了李惠文的手。一双肮脏的、诡异的手捉住了另一双白皙的、温软的手。李惠文大吃一惊,条件反射地往回抽她的手,但给乔老太的手紧紧地攥住了。李惠文吃惊地瞅着乔老太,她那浑浊的双眼看不出什么疯狂的征兆。乔老太握着那一双手——那是很长久的一刹那,她说:"老阿祖吃过了,吃不下。——这手多好呀,刘春山,你怎么舍得让这双手干粗活呀!"刘春山撂倒一片稻子,直起身笑呵呵地说:"日子都是手上磨出来的啊,再不干活,儿子都要吃死老子了。"李惠文听了乔老太的话,鼻子竟有些酸酸的,她想自己这粗蠢的男人是一辈子说不出这样一句话来的。

乔老太终究没碰那桶饭菜。李惠文是真心要她吃那桶饭的。不知道为什么,李惠文那么见不得别人邋遢,却喜欢跟乔老太说话,也许为了那个美丽而虚假的故事,多少给人一点遥远的念想?那天却不同了,许多年以后,李惠文还将记得那天跟她开玩笑:"老阿祖,你以前不是常跟我们讲你年轻时候的事吗?那个什么白马的事,好多年没听你讲过了,你再给我们讲讲?他来接你没?"乔老太哈哈笑了两声,两只眼睛更加浑浊了,她忽然咬牙切齿地说:"都是狗屁!"

第二天早上,拾来推开门,发现乔老太躺在金黄的玉米叶儿上,死了。捡来的稻穗散在她身边,破布条儿满地都是,而乔老太几乎裸体,一双臭烘烘的三寸金莲高高跷着,显得格外突兀。一大群肥硕的老鼠静静地闪烁着蓝勾勾的眼睛,有的围绕着她,有的趴在她身上。它们在她丑陋的三寸金莲上拉屎,在她纤细如柴的小腿上拉屎,在她两腿间荒芜隐秘的地方拉屎,在她干瘪到后背的肚皮上拉屎,在她弯曲如弓的肋骨上拉屎,在她疮痍满布、破麻袋般的乳房上拉屎,在她青筋纠结的脖颈上拉屎、拉屎、拉屎……它们在她身上每一个本已经肮脏不堪的地方拉屎。只有她的脸上没有爬着老鼠,她的嘴巴半张着,露出一口好牙,一束温煦的阳光刚好照亮了她的嘴巴,散发出浊臭的淡绿色气体的嘴巴仿佛绽开了一朵鲜红水灵的莲花——但事情很快就不对了,在她青紫的舌苔上,也粘着几颗黑乎乎的老鼠屎!在如此丑陋肮脏的地方,根本开不出什么浪漫的莲花。

夜里,人们躺下后又纷纷坐起,他们说你听,小阿炳又拉二胡了。小阿炳决定为乔老太拉一宿二胡,把新绷的马尾拉断。一把崭新的弓,弯弯地绷着一股雪白的马尾,是他年轻时从那匹心爱的白马身上剪下来的。刚结婚两个多月，星光闪耀的白马死了，只留下这一绺暗淡的马尾，他的眼睛也瞎了。新娘子哭得昏死过去，他想去死，这日子怎么过？没法过！乔老太——他该喊她嫂子的，却一直喊她姐，将一把二胡按在他手中，说："龙有龙路，蛇有蛇路。聋子会配话，瞎子会算命，今后你就拉着二胡给人算命吧。"他感觉眼前的人穿着一身红，红得金光耀眼……雪白的马尾在夜色中抖开了，一闪一闪的，跳动着月光——可是拉不成调，一点调子都没有，二胡支支吾吾的，什么也没说出来。儿子小光明在隔壁大吼，吵死人了！吵死人了！他不理他，他就是拉给死人听的，他很想拉一段《梁祝》，可是一点儿调都没有，平庸得很，枯燥得很，无聊得很。他又拉了一会儿，叹一口气，睡下了。那簇雪白的马尾自然没有拉断，而是在许多天后积了喑哑的尘埃。

## 第四章

一大清早，刘春堂坐在堂屋中大发脾气。昨天跟三胖子约好了吴师傅今儿为自家耙田，路上遇见王副官，特意跟他买下个十多斤的大西瓜，今儿一切开，却熟过了，都烂到心了，哪还能吃？

王副官不是本村人，是两三里外响水洼的。他在越南打过仗，副官没当上，是人们浑叫的，左手倒是齐根断了，袖子飘萧起来，说不出的凄凉。人们却从未见他为此唉声叹气过，他是村里的开心果，哪儿有他，哪儿的天空就有一朵欢乐的火烧云。远远地，人们一听叫卖声，就知道是他来了。"卖——鸡蛋鸭蛋香蕉苹果橘子味精酱油腐醋豆粉豆腐豆腐花雪花膏凡士林——嘞——"那个"卖"字高高吊起,仿佛水闸,蓄满惊涛骇浪,然后哗的一声,水闸陡然撤开,怒涛如野马,裹挟千钧之力奔腾而下,一路翻山越岭,惊涛拍浪而至涓涓细流,最后那"凡士林"三个字直如温柔耳语,好似那水丝丝毫毫都渗入了泥土,妥帖了,安静了,忽地,低沉的嗓音兴奋地昂起,原来那绝境之前竟是横无际涯的大海,波平,浪阔,那个"嘞"字,亮晶晶的,欢快地在浪尖跳动。人们手里拿着各种各样的容器走出家门,走向那个声音,人们说你听,王副官多乐!

　　王副官复员回来,一走进家门,就感觉气氛不对了。一瞬间他就想起了路上人们对他说的那些话。他回到县里后,在外面待了几天,让熟人给媳妇捎过口信,大致讲下自己的情况,免得媳妇忽然见了受不了。媳妇见到他,好看的脸蛋儿上一刹那间还是现出了惊喜、惊恐、哀伤的神色。媳妇靠在门框上,眼角觑着他那只空落落的袖子,泪水滚滚,哽咽着说:"吃饭没?"目光虚虚弱弱的,不看他。王副官一声不吭进了房门,女人一会儿托了一托盘饭菜跟进来了。他坐在床边,女人背对着他,把饭菜一碗一碗摆到桌子上,瓷器碰撞,发出轻微的叮叮声,一个一个寒冷而洁白的点,分割着寂寂的房间。桌子太小,女人不停地变换着碗盏的位置,试图把所有饭菜都摆到桌上,瓷器碰撞的声音更响了,不是偶然的相触,而是怒目而视、兵戎相见了。叮叮叮的声音很烦躁了。

　　王副官瞅着女人曼妙的身影,这是多好的女人,多好!刚娶她那会儿,村里的单身男人们把他羡慕到了骨头,嫉妒到了骨头。"玉香,"他低低地喊,"你转过来让我瞧瞧。"玉香没转过身,她耐心地排好了碗盏，才转过身来，两手罩住小腹，十根青葱似的手指交叉着，食指轻轻地敲着节拍，好看的脸上窝着两个温暖如水的酒窝。"有什么好看的，又不是没见过。"玉香仍旧不看他，眼神虚虚地瞟向别处。王副官瞅着她那双手，然后是那双手下微微鼓起的小腹，人们对他说的那些话再次在耳边响起，多少不堪入目的画面瞬时间晃过，他冷冷地说："哪个的？"很突兀的三个字冷得玉香打了个激灵儿，但她固执地抿紧嘴唇，不说话，眼睛里闪过一丝丝光芒。王副官忽地站起，把一张嘴压向玉香："我问你他是哪个？"一股急吼吼的血腥味儿泼向玉香，泼了她满头满脸，血红的颜色从她的下巴颊湿淋淋地滴落，滴答滴答，是时间惊心动魄的步伐。但她固执地扭过头去，抿紧嘴唇。这副样子让王副官特别来气，偷了汉子还委屈了你？一时间热血上冲，怒发冲冠了，一巴掌扇了过去：啪——

玉香打个趔趄，撞到了桌边，愤怒的瓷器们高高跳起，激烈地碰撞，叮叮叮，叮叮叮，吵吵嚷嚷，互不相让。玉香左脸颊隐隐突起五个红杆子，两股浓艳的鼻血缓慢地爬出来了。玉香掏出一张白色手绢去擦，擦了又流出来，流出来又擦，一张白色的手绢顷刻红艳艳的，透露出难言的哀伤。

"你走得了，走远点儿。"王副官盯着洞开的门说。他在外面已经想了好几天了，这话不得不说，不说还算男人吗？这话又不忍心说。这是多好的女人，多好！多少男人把他羡慕到骨头、嫉妒到骨头。他回来不就为了她？手臂刚炸断那会儿，他真想去死，今后大半辈子怎么过？没法过！但一瞬间他想起了她，她还在家等着他呢，等着他回来看她。多少个痛苦的、辗转反侧的日日夜夜，他就靠这遥远的一点儿念想撑着一口气。他居然活下来了,连他都不敢相信。好不容易回来了,刚刚见到她,他又要撵她走!再怎样,她也是自己的女人,如今自己算是废了,别说这样标致的女人,就是麻子歪嘴,也不一定会跟自己,如果她走了,自己真就一无所有了,那一点念想也就断了,人不就靠这一点点念想活着么?她还没走,证明她对自己还有情意,这么好的一个女人对自己有情意,自己还有什么不满足?王副官生怕自己后悔,可他真的后悔了,后悔也来不及了,说出去的话如何收得回?……玉香还没走。王副官生怕她走,嘴上却讥嘲道:"怎么还不走,还要我置办嫁妆,雇八抬大轿把你抬到他家里不成?"话说得酸溜溜的了。眼角带了一点玉香红肿的脸,和她手中那张红艳艳的手绢,恼恨自己的出手了。

玉香眼眶水红水红的,大滴大滴泪珠扑簌簌滚过脸颊。她用那张红艳艳的手绢擦着鼻血,擦着泪珠,泪珠也洇成红色的了。好一会儿,她转头来,盯着王副官那只空落落的袖子,袖子是灰色的,目光也是灰色的,灰色粘着灰色,无声地飘。她发狠似的,咬着嘴唇说:"我不走,打死我也不走。"

老医生的话从挂搭在鼻尖的眼镜上端抛出来,哐啷啷砸得王副官陷地三尺,昏头昏脑挣扎好半天,才灰头土脸、脱形脱骨地爬上来。老医生说你要叫你媳妇堕胎的话,那你今后就别想再要儿子了,女儿也别想。他从来没听说过,女人身体虚弱堕胎后往往不能再生育。这算怎么回事?这不明摆着老天爷跟自己过不去吗?他已经不怨媳妇了,媳妇对他好,比任何时候都好,好得不能再好了,且无论何时,脸上都是一副赎罪的表情,心惊胆战,小心翼翼,这还能说什么？他只恨老天，似乎老天存在这世界上的唯一乐趣就是跟自己作对。他恨不得再回部队，拿大炮轰他狗日的一个窟窿！看它得意，看它笑！

玉香默默地看着他，等着他做决定，为她自己的身体做决定。这一刻，她没有一丝丝的心是为自己想的。她的命运操纵在他手心里，他说堕，她就堕，他说不堕，她就不堕。她没告诉他，她早早就等着他回来做这个决定了。那时候，她到的是另一家医院，医生说的是相同的话。

王副官痛苦地站起，出去了。

孩子生下来了，是儿子。王副官没高兴，也没不高兴。总之，他连给孩子起个名字的兴致都没有。名字是玉香起的，玉香说就叫他知非吧，王知非。王副官没说同意，也没说不同意，总之他从未这么叫过他，高兴的时候，他叫他喂，不高兴的时候，他叫他小杂种或者小野种。不是他不肯原谅媳妇，他也知道媳妇给孩子起这么个名字是什么意思，他只是对媳妇一直不肯说出那个人是谁而耿耿于怀。他不甘心。他时常拿出家里那杆气枪擦拭，一次次单手托枪，高高举起，对准天上的太阳，憋足气，脖子上爬满殷红的蚯蚓，震天震地地喊一声："砰——"

王知非四岁开始跟随王副官跑江湖。起初王副官拉车他坐车，后来王副官拉车他跟班，现在已经是王副官拉车他推车。玉香猜不透王副官不喜欢这个孩子，为什么又随时把他带在身边？这只有王副官自己知道，他不想在自己离开家的时候，孩子的父亲到家里来看孩子。他要报复那个人。一路上，王副官不跟王知非说话，王知非也不跟王副官说话，在外人看来他们不像父子，更像仇人。一对形影不离的仇人。远远地，人们听见那一长串吆喝，就知道是王副官来了。许多人朝那个声音张望，那悠长悠长的声音，好似一只白鸽，在村庄阒寂的上空久久飞翔，翅膀噗噗噗地，把一点凉爽的风扇进人们暗沉沉的耳洞里去，把人们从冗长平庸的日常生活中唤醒了。人们拿了各种各样的容器走出家门，笑容满面地走向那个声音。人们说你听，王副官多乐！

　　笑！就是给人看你也得笑，要笑得比老天更滋润。王副官一次次在心里这么说。人们从未见过王副官愁眉苦脸。天阴绷绷的，王副官见了人仍那样，笑嘻嘻的，似乎世界上再重大的事到他眼皮底下都不过是芝麻绿豆，不值一提的。笑一笑，十年少。王副官不离地把这句话挂在嘴皮子上，像叼着一根好看的过滤嘴香烟。"抽烟就跟过日子一样，点着了，一烧就没了，可甜头也就在这点着了的过程中。"王副官这话有些睿智了，似乎含了很多生活的经验，人们听不大懂，但觉得有道理，纷纷点头了。这样的话是不能多的，多了就让人烦，不然是过日子呢，还是想怎么过日子？人们更喜欢听王副官说笑话，别人不敢说的他敢说，别人不好意思说的他好意思说，男人们听他一顿海吹神侃，哈哈大笑一阵后，往往禁不住恨恨地骂："这狗日的！"结了婚的女人们听了，一阵敲烂破锣似的大笑后，纷纷喷怒了："挨万刀的哟！"一只肥厚而粗糙的手掌，学着小女子翘了兰花指，不疾不徐地拍过来了，挨到他的肩头，却是轻轻地一按，简直柔情蜜意了。

　　那天下午，人们买完东西照例不立即走，团团把王副官围住了，对着他笑，仿佛他是个活着的天大笑话，看一眼就可乐。说得正酣，事情忽然起了变化。不知道是哪个没轻没重的愣头青，摸了摸王知非的头，哈哈笑了："这小娃跟我怎么这么随？快叫我爹，叫了我就给你买糖吃。"这话不对了，失了斤两了。附近几个村子的人都知道王副官的小娃不是自己的，谁也不说罢了。你当着人家的面见缺说缺，这还了得？那句话仿佛青色铁块哐当当砸得众人七荤八素摸不着方向，顿时，欢腾的空气凝滞下来了，冷淡下来了。人们吃惊地看到平时那么可乐的王副官脸色急剧变化，简直认不出来了。王副官微微昂着头，眼睛伸出钩子，明晃晃的，钩住了那个人，那人脚都不沾地了，却还死要面子，装作镇定的模样，又摸了摸王知非的头，惨兮兮地说："怎么不叫？叫哇！"

那时候王知非六七岁，一团黄不啦叽的头发罩在头顶，脑袋很大，脖子很细，脑袋顶在细脖子上摇摇晃晃，如同一个大西瓜顶在一根细筷子上。青干干两条鼻涕天长地久地挂在嘴巴上方，喘气吸气，就如两条青龙一伸一缩，在嘴巴之上鼻尖之下狭窄的舞台上大显身手，欢快地做着双龙戏珠的游戏。冷不丁里只见那一双青龙哗啦啦直奔嘴巴而去，观者无不暗暗捏了一把汗，却见他一挫肩，一皱眉，鼻子一抽，"括咯"一声，两条青龙便如粉条，乖乖顺顺，吱溜溜钻回鼻洞里去了。这时观者的心都妥帖下来了，却又觉得他脸上少了点儿什么，就像是，刚刚揭掉了一张面具，庐山真面目反倒让人看不顺眼了。他那双眼睛也真像面具上抠出来的。无论谁跟他说话，他一律不搭理，只微微抬起头把眼睛对着你。黑眼神一律是对着别处的，只用白眼神轮你，一轮，一轮，轮得你遍身起鸡皮疙瘩，轮得你下不来台。那天是个例外，王知非不但用白眼神轮了那个人，还说话了。

王知非说："你回去问问你妈，就晓得你怎会随我了。"

这话有意思了。他才几岁，就知道这个？众人顿了一下，然后轰一声笑了。那人也跟着呵呵干笑，不好再说什么。王副官得意了，眼睛里放出光亮来了，一张嘴咧开："说得好，以后谁他妈再胡说八道，儿子就回家拿气枪崩他妈的。"那天王副官的生意格外好，吆喝声也格外响亮，远远地，人们听见那亮晶晶的"嘞"字，高高地悬在半天云，一跳一跳的，平日里土渣渣的村庄一时间亮堂了，鲜活了。人们的心情也格外舒畅，潮乎乎的，似乎有些蠢蠢的感动，为了什么呢？又说不清楚。他们说的仍是那句话，你听，王副官多乐！

刘春堂嗵嗵嗵拍拍西瓜，咧开嘴，露出满口黄黄的大板牙："这瓜阿熟，不熟我可不给钱。"王副官客气地说："包熟，包熟，不熟兄弟下次赔你一车。"刘春堂仍旧不放心，一只大手摩挲着青色的西瓜。王副官说："要不我给你开个口子瞧瞧？"刘春堂大手一挡："开了口子放到明儿就不好吃了。""那是那是，"王副官说着招呼儿子，"给大爹拿两个塑料袋。"王知非拿了两个塑料袋，叠了，套上西瓜，递到刘春堂手上。刘春堂低头一瞅，眼睛一亮，咧了大嘴说："乖乖，活脱脱一个李有成嘛！"这话又不对了。但这不对跟那不对不同。人家说的是李有成，不是说的自己好占你点儿便宜！王副官目光扫向儿子，差点儿没喊出来。像，确实像！如果刘春堂不说，自己这辈子恐怕得一直蒙在鼓里了，自己怎么就没看出来呢？忽地又想，说不定别人都看出来了，就自己瞎了眼睛，自己这场猴戏耍得够逼真的！凉飕飕的虚汗不由得浸淫了浑身三千八百个毛孔。王知非仍旧采取上次的作战方针，好言好语地问："李有成是你爷爷哇？"刘春堂话一出口，有些后悔了，倒不是怕他李有成，只是也没必要得罪，也没必要无缘无故地叫王副官难受，这不合他的处世之道，听了王知非的话，便不恼怒，咧着嘴说："这儿子鬼精灵嘛！——老弟别往心里去，我胡说，我胡说，哈哈。"笑了两声，迈开螃蟹步，甩开大膀子，走了。

刘春堂走不多远，好奇地回头看，王副官仍木木地盯着王知非，盯得掏心掏肝的，有些惨了。没知道那人之前，一直想知道，现在知道了，多年的愤怒终于具体了。可这么多年了，已经看淡了媳妇的不忠，已经把王知非当作大半个儿子养，糊里糊涂，日子囫囵过下来了，这一下子，知道那人了，弥合的伤疤重又揭开来，血淋淋的，很惨。王副官抱歉地对人们笑笑，说不卖了，今儿不卖了。细高的身子夸张地弓成弧形，费力地把手推车拉出村子，那只空落落的袖子飘萧起来，让人看了心里酸溜溜的，不是滋味儿。人们拿着空落落的容器，望着一大一小两个身影走出村子，拐上大路，一点儿一点儿消失在一片金灿灿、沉甸甸的阳光中，沉默着，木木的心像给什么刺了一下，很钝的疼痛。那个亮晶晶的"嘞"字，不约而同地在各自心头很遥远的地方回响。

刘春堂心情复杂了。嫉妒、担忧、幸灾乐祸混杂在一起。他想倘若玉香要真是李有成搞的，那这孙子便宜就占大了；又想自己这次算是把李有成得罪了，无论自己说得对不对，都把他得罪了；不过也不怕，不就个大队书记吗？看他嚣张了那么久，也该有人出来治治他了。王副官没钱没权，但人家打过仗，什么打打杀杀没见过？……忽然，家里的大黑狗叼了一块五花肉，急匆匆从他跟前跑过，略一迟疑，刘春堂跳起来，跑出堂屋，顺手抓了把笤帚，朝黑狗扔过去，笤帚砸在黑狗腰上，黑狗"嗷"的一声，撇下五花肉，尾巴一夹，溜了。刘春堂曲下腰身，瞅见那块刚从老黑肉摊上提回来的五花肉委屈地躺在污泥里，顿时火冒三丈，拾起身边的笤帚，冲向灶房里的老婆。

## 第五章

太阳升上来了，如同安置在山顶的一个鸭蛋。村庄腾起乳白色的炊烟，在浓密的竹林树林间缓慢地扩散。在村庄的每一条小巷，新米的浓香如同阳光，水一样静悄悄地流淌。村庄陶醉于一年辛劳之后丰收的满足和轻松。今儿是中秋，村庄的空气中更是弥漫着金黄色的节日欢悦，不声不响的，却又踏踏实实的。

张年生家的院子里，帮忙的人稀稀落落地到了，女人们聚在柿子树下切菜，喊喊喳喳的切菜声，伴随着叽叽喳喳的说笑声，男人们则帮忙往院子里摆放桌子，就近的客人也前前后后到了，开始吃饭，开始喝酒划拳。本来冷清清的院子活泛起来了，欢快起来了，像初春的水，有了细小而温暖的流动。赵翠兰待在女人堆里，任凭女人们拿自己打趣，又紧张，又难为情，却也有点儿说不出的喜悦。一个女人嗓音很炸地说："哟哟哟，阿嫂今天就要当婆婆咯，过个一年半载，就要当奶奶咯。"一个年轻的女人接口道："恐怕不用一年半载,三五个月就差不多了,现在的小娃,哪个不是肚子里有了放不下的东西,才急火火地想起结婚?"另一个年纪稍长的女人把菜刀砍在南瓜上说,"老实交代,你那么早结婚,是不是也因为这个?"……张年生埋着头,跟几个小伙子坐一桌吃饭,三胖子很快成了席上的中心,不断举起酒杯向张年生敬酒:"大哥,喝一杯,喝一杯,一口闷!今儿是小军大喜的日子,也是大哥大喜的日子,这酒不喝怎么也说不过去!喝喝喝!"他已经喝了三杯了,讷讷地推辞了几下,终于还是站起来,颤颤地接过酒杯。三胖子嘴巴张着,眼睛光闪闪地瞅着他,"大哥,大哥,能不能喝?慢点儿,慢点儿,——好!"他一闭眼,咕咚一声把那杯酒吞下去,感觉连酒杯都已经吞了下去。三胖子的嘴巴满意地合上了。他颤颤地坐下,冲红光满面的三胖子和其他几个小伙子笑,人家都是好心好意来帮忙的,谁都不能得罪。

赵恒山家的院子完全是另一番模样。灵堂早早布置好了,黑漆漆的棺材静悄悄地停在堂屋里,棺材两侧跪着几个女人,哀哀地哭诉乔老太艰难困苦、大仁大义的一生。赵老太刚刚哭过了,听了别人的哭诉,忍不住又要哭,给一个女人劝住了,"阿祖,你也老了,哭两声就够了,哭多了伤身子,死的死了,活着的还要活着。"赵老太抓住那人的手,一把鼻涕一把泪地说:"我是为她不值呀!我是为她不值呀!"女人安慰道:"是是是,只是值不值的都已经死了,您就少哭几句。"赵老太听了,又是一阵抽抽噎噎地哭泣。哭完了,擦擦眼泪,瞥见跪在一旁低头不语的拾来,眼泪又唰唰唰下来了,她一侧身,把拾来拉到跟前,说:"你要记着你阿祖呀,要不是你阿祖，你这小命早就没了呀。"免不了的，又是一把鼻涕一把泪地讲述，这个故事拾来不知道听人讲了多少遍了，这时候仍不得不再听一遍。然而，拾来不知道自己永远都只会知道这个故事的一半。

赵老太问拾来，你为什么叫拾来呢？不等拾来回答，时间已经回到拾来四岁那年。拾来木木地瞅着眼前黑漆漆的棺材，木木地听着赵老太口齿不清的讲述，耳朵里一片亮晃晃的流水声，哗啦啦啦，打着旋儿，从这一只耳朵流到那一只耳朵，再从那只耳朵流回来。似乎嘴是别人的嘴，故事也是别人的故事。

拾来四岁得了一种怪病，到镇上医院看了，钱花出去了，却没看好。王家桢眼看孙子不行了，病急乱投医，找了邻村的神婆来看。一看不好，神婆说这小娃早死了，小兰怀里抱的是妖怪。小兰唬了一跳，怎么是妖怪呢？神婆说不信我让妖怪现形给你们看，口中念念有词，在屋里点了一支香，从兜里掏出一张黄表纸，凑到红红的香头上一点，拿开来，纸上烧着的那点缓缓移动，最后，黄纸上竟烧出了一条蛇的样子。小兰和婆婆面面相觑，怎么会这样？神婆很得意了，神秘兮兮地说："我的法力不够，只能让妖怪现形，没法子捉妖，要想摆脱妖怪的纠缠，只能求神仙指点个地方把这小娃扔了。""扔了？"小兰和婆婆异口同声地喊起来。神婆又神秘兮兮地说："这小娃本不属于你们，哪来哪去吧。"小兰和婆婆彻底信服了。小娃确实不是小兰亲生的，是跟一个山里女人要的，刚出生就抱回来了，这事除了自家，村里只有小阿炳和赵老太知道，她怎么知道？

乔老太不答应。乔老太拎一把扫帚，往神婆身上打。"我要你现形！我要你现形！"扫帚毫不留情，刚刚还神气活现的神婆嗷嗷乱叫，四处躲，躲到哪儿扫帚跟到哪儿，扫帚活像炮仗，吱溜溜撵着她的屁股跑，一直把她撵出家门。乔老太把扫帚横在胸前，气势汹汹地，对屋里目瞪口呆的两婆媳说："就是捡回来的，也是条命呀！"王家桢和小兰一时都没话说。乔老太抱走了小娃，把他放进篮子，悬在房梁下，每天喂水，喂汤，喂饭。第五天下午，小娃喊了声阿祖。

乔老太把孩子抱还小兰，对满面羞愧的两婆媳说："今后就叫他拾来吧，是从那个山上女人手里拾来的，也是从阎王殿里拾来的。"

赵老太絮絮叨叨地讲着，那些过去的事，过去的日子，一时间似乎又活过来了，可是只活一刹那。浑浊的眼珠子呆呆地嵌在眼眶里，盯着前面，忽地光亮消失了，只见一片死寂的黑，过去的日子全安放在这黑里，什么都妥帖了。赵老太看看棺材，又看看拾来，他还不知道自己真是拾来的，要不要把他名字那剩下的半个故事告诉他呢？告诉他一件真实的事？可是真实有什么用？一瞬间，赵老太就想起了年轻时候，乔老太常常给她讲的那些故事，乔老太每次讲完，她都会嘲笑她，说她编瞎话。——可是没有瞎话，这日子还怎么过？可是为了瞎话过日子，这日子又有什么滋味？

热烈的鞭炮声忽然从门外传进来，噼噼啪啪，噼噼啪啪，红色的，一个个饱满的花骨朵儿，在寂寂的棺材边爆裂开，暗淡的花瓣，噗噗噗落下。

云南西南地区的风俗，埋葬死人的当天，须由死者嫁出去的女儿、分出去的儿子、娘家以及家门间等请人来舞龙耍狮子。大门口鞭炮一响，锣鼓铙钹也一起哐哐哐响起来了，人们不约而同地盯着大门口，那嘴巴张得老大、笑嘻嘻的狮子摇头摆尾地跟随着一个戴了面具的人进来了，那面具笑眯眯的，空空地罩住了整个脑袋，很像佛家的弥勒佛。他逗引着狮子，把院子转了一圈，又转了一圈，逗引着狮子上下翻腾，左右跳跃，然后领着狮子对着堂屋里静静安放着的棺材叩首，再叩首，无论他还是狮子，嘴巴都张得大大的，仿佛含了说不尽的开心事。锣鼓使劲儿敲，铙钹使劲儿拍，热得烫手的声音混杂在一起，彼此冲撞着，撕咬着，乱哄哄，马蜂窝，闹哄哄，一锅粥。那人、那五彩斑斓的狮子又在院子里舞，使劲儿翻腾，使劲儿跳跃。人们张大了口，望着，那热闹是多么费劲儿，费劲儿的热闹终究显出些勉强了，显出些刻意为之了。一下子，那热闹就离得远远的，是另一个世界的热闹，另一个世界的繁华。众人的目光不由得转向堂屋里那静默的棺材。人们看见的是棺材的前后挡板，涂成了红色的，也是那么热烈，那么喧闹，可里面躺着的人呢？一下子，有些容易伤感的女人眼眶就红了，怎么活了一辈子，最热闹的竟是死后这一会儿呢？可就连这短暂的热闹，自己也看不到。热闹只是演给别人看，自己的，是暗沉沉的寂静。

太阳一照，显得天很高，很淡，看上去有些灰蒙蒙的。举目四望，天空下面围了一圈儿山，蓝汪汪的，翠盈盈的。从山半腰到山脚，蓝得格外深，那是茂盛的玉米。今年雨水充沛，大雨过后，天又敞亮开，红红的太阳在水汽中一串一串的，吱啦啦晒得土地冒烟儿。这时候，静悄悄的山地里，只听见蚂蚱蟋蟀唧唧唧地叫，叫一阵又停一阵，叫声的空当里，就听见满山满坡的玉米呼啦啦往上长，发出低低的、绿得发黑的声音。眼下,粗壮的秆子上,静静地挂上了壮实的玉米棒子,掰一根下来握在手心,凉津津的,撑得手掌满满的舒服愉快。四面的山围住一块坝子,椭圆形,平平整整,远远望过去是一片黄,又一片黄,稻子沉甸甸的金黄哗啦啦泛滥开,染黄了久久停在上空的一片云,染黄了人们深情注目的眼球。

老黑坐在肉案后,眼球先是一片黄,然后是一片深蓝,再然后,是一片灰蒙蒙的蓝。老黑的目光越过坝子,越过山地,高高地落在天上。假如这会儿有一架飞机飞过,老黑便会定定地盯住它,目光缚住那银闪闪的机身,跟随它飞,飞,一直飞到大上海去。村子里,老黑是唯一有这资格的人。儿子在上海攀功名呢。一句话,只在电视上见得到的大上海,一下子就近在眼前了,仿佛可以牢牢地攥在手里,攥出无穷无尽的指望来。

"你家安民就读书猴,其他什么都不猴。"刘瑞强跟老黑一起坐在肉案后的板凳上,地上支着他不停抖动的左脚,板凳上支着他的右脚,右膝盖上支着他的右胳膊,右手托住下巴颏,不停地摩挲,好似梳理胡须。遗憾的是他的下巴还没来得及长出胡须。——"猴",在村人们嘴里,就是聪明能干的意思。

"那你什么猴?"

"我除了读书,样样猴。"

"做贼阿猴?"

"这个我倒不猴。"瑞强赶紧否认,因为老黑的话并不算错,他有些生气了。

老黑不说话了,瑞强也不说话。瑞强没地出气,狠狠地瞅了身边的瑞明一眼。瑞明苦着脸,"我们走吧,再不走老师要骂了。"瑞强颠着地上的脚,很无所谓地说:"我才不怕,中秋节了早上还要上课,学生不去也是他们的错,跟我没关系。"瑞明脸色更难看了,语调近乎哀求了:"我怕老师去找我爸,我们……"瑞强不等他说完,又恶了他一眼:"你爸揍你又不揍我,胆小鬼,要走你自己走啊。"瑞明不敢走,去学校路上须经过一大片竹林,竹林边的几家新近死了人,整片竹林黑夜白天都阴森森的,他就是不敢独自走才到对门等瑞强的。没想瑞强走到村口,看见老黑的肉摊就不走了。

　　瑞明暗示了母亲好多次,母亲都无动于衷,那两片粉红色的山楂饼跟雪梨一样惨遭厄运。瑞明对母亲很不满了。每天从学校回来,李惠文都不知疲倦地警告他:"好好读书,好好读书!"刘春山则大声感叹给他听:"世上唯有读书高,世上唯有读书高哇!"瑞明不明白了,读书有什么好处呢?刘春山随口又来两句:"书中自有黄金屋,书中自有颜如玉。"谁知瑞明榆木疙瘩得很,不明白这黄金屋和颜如玉是什么东西。刘春山毫不迟疑地说:"就是一大堆金子和漂亮老婆。"瑞明仍旧不明白,这两样东西有什么好处呢?刘春山犯难了,答不上来了,他瞅着这个不争气的儿子说:"这个嘛——"幸好李惠文及时解了围,她白丈夫一眼,郑重其事地对儿子说:"把书读好了哇,就能买一大堆山楂饼,想什么时候吃就什么时候吃,想吃多少就吃多少。"直说不就得了!瑞明恍然大悟了,读书的好处一下子具体起来了,可以捏在手里,还可以含在嘴里,甜甜的,酸酸的。得读书!山楂饼很长时间成了瑞明读书的精神支柱,早上也很少赖床了,实在不想起,就去想那圆圆的、粉红色的、充满魅惑的山楂饼。今儿中秋，这必不可少的两片山楂饼反倒没了，支柱一下子倒了，这书还怎么读？没法读！

瑞强不再理会瑞明，把目光转回肉案。一条一条水红色的肉，整整齐齐堆放在长桌上，好似一段微波粼粼的河流，他的目光像一尾滑溜溜的银色鲫鱼，贪婪地穿梭于红艳艳的细浪微波之中。一大口唾沫咕咚一声，坠落下去。老黑不理会他们，他的目光望得很近，落得很远。很远。太阳还未上来，广阔的田野格外寂静，格外肃穆，格外忧伤。那是一种沉甸甸的、金黄色的忧伤。牛乳一样的雾气缓缓从庄稼丛中升起，一团一团聚在庄稼之上，像一群默无声息的野兽。偶尔有人扛着肩杆，握着镰刀——镰刀上微微反射着清晨薄薄的光芒，从安谧的村子走出来了，走向内心躁动不安的田野。睡眠仍旧挂在他们脸上，像一张张没贴好的标签。他们走到老黑的肉摊前，露出一点吃惊的样子："老黑，你怎么不做石匠，卖起肉来了？"说完又继续往前走。——没人跟老黑买肉。

"老黑，怎么没人买肉啊，你的猪肉阿是有毛病？"瑞强对村里的人，除了本姓的，一律直呼其名。他一直绷着一股闷气，这会儿终于找到出手处了。

"你妈才有问题！你阿买？不买就滚，别狗似的守在这儿，没骨头！"老黑很突兀地生起大气来了。他很少生这么大气，年轻那会儿，他那么喜欢笑，一笑起来，脸上就现出两个浅浅的酒窝，笑圆圆地窝在里面，特别地打动人心。媳妇最初就是让他这笑勾住了眼睛的。现在不是那么回事了，年纪大了，皮松肉塌，一笑起来，曾几何时的两个酒窝就向上下扯开，拉成三寸来长两道"刀疤"。媳妇不止一次埋怨他，你少笑笑，笑起来像无常！

瑞强脸上的神色一点没变，他非但不害怕，心里还有几分得意，看来这招击中点子了。他心安理得地把屁股在老黑的板凳上陷个坑，脸上仍是那副万事奈他不得的表情，支在地上的脚颠着，有点儿悠闲，有点儿不耐烦，有点儿玩世不恭。右手则不停地玩弄着自己的下巴，摩挲着那点还未长出来的胡须。一点儿薄薄的笑贴在腮帮子上。——然而他不知道，老黑的猪肉确实有毛病。

老黑起了个大早，借着明晃晃的月光打草绳。月光落在手中翻腾的稻草上，泛着一点儿陈旧的淡青色，放进嘴里嚼一嚼，有一股苦涩的味道。今年年成不错，交了公粮，再留下两口子一年吃的，兴许能卖七八百斤，再磨些玉米面，把那头猪催催肥卖了，添添补补，儿子要的七千块钱大致就够了。可年成好，粮食就贱——听三胖子说，最近的米市行情一百斤只八十块了，过些时候，庄稼都收回来，肯定还得降。年成不好呢？粮食的价格又一蹦三尺高，自家粮食不够吃，还得买。说来说去，粮食都让农民操碎了心。王桂英在灶房那边弄出些嘁里哐啷的声响，传到老黑耳中，是一片熟稔的音乐，一辈子的日子就在这敲敲打打碰碰撞撞中过来了。女人跟了自己，真正没享过一天清福，今儿中秋了，该下地还得下地，该一身汗臭还得一身汗臭……正想着，王桂英急匆匆走过来了。围裙撩在怀里，慌慌地擦着湿淋淋的双手。

"你过去瞧瞧那猪，昨晚的猪食好像一点儿没碰。"王桂英声音的慌张，暗示了事态的严重性。

那头五尺来长的肥猪躺在猪圈角落,耳朵耷拉着,掩住了眼睛,肥厚的屁股上,停着几只秋后苦苦挣扎的苍蝇,一只挨着一只,虚弱地嗡嗡着,那头猪连尾巴都舍不得扬一扬,任凭它们作威作福。老黑又看一眼门边那条石猪槽,放了一夜的猪食,渣滓沉了底,上面清汤寡水的,映出人影来了。再回头看那头一声不吭的猪,一个灰蒙蒙的念头倏地占据了他的心。"你等我,我去找马壮龙。"老黑给女人抛下一句话,慌里慌张地往外走,事态很严重了。

村里的传奇人物马壮龙是村头赵老太的老儿子。赵老太生他那年已经快六十岁了,更奇的是,刚出生三天,他小嘴一张,竟响亮地喊了声妈,把赵老太吓了一大跳。这小娃命硬,克爹妈的!村里人都这么说。这是老辈子人传下来的说法了,没错。村里上一辈人也生出过这样的小娃,第四天当妈的就给克死了。丈夫伸手就要掐死儿子,给赵老太挡住了。她瞅一眼那小小的热乎乎的肉体,比拳头大不了多少,却热烘烘地热到她心里去,牵心拉肺的,她无论如何狠不下心。"除非我先死了。"赵老太固执地对丈夫说。第四天,赵老太没死,许多天后,也没死,家里人都松了口气,看来老辈子人传下来的话也不一定准——谁知半年后,丈夫进山砍柴,从树下摔下来,死了。村民们恍然大悟了,老辈子人的话不可不信,是赵老太命硬,克不死,命软的丈夫就倒霉了。

马壮龙很意外地一路念到高中,成绩意外地一直不错,一高考,出问题了。马壮龙曾对村里人说,搜搜衣兜角落就够录取分数了,高考分数一公布,看来是衣兜漏了。村里人议论时,刘春堂用了个人们不认识的词概括这结果:名落孙山。马壮龙躺在床上,隔着近视眼镜片，使劲瞅对面墙上贴的一幅字：精诚所至，金石为开。委屈了，泄气了，难为情了。今后还怎么见人？没法见！村里人远远地望见他，就笑呵呵地喊："大学生！大学生也出来干活了，近视眼怕连谷子和稗子也分不清吧？"以前人们喊他"大学生"，他心里美滋滋的，满以为自己成为名副其实的大学生不过迟早的事，现在人们喊他"大学生"，感觉不同了，就如同一根毛刺刺在肉里，痛得厉害，想拔出来却又不知如何下手。只能躲。马壮龙外出闯荡了，可过了四五年，又回来了。人们诧异地问："大学生怎么回来了？眼镜怎么不戴了？丢啦？"过不多久，马壮龙挨家挨户去拜访了，推开门，问的是："阿要打猪针？"村里人如果戴眼镜，铁打的也早跌破了。反差太大！没人敢把猪交给他打针。你眼睛不是近视吗？如今不戴眼镜，哪个晓得你把针头戳哪儿？没办法，他只好立下"生死状"，医不好、医死了，赔！死一赔二！于是有人把猪交给他了，没想到，竟医好了。让人不免有些失望。

猪医生的招牌算是打出去了，可马壮龙烦的心思一点儿都没少。眼一眨，都二十七八的人了，村里同学的孩子都快上学了，自己还是光杆。光杆！光杆！这词要多难听有多难听。他知道自己的毛病出在什么地方，可他使不上劲儿。命硬！只配跟畜生打交道，嫁了这种人要守活寡的！一百家人说的都是这句话。前些日子，李惠文给他介绍了个姑娘，他一看就撇嘴。年纪太大了，叫姑娘都快叫不出口了。眼睛也有些斜，小腿太粗，说话太炸。对方矜持地对他笑，这一笑更糟了，大龅牙！他没跟对方说几句话，就退回来了。李惠文把他骂了一顿。"老鸹你还嫌什么猪黑！人家比你小两岁！聋子也就配哑巴。你不服气，你还等着七仙女下凡给你当媳妇？七仙女就是下凡了，也嫌你满身的猪骚味！你都二十八了，眼一眨就三十了，找，找，你上哪儿找去？"他知道李惠文是好心，好心也是这句话，他不能要。自己好好的，为什么找个自己不喜欢的？就算自己缺手缺脚，也未必非得找个缺手缺脚的！李惠文说："将就着吧，日子过上了，也就喜欢了。"他偏不，为什么要将就？生活难道就是将就来的？

马壮龙住赵老太楼上，赵老太一大早起床，到赵恒山家哭乔老太去了。他给赵老太吵醒了，换一个姿势，再换一个姿势，无论什么样的姿势，都没法再睡回去。窗户开着，他竖起耳朵听外面的声音，除了鸟叫，还是鸟叫，叽叽喳喳，天天一个调。杂乱的鸟鸣之中，小贩的吆喝隐隐传来：卖鸡蛋糕嘞——鸡蛋糕嘞——糕嘞——是个陌生的声音。马壮龙跟村里多数人一样喜欢王副官，看他，每天都那么乐，一点儿忧心的事都没有。"活着开口笑，死了睡一觉。"王副官说出这句话时脸上洋溢着的笑令他羡慕不已。能说出这话的人，肯定是天底下活得最快活的人了。听一听他的声音，旁人也会多一些快活，今儿却没听见王副官的吆喝，马壮龙心里有些空荡荡的了。说不出来的寂寞。

"六十！六十！"老黑还未进门，就急火火地扯开喉咙喊。

马壮龙最恨别人喊他六十，有时他甚至对赵老太有些怨，那么老了，还生养，就不会夹紧点儿？可这话不能说出口。赵老太要是"夹紧"了，他这会儿不知道还在哪个大海大洋上漂着呢。今儿一大早本就不快活，再听见有人这么叫自己，很不乐意了，便把头埋进枕头，不理那人。

"六十！六十！"老黑急急地又叫了几声。

马壮龙不想听还是听清楚了，是村口老黑。这就更不答应了。他知道别人找他都有什么事，其实呢，是给他送钱，但他更愿意让老黑倒霉，不愿要那几块钱。村里那么多人，表面上都说什么读书无用，其实哪家不盼望家里出个大学生？可就独独他家安民考上。他马壮龙没考上，安民却考上了。自己这面子无论如何找不回来了，这口气无论如何咽不下了。他躺在床上，一点儿声气不出，心里美滋滋的。活该他倒霉！看他在村里癫狂！

"大妈！大妈！"老黑又喊了两声赵老太，凑近一看，赵老太门上大明白白地挂着一把锁呢，没人。整座院子空落落的，人烟鬼气没有。人都到哪儿去了？今儿村里张年生、赵恒山两家办红白喜事，到这两家去了？老黑赶紧往这两家赶，好不容易在赵恒山家找到了赵老太。赵老太刚刚哭过，皱纹堆叠的脸上，满是泪痕，声音哽在喉咙里，像一口浓痰，怎么也出不来。老黑急了，嘴巴钻进赵老太耳朵里喊："大妈，你说清楚点儿，六十去哪儿了？我有急事找他！"赵老太喉咙里发出咕咕咕的声音，拽住老黑的袖子，眼勾勾地瞅着他，忽然满眼滚泪，喊道："大兄弟，你媳妇死得冤屈哪！"老黑一愣神，忙把赵老太的手掰开，这老太婆哭疯了，竟把自己当作乔老太死去多年的男人！

老黑要疯了，疯了！疯了！

老黑颤颤地握着话筒，话筒似有千斤重，往下坠着，握不住，又似烧红了的钢钻，擦啦啦烫得手上一股烧猪皮味，握不住——安民在电话那端轻描淡写地说:"给我寄七千块钱。""开学时,你不刚拿去一万了吗?怎么又要?"老黑小心翼翼地说。儿子是大学生了,在旧时候,那就是状元,就是老爷,就是父母官!自己一个瞎字不识的大头百姓,跟父母官说话,自然得陪着一万个小心。"那个是学费和生活费,这个用来买电脑。"——"买电脑?老师要你们买的?"——"不是,我自己买。你别问那么多阿得?"——"听他们说,买了电脑都是打游戏,会误功课……"老黑禁不住有些担心,惴惴地说,还没说完,儿子就打断了他:"听他们说,听他们说,你什么都不懂,就会听别人说。打什么游戏?我跟你说你也听不懂,不懂就不要瞎说!你阿给?"儿子不满了,老爷发火了,祖宗恼怒了!老黑生怕安民挂电话,常常这样,家里人想多听他说两句,他一不顺心就挂了——克托,像是冷冷的冰块坠入冰窟窿。老黑重重地咽下一口唾沫,说:"我过两星期寄给你。"——克托,遥远的大上海冰块再次坠落。

老黑一进家门,听见了媳妇呜呜呜的哭声。哭声给拼命压抑着,像从一个窄窄的缝隙里渗出来,一点一点渗入秋日早晨青白色的空气,抓一把空气放进嘴里嚼一嚼,有一股苦涩的味道。

王桂英蹲在猪身边,拿一张黑黢黢的抹布擦猪嘴里不断流出的白沫子。"你才出门,就成这样了。你去哪了?这么半天才回来?马壮龙呢?"王桂英满脸眼泪,满脸焦急、伤心和对老黑的埋怨。老黑慢慢蹲下身子,木木地瞅着猪嘴里不断流出的沫子,苍白无力地说:"到处找了,找不到。"王桂英望望他,又望望猪,这猪要有个三长两短,儿子的钱哪儿凑去?两人转着同样的念头,两人感到同样的束手无策。猪眼看是不活了,还能怎么办?这么大个猪,喂了一年多了,两三千块钱哪,死了,拖出去,随便一个水沟里一扔就没了?——许久,老黑瞅一眼猪微微起伏的肚皮,咬了咬牙说:"捅它一刀,烧成火烧猪拿出去卖。"王桂英不答应,舍不得归舍不得,拿出去卖,吃出人命怎么办?老黑又咬了咬牙:"多烧烧,不会出事。再说不吃食,又不是什么病。"王桂英还是不答应,万一出了事怎么办?这可是犯法的事。老黑恼怒了:"你以为我想做这缺德事?那不这样,儿子的钱哪儿凑去?上大街捡哪?"王桂英哽咽着,不说话了。

买肉的人陆陆续续来了,老黑手持光闪闪的尖刀,笑呵呵地迎来送往,不住地说:"这肉煮了吃最好,煮烂了!"寨邻之间,大家免不了要老黑让些,老黑把秤杆夸张地吊得老高,秤砣都快滑下来:"阿嫂,让不得了,你瞧瞧,四斤二,就算你四斤!……好好好,再送半斤骨头,再让不得了!"小华丽一口气割了十斤肉,老黑送了她一斤骨头,她瞅着那堆碎碎的骨头笑:"黑叔,这哪行呀,就送这么点儿?"老黑捋起袖子擦擦汗,"不少了,我们这日子都是磕磕绊绊一斤一两过出来的,比不得你家三胖子,一拖拉机就拉回多少钱?"小华丽哟了一声说:"黑叔你说哪家的话,一车一车往家拉的是沙子石头,可不是钱。要说,你们家安民那才是拿大钱的人哪,以后这村里就瞧他在天上放光了。"老黑嘿嘿笑:"那可说不准,这是没屁眼儿的事,哪个晓得到时候怎样?"说着往小华丽的盆里加了两块骨头。——老黑说,中秋了,讨个吉利,骨头不卖,只送。老黑做了这个决定后心里多少好受了些。

瑞强仍那样坐在板凳上，偷偷察看每个来买肉的人。中年妇女让他心烦，小姑娘也不讨他喜欢，前者太婆婆妈妈，一嗓子喊出来简直不像女人。后者呢，太小的拖两条大浓鼻涕，衣服前襟擦得油腻腻、亮晃晃的，看看就恶心。年纪稍长一点儿的，又总一副羞怯怯的模样，看她一眼就像从她身上割一斤肉。瑞强一副懒洋洋的样子，一双眼睛半睁半闭，眼珠子却分外活跃，滴溜溜地专门找寻那些打扮得风骚美艳的少妇。路上常常有这样的时候，他全神贯注地注视着她们，看她们挺胸抬头朝自己走来，一路翘起嘴唇嗑瓜子，咔啪，轻轻地一咬，快到自己身边时，把瓜壳远远地吐出去，偶尔会有一星唾沫星子溅到自己脸上，紧接着，一阵浓烈的芳香迅速笼罩了自己。一时间，他兴奋得直想打喷嚏。待那人走远了，他才猛地想起，转过身去，心惊胆战地瞅那人的后背：的确良衬衫隐隐约约透出一点儿乳白色的胸罩。瑞强兴奋得差点儿晕过去，咕隆隆咽下一大口唾沫，热血沸腾的心躲在胸腔里，如同发情的青蛙，呱呱呱一阵乱叫。

小华丽的出现令瑞强异常兴奋，人家可是城里人，跟这农村烂泥里长出来的土花儿不一样，特别的水灵，特别的洋气。小华丽婷婷袅袅地立在肉案前，刚从睡梦中苏醒过来的肉体散发出倦怠的淡淡芬芳，穿透白腻腻的生肉味，扑面而来了。瑞强胸腔里那只刚刚还在冬眠的青蛙，一下子感受到春风的浩荡、阳光的灿烂了。一道燥热的目光从耷拉着的眼皮底下射出，猛地碰到小华丽身上，只觉得软乎乎，暖融融，目光一下子柔顺了，痴呆了，惊惶了——天哪，茭白一样白嫩匀称的身体紧绷在月白色衬衫和长裙里，胸前竟淡淡地透着一抹粉红！胸腔里那只青蛙哇的一声，晕了过去。

小华丽鲜红的嘴唇湿湿的，亮晶晶地闪着一点儿笑意，一扭身，瞧见瑞强呆呆地瞅着自己，又哟了一声，"这不是春堂叔家的瑞强吗？想吃肉叫你妈给你买呀，瞅我做什么？"瑞强脸唰地一红，嗫嚅着说不出话来。小华丽甩甩屁股走了，瑞强的一张脸仍烧炭一般。老黑斜他一眼，恶声恶气地说："眼珠子出来咯，妈的，这么点点儿人，就知道瞧女人！"瑞强反唇相讥："我瞧你妈！"老黑举起刀子对着他："小杂种，刘春堂就这么教你说话？"说着只见远远的一个人，迈着方步朝这边走来，不是刘春堂是哪个？老黑笑笑说："你爹来买肉了，把你刚说的话再说给他听听？"瑞强扭头一望，魂儿都掉了，慌慌张张地站起就跑。瑞明一直等在一边，打着哭腔，却不敢独自走，瑞强一跑，也跟着跑。

瑞强拐了个弯，望不见老黑的肉摊子了，方才刹住脚步，面向学校的方向，想了一会儿，拐向了另一条路。瑞明一看急了，追着喊，你要去哪儿？瑞强转过脸来，笑嘻嘻地说胆小鬼，我们去乔老太家瞧狮子。

## 第六章

太阳高高地悬在天上，吱吱尖叫着放出万道金光，射向庄稼，射向土地，射向土地上、庄稼间的人们。刘春山正弯腰割稻子，阳光打在他黝黑光亮的皮肤上，擦啦啦拐了个弯儿，又射向周围的庄稼，射向他身后的媳妇。

李惠文使尽浑身解数，仍赶不上丈夫，一抬头，望见丈夫粗壮赤裸的上身反射点点阳光，手臂上，肩膀上，脊背上，阳光晃成一团，离自己越来越远，一种无力的感觉刹那间在心里汹涌。今儿怎么一直心神不定呢？刚才听见三胖子的拖拉机经过，抬起头一望，知道这是去接新姑娘的，心里就忍不住有些感伤，这才几年，自己做姑娘的日子就一去不复返了。不一会儿，又要有一个人，跟自己当年一样的，给送进洞房，躺在一个男人的身边，也许她喜欢那个男人，也许只是为了某些不得已的原因。男人呢？也许喜欢她，也许……她的脑子乱了起来，不能想了，日子不是靠想出来的，哪有那么多可想的？忽地却又想起了三胖子说的吴师傅，又想起了那个人。

十七岁的中秋，团圆的月亮照见了她未生即死的爱情。月亮穿出云层，又穿入云层，一家人都仰头望，巴望着掉下什么东西来。吴作栋进来了，大家都没发觉。吴作栋陪着一家子望了一会儿月亮，望不出个所以然来，咳嗽一声，笑着说："望什么呢？一个个呆头鹅一样。"一家人猛听见这话，赶忙低下头来，都有些不好意思。"大爹怎么不摆月饼？我还说过来蹭火皮呢。"吴作栋大咧咧地说。爹搓了搓手，很不好意思了："没钱哪，实在周转不开。"吴作栋捏了捏手，抛下一句话："你们等一下。"转身大踏步走了。不多久，吴作栋回来了。大家心照不宣地看他的手，两只手空落落的，什么也没有，一个个心里不禁深深地失望了，一下子给勾起来的欲望，一下子又变得格外遥远了。这时，吴作栋哈哈笑了，反手朝身后一掏，从裤带抽出一包杂糖来。弟弟妹妹们禁不住欢呼雀跃，自己反倒紧张了，那是过于欢喜的紧张，自己的欢喜是两份的，有一份跟弟弟妹妹们一样，还有一份，就具有私密性了，甜蜜和羞涩都是不能说出口的……不能想了，不能想了，这辈子都不可能再见到他了，见到了又怎样呢？这么多年，自己一定变得很丑了吧？而他，以前同学们都开玩笑说，他像极了旧时候的电影明星赵丹。她特意找来了赵丹的画报，看，怎么说呢，私心里觉得还是他好看些。那么好看的他，见了变丑的自己，会怎么想？……不能想了！不能想了！不能想了！

　　她狠狠地制止自己。抬起头来，丈夫又把她抛下了一大截。一大截满满的沉默。这块田在山脚，孤零零的一块，旁边除了丈夫，再没其他人。丈夫不说话，这个世界上便没人说话了。世界安静得出奇。蚂蚱蟋蟀吱吱吱叫，叫得人心里乱乱的，安静更加安静了，寂寞也更加寂寞。丈夫身上的点点闪光，显得那么遥远。远处隐隐约约传过来一丝丝哭声，抬头一望，是儿子哭泣着朝这边走来。书包挂在他屁股上颠颠着，像是给哭泣打节拍。

　　瑞明抽抽噎噎的，讲了半天，才讲清楚是为了一个雪梨。瑞明看见乔老太的祭台上供着一个雪梨，想要，指给瑞强看。瑞强答应他，要他放哨，去把雪梨拿来给他。瑞强拿到雪梨，却又反悔，自己把雪梨吃了。她使劲掐儿子一指头，"你怎么就这么不争气，死人的供品有什么好吃的？"瑞明眼里闪着泪花，眼巴巴地瞅着她。她心里不禁一软，伸手擦了擦瑞明的脸，"不要哭不要哭，妈下午跟你上街买今晚吃的东西，给你买雪梨。"瑞明一听，破涕为笑了。刘春山提着镰刀,歪着脑袋走过来,结实的胸脯披满汗水,闪烁着点点光芒,好似一头油光水滑的公牛。"儿子,今儿早上怕是没去上课吧?"刘春山这话说得轻描淡写的,瑞明心里却不由得打了个寒战,赶忙求助地望着母亲。李惠文摸摸他的脑袋,想起今儿早上忘了给他拿山楂饼,心里过意不去,安慰道:"没去就没去吧,中秋节了,也该休息一天。"刘春山走近了,八叉腰望望一早上割倒的稻子,又望望蓝沉沉的天空,没再提刚才的事,咂咂嘴说:"这谷子最好能在田里晒两三天,就不晓得阿会下雨。"她也抬起头望天,云彩鸽子毛似的,镶嵌着一层亮黄边儿,伴随着阳光水波一样的粼粼音乐,随风飘逝。

今儿小贩们格外热闹,卖蛋糕的刚刚离开,卖米糕的又来了,"米糕嘞,米糕嘞。"是一个老头的声音,时远时近,没有力气,吆喝声灰蒙蒙一片。村里不免有人怀念起王副官,那一长串一长串的吆喝多么欢快,那个亮晶晶的"嘞"字,蹦蹦跳跳,直钻进人耳朵里去,钻进人心里去,清清凉凉的,舒舒爽爽的,灰暗的生活打了个激灵,一下子振奋起来。今儿混成一片的吆喝声,热闹倒热闹了,却失了灵魂,有些费力不讨好,甚至有些强颜欢笑。

李惠文拉了瑞明,冲锋一样冲破小贩们吆喝的层层封锁,气喘吁吁回到家。她怕。对没钱的母亲来说,小贩的叫卖声真是件让人头疼的事。为什么要叫呢?还叫得那么响!隔得老远,孩子就竖起耳朵听,缠着要买,可是拿什么买?有一次一个卖冰棒的女人从家门口经过,儿子把自己拉到那个女人身边,不买不行了,可没钱,那时她一分钱没有,就算有钱也有其他正经用处。儿子说什么也不依,那卖冰棒的女人站着不走,说:"儿子要就给他买一根吧,只有心疼人的,没有心疼钱的。"这说的什么话?她忽然恼声恼气地说:"你走你走,别待在这儿。"那女人笑笑,不动,又对儿子说:"让你妈给你买,她有钱。"儿子哭着,拽住了她,她忽然就恼了,扯开儿子的手,骂道:"不要脸的东西,你最好吃了你爸你妈,你以为想买就买了,要钱!你以为把你妈的屁股转给人家踢两脚,人家就卖了?"说得那女人讪讪的,推了车子走了。

刘春山和瑞明在堂屋里看电视,她靠板壁坐在外面修理上街用的背篓。电视里的机枪扫射声不断传出来,咔嗒嗒嗒,嗒嗒嗒,一枪一枪打进她心里去。他们父子这会儿肯定一起目不转睛地盯着电视屏幕,满脸陶醉的神态,口水都快流下来了。那样子真叫人难以理解,真叫人厌恶。动不动就端起机枪扫射究竟有什么好看,日子能那样过?怎么可能每天面对的都只是些打打杀杀的问题?如若真那样,反倒简单了。对面刘春堂家静悄悄的,偶尔从灶房传出哩啦哩啦的锅铲翻菜声,不知道待会儿又会飘出什么样的菜香。儿子又会怎样撮起鼻子嗅,满脸恶狠狠的贪馋。可谁也没饿过他一顿半顿,他怎么就那样?两家人门对门过日子,不好过呀,一举一动都得跟对方比一比,带着点儿表演的性质。可自己凭什么跟人家比?偏偏儿子又不争气,老往对门跑!这真是件让人头疼的事。

这时候天忽然就暗下来了,没有一点儿先兆,厚厚的云团呼啦啦从西边涌过来,眨眼之前还蓝沉沉的天空,眨眼之后就给遮剩了一条缝儿。一道明亮的光跳了一下,像电灯泡里的钨丝一闪,咔啦啦一声,震得她的耳朵嗡嗡响。明亮的雨点混合冰雹连成一条线,唰啦啦斜斜地砸下来，地上的浮土砸出了一个个小坑，一层浮土腾起，浮在半空中，迅速地又给打落下去，空气中弥漫着一股浓浓的腥味。雨点越来越密，线与线连成网，把田里的庄稼、路上的行人、村庄里的房屋都严丝合缝地织进里面。天迅即暗下来，黑洞洞的，对面灶房拉亮了灯，昏昏黄黄的一点，隔着雨水，恍恍惚惚地浮动。暗沉沉的世界里，只见满天银亮的蛟龙翻滚腾挪，时而温柔缠绵，时而争夺厮杀。她给这突如其来的阵势吓住了，嘴里的那一声"糟"都忘了喊出来。田里割倒的稻子没拿回来，算是晒出水了。刘春山咣当一声打开门，歪着头瞅了瞅那雨，狠狠地骂了声娘，又关上门，重又回到他的枪林弹雨中。这时候对他来说，枪林弹雨比刮风下雨重要得多。幸好割倒的稻子不多——她只能找个借口安慰自己。

噼噼啪啪的脚步声好似一群受惊的鱼冲进院子。稀稀落落的说笑夹杂其间。"这雨真带劲儿！""老子算领教了。""不过来得快，去得也快，不出一个小时保准晴。"她大吃了一惊，这声音好熟！是他，真是他？吴师傅。吴作栋。这太巧，巧得不像生活了。可她愿意相信！他总会在她想不到的时候出现。忽地却又怕了，他见到自己会有什么反应？自己该说什么话？还不如不见的好，不如赶紧躲进屋——可是不行！过去已经失之交臂了，这次能见却不见，今后非得后悔的。可见了又能怎样呢？大家都是有家室的人了。原来的那个自己已经不知道到哪儿去了。是他，真是他？……她胡思乱想着，脑袋里装了个马蜂窝，嗡嗡嗡地有千百个方向。坐着，动也不是，不动也不是。眼前是瓢泼大雨，下疯了似的，雨线中浮动着一团团雾气，对门的人朦胧在遥远的记忆里。

一家人吃完饼子，目光渐渐落到她身上。连两个不知事的妹妹都闭了口。大家盯着她，一言不发的，但这沉默里分明有一股力量，逼迫着她对他表示点儿什么。不然说不过去了。大家都晓得，她和吴作栋好上了。她自己反倒不晓得。那些美好而又令人忧虑的心思都小心翼翼地藏着掖着，她几乎没想过如何将它们兑换成现实。现在，时候到了。这一刹那，她深深地感受到了自己对他的那份心，她多么想把它们都说出来。可是不！那是她的东西，把它们兑换成现实的也该是她自己，别人一点儿都插不得手的，别人插了手，就不完完全全是自己的了。她要的美好是一分一毫都不能缺的。一股寒气从心底透上来，悲哀和愤怒纠结在一起。她恶狠狠地骂两个妹妹："看什么看！眼珠子掉出来了喂狗去。"母亲以为她害羞，温和地说："时候不早了，你送送小栋吧。"她脸一红，倏地站起，掉头朝里屋走去，手扶定门框，扭过头来，咬牙切齿地对母亲说："他又不是不认得路，有什么好送的？要送你送！"说完砰一声砸上门。这下子，家里人面面相觑，摸不着头脑了。吴作栋怔怔地坐着，也是一头雾水。顿了顿，母亲大声骂道："真没见过这样的人！李家几世几代都没出过！发什么疯？还以为自己是女皇帝了！把自己供上天了！屁！"母亲骂了两句，转而和家里人一起安慰吴作栋。她无力地倒在床上，把头紧紧压进被子，浑身疯狂地颤抖，滚热的泪水汩汩涌出。她不能让他们听见，不能让他听见。——半晌，她听见外面房间一阵响动，他走了。她的身体绝望地平静下来了，泪水流得无声无息。

泪眼蒙眬中，她站在家门口，目送他离开，拐上那条寂寂的小路。月光泛滥，把路边的房屋、稻草垛、草杈照得分外明晰。月光静悄悄地披了他满身银色。他越走越远了，身影长长的，仍旧系在她脚下，她感觉那是从她心里拉出来的一根线，他走远一步，就疼痛一分。她疼得快喘不过气来了，他忽然转回头，温柔地望着她。她微微张大了嘴，望着他俊秀的脸上月光浮动。……这又是一次多么美妙的虚构！记忆总是一次次试图修复那些现实的残片。她木呆呆地倒在床上，想，现在什么都完了。心已经在这一刻死掉了。半年后，当村里纷纷议论吴作栋竟因盗窃入狱，并被判了十年，她的死去的心反倒活过来了，似乎人们夺走的东西又还回到她手中了，她可以靠自己的努力一点儿一点儿重新实现它。她一定要等他！……而这呢，又是一次多么美妙而脆弱的许诺。

雨下了一小时不到，干干脆脆地停了。（云南的暴雨就那样，一忽儿来了，一忽儿又去了，一刹那前还大雨滂沱，一刹那之后已艳阳高照。大地仿佛做了个梦，地上遗落下一些碎片，却又是真实的。）风一吹，黑黢黢的云彩一哄而散，水汪汪的天蓝得含情脉脉。太阳水淋淋的，一圈一圈放出光来，晒得湿答答的大地吱吱响。地面上潴集了一塘塘雨水，浑浊的，闪耀着灼目的光彩。一团团水蒸气升起，像是梦的袅袅余音。

果真是他！她透过袅袅娜娜的水汽，辨明了那个人，心里冷丁丁抖了一下。可是不对！眼前的那个人怎么可能是他？头发秃了，眉毛也似乎光光的，一张脸看上去恐怖而又滑稽，有几分小丑的样子。鼻子呢？一撮黑黑的鼻毛大咧咧地从鼻孔里探出来。黑黢黢的胡子围了嘴巴一圈，很脏，很长，似乎喝汤的时候粘住了。忽然，他嘴巴裂开来，露出满口黄牙。他一阵大笑，那笑声里有几分附和，有几分巴结，有几分说不出的沧桑。他不过是一个卖工的，到处跑，到处的人都能用几块钱雇用他，占有他一段时间的生命。他现在笑起来多难看，满脸的皮肤堆起，堆上去，堆到脑门上，光秃秃的脑袋立即皱成一颗陈年的红枣……以前同学们都开玩笑说，他像极了旧时候的电影明星赵丹。……自己私心里觉得还是他好看些！记忆中美好的形象，刹那之间淡去，再也想不起来了。她浑身的气力都化成了蒸气，袅袅娜娜地上升，离她而去。她毫无办法。她扶着板壁站起来，盯着对门的人，用整个身心去看。他看到她了，又把目光掉开了，他没认出她。但她确定那是他，他化成了灰她也认得出来——她宁愿他化成了灰！这一刻，她感到撕心裂肺的仇恨和哀伤。她恨他，不是因为他恶俗的相貌，不是因为他谄媚的说笑，而是因为他一下子粉碎了她这许多年来的梦。那是一个多么美的梦，必须装在真空玻璃瓶子里仰望的。现在什么都完了，那不过是一个肥皂泡，在强烈的阳光中一闪，无声地碎了。她听见了内心里无声的崩塌，现在，什么都完了。

李惠文推开堂屋的门，走进去，里面黑洞洞的，丈夫和儿子都在等她。电视里的机枪扫射愈加猛烈了，咔嗒嗒嗒，嗒嗒嗒，一枪一枪，打进她心里去。她忍不住又回头望了一眼——漫长而辛酸的一眼，只望见院子里潴积的一汪汪雨水闪烁着红艳艳的光，如同一匹匹晃动的红绸布。

水蒸气团团升起，是梦的袅袅余音。

## 第七章

不多几年，小村里的人们已经淡忘了乔老太，乔老太出殡时忽然降落的那场大雨却深深打湿了人们的心。赵老太常常这么形容那场雨："哎哟哟，不得了，那场雨差点儿没把刘春堂家的大黑狗砸死。"

几通鞭炮放过，几场狮子耍过，起棺了。黑漆漆的棺材上面是一根黑漆漆的龙杆，粗糙地雕了龙头龙尾。龙杆用大红毛毯和大红纸花盖住，跟棺材用牛皮绳子绑定，前后横了两根木杆，两根杆子的末梢再各横一根木杆，这样，棺材两边各有四个人，八个人咬咬牙，嗨哟一声，一齐用劲儿，棺材就晃晃悠悠地离了地面，晃晃悠悠地往前走了。鞭炮又响起来了，锣鼓铙钹又响起来了，戴面具的人又跳起来了，狮子又舞起来了，孝子们也尽心尽力地哭起来了。热闹极了！鞭炮炸飞的红色纸屑热烘烘地飞上天去，冷清清地飘落下来，缀上孝子贤孙们白素素的孝服。人们沉浸在各自的工作中，忘记了将它们拂落。只有抬棺材的人们置身热闹之外，他们面无表情地迈开方步，一步一步，踏上厚沉沉的大地，发出浑浊的回音。此时此刻，别人听不见的他们能够听见，别人看不见的他们能够看见。他们听见棺材发出喑哑的声音，嘎吱嘎吱，像一个躲在土地深处说话的人。他们听见死者身上流出的脓水缓慢地汇聚，从棺材没封严实的缝隙间渗出，滴答滴答，滴在地上，是时间一点儿一点儿死去的声音。后面四个抬棺材的人一低头，就能清楚地看见，这轻微的声音将坚硬的土地咬出了一个个小小的坑。……棺材上下左右四壁漆成黑色，前后大小挡板漆成红色，当后面那一块红色渐渐远去，许多脏兮兮的苍蝇迅速从村子四面八方臭烘烘的厕所里飞出来，急不可耐地钉上那些小坑里黄褐色的脓水，安安心心地一顿饕餮。

村口小河边悬挂灵幡的地方，一部分提前出来的孝子贤孙早已面向棺材的来向跪在那儿，排成一长溜儿，静静地守候棺材的到来，行列当中插进了两条板凳。赵恒山恰好跪在两条板凳之间——事实上，应该说两条板凳恰好安放在他前后，因为凳子是后来顾拜林放进去的。赵恒山恨恨地瞅了阴阳先生顾拜林一眼，他知道这老杂毛的险恶意图。顾拜林眯眼望天，眼睛里一片凝滞的青白色，一朵云缓缓游出他的左眼，又缓缓游进他的右眼，完全一副不问人间是非的模样。赵恒山暗暗咽一口唾沫，斜眼瞄了瞄周围，他的目光扫向人们，人们的目光也扫向他，目光与目光相对，他势单力薄的目光立即给人们目光的洪流打压下去。他微微动了动膝盖，不好挪动位置了。他扭头朝后看了一眼，这一眼在很大程度上安慰了他。他哥赵泰山也跪在两条板凳之间。他们的目光粘上了，短短的一瞬，又迅速扯开，有些不共戴天的样子，又有些惋惜，有些羞涩。

乔老太刚装进棺材，赵泰山两口子急匆匆地赶到弟弟赵恒山家。前脚还没跨进门，麻老槐一嗓子就喊开了。"妈呀，你怎么就去了呀！你怎么舍得我们呀！这家里的日子苦哇，一天三顿不见油星儿，可赵泰山和我一顿也不敢委屈你，你想吃什么，我们哪次不想了办法拿给你？你一高兴，我们也跟着高兴，一日日苦日子甜熬。你现在怎么就走了呀！"哭着喊着，跪倒在棺材旁边。王家桢斜睨她一眼,啐一口,眼珠子转了转,也跪倒在棺材下。"妈呀,你日子过得苦哇!养个儿子,连他的一口饭都吃不到,十五的饭吃到初十就断了,以后五天连他一口水都喝不着。你养这种儿子有什么用啊,你命苦哇!"王家桢这么一哭,空气一下子变了。麻老槐直起身子,止住哭声,泪珠挂满麻脸,斜眼瞅着她:"哟,妹子说的是哪家的话?老太太挑嘴,不好好待在家里吃饭,自己跑出来了,这怪得哪个?老太太就是死了,我们也没把她撇下,赵泰山和我就是过来把老太太接回去,由我们安葬。"王家桢又是一笑,神色间充满对麻老槐的鄙视。"话倒说得漂亮,老太太明明是给你们撵出来的,现在还好意思说!反正死无对证,你们想怎么编就怎么编。死了也不把她撇下?哼,我瞧你们怕不是为了这个吧?"麻老槐一团火的性子,麻脸涨得紫腾腾的,"那你又能为了什么?哪个不晓得,老太太自己把坟砌好了,棺材买好了,你们就等着办客事收礼钱了,你们这笔账倒算的精明!别以为别人都不长眼睛,老太太给你们一家子活活饿死了,你们还想占她的便宜,没门儿!"王家桢眼睛一瞪,两手一拍:"皇天后土,天地良心呐,你说这种话也不怕天打雷劈,你死乞白赖地要把老太太拉回去,原来是为了收礼钱!是呀,人人都长眼睛,就瞧不见拾来天天给老太太送吃的,哪个黑老虎咬的敢说我们把她饿死了?"麻老槐一时嘴短,动了蛮劲儿,"反正一句话,老太太我们要拉回去,老太太十三死的,原该我们埋。你们想占死人的便宜,没门儿!"王家桢又是一笑,她每笑一次,麻老槐的脸色都会紫胀一分。"原该你们埋?这话从哪儿说起?历来死在外面的人都不能搬回家里,更没听说过死在家里的人要搬出去!阿嫂,你的小算盘这次打不响啦。天地良心呐,我们可是一心想着孝敬老人,没你们想得那么周全。"麻老槐一张麻脸已经紫得不成样子,上面的每一个小坑都跳荡着紫色的火焰,恨不得把王家桢烧成灰。她唰地站起,撩了撩两臂的袖子,把威胁喷到王家桢脸上:"反正我们说拉回去,就得拉回去!"王家桢也站起,笑了一下,"这个反正,怕反正不起来了。这是我家,别以为这村里哪儿都能让你一手遮天!"

空旷的院子里,赵泰山和赵恒山相对而坐。头发斑白的两兄弟静静地抽了一会儿烟,青白色的烟味渐渐弥漫开,一种近乎温馨的气氛裹住了他们。他们的影子镶嵌在秋天早晨淡金色的地面,静静地移动。他们好长时间没这么待在一起了。两人对此都有些珍惜。他们曾经多么好,毫不逊色于村里任何一对口碑良好的兄弟。后来呢?他们同样毫不逊色于村里任何一对反目成仇的兄弟。为了什么?他们静静地抽烟,许多事情都不愿去想了。现在,这静悄悄的时光多么美好!他们拥有的仅仅这么一点儿。比一粒捧在手掌心的绿豆大不了多少。

麻老槐和王家桢从堂屋一直扭打到院子。地上的浮土纷纷惊起,亮闪闪的,眨巴一双双惊讶的眼睛瞅着她们。时而麻老槐将王家桢压在身下,大声骂:"烂货!烂货!"时而王家桢将麻老槐压在身下,大声骂:"麻屁股!麻屁股!"然而,王家桢吵架有一手,论打架,万万不及麻老槐了。不多一会儿,就只听见一声接一声的"烂货!烂货!烂货!",王家桢死鱼似的横在麻老槐沉重的躯体之下,张嘴闭嘴,那"麻屁股"却骂不出来了。

这还得了!赵恒山蹿过去,一脚踢中麻老槐后侧腰。麻老槐浑身猛地一紧,一个狗啃泥,斜斜地扑倒在地。王家桢一骨碌翻起,压住了麻老槐。赵泰山两眼猛地喷出血红火焰,牙齿咬得咯嘣响,灰黑色的腮帮鼓起,一条青紫色的曲蟮痛苦地扭动。骤然之间,旧日的仇恨堆积,熊熊燃烧。他奔过去,抬起脚踢向赵恒山的后心,踢到一半,踢不下去了。赵恒山的儿子红旗勒住了他的腰。赵泰山挣扎着,吼道:"狗日的,今儿老子就替老太太报仇,要你两口子给老太太陪葬!"赵恒山双手叉腰,眼睛暴突,想要一口咬碎赵泰山:"狗杂种,今儿你进来容易出去难,你也不瞧瞧,这是哪个的家!叫你两口子横着出去都得!"……赵恒山家里乱成一锅粥,唯独乔老太的棺材静如止水,夕阳西下,黑漆漆的棺盖上,一抹夕光金光耀眼。这抹夕光和懊恼的赵泰山对了一眼,赵泰山拉了媳妇出去了。当天晚上,麻老槐和王家桢的对骂有如不散的阴魂,萦绕着静悄悄的村子。女人们捂住孩子的耳朵说:"不要听,听了那些话,大不得的。"

　　三个大铁炮冲天而起,轰!轰!轰!三声巨响蹿上村子上空,吐出三个白白的烟圈儿。缓慢地扩散。麻雀们、乌鸦们、斑鸠们给巨响吓坏了,扑棱着翅膀纷纷飞起,像一些巨大的黑色花瓣在村庄上空飘浮,唧唧唧,嘎嘎嘎,呱呱呱,潮水般的议论淹没了村庄。刚喘了一口气,鞭炮又响了,像一条红艳艳的小蛇远远地游过来,然后是锣鼓铙钹咣咣咣吵嚷,然后,是女人呜呜咽咽的哭声。秋阳高照,燥热的空气中,女人们的哭声显得格外凄切,有一种透明的感人肺腑的力量。再然后,那口黑漆漆的棺材穿透一切声息,嘎吱嘎吱,暗哑地靠近了。受惊的鸟群无疑听到了它的声音,不然它们不会现出一脸的惶恐。

嗵的一声，棺材安稳地停在两条凳子上。等候已久的孝子贤孙们，准备已久的哭声顿时山呼海啸而出。女人们扯开喉咙，一把鼻涕一把泪的，呕吐出一串串诉苦的言辞微妙动听，哭乔老太的一生，也哭自己的一生。男人们则低了头暗暗垂泪。伤感的情绪顿时浸透了秋天的空气，凛冽地穿透每个人理智的防线，渐渐地，许多站着观看的村人也加入了哭诉的行列。赵老太想哭，给小华丽拉住了。小华丽又像哭又像笑地劝道："阿祖你就别哭了，你再一哭，我们就再也忍不住了。"赵老太撇撇嘴，暗暗垂泪。

哭诉的时间不长，女人们诉说了一肚皮的酸水，为平日的暗淡生活寻回了一点儿闪着泪光的安慰，又由旁人劝着，也就渐渐地收了泪水。哭声渐渐稀稀落落的，渐渐地，人们就只听见王家桢一个人在哭了。王家桢跪在棺材旁边，哭一声，喊一声妈呀，开初还有哭词，后来什么都说过了，就只听见一声连一声的妈呀，妈呀，妈呀！没人劝她。按照村里的习俗，哭灵的人必须得有人劝才能停下来。此刻，旁观的村人面无表情地瞅着她，谁也没有走上前劝一劝的意思。顾拜林围绕棺材转了一圈又一圈，下巴上一挂山羊胡子微微颤抖着，也没一丝要起棺的意思。这也是村里的习俗，没有阴阳先生的话，是不能起棺的，不起棺，哭声就不能停。村里老老少少上百人盯着她，听她哭。王家桢有些慌了。没人劝，又不好干巴巴地自己停下，可这么一直哭下去怎么得了？她只好继续妈呀妈呀地喊，嗓子已经有些哑了，哭声已经不像哭声，而是一声叠一声空洞的叫喊，在秋日热烘烘的大太阳下，格外的刺耳。

……没有人劝。

王家桢真的慌了。她在心里把周围的人骂了个狗血喷头，把棺材里的乔老太骂了个狗血喷头，但一点儿办法都没有。她真要哭出来了，那一声一声妈呀，颤抖着，喊出来，揪着人的心。但人们仍旧是冷漠的，仿佛她周围站的不是人，而是一些冷冰冰硬邦邦的石像。石像的一张张没有表情的脸孔汇聚成一片干燥的沙漠，她则是沙漠中的一滴水，在沙漠不动声色的包围中，一点儿一点儿地消耗掉。周围的空气一下子弥漫了谋杀的气息。

　　那场令人震惊的大雨就是这时遽然降落的。大风由西而至，天空转瞬阴云密布，闪电白晃晃的，温柔地抖了几抖，雷声咔啦啦立即在人们头顶炸响。众人还未回过神来，忽地，大雨裹挟着大颗大颗的冰雹一齐砸下。——"嗷"的一声惨叫，人们惊讶万分地看到，立在棺材后面不远处的大黑狗软了下去。它的周围散了一圈大个儿的冰雹。围观的村人哇呀一声，逃往附近的房屋，他们远远地看到，肃杀的西风猛烈吹刮，路边树上悬挂的灵幡吊死鬼一样剧烈地摇摆，光秃秃的路上，只剩下神色凝重的顾拜林，跪着的孝子贤孙们和黑漆漆的棺材。冰雹打在棺盖上，发出咚咚咚的巨大声响。王家桢仍不好停下来，阴阳先生看着她，村里人也在不远处望着她。她抱着头，还得哭。看到那么大一条黑狗给打趴下了，她完全慌了。她绝望地鼓起勇气，一头一头撞向棺材，砰砰砰，砰砰砰，撞一下，喊一声，妈呀，你带我走吧，你带我走吧！

　　王家桢不晓得，这么一来，跪在棺材底下的赵恒山更惨了。

　　棺材一架到板凳上，赵恒山只好躬下身子，面朝黄土趴在地上。他低低地骂了一声顾拜林这个老杂毛，眼一抬就瞥见刘春堂家的那条大黑狗低着头站在不远处。黑狗一路低头嗅着什么，嗅一下，伸出水红的舌头舔一下，舔完了，又向自己这边走一步，再嗅一下，再舔一下。他很有兴致地注视着黑狗静静穿过秋日金色的阳光，一身黑亮亮的毛如同光滑的黑缎子，慢悠悠地向自己靠近。忽然，他惊恐地张大了嘴巴，他看见，黑狗舔的是一些黄褐色的斑点。一闪念间，他明白了那是什么。同一时刻，他感觉到数不清的黄褐色斑点渗透头顶的棺材，恍若一群沉默的黄褐色蚂蟥，射向自己的后背、头发、脸颊，深深地咬进皮肤，吸食新鲜的血液。周围的哭声轰然而起。他感到说不出的难受和恐惧，使劲儿扭曲身体，而那些蚂蟥似乎受了他的感应，也开始在他身上缓慢地蠕动。……轰隆隆大雨忽至，他清楚地看到眼前的大黑狗"嗷"了一声，缓慢地倒下，像是倒进他的眼睛里。大雨猛烈地砸着，再加上王家桢忽然那么一撞，流出的脓水越来越多了，雨水顺着棺材两壁流下，混杂着脓水，泼一般哗啦啦淋了他全身。棺材下面狭窄黑暗的空间里，他的浸泡了浓重尸臭味的身子疯狂颠簸着，两只耳朵惊恐地支起，听着头顶的棺材在王家桢的撞击下，嘎吱嘎吱响。整个世界摇摇欲坠，嘎吱嘎吱响。——有人躲在地底深处说话。

山林深幽，青郁郁的天地里，知了们热得哭爹喊娘，娘呀，娘呀，娘呀，一声声叫得人心里慌乱乱、空落落，单单飘着一团火。一条破败不堪的公路弯弯扭扭地通往山外的世界。几天前下过雨，路两侧无止无尽地排开一坑一坑的黄浊积水，拖拉机怒吼着，一只脚从水坑里拔出来，另一只脚又陷了进去。三胖子端坐驾驶室，紧张地掌握着方向盘，偶尔扭动肩膀蹭蹭满脸的汗珠，嘴里还不忘了大声咒骂："日你妈！这路真他妈的不是东西！"拖拉机颠过来又颠过去，敞篷车斗里，一群送亲迎亲的年轻男女抓住栏杆，随之像树叶一样摇摆，男男女女汗流浃背气喘吁吁挤到了一起，压到了一起。男的大声笑，女的大声骂，笑骂里都带一点儿打情骂俏的意味。不知是谁提了个醒儿，大家齐声开起了新姑爷新姑娘的玩笑。"亲一个！亲一个！亲一个！"天那么热，小慧却怕冷似的，穿一身臃肿的红棉衣裤。她一直安静地坐在角落里，但那一身红艳艳的衣服，那一张红艳艳的笑脸不声不响地放出光来了，整个车斗都笼罩在她的光辉里。听到人们的起哄，她的脸愈加红了，红得仿佛刚刚下蛋后小母鸡的红冠，鲜红的色泽一滴一滴泅开来。她觑一眼坐在对面角落里的张成军。他不提防跟她对了一眼，苍白瘦削的脸红了一下，掉开了。"亲一个！亲一个！亲一个！"男男女女再次大声起哄。她微微笑着，把目光钉在他身上。但他不看她，他固执地扭过头去。她脸上的笑有些僵了，她偏要他看自己，他跟自己单独在一起时，他那张嘴总说个不停，天上地下就只有他一个人能说会道似的，他那双手总没个安稳，一不小心就伸到自己衣服里去了，怎么人前面前他就蔫了？她固执地把目光钉在他身上，目光红通通的像一汪融化了的红蜡烛水，触到他身上，立即冻得僵硬苍白了。"亲一个！亲一个！"起哄已经明显地力不从心了。人们已经不耐烦了。张成军感到了这种变化，他略略转过脸来，看一眼大家，脸上不由自主地露出了那像在讨好人，又像无可奈何的苦笑。笑完，又把脸别过去。他始终没看小慧一眼。

三胖子又抱怨了句:"怎么走了半天,这山旮旯里鬼都没见到一个。"一个年轻姑娘接茬道:"三胖子,你怕是想华丽嫂了吧?"大家顺势转了话题。人们的注意力像一阵风,哗啦啦一下子就从新姑爷新姑娘身上刮过去了。小慧感觉自己给这一阵风裹住了飞上天去,不一会儿,又给抛下地来。她默默坐在角落里,一身大红衣服红得淋淋漓漓,愈加衬托出自己的寂寞来了。她嘴角上挂着一丝笑,瞄着张成军。他一定知道自己看他,可他怎么就不敢转过脸来看自己一眼?一瞬间,就给一种蓝天般透彻的感伤很轻地、实实在在地攫住了。

母亲昨晚抱着她哭,一双粗糙的大手使劲儿揉她的脸。她感觉母亲像揉一张锡箔纸,揉得自己的脸唰啦唰啦响,留下的印痕这辈子都无法消除。她想母亲此时一定特别恨自己。他们三兄妹。母亲对每一个都恨之入骨。母亲每次发狠地骂他们,打他们,过后总是念叨:"若不是当初我一个女人家实在养不活你们这么多兄弟姐妹,怎么会把你们的弟弟送给那个坝子女人?他要是在我身边,再差也比你们这几个白胆猪好。"母亲说这话的时候,过早衰老的脸上洋溢着温柔的光亮。三姐弟对此嫉妒而又无能为力。他们恨母亲,也恨那个或许并未存在过的弟弟。"我才不相信我们还有什么弟弟。"那次妹妹挨了一顿训斥后,嘟囔了一句。母亲脸上的神色瞬息万变,惊恐、哀伤、愤怒、悲凉,下巴颏颤抖着,说不出话来。母亲一下子苍老了许多。……母亲使劲儿揉着她的脸,每揉一下都带着强烈的恨。坝子和那个缥缈的弟弟合而为一,飘在母亲视线的尽头,日日夜夜看得见,日日夜夜抓不着。而她不声不响地就飞到坝子去了,鲤鱼跳龙门了,她怎么能不恨自己?但现在自己一点儿都不怨她了。她仿佛看到了母亲暗淡的眼睛,看到自己,正一点儿一点儿融入母亲的命运。

小慧害怕了。那儿是坝子,那儿的村子一片瓦房连着一片瓦房,那儿的日子才是人过的日子。母亲的这些话如同咒语,缠绕着自己的整个青春时代。自己打小就开始疯狂地念想着那两个字:坝子。无论如何,得把自己嫁给一个坝子人,这大山是再不能待了,不能待了。现在好了,自己真要嫁到坝子了。可一下子怕了。她感觉自己把自己卖了,糊里糊涂就卖了。大太阳旋转着,喷出一圈一圈红丝绸一样的火焰舔着青翠欲滴的山林,袅袅白气一团一团升起,窝在树顶上,如同一只只巨大的白鹭鸶。路面上也有一些水汽摇摇摆摆地升起。小慧眼里的白气越聚越多,完全遮断了前行的路。她怕了,忽地觉得前面的不是坝子,是什么呢?是一个洞,黑漆麻乌的,进去就出不来了。她捂得热腾腾汗津津的身子一阵凉,冷冽的秋风吹得她从心里抖了一下。

风吱溜溜吹来,林子上面的白鹭鸶呼啦啦展开翅膀在头顶飞舞。转瞬间汇聚成黑压压一大片。落雨了。一点,两点,热急了的男男女女伸出手去接,脸上枯干的笑容瞬间绽放,三点,四点,哗啦啦,雨倾泻下来了,眼前摇晃着一根根粗壮的水柱子。男男女女惊叫起来,停车!停车!躲躲雨再走!三胖子也吼了一声,一大颗冰雹砸中了他的腮帮子。实在不能走了。拖拉机刚一停下,一车的男男女女便如兔子一般,撒丫子窜入遮天蔽日的树林。当他们避在干燥的树下,回过头,吃惊地发现,新姑娘仍旧坐在车上。过来呀!过来呀！人们急火火地喊，但新姑娘不为所动，她紧紧地抓住扶手，牢牢地钉在车上。

　　人们乱纷纷跳下车的时候，小慧跟着走了两步就停住了。不能下去。老人们都说，新姑爷新姑娘中途下车，预示着今后生活的不顺利。她急忙找张成军，他已经跑过去了。她朝他狼狈逃窜的背影大声喊，声音刚刚出口，就给雨点打落在地。她无力地望着那个身影融进苍白的雨幕，心里一阵痛，猫抓似的。不如自己也走了算了，大家都走了算了，可是不行，一辈子呀，怎么能算了。她颓然坐下，雨水鞭子一样抽在身上。她感觉自己站在很高的地方看到了自己：青郁郁的大山大林之中，苍白的雨幕遮天蔽地，一个穿一身红的女人坐在当中，衣裤给淋湿了，红色越来越暗，越来越暗，暗成夜一样的颜色。现在，她看到——不是听到——人们喊她了，那个一直不看她的人也对着她张大了嘴巴。她等着他跑回来，跑回来跟她一起待在雨中，他不为她跑回来，也该为了肚里的小娃跑回来，那是他的小娃呀！——但没有。他只是不停地对她张大嘴巴。她满耳风声雨声，隐约看到那些无声地张大了的嘴巴，她想，这些人真好笑。嘴角很漂亮地翘上去。

　　不多一会儿，雨云飘向东方去了，天晴开了。人们三三两两回到车上，疑惑地问，怎么不去躲躲呢？她笑笑，没说什么。大家似乎都有些不好意思，也不再说什么。她又去看他，他像讨好人，又像无可奈何地朝她苦笑一下，又转过脸去了。她朝车外吐了一口唾沫。她感觉这场雨像一辈子那么长。

　　村子附近的地面还很湿，大太阳一照，汨汨汨冒出白气，潮乎乎、暖烘烘地弥漫开。"村里刚刚也下过雨。"人们从刚才那场暴雨中逃出来了，此时又进入了对暴雨的远距离的美好回忆。三胖子乐呵呵地说："妈的，这雨比拖拉机还快嘛。"说着顺手拧开了收音机，欢庆的喜乐一蹦一跳地窜出来了，围着大伙儿转，拉着大伙儿的手舞起来了，一步一步都是轻飘飘的，哒哒哒的，喜庆的暖热在心里汪开了。除了新姑爷新姑娘，人人脸上溢满了笑，恍如头顶新晴开的天空，万里无云了，暖风浩荡了，透彻如镜了。大伙儿坐在车上，都有点儿跃跃的，预备好了笑容，为进村打好了底稿。秋天下午的阳光叫水汽浸泡得湿漉漉的，从蔚蓝的天空滴下来，一滴一滴，汇成黄灿灿的一大片，在人群中间波动。

然而，欢乐只有一里长。谁都没有想到，不多一会儿，蹦蹦跳跳的欢乐忽地就陷进了那塘浑浊肮脏的悲哀。在村子灰暗漫长的历史当中，这将是一段色彩浓烈悲喜纠结的记忆。

赵恒山不晓得在棺材底下趴了多久。后来，他看到大黑狗动了动，摇摇晃晃地站起来，扑啦啦抖动身子，湿答答的黑毛炸开，水珠儿四溅，水珠溅到自己脸上，自己猛地打了个激灵，才看清雨已经停了。大黑狗瞅着棺材，哀怨地叫了两声，夹了尾巴，掉转脑袋走了。远远地看上去，黑狗的一身毛实在难看，落在它身上的阳光黏糊糊的，像一块块膏药，有气无力地贴着。

棺材仍不停地往下淌水。整个世界都在淌水。他麻木地抹了一把脸，一只手掌黄乎乎的，厌恶地瞅了一眼，不知道为什么，心反倒安下来了，显得特别的空，周围的随便一点儿声音都如一块石头，落进去，就荡开一圈一圈水波。背后有人很轻地呻吟了一声，像从很远的地方发出来的，又确确实实砸进他心里。他扭回头一看，就跟赵泰山的目光对上了。他想说点儿什么，赵泰山似乎也想说点儿什么。可说什么呢？赵泰山的样子太丑，自己的样子也太丑。他们都太丑。他们很不好意思地对了一眼，嘴角动了动，什么也没说，掉开了目光。

云散了，风停了，天空蓝得像汪在那儿的一滴泪水，悲悯地注视着、安抚着大地上刚刚吓坏了的人们。人们从屋子里走出来了，缓缓走向村口。雨后初晴，阳光格外明亮，格外温柔，散发着泥土的一丝丝腥味儿，田里成熟的庄稼蒸腾出浓郁的芬芳，浸进阳光里，阳光黄灿灿的一块一块，切下来，就是香喷喷的桂花糕。走到村口，人们面对眼前的景象，完全给镇住了。小河边悬挂的灵幡已经碎成一条一条的了，披头散发的，低眉顺眼的，有几分凄凉，甚至凄厉。棺材上面覆盖的纸花完全没影儿了，只见一些红色的湿纸团粘在黑漆漆的棺材上，像是棺材的癞疙疸。龙杆上披着的大红色毛毯吃饱了水，鼓胀胀的，水一挂一挂淌下，反射着秋阳，一闪一闪的，鲜红鲜红的。偶然地，人们闻到一阵阵沉闷的臭味，好似灰褐色的指甲伸过来，抓住人们的鼻子不放。人们厌恶地挥手，怎么也没法将它赶走。一低头，才看到棺材底下那瘆人的一幕。浑身的毛孔都不由得闭上了嘴巴，生怕有一丝臭气钻入。

此刻，阴阳先生顾拜林披一身湿，威严地绕着棺材踱着方步。孝子贤孙们望着他，旁观的村民也望着他，但他谁也不看，昂扬着头发稀稀落落的脑袋瓜子，任凭下巴那撮花白的山羊胡须往下滴水。

他踱过来又踱过去,最后踱到王家桢身边。王家桢喉咙沙沙的,早已哭不出来了。她听见脚步声,抬起发蓝的眼睛,木呆呆地望着顾拜林。顾拜林轻描淡写地、又是不容商量地说:"灵幡坏了,得重新补上,没有灵幡,死人没法走。"王家桢望着他,似乎没听懂他的话,眼睛死鱼一样,白瞪瞪的。顾拜林也不搭理她,又把这话大声地对所有跪着的孝子贤孙们说了一遍。时间似乎停止了脚步,嗡嗡嗡地,回响着顾拜林的那句话。好一会儿,乔老太的孙子红旗和赵泰山的儿子红兵站起来,沉默地离开了。一个多小时后,两人才大汗淋漓地回来,从邻村抬回一挂新的灵幡。

灵幡挂起来了,鞭炮响起来了,锣鼓铙钹响起来了。湿漉漉的空气格外清冽,各种声响混合在一起,一点障碍没有就传出去了。顾拜林仰着脑袋,听着。好一会儿,终于低下了脑袋,把所有跪着的孝子贤孙们扫了一眼,又扫了一眼那挂簇新的灵幡。像那么回事了。终于,他大声宣布:

"起棺喽!"

事情一刹那就糟了。

三胖子坐在驾驶室里,兴致越来越高,身子都颠颠着,仿佛整个世界的欢乐都在他的掌握之中,由着他,开向前去,向前去!刚从山里下来的拖拉机,穿了黄草鞋,一步一步,踉踉跄跄的,拖拖拉拉的,分明像是欢乐的醉酒人,哼唱着欢乐的调子,向前去,向前去。——忽然,三胖子脸上变了色:"今儿真是倒了八辈子霉,竟碰上这号事!"急忙刹住车。欢乐的步子停下来了,欢乐的调子凝滞了,欢乐的人群噤若寒蝉。

两种同样闹哄哄的音乐纠缠住了。同样是闹，但不是一种闹法。哀乐是连成片的，黏稠的，暗灰色的，眼泪鼻涕混在一起，沉沉地趴在地上。喜乐却是一条线，滑溜溜的，鲜红色的，亮晶晶的四处飞蹿，哪儿的天哪儿的地也拘束不住，有一股使不完的劲儿。喜乐一遇上哀乐，就给粘住了，脚脚手手动弹不得了。人们从没见过这样的场面，听都没听过。人人张大了嘴巴，嗓子眼含了个尖枣核，咽不下去，吐不出来。这叫怎么回事嘛，新姑娘要进村，死人要出村，天凑巧，撞一起了。谁让谁呢？短暂的骚乱之后，一切声响都暗哑下来。世界不再聒噪，像人一样，傻子似的张大嘴巴，琢磨眼前这幕戏该如何演下去。一面大红大绿，一面披麻戴孝；一面欢声笑语，一面哀声动地；一面香气袅袅，一面臭气熏天；一面眼波似水，一面枯骨腐肉；一面是温暖的锦被，一面是破败的棺材；一面是多情的一对红蜡烛，一面是冷冷的一抔黄土；一面是开始，一面是结束。这戏怎么演？没法演！围观的人们不知道该挂什么样的表情在脸上了，哭也不是，笑也不是。这又哭又笑不哭不笑的怎么做？

……秋日西斜，路边的小河涨了水，一溪艳红柔声细语向北流去。时间逡巡着，在河面上浮动，终究免不了给河水带向前去。

小慧身上的衣服又湿又热，紧绷绷地裹着。她感觉不到自己，只感觉得到浑身的热气，自己也是一丝热气，混杂在其中，分辨不出来了。她想动一动，可是找不到自己，找遍了全身也找不到。她只能近乎麻木地站着，瞅着那一河红艳艳的流水，流水淙淙，像从很遥远的地方流过来，从自己身上流过，燥热的自己一下子就冰凉了。她和自己暗红色的影子一道躺在梦幻一样的水里，心里一点儿波动都没有，无论是喜乐还是哀乐都被推得很远，很远——是渺渺茫茫的背景音乐。这时候，一口黑漆漆的棺材从水面滑过，无声无息的，暗红色的影子给一块黑色拦腰砍断了，影子死了，那一片黑色静静地滑过去，影子又活了。——这便是一次短暂的不彻底的死。

棺材过去后，人群中有人指点着拖拉机，深刻地指出："瞧瞧，肚子在那儿呢，多少衣衫也遮不住。至少三个月！"小慧朝下结论的女人望了一眼，看到那人一面说话，一面伸出三根手指头一砍。她感觉那三根手指是三柄锋利的刀，分毫不差地砍在自己的脖颈上，但一点儿都不痛，反倒感觉一阵奇异的凉爽，舒舒服服地凉到心里去。一瞥之间，她望见一个十来岁的浑身缟素的男孩子垂着头走过。男孩忽然转过头来，两人很深地对望了一眼，近在咫尺，又远在天涯。温暖的感觉一下子丝丝缕缕地缠住了她，浑身软塌塌的没一个地方使得上劲儿。这目光多么熟悉，水一样流进心坎里，咕咕咕地涌动了，澎湃了，化成咸涩的泪水。可没等她流泪，那孩子已经跟着送葬的人过去了。

## 第八章

月亮从村后的竹林升起来了。

小慧终于可以静静地坐在新房里，面对两支燃烧的红烛，梳理那些凌乱的思绪。这一天真像梦，自己则像一个影子，像一口气，风一吹就散。磕头，磕头——再磕头。面前椅子上坐着的两个人面色蜡黄，表情如同秋后的树叶，一碰便会掉下来。"爹。妈。"她毫不迟疑地就喊出来了，但嘴是自己的嘴，声音却不是自己的声音，她不知道那是谁在喊。面前的两人笑了一下，笑容枯叶一样在他们脸上晃荡。她不由得担心那笑掉下来，露出背后掩藏的真实。这时候，两只手有点儿突兀地从那摇摇欲坠的笑容里伸过来，一只伸向跪在自己身边的男人，一只伸向自己。五个鸡爪一样的手指岑开，里面躺着一个汗津津的红色纸包。她有些不知所措，紧张地瞥一眼身边的男人，男人很坦然地接过了纸包。她盯着自己面前的纸包，感觉那是一块烧红的烙铁，吱吱吱冒出热气，直熏到自己脸上，狠狠心，抓住了。一阵疼痛扎进心里去。

新房里拥挤不堪，臭烘烘的人们把她和男人围住了。一个红红的苹果挂下来，挡在她和男人之间晃动不止。"咬啊！咬啊！"声音波浪一样，一波一波撞击着她。男人一点动静都没有，很害羞的样子，平日苍白的脸涨得通红，露出那种令人厌恶的笑。她觑他一眼，干干脆脆地把他从视线中删除了。她的视线里只有那个红通通的苹果。苹果晃过来，荡过去。她一定要抓住它，狠狠地咬它一口。她只想随便找个东西，抓住了，咬它一口。这么想着，她很难看地张开口向那个苹果咬去。快要咬到的一刹那，苹果倏地往上一提，什么也没咬到。周围的人一阵哄笑，她感到了巨大的羞辱和失望。豁出去了！苹果再次坠下来时，她猛地俯过身去——仍然没咬到。苹果又提上去了，在她头顶晃荡。人群又是一阵哄笑。但她感觉那些哄笑声离得远了，跟自己并不相干。她的世界里只有一个苹果，而她竟抓不住它，她感到无力，更感到愤怒。很突然地，谁也没想到，看上去秀秀气气的新姑娘会一把抢过苹果。小慧终于抓住了苹果，她两只手紧紧地攥住它，咬了一口，又咬了一口，强烈的饥饿感迅速汹涌了。饥饿从肚子里伸出几千只手来，风卷残云般撕碎苹果，抢回肚子里去。她知道这样太丑，太丑，但她不在乎了。人群爆发出前所未有的哄笑，洪水一般，想要将新房撑破似的。人群中，有个女人斩钉截铁地下了今天的第二个结论："山上人！"那三个字，冷冰冰地钻进小慧耳朵里，但她只是很轻地笑了一下。

那个羞涩的男人给拉到外面喝酒去了。新房里只剩下她一个人。小慧对着烛火打开了那个红色纸包。十六块。里面只有十六块钱。小慧微微一笑，自己真把自己卖了，糊里糊涂就卖了——卖得这么贱，原先还以为赚了。自己怎么会喜欢上这么个男人，怎么就一门心思想要嫁到这儿来呢？小慧怎么也没法说服自己了。现在什么都来不及了，事情已经太晚得来不及了。"坝子。"小慧低低地念了一句，声音消逝在很遥远的地方。

烛火跳了一下，噼里啪啦爆出一朵橘红色的灯花。小慧捏着汗津津的十六块钱，很轻地啊了一声。

堂屋里，十五瓦的白炽灯昏昏黄黄，将老黑和王桂英的影子很夸张地投到墙上。老黑的影子捏着一双筷子巨大的影子，朝王桂英的影子无声地伸过去，一直伸进王桂英的影子里面去。王桂英的影子似乎没感觉到疼痛，一会儿，她的影子也伸出右手，捏着一双筷子巨大的影子朝老黑的影子伸过去，无声地夹回一点儿黑乎乎的影子送进嘴里。两个影子这样无声地交流了很久，老黑的影子忽然开口说话了："我卖肉的时候，你去挂礼了？"王桂英的影子唔了一声。

两个影子又无声地交流了一会儿，老黑的影子又说话了："以前老头子死，他们两家挂的礼钱都是两块，这时候我们挂回去，每家都得十块，这笔账没得算了。"王桂英的影子说："这有什么办法，现在家家都挂十块，总不能我们一家独独挂两块。"老黑的影子说："这么一下子，二十块钱就没了。今儿乔老太也是，走就走吧，还舍不得，下那么大雨，不然还能多卖些肉。"王桂英的影子安慰道："卖了这么多，不错了。不要说死人的坏话。"老黑的影子叹一口气："这也不是什么坏话，死了好。这些年的日子快没法过了。什么价格都上涨，礼钱上涨，肥料上涨，农药上涨，怎么就不见粮食上涨？"王桂英的影子也叹了口气说："等你要买粮食的时候，就上涨了。"沉默再一次笼罩了两个影子。

二胡的声音咿咿呀呀的，被一阵风吹过来。两个影子屏息谛听。"是小阿炳？"一个影子说。另一个影子唔了一声。忽然，不知是风的吹动，还是音乐的吹动，老黑的影子痛苦地扭动起来。"怎么了？怎么了？"王桂英的影子站起来，扶住老黑的影子，惊惶地问。老黑的影子说不出话来，只是不停地扭动。王桂英的影子一下子就哭出来了："叫你不要吃这凉拌肉，你就是不听！就是不听！"老黑的影子无声地从椅子的影子上面滑下去。

王桂英的影子带了好几个影子进来，影子和影子乱糟糟地叠在一起。三胖子的影子很厌烦、又带点儿自负地说："真拿你们这些人没办法，怎么一有事就想起我三胖子来了？中秋节也不让我好好过。我阿是上辈子欠你们？"王桂英的影子哭着说："大侄子，大侄子，你帮帮忙，人命关天哪！以后我们怎么谢你都成。"一大堆影子慌慌乱乱的，啪嗒啪嗒的脚步声把灯光吓得晃晃荡荡，满墙乱跑。三胖子的影子弯下腰，把老黑人事不知的影子抱起来，出去了。其他影子也跟了出去。堂屋顿时安静下来，灯光惊魂甫定，战战兢兢地靠在墙上，喘一口气。不一会儿，王桂英的影子跑回来了，咔嗒，拉熄了灯泡。惊魂未定的灯光们呀了一声，粉身碎骨了。堂屋里，只剩下无语的黑暗。

中秋节明晃晃的月亮下，三胖子紧绷着脸，把拖拉机开得飞快。拖拉机怒吼着，发出了今天最后的咆哮。拖拉机跑到村外大约三公里的地方，拖拉机前灯从一高一低两个人脸上晃了过去。三胖子惊喜地喊了一声："王副官！怎么不回家过节？"拖拉机并未停下，急吼吼地冲过去了。

王副官没听清楚是谁喊自己。他很失望地望着拖拉机突突突远去，橘黄色的灯光消失在夜色深处。这会儿，王副官仿佛上足了发条的玩具，沿着人们规定好的轨道不断前行。他扛着气枪，准星上跳动着一点儿月光。他时刻等待着一个光秃秃的脑袋南瓜一样从月光的底部浮上来，然后，他就将那点儿月光对准它，再然后，扣动扳机。

王副官回到家，劈头就喊了一声："李有成！"玉香刚生下第二个小娃不多几天，正躺在床上，猛听王副官这么说，怔了一下，抬起头来，很虚地望着他。王副官的目光一下子抓住了女人的目光，他的目光剧毒无比。玉香的目光像一只小动物，无力地挣扎，发出痛苦的声音。王副官不为所动，他给女人讨饶的目光激怒了，又恶狠狠地问了一句:"阿是李有成?!"玉香慌了手脚,想要否认,但一点儿力气都没有。她只能那么望着男人,目光湿漉漉的,绝望而忧伤。王副官竭力使自己平静下来,他把目光松开,往院子里瞟了几眼,犹豫不决地说:"你不对我说,是因为你喜欢他,还是,还是怕我斗不过他?"王副官后面的半句话太突然了,玉香只感觉心里给刺了一下,很柔软的,却又是致命的疼痛,过去的许多个日日夜夜哗啦啦地涌上来了,挡都挡不住。玉香抓住王副官的大手,使劲地捏,掐,把它拉到嘴边,恨不得咬上一口。但刚一闻到手上熟悉的气味,一颗心就软了,满满的全是水。她俯下头,呕吐似的,咕噜咕噜地哭泣。这下轮到王副官愣了。他望着女人仍然好看的脸上橘红色的夕光,感觉自己给逼入了一条绝路。女人的眼泪,刘春堂的话,一起把他逼入了愤怒的绝路。

王副官撇下女人,取了墙上的气枪。不这样不行了,不这样还算男人吗?

玉香没拦他。她哭得骨头都软了。多少个日日夜夜呀,她把他瞒得紧腾腾的,一点儿口风都不透。她感觉自己实在瞒不下去了,浑身的骨头都酸痛了,现在,终于可以舒一口气了。看着男人扛着枪,大踏步走出院子,昏黄的夕阳像一片羽毛,挂在他飘起来的空袖子上,玉香心里才一紧,捶着床沿,冲院子里傻站着的王知非喊:"快拦住你爹!"王知非站着,望望玉香,又望望王副官,两条青鼻涕吹出来又吸进去,最后,他下了大决心似的使足力气,"括咯"一声,把两条鼻涕深深地吸进去,向王副官的影子追去。

王副官没能找到李有成,家里和大队都没他的影子。他只好站在岔路口上，等。李有成总得回家，回家就得经过这条路。不远处，王知非傻子似的站着，时而盯着偶尔路过的车子，时而盯着远处的山，夕阳从他的眼睛里一点儿一点儿落下去，黑夜又从他眼睛里一点儿一点儿浮上来。时间无声无息地前进。等了一夜，李有成的影子都没见到。第二天一早，王副官对昏昏欲睡的王知非说："回家看看你妈，别来了，你晓得我在这儿等哪个？"王知非瞅着他，木头人似的。王副官提起气枪晃了晃，恶狠狠地说："我等的是你亲爹，我要杀了你亲爹。"王知非仍那么瞅着他，仿佛没听懂他说的话。王副官转过身子，不看他。

王知非走了，不多久，又回来了。他提了一小桶饭，放在王副官面前，朝王副官望了一眼，没得到回应。王副官对眼前的食物看都不看一眼。他扛着气枪，目中无人地站着。王知非站在不远处，同样是目中无人的。他们对过路的人的询问一概置之不理。王副官和王知非安静得如同一对石像，阳光落在他们肩上，云影落在他们肩上，后来，那场罕见的大雨也落在他们肩上。

王副官木呆呆地立在雨中，雨水蚯蚓一样在他的脸上爬行。而他，感觉自己正在时间寂静的河流之中艰难爬行，肩上的气枪越来越重。他开始盼望有人夺过他的气枪，但人们对他充满好奇的同时，也充满了畏惧，没人走近他，更没人把手伸向他的气枪。气枪在时间中越来越重，他感觉自己撑不了多久了。他瞅一眼身边缩头缩脑的王知非，大声吼道："你回去，滚回去！"王知非转过湿漉漉的脑袋，眼睛白翻白翻地瞅着他，不说一句话。王副官很突然地俯身抓了一块泥巴，朝王知非砸过去，没想到王知非没躲，烂泥砸中了他的脑袋。大雨一浇,黄色的泥水一条一条爬了满脸。王副官看到王知非这副样子,腮帮子发疼似的颤抖,想要大声吼:"你滚!你滚!"但话卡在喉咙里,出不来了。

王副官望着远去的拖拉机出神,三胖子那一声喊,像一根稻草,远远地浮过来,他伸出手去想要抓住,却又飘远了。王副官暗暗叹了口气,回过头来,看见王知非仰着泥迹斑斑的脸望着自己,不免有几分尴尬。

这时候,一个人的脚步声细细碎碎的,浮萍一样,从夜色深处飘过来了。玉香站在月光下,轻声说:"回去吧,月饼摆好了。"王副官挪了挪肩上的气枪,不搭理她。玉香擦了擦王知非脸上的泥迹,说:"愣着做什么,拉你爹回家过节呀。"王知非望望她,又望望他,拉了拉王副官的袖子说:"爹,我们回家吧。"一瞬间,王副官心里翻江倒海了。这不是自己的儿子,可这不是自己的儿子吗?他心里乱成一团,难受极了。这事不能就这么算了,那样太便宜李有成,自己也拉不下脸。可不这样又能怎样?他的脑袋像是生了锈的机器,嘎吱嘎吱地运转,每转动一下,都感到莫大的痛楚。……王知非又去拉他那只空空的袖子,拉了一下,又拉了一下,每拉一下,都牵动他的心。同时,肩上的气枪沉重得令他喘不过气来,一寸一寸压进他的肉里去。他放下枪,杵在地上,喘了几口气,肩膀一耸一耸的,好像打嗝一样,无声地哭了。三个人静静地站在月光下,好久。然后,王副官举起枪,朝李有成家的院墙扣动了扳机:砰——

子弹和锐利的声音一同陷进土墙里,没有一点儿回响。

……王副官把气枪交给了玉香,手搭在王知非的肩膀上,中秋的月光从他的肩膀流淌到王知非的肩膀,又从王知非的肩膀流淌到他的肩膀,月光恍如旋涡往复的音乐,在他们之间缓缓铺展开。他们像天底下所有无话可说的父子一样,沉默着,往家里走去。

## 第九章

静悄悄的村子满是月光,白花花的,水一样在屋顶、道路、路边的草垛上流淌。在这寂静中,节日的气氛终于一点儿一点儿地浮出水面了。人们把桌子搬到院子里,摆上各种各样的吃食,恭恭敬敬地拜祭月亮。祭完了月亮,就该祭自己的五脏庙了。有小娃的人家,祭月亮永远是次要的,祭五脏庙才是这一晚的重头戏。李惠文拗不过瑞明的缠磨,天刚擦黑,月亮还未升上来,就匆匆摆上了各种吃食。瑞明迫不及待地抓了两个雪梨,这个咬一口,那个又咬一口。李惠文望着儿子,正等着他脸上露出笑容,没想到儿子哇的一声,把一嘴梨肉吐了。

"想死阿是?"刘春山高高举起了手。瑞明呸呸吐干净嘴里的梨肉,撇着嘴说:"苦的。""怎么会苦,你就会挑嘴。"刘春山怒气冲冲地抢过瑞明手中的一个雪梨,咬了一口,嚼了两下,眉头就皱起来了。"怎么这样苦?"他眉头皱了皱,吞咽秤砣似的把一口梨肉咽下去。一看手中的梨,梨肉是灰黑色的。考察了半天,说:"雪梨都这样。"瑞明不依了,"不是不是,我以前吃过,不是这样。"刘春山又咬了一口梨,艰难地咀嚼着,"你怎么吃过?不这样是哪样?"瑞明不敢再说什么,嘴撇了撇,很不高兴的样子,一只脚使劲踢了一下，刚好踢到了桌下盛废茶水的铁盆。喊里哐啷，盆里的脏水泼出来，散开一股陈旧的臭味。

刘春山毫不犹豫地，一巴掌劈头盖脸地扇了过去，恼怒地吼道："不想吃就别吃，什么也别吃。"瑞明手中的雪梨滚落在地，呜呜呜哭了。

李惠文捡起地上的雪梨，擦了擦，咬了一口，确实很苦，但她嚼得很有滋味，又咬了一口，又咬了一口，不是细细地品味，而是狼吞虎咽。饥饿的感觉一下子攫住了她。直到把整个梨啃完了，她似乎还意犹未尽。她擦擦嘴对儿子说："不要哭不要哭，妈以后再给你买。"

……这个中秋节刚开了个头，就潦草地结束了。儿子哭累了，睡了，身边的丈夫也打起了呼噜。李惠文睡不着，又不敢动，担心吵醒了丈夫。她像死人一样缩手缩脚，直挺挺地躺在床上，月光从窗外悄无声息地渗进来，在被子上流淌，如同一小段被囚禁的河流。小阿炳的二胡就是这时候响起的，就好像是，河流泛起了水花，一小朵一小朵，转瞬间盛开又凋零。

小阿炳没去送乔老太。乔老太上山后，他拄了拐杖，摸索着来到了村外的田野。大雨过后，明晃晃的大太阳吱啦啦烤着大地，每一束光线都是灼热的手指，每一根手指都充满了迷幻的力量，所有的手指颤抖着，伸向丰乳肥臀的大地。大地敞开胸怀，眯缝着眼睛，陶醉在太阳呼出的火苗子一样的气息中。大太阳的手指落在她身上，时轻时重，时缓时疾，好似敲击琴键，好似轻拂琴弦，美妙的音乐如酒甘醇，如酒芬芳，如酒浓郁，从手指碰到的每一寸土地上渗出来，满世界流动。大太阳忽然就疯魔了，旋转着，伸出更多的手指，每一个指头都是一小片烧红的烙铁，所有的手指一起按在琴键上，拂在琴弦上，使尽了浑身的力气，耗尽了浑身的热情。大地痛苦而又欢乐地呻吟，所有的音乐一起奏响，如醉如痴，如梦如幻，如生如死，所有的音乐汇聚在一起，吹成长长的秋风。一下子，大太阳停止了转动，脸色潮红，大地瘫软了，很湿很糯，饱满的汁液无声地渗出来，顺着每一条褶皱流淌。汁液所到之处，充满了如火的情欲和力量。

小阿炳站了一会儿，感到布鞋有些湿，疼惜地脱下布鞋，脱下袜子，挂在拐杖上。两只裸露出来的脚如死去的惨白丑陋的鸡爪。他怕疼似的，小心地更换着双脚，小心翼翼地往前走，每一脚踩下去，都会有水和泥从趾缝间挤出来，舒爽的凉意立即从脚底板钻进去，宛若一条银色小蛇，游遍他的全身。他感觉浑身老朽的骨骼和皮肤都柔软了，软得像一汪水，平平整整地在大地上铺开。渐渐地，他已不再小心翼翼。脸上的皱纹舒张开了，每一条皱纹都洋溢着迷醉的表情，整张脸在夕阳下呈现出奇异的金黄色，犹如一朵硕大的金色菊花。他微微仰着脸，两只黑洞洞的眼眶凝视着前方，给八月的大地蒸腾出来的浓郁芬芳牵引着，轻飘飘地前行。一片金黄连接着一片金黄，温柔的风一样吹进他的眼眶。过去的多少日日夜夜，多少关于土地的梦，走马灯似的转过他的面前。他老朽的心很柔软地痛了一下，却又感觉铺满了阳光一样无比温暖。

一阵沙沙声从背后传来。他停下脚步，侧耳倾听。沙沙声如潮水一般迅速聚拢过来，好似无数沙漏发出的声响，每一座沙漏里的时间风一样消逝。他静静地听了一会儿，说："你们走吧，她不在这儿了。"周围的沙沙声更响亮了，惊涛骇浪，排山倒海，时间狂风暴雨一般消逝，一路卷起人畜房屋村庄，最后只剩下一片金色的大地。好一会儿，沙沙声远了，仿佛水浸入土地。小阿炳仰着脸，黑洞洞的眼眶清楚地看见，如血的夕阳下，一群硕大的老鼠，眼睛里闪烁着蓝幽幽的光，消逝在金灿灿的田野深处。

小阿炳目送老鼠们走远，迈开脚步继续往前走，走不多远，他看到一个孩子挡住了他的去路。"拾来，你怎么会在这儿？"拾来困惑而又伤感地盯着他金色的脸庞，不说话。"拾来，你阿祖入土了？入土了也就平安了，你不要难过。""拾来，你阿是怕我跌跤？不会，我什么都看得见，比明眼人看见的还多。""拾来，你回去吧，我一会儿也回去了。"拾来困惑而又伤感地看了他那金色的脸庞一眼，转身走了。小阿炳看到，中秋这天最后的夕阳将村庄上空翻飞的蝙蝠和拾来小小的身影涂抹成了喑哑的血红。

血红的太阳从一只眼眶里沉下去了，皎洁的月亮从另一只眼眶里升上来。小阿炳踏着舞蹈一样优美的步子回到家里。他从墙上取下二胡，抖开雪白的马尾，顺利地拉出了那曲久违的《梁祝》。儿子小光明在院子里乘凉，他早早就命令两个儿子睡了。"中秋节？有什么过头！"听到小阿炳拉二胡，他不由得怒上心头；"拉拉拉，成天吃了饭就会拉，中秋节也不让人安生。耳朵都聒噪出老茧了！"小阿炳不理儿子，他偏着头，弓着背，拉得特别吃苦的样子，不像作乐，倒像是在受难。月光如细雨般一滴一滴落下，音乐潮润润的，蒲公英一般随风消逝。

李惠文死硬地躺在床上，凝神谛听音乐一点一滴落进院子，月光浸润了音乐，音乐浸润了月光，院子里一派细雨朦胧。各种小虫子"唧唧唧"的叫声，在一片迷蒙中显得格外清晰。李惠文竭力排除干扰，从耳朵里伸出一只手，四处搜寻那渺茫的音乐。好容易抓住了，攥在手心，是《梁祝》。《梁祝》？她不由得一愣，一些往事涌上心头，却是渺茫的，雾一样，萦绕着自己，抓一把是空空，再抓一把是茫茫，手心里是一片冷湿。吴作栋。这三个字曾经在自己的记忆中有着多么美好多么清晰的形象，一下子就模糊了，什么也想不起来了。再想，再想，就想起了白天见到的那个人，一撮鼻毛，满脸皱纹，一脸讨好人的笑。这个人像石头一样硬生生地出现在他的脑海里，无论如何挪不开了。这就是她朝思暮想的吴作栋？这就是支持着她把每一天庸常灰暗的日子熬下去的吴作栋？她怎么能够承认！可不承认不行了，她再也欺骗不了自己了。她愿意化蝶，可是跟谁呢？她感觉浑身的筋肉都松软了，没有一点点儿支撑了。儿子让她操碎了心，丈夫让她感到厌烦，现在，连那唯一的一点儿念想都没有了。这日子还怎么过？

她在水一样的月光中挣扎，发了疯似的去追寻月光里漂浮的那点儿渺茫的音乐，抓住了，抓住了，现在，那一点儿音乐是唯一的救命稻草了。就在这时候，对门响起了手掌拍在身上的响声和哇啦哇啦的哭喊声。刘春堂又打老婆了。刘春堂喜欢在夜里关上门揍老婆。"阿敢了？阿敢了？"刘春堂一边打一边质问。"妈呀！妈呀！"刘春堂老婆的哭声炫耀似的洪亮。那《梁祝》的旋律打着旋儿，在杂乱的声响中沉入水底了。李惠文什么也没能抓住。

她的心给刺了一下，空落落的生疼。一滴泪水悄无声息地滚出来，她任由它流着，流着，越流越感到委屈和感伤，忽地，又昂起了头，不让它滑落。透过灰蒙蒙的泪光，她望见了窗外升到中天的月亮。澄碧的天上，月亮冷冷地俯视大地上的村庄，俯视着村庄里久久未能入睡的自己。她忽地想起了以前小阿炳对自己说过的一句话。那天她在街上碰到小阿炳给人算命，听小阿炳给两个人算完了，她兴致很高地凑过去，请小阿炳给自己算一算。小阿炳听了她的生辰八字，掐着手指喃喃说："子午卯酉一朵花，不带残疾就带疤。你这命呀——"她扑哧笑了，"阿祖，你怎么对谁都说这句话？前两个你就这么说。"小阿炳反问道："人活一辈子，哪个能不带残疾不带疤？"这时候想起这句话，她感到有些悲伤，又感到有些安慰。她转过脸，对身边的丈夫说：

"今年的月亮好像没去年的圆。"

月光中，丈夫的脸黑黑的，像一块坚硬如铁的石头，回应了她一阵猫头鹰似的呼噜声和一阵老鼠咬箱子似的磨牙声。

她转回脸，望着澄碧的天上冷冷的月亮，下了结论：

"今年的月亮没去年的圆。"

2006 年 8 月 14 日至 2006 年 9 月 2 日初稿
2011 年 9 月 7 日修改

# 朝着雪山去

### 关良说他要去朝圣

时值中午,九楼阳台。每天这时候,我都会站这儿,朝远处眺望。其实没什么好眺望的,只望得见一幢幢装饰着玻璃幕墙的高楼泛着冷冷的光。可这让我踏实——单位领导已经决定,让我毕业后留下。也就是说,我可以凭这份工作,顺利拿到上海户口,顺利成为新上海人了。这时,一个陌生电话打进来,对我说,一块儿吃个饭吧?我说,你谁啊?电话那头说,关良。我说,哦,关良啊。有点尴尬,忙说,我刚掉了手机……关良在电话那边很轻地笑了一声,说,不用解释。一时无话。握着手机,眼前浮现出关良的样子:面色苍白,眯着眼笑,一脸无所谓。他说,那就这样定了,地址我发你。我说好哇。挂了电话,舒了一口气。关良终究没忘记我。想到自己竟如此期盼着关良的邀约,又不由对自己生出几分鄙薄。

大概是一周前开始的,关良三天两头约同学出去吃饭,每次就

约一个。吃饭回来,总不免要交流,语气里透着狐疑:

"他说啊,他要去拉萨。"

"啊?真要去拉萨?"

去拉萨,挂在关良嘴边不是一天两天了。记得大伙在他的电脑上看完电影《天下无贼》后,半晌,关良冒出一句话:"哪天,我也到拉萨去。"

鲁健说:"朝圣哪?"

又过了半晌,关良笑了一下:"嗬,朝圣。"

鲁健"喊"了一声:"脑子坏掉了!"

那以后,关良好多次说到要去拉萨,大家都以为他开玩笑。鲁健听见了,总会"喊"一声,听得多了,连"喊"都懒得"喊"了。渐渐地,关良也就不说了,我们自然也慢慢淡忘了,不料这时候又提起。

关良真要去朝圣?

一

关良老家在湖南农村。在他有限的叙述中,我们知道那地方有一条大河,河面宽广,流水清澈,常有渔船往来。关良家住河边,推窗就能兜一脸河面吹来的水汽。关良以当地高考文科第一的成绩,被上海这所全国著名的大学录取,这在当地是轰动一时的大事。家里人为此请了不少亲朋好友吃饭,十来张桌子就摆在河边。从中午一直闹腾到晚上,关良喝了不少酒。关良说,那天是他第一次喝酒,也是他第一次懂得了，读书实在是没意思的事儿。

是的，关良就是这么说的："没意思！"他撇了撇嘴，又摇了摇头。

"怎么没意思？"我们问。

关良撇撇嘴："没意思——至少没打游戏有意思。"

我们住的是四人间，我和关良来自农村，鲁健和林一昂来自城市。一般我躺床上一刻钟后，鲁健和林一昂开始洗漱，他俩躺下后开始聊天，我在他们的说话声中渐渐睡去，半夜醒来尿尿，就只看到关良一只脚踩着凳面，鹅似的向前抻出脖子，脸上映着电脑屏幕的蓝光，静幽幽的，鬼魅一般。一年四季，关良的姿势都没什么变化，变化的只是衣着，冬天是一件到上海后买的廉价羽绒服，夏天光着膀子，露出两排栅栏似的肋骨。

鲁健问关良："你高中时候，也这么玩游戏？"

天正热，关良光着上身，露出一身白腻的肉，软绵绵地趴在电脑前，眼睛一眨不眨，好半天，转过脸来，眯了眼觑着鲁健，慢悠悠地说："那时候年纪小啊，不懂得玩儿，白白浪费了好多时间哇。"

鲁健"嘿"了一声："小子哪！"

多数情况下，关良很安静。不安静了，往往是打游戏没法通关。这种情况下，他会两只手啪啪拍打着键盘，继而咔咔地抠掉几个按键，又哗啦一下扯了线，咣当一声将键盘摔在地下，恨恨地踩上两脚。我们转过脸去看他，他光着膀子，低垂着头，赤红了脸，盯着被肢解了的键盘，咻咻地喘气。还有一次，我们都起床了，他才睡下。不久就听到他说梦话，挥舞着两只手，喃喃道："杀死你们，杀死你们！杀！"手往天花板一捅，停顿了两秒钟，软软地垂下。我们面面相觑——那阵子，正有一桩校园杀人案轰动全国。我们心里多少有些惴惴的，心想，今后可不能随便说他了。

往常，我们拿了奖学金，会说关良："你要是也拿了奖学金，也能为家里减少一些负担啊。"我们跟家里打完电话，会说关良："你怎么就不知道给家里打个电话，他们多挂念你啊。"我们恋爱了，会说关良："小子，好好找个女朋友照看照看自己吧，看你这一身，都臭了！"关良要么沉默，要么就说："没意思。"我们也不指望他觉得有意思，说他的过程似乎就让我们很享受了。此外，还有一种情况关良也算有用——班里很少有女生见过关良，我们有时便会热情地邀请她们：到我们宿舍去看关良吧。

印象中只有牛丽华和关良说过几句话。那天关良破天荒地到了教室，引得好多女生频频回头。和于欣、蒋伊倩等女生叽叽喳喳一阵，牛丽华穿着小短裙，一只手往脸上扇着凉风，脸颊通红地来到关良身边。

牛丽华说："你是关良吧？"

关良仰脸看着她："是。"

牛丽华说："你真是啊，我们都没见过你……"回头瞅一眼那群目不转睛望着这边的女生，粉扑扑的脸更红了："关良，你有没有女朋友啊？"

关良脸上的肌肉动了动，似笑非笑："你有男朋友吗？"

牛丽华一只手按着关良的桌子，一只手抚着猛烈起伏的胸口，脸颊红得几乎要泅出血来。她又回头瞥了一眼于欣和蒋伊倩，她俩都捂着嘴,扭过头不看她。她结结巴巴地说:"不是我要问,是她们……她们要问……哎呀!"牛丽华叫了一声,猛地折回身去,重重地跺着脚,冲向那群女生,嘴里嚷着,看你们给我下套!女生们惊惶的水珠般溅开,尖叫声、嬉笑声旋涡似的盘踞了小小的教室。

说实话,这事让我们不爽。

我们不得不承认,关良是勇敢的,是招女孩子们喜欢的。

奇怪的是,没听说关良有过女朋友,也不见他像我们那样,力气无处发泄的野兽般急于找女朋友。只是在游戏之余,他会从网上下载一些毛片,供我们大家欣赏。那些片子无数次让我们热血沸腾,不知道该如何处理左冲右突的思绪,我们不得不转移注意力,问关良:"怎么不找个女朋友?"

关良抬头瞥一眼毛片,低头呼噜呼噜喝上一大口方便面汤,说:"没意思!"

## 二

关良打了一年游戏。又打了一年游戏。又打了一年游戏。又打了一年……我们一个接一个穿上西装打上领带拎上皮包,脚步匆匆,面容严肃,忙于给自己找个饭碗。鲁健在家人安排下顺利考上公务员;林一昂去了会计师事务所——一个和我们的专业丝毫扯不上关系的地方;我呢,正如这篇小说开头所说,如愿留在了一家出版公司。

关良仍以四年一贯的姿势趴在电脑前,盯着电脑屏幕。我们在他耳边聒噪，找工作吧，快找工作吧！他入定似的，丝毫不理会我们。最后是辅导员急了。有一天，只见关良穿了一套不知哪儿弄来的黑西装，还打了红白条纹的领带，脚上的黑皮鞋擦得锃亮。他看到我，脸淡淡地红了，捏捏肩膀，又扯扯领口，出门去了。我去上厕所，才发现他在水房照镜子，侧过左脸看看，又侧过右脸看看，再撩一下额前的头发。

是辅导员给他介绍了一份工作。鲁健啧啧连声："懒人多福啊。"

只过了一天，关良又坐到了电脑前。在我们的追问下，关良一边敲着鼠标，一边慢悠悠地说："没意思，成天就坐那儿打电话忽悠人家买房子。"

林一昂说："怎么没意思？能忽悠人也是本事儿。"

关良说："没意思嘛，就是没意思了。"

鲁健肩头搭一条毛巾，站在关良身后，两手搭椅背，盯着屏幕上的游戏战况。鲁健长得胖胖大大的，有些婴儿肥的脸色若桃花，常跟关良交流游戏经验，并曾一起组团打魔兽。鲁健的游戏技术很不怎样，这让关良非常瞧不起。"怎么那么笨哪？"关良常常说鲁健。鲁健哪里受得了这个？不多久，两人的游戏情谊就夭折了。

鲁健拍拍关良的头，拖长了声音："见好就收吧，小子！"

关良躲开头，脸上似笑非笑。

关良再没出门找过工作。空方便面盒很快积了一个，两个，三个，四个，直到十多个，高塔似的，摇摇欲坠地垒在桌上，一股混沌灰白的气味浮荡在屋里。我们从外面回来，刚进门的一刹那，总也禁不住要掩住口鼻。

那套西装呢，一直挂在墙上，像个沉甸甸的影子。

那是我们最为忙碌的日子。毕业论文，毕业答辩，报到证，成绩单，落户口，迁户口，谢师宴，谢友宴……每天的日程都安排得满满当当的，如同剧烈摇晃后塞满了气泡的可乐瓶。每天晚上，我们拖拽回疲倦麻木的身体，扔到二层的床上，一歪头，就看到关良陷在一团幽蓝的光里，安静得像一座远古的青铜像。

我们之间的聚会，关良倒是从不落下。他总是埋头狂嘬。他这样的表现令人失望。他从没请我们吃过一顿饭——说都没说过。

鲁健说："关良，你工作怎样了？"

关良嚼着一块肉，说："还那样……"

林一昂说："辅导员给你介绍了工作你怎么不去呢？"

关良咽一口菜，说："没意思……那有什么意思？"

林一昂拧了眉头："你老说没意思没意思，那什么有意思？"

关良淡淡一笑："为什么非得有意思？"

林一昂倒是一愣，旋即，冷冷一笑："你爹妈在农村挖地，你妹妹在城里打工，不都为了供你读书，你说他们又有什么意思？"

一桌人都静下来。

关良望着我们，张了张嘴，嘴里空空荡荡。

我本来想说，你不为了你自己，也得为了你的家人，他们在农村活得多么不容易！但林一昂的话让我莫名地有些不自在，这些话也就没说出口。

终于，关良嘴角动了动："没意思……"微微摇了摇头，露出一丝僵僵的笑。

我们都没搭腔,都死盯着他。

关良苍白的脸终于由白变红,又慢慢变白。沉默横亘在我们之间,仿佛一段宽阔而无声的暗流,让人不知所措。忽然,他站了起来,朝门走去,撞倒了一把椅子,又撞倒了一把椅子,声音夸张而无力地回响在饭店里。

这场景显得那么熟悉。

我们七嘴八舌数落了他一顿,什么人啊?!一面敞开肚皮塞进去好多菜,倒进去好多酒,磨磨蹭蹭地不愿回学校——我心里有些打鼓,回去见到关良,说什么呢?

但没什么异常。关良趴在电脑前,一脸幽蓝的光,看也不看我们一眼。我们大声嚷嚷着,躺下了,无话找话,直到很晚才睡。这以后,聚会中再没出现过关良的身影。聚会的气氛有了微妙的变化,大家对畅想未来都少了兴致。一顿饭吃下来,绝大部分时间是被沉默消耗掉的。我气恼地意识到,是因为缺少了关良。我还以为我们成功地将他甩掉了,现在,我不得不承认,是他成功地将我们抛弃了。

## 三

我在书店胡乱翻书,看了看表,拖延了十分钟,又拖延了五分钟,才踅出书店。

关良背对饭店门坐着。我走到他跟前,他略微起身,朝我似笑非笑地笑了一下。

我说:"不好意思,来晚了,路上堵得厉害。"

关良说:"没事没事。"

他苍白的脸又浮出一丝笑意,有几缕头发黏在额前。

我下意识地躲开他的目光,转身喊服务员拿菜单:"还没点菜吧?"

关良说:"等你呢。"

他脸上再次露出似笑非笑的表情。

我心里不禁又冒出那个疑问,是谁埋单呢?赴约之前,我就不止一次想要问问之前那几位,好多次话到嘴边了,又说不出。不能让人笑话了。我虽然还没正式拿到工资,用实习工资请吃一顿饭,还是请得起的。但是,关键不在于我请得起请不起,而在于这饭是关良请的,而在于大学四年来,关良没请我吃过一次饭。凭什么总是我们请他?

越想越气,气得脸色阴沉沉的。我哗哗地翻动着菜单,关良低头小口小口地抿着茶水,抬起目光:"你想吃什么就点,我来埋单啊。"

我脸上一热,感到心思被窥破了,脱口而出:"哪能呢,你都没找到工作。"

关良笑了一声:"嘿!"

我为自己的"急转弯"不快,但还是点了两样肉菜,一个蔬菜,还有一个汤。够丰盛的了。关良抓过菜单,又加了一个蹄髈。

关良说:"这哪儿够呢?"

我有些不好意思,瞅了一眼关良,心想你还真要埋单啊?

我说:"对了,你工作找得怎样了?"

关良说:"就那样。"

我说:"就那样是怎样?"

关良说:"混着呗……"

我说:"总不能这么混着吧?"

关良张了张嘴:"……"

我说:"还玩游戏?"

关良嘴角一咧:"……"

我说:"快戒了吧。我们都是农村出来的,为了供我们读书,家里人多不容易啊,累死累活干一年,还挣不来我们一年的学费。"

我终究把那次聚会没说的话说了出来。

关良说:"嘿……"

我只好埋头喝茶。茶叶很粗大,茶水呈现出可疑的黄色,喝起来有一股敝旧的味道。尽管如此,我还是喝了不少。喝茶的过程中,盘旋在脑中的,是我和关良闹过的一点矛盾。是在一年前的夏天。天气闷热得像个大火烘烤的罐子,宿舍里就关良和我两个人,我在写小说,关良在打游戏。因为关良,窗帘严严实实地拉着——窗户透进来的阳光会让他看不清电脑屏幕。我被小说里的某个情节噎住了,一直写不下去,烦躁像温度那样在心中节节攀升,加之四周暗沉沉的气氛推波助澜,我站了起来,走到窗边,哗啦一声拉开了窗帘。夏天浪潮般的阳光猛地涌入,我眯起眼睛,眼前一片黑暗。

"啊!……"

关良扭着身子,惊恐万状地躲避着阳光。

我刚转身，关良就把窗帘拉上了。

略一迟疑，我再次拉开窗帘。

嚓啦——我一回头，看到窗帘耷拉着。关良想要再次拉上窗帘，用力太猛，把窗帘上面的扣子扯掉了，一半窗帘如同受伤的鸟翅耷拉着。算是扯平了，谁也不能完全如愿了。如果再争下去，我想主动让步的肯定是我——我心里莫名地有点儿惴惴的，似乎怕他梦里喊过的那一声"杀"。此后，我们说话更少了。

一年多来，我们还是第一次这么单独坐在一块儿。我想他不会不记得那次不愉快吧，但他一副安之若素的样子，我也只好装糊涂。

我说："你真要徒步去拉萨？"

关良说："是。"

关良的表情很郑重，很严肃。我有点儿难以描绘心里头翻涌的感觉。虽说，早就听鲁健他们说过，可听他自己说出来，感觉还是不一样。我脑海里模模糊糊地浮现出一条漫长的红线，红线上有许多我茫然无知的地名。

我旧话重提："那游戏怎么办？"

关良说："不玩了。"

我瞅着他："你能憋得住？"

关良说："一路上也没法玩啊。"

我说："那倒是。"

我端起茶杯，看了看，又放下了。

我说："你要是真能去，把游戏给戒了，倒真不错。想不到，你还真朝圣去了。"

关良说:"嘿……"

菜陆续端上来,腾腾地冒着热气。关良招呼我,趁热吃吧,趁热吃!完全像个主人。我又有点儿不舒服,还有点儿尴尬。

我们默默地各自吃着东西。关良吃得很认真,守财奴数钱似的把一片片菜叶慢慢填进肚子里。我不时抬头看他,他留着一拃长的头发,从脑袋正中向两边披下,有着三流艺术家的标准气质。脸还是有些虚肥,有些苍白,因为很久没照过太阳吧。我想象着,他若真徒步到了西藏,这张脸该变成什么样子。

后来,是关良主动问我,工作怎么样?我说很好,一切顺利。他点了点头:"不错,不错。"我稍稍吃惊地看着他。

我说:"你也可以啊,把游戏戒了就行。玩游戏也不能当饭吃,生活可不是游戏。我们都这么大了,怎么着也得养活自己。你怎么忽然想到去西藏?"——我很快就要说出螺丝钉啊、栋梁啊、责任啊之类的词儿来了。关良适时地打断了我。

关良微微笑着:"你的工作有意思么?"

我说:"当然有意思,不然,我干吗做这个?"

关良说:"忙吗?一个月……能有多少钱?"

我有点儿受刺激,说:"很闲啊,不用每天去上班,工资嘛……加上其他收入,还可以吧。平均下来,一个月六七千不成问题。"

我一个月不过三千多块钱,但我不能这么跟关良说。

关良眼里闪着灼热的光,很满意地说:"不错不错。"

"你到了拉萨,把游戏戒了,再找份工作,也不是什么困难的事儿,你想想,你爸妈,还有你妹妹……"

关良再次点了点头。

从来没有过，关良没把"没意思"几个字挂在嘴边。谈话进行得异常顺利，我又把之前大家讲过无数次的道理给关良讲了又讲，还添油加醋地渲染了自己工作的前途。我甚至要了两瓶黄酒。酒足饭饱，喝得微醺的时候，我看到关良忽然掏出皮夹子。

关良举起一只手，摇晃着："埋单！"

我按下他的手："你干什么？我来！"

关良捏着皮夹子站起："肯定是我来，我请的客。"

我说："我找到工作了啊，你跟我争什么?!"也站起，用整个身子拦住关良。

关良还要争，我赶紧跑到柜台，几乎是将钱硬塞给了服务员。

关良连连埋怨："哎呀，你怎么这样？"

我慢慢喝了一口黄酒："等你找到了工作再请我吧。"

我们又坐了一会儿，关良悠悠地向我讲述怎样从上海到丽江，从丽江到拉萨。听得出，他做了很多准备，他说出的那么多地名，大多是我没听过的。

我说："这么远的路，你还是得多准备一些东西吧。"

关良说："其实，多带些钱就行了。"

我说："你打算带多少呢？"

关良忽然盯住我："我现在……身上只有两三千块钱。你能不能借我一点？"

我心头一紧："要多少？"

关良说："两千，有吗？"他直直地盯着我。

酒已经醒了一半。我近乎乞求地说:"一千,行吗?"实在不好意思,又补充说:"这一千块,借你五百,另外五百,算我支持你的。"

关良说:"那真是太感谢你了。现在带钱了吗?"

我说:"现在?"

关良眼睛一瞬不瞬地盯着我。

我难以抗拒地掏出钱包——他刚才一定看到钱包里的一叠红票子了——僵硬地数出十张,擎在手中,说:"戒了游戏。"

关良苍白的脸有了红润,似笑非笑,将挡在眼前的几缕长发轻轻向右一甩,双手接过钱,晃一晃,嘻嘻笑着,塞进自己的皮夹子。他站起来,给我的杯中倒满酒,把酒杯递到我手中,大声说:"兄弟,别的不说了,干一个!"

我大声附和道:"干一个!"

这一刻,我的血简直有点儿他妈的沸腾了。

回去路上,夜风一吹,我才彻底清醒过来。刚才怎么回事儿?我糊里糊涂地抢着付了账不说,又糊里糊涂地给了他一千块钱,还糊里糊涂地声明,其中的五百块是送他的。我这是干什么,我有病啊?!鲁健他们几个王八蛋,一定也有过同样的遭遇,但他们谁也没提醒我。可说到底,这怪不得别人,谁让自己虚荣心作祟?

真没意思!

## 四

牛丽华结婚的消息,如一枚重磅炸弹,炸得全班晕头转向。都什么时候了，还有空结婚？再说，她什么时候谈的恋爱？我们打内心里觉得，牛丽华就是红娘那样的丫头，总是陪着闺蜜恋爱、分手，帮着别人甜蜜，也帮着别人忧伤。可如今，大伙儿忙着写论文找工作，她要结婚了。结婚对象很快被女生们调查清楚，那人刚从英国留学回来，父母都是市里的干部，他却不愿从政，而是自己开公司，牛丽华嫁给他后，不用出门工作，在家里爱干吗干吗……越调查，越气恼。凭什么啊？牛丽华既不聪明，也不漂亮。过了几天，才知道，两家是世交。大家叹一口气，只能怨自己生得不好。

如果不是关良宣称徒步去拉萨，牛丽华的婚姻绝对是毕业季的最大话题。

关良接到牛丽华电话时，我们刚好都在宿舍。

鲁健说："没准儿，牛丽华要质问你，怎么抢了她的风头。"

关良鼻孔里哼了一声。

林一昂说："牛丽华不还问过你有没有女朋友吗？"

鲁健说："咦……我怎么忘了这事儿……不会……"

鲁健和林一昂做作地笑："哈哈哈……哈哈哈哈……"

关良单穿一条三角内裤，如同一大块肥肉稳在电脑前，对旁边的说笑不闻不问。

手机铃声再次响起，关良接了，应付地说，出门了出门了。挂了电话，在我们的嬉笑和催促声中，关良又呆呆地坐了一会儿，这才起身穿了裤子、穿了衣服，趿了人字拖，拎了装满几十个空方便面盒子的垃圾袋，吧嗒吧嗒地下楼去。我们立即拥到窗口边。不一时，关良出了宿舍楼，抬手遮挡了一下阳光。六月的阳光真够耀眼的。他慢慢地朝自行车棚边的柳树走去,牛丽华从树后闪出来。相距遥远,我们看不到他们脸上的表情也听不到他们说什么。四周很静,偶尔有人从他们身边走过。就在我们正要失去兴趣时,令人惊异的事发生了。

牛丽华两手一张,抱住关良。许久,就那么抱着。

鲁健莫名其妙地骂了一句:"操!"

关良回来后,在我们的一再逼问下,他才说出缘由——

牛丽华见到关良后,两人一时无话。牛丽华笑了一下,又笑了一下:"你真要去拉萨?"

关良说:"你真结婚了?"

牛丽华丰润的脸颊迅速地红了,她似乎误会了关良的意思,羞涩地低下了头,半晌,才说:"结婚还能有假?你……为什么要徒步去拉萨?不找工作吗?"

关良说:"你不也没找工作?"

牛丽华又低了头,说:"那不一样,我的情况不一样……其实,我不像你们想的那样,我要是能像你这样多好……"

关良说:"那和我去拉萨?"

牛丽华肯定又误会了关良的意思,她把头低得更低了,声音低到了尘土里,像是埋在尘土里发不了芽的种子。

"我去不了,我只能在家里待着,哪儿也去不了。我……"她忽然抬起头,直直地盯着关良说:"我能抱抱你吗?"

关良几乎没有一丝犹豫:"好!"

"我能理解你的处境,我能理解。"关良和牛丽华抱在一起时反复说。

"我相信你能理解,我相信。"牛丽华和关良抱在一起时反复说。

两人沿着学校的樱花大道来来回回走了好几趟,最后在牛丽华的坚持下,去了学校后门的必胜客。在必胜客里,牛丽华从小包里翻出一个蓝色碎花纸袋。

"这个你一定要收下,是我送你的。不一定用得到,但你一定要收下。你代我到西藏看看雪山,看看那么高那么蓝的天……"

关良接过纸袋,目光坚毅而温柔:"你放心,我会替你去西藏的。"

那一刻,牛丽华眼眶里闪着泪光,满脸通红,喏嚅着:"对不起,我不能和你……"

牛丽华算是彻底误会关良的意思了!

我们抢过关良的纸袋,撕开封口的透明胶带,里面还有一个小纸袋,打开来,是簇新的百元纸币,厚厚一大叠,应该有近万吧。

鲁健夸张地嚷道:"你小子发了!"

关良只朝钱瞥了一眼,就把它们塞进抽屉,随手团了纸袋,塞进垃圾袋。

蒋伊倩给关良钱,则是她自己告诉我的。在那之前半个月,我问起蒋伊倩毕业后有什么打算。她说,要出国学语言学。你学的是汉语语言学,干吗出国啊?你不懂!蒋伊倩瞪我一眼,又说,国内学术环境这么差,能做出什么?那一刻,我对蒋伊倩的崇敬之情不得不油然而生,然而,仅仅半个月后,蒋伊倩告诉我,她要到上海海关上班了。

"你不是要出国吗？"

蒋伊倩瞪我一眼："你不懂！"

我真的不懂。

"很多时候，不是你想怎样就怎样的，不能每个人都像关良那样，想打游戏就打游戏，想去西藏就去西藏……如果每个人都那样任性，这世界早完蛋了。我不知道你们男人怎么想的，反正女生得现实点儿。"

蒋伊倩说完重点了点头。

"你们女生不是都觉得关良徒步去西藏非常牛 X 么？"

"是牛 X，但我干不了那样的事儿，所以我才特别佩服他，所以，"蒋伊倩停顿了一下，"我才资助了他两千块钱。"她又重重地点了点头。

"你也给他钱了?!"我怀疑不是自己耳朵出了毛病，就是蒋伊倩的脑袋出了毛病。

"你要能徒步去西藏，我也会资助你！"

蒋伊倩的脑袋肯定出了毛病。

真正为了学术出国的，反倒是平日里不声不响的于欣。

小个子于欣是班级里学术小团体的重要成员，曾几何时，我也曾是这团体的一员。当她打电话给我，我想她一定是要告诉我，她即将远赴美国耶鲁大学攻读博士了，不料，她却动情地说起了另一件事。

"你知道关良为什么要去拉萨吗？"

"不就是不想工作吗？当然，我们都猜想他是要以此戒掉游戏。"

"关良告诉我,他考上大学后,家里请了很多人吃饭。很不巧,那天他爸重感冒,跟那些人喝了没几杯就醉了。但不喝酒又不行,那些人都是要给他家钱的,没有他们的资助,他根本上不了大学。从来没喝过酒的他,跟每个人都喝了。他带了一种复仇的心态,最后把好几个人喝趴下了。他说,那天看到他爸蹲在后院呕吐,他一下子觉得读书是那么低贱的事儿,考上名牌大学又怎样呢?现在他不想再顺着这条路走下去了,工作了又怎样?他就要活得自在,活得像个人……我们都是农村出来的,虽然我还要继续读书,但我能理解他,我想你也能理解……"

我打断于欣的絮叨:"你给了他多少钱?"

于欣一愣:"我手头也没多少钱,还要出国读书,就给了他一千。"

我耐着性子,直接问:"你和他吃饭,谁埋的单?"

于欣说:"我啊,怎么?"

我说:"嘿嘿……一个男人连埋单都不肯,你还相信他?"

于欣说:"是我抢着埋单的,他说他埋的,那怎么行呢?"

我说:"总之,是你埋的单,不是他。"

我语气坚定,脑海里同时浮现出我和关良在饭店埋单时出现过的一幕。

于欣说:"可是,谁埋单跟去拉萨……有什么关系?"

我说:"当然有关系……"

于欣说:"你是说,关良不会去拉萨?"

我说:"我没这么说……我是说……总之……虽然……"

不记得那天我是怎么应付过去的。这些女人都怎么了?! 肯定都疯了!

所幸,很快就毕业了。

关良不知所终了,我肯定他没去拉萨。

那彻头彻尾就是个骗局。鲁健和林一昂也有同样的想法。都在问:你给了关良多少钱?我惊讶地发现,单从我们仨身上,关良就轻而易举地卷走了五千块。我损失了一千,林一昂和鲁健都损失了两千。鲁健咂着嘴:"这小子,这小子!毕业了还搞这么一出!我们怎么就相信了呢?"对这件事,鲁健抱有非常大的热情,据他多方打探,关良在别的男生那儿卷走了大概四五千块,从女生那儿卷走的更多,加起来,得有几万!鲁健又愤恨地说:"那些女生给他骗了,还把他当成英雄,以为他真要徒步去拉萨朝圣,真是可笑啊!"鲁健甚至提议,我们应该联合起来告他欺诈!

我努力让自己把关良忘掉,像忘掉一条翻过船的臭水沟。

将近一个月后,鲁健打电话过来,关良才重新从遗忘的底片上显影。这次鲁健完全换了一副口气:"欸,你知道吗?关良走了!这小子!"

## 五

关良是悄没声息走掉的。在我们渐渐以为他不可能去拉萨的时候,他没跟任何人打招呼,上路了。我脑海里固执地浮现出一幅图景,在太阳即将照亮上海无数高楼大厦时,他背着简单的行囊,朝前梗着脖子，像一头执拗的牛，头也不回地离开了这座城市，像抛弃一件廉价的旅游纪念品。鲁健接到他电话时，他已经徒步到了桂林。

鲁健说："他在桂林待两天了。桂林山水甲天下啊！这小子真会享受。"

就是从这时候开始，我们每天等待着关良的消息。关良没带手机，仿佛手机也是莫大的累赘，他必须舍弃。他联系我们，我们才知道他的消息。他都是跟鲁健联系的，这让鲁健在我们面前得意扬扬，仿佛得了莫大的荣耀。

连续几个月，鲁健的声音常在半夜传来："你知道吗？到昆明了！那小子真要去拉萨！"

我说："那也不见得，到了昆明，可去的地方还很多啊。"

鲁健说："也是也是，得再等等，这小子！"

又过了阵子。鲁健打电话过来，劈头就问："你知道那小子到哪儿了？"

我说："哪儿？"

鲁健更大声地说："丽江！我一再让他坐火车，他坚决不坐，你猜他说什么？他说坐了火车，这一路走来，就不完整了。"

在接下来的一个多月里，我从鲁健的口中知道了很多遥远的地名：香格里拉（鲁健说：那儿的海拔有三千四百多米了！）、亚丁（鲁健说：那儿可以看到很多雪山！）、里塘（鲁健说：那儿海拔四千多米，是世界最高城）、巴塘、竹巴龙（鲁健说：从巴塘到竹巴龙，关良走破了鞋子）、芒康，然后，是左贡。左贡已经在西藏地界了。

鲁健说:"关良眼看就要到拉萨了,你说,他能戒掉游戏吗?"

我感觉到,鲁健忽然变得忧心忡忡。

我说:"谁知道呢?"

鲁健迟疑了一会:"你说,他要戒游戏,却让我们埋单,是不是不大厚道?"

我也迟疑了一会:"那有什么办法?难道你不是自愿的?"

鲁健说:"我是想着,他要能戒掉游戏,我也算帮了他一个忙。可是……"

我说:"问题是,他能不能戒掉……"

绕了一个轱辘圈儿。我是期盼着关良戒掉游戏呢,还是期盼着他戒不掉?这有点儿像当初他没去西藏前,我又期盼着他去西藏,又期盼着他雷声大雨点小……想到后来,连我都搞不清自己想怎样了。

鲁健的实时报道仍断断续续传来,我在网上查了地图,用红笔描出一条线:关良离开左贡,先后到了邦达(鲁健说:那儿有九十九道弯,还有邦达大草原,还有很多很多雪山,关良说他做梦都没梦到过那么多雪山,假如那些雪山都是宝石就好了)、然乌湖(鲁健说:关良遇到了一个特别的人)、米堆冰川(鲁健说:关良成天看到的除了雪山,还是雪山,眼睛都快被雪光晃瞎了)、八一(鲁健说:关良看到磕长头的人了。关良常跟磕长头的人们蹭饭吃。往拉萨朝圣的藏人们大多会卖掉家里的牲畜和值钱的物件,然后举家同行,全家选出一人骑三轮摩托先行,摩托上装满被褥和锅碗瓢盆。剩下的人一路走一路磕头，一般每天就前行十多公里——偶尔也有的人偷奸耍滑，没人注意时，就走上好几步才跪下磕个头。走到点儿后，先到的家人已经搭好帐篷做好饭菜。饭菜很简单，就是疙瘩面之类的。这样的行程，往往会持续一年。到了拉萨朝完佛后，再举家坐火车回家，一切从头开始。关良遇到这样的人家，总会被喊住一块儿吃饭。藏民们告诉他，比起开车的，藏民更喜欢踏实走路的人）、巴松措（鲁健说：关良的鞋彻底坏了，他只好用路边捡到的一块破布将它们捆扎起来）……

在这些大同小异的日子里，有一个日子凸显出来。那天，关良收拾好东西，胡乱吃了头晚剩下的半盆疙瘩汤，钻出帐篷，眼睛立马被阳光晃了一下。天气真不错，一丝儿云的影子都找不见。蓝天、高山、草地，一切显得那么清晰、确定。走不到三四公里，关良就看到了然乌湖。

犹似蓝天倾泻下，然乌湖的光影撞击得关良摇摇晃晃。他呆立着，大大地吸了一口气，又大大地吸了一口气，这才撒开腿朝湖水奔去。已经好多天了，他没洗澡没洗脸，也没照过镜子。如他所料，水里映出的活物已经难以辨识。他放下行李，蹲下身子，饱饱地喝了两口水后，慢条斯理地洗了手，洗了脸，最后，还用矿泉水瓶灌满水，离开湖面一点儿，给自己洗了脚。水真凉啊，透心凉。

关良穿上鞋，站起身时，就看到蓝色湖水里一片猩红，一个年轻喇嘛正望着他。

"谢谢你。"年轻喇嘛微笑着。

"谢我？"关良看看自己，晶亮的水珠正从指尖滴落。

"你没把脚直接伸进湖里……"年轻喇嘛指指关良尚挂着大滴水珠的小腿,又指指湖水。"你肯定看到过,不少人那样……"

"哈哈……"关良一时不知说什么好。

"你好。我叫江白旺堆。你叫我其加就行。"年轻喇嘛咧开嘴笑,牙齿特别白净,椭圆的黝黑脸膛被阳光照得发亮。

"你好,我叫关良。"关良不自觉地微笑着。

其加像然乌湖的水一样透彻、明亮,让关良完全放松。

其加告诉关良,他也要到拉萨去。

"拉萨还有很远吧,你这样能行?"关良打量着其加的背包。其加的背包就是个白色蛇皮口袋,由一根蓝色的尼龙绳捆缚在身上,细细的绳子深深地嵌进了他的肩膀。关良背的是双肩旅行包,两条挺宽的背带已经勒得他够受了。

其加不置可否,只咧开嘴笑笑。

许久没怎么听人说话的关良,听其加说了很多。原来,其加并非藏族,而是汉族。十九年前,一户朝圣的藏族人在路边的草丛里捡到他。他裹在一条小羊毛毯里,腋窝塞了一张纸条,写有他的族别、籍贯和出生时间等。时间过去两天多了,他已然浑身青紫,奄奄一息。那对五十多岁的藏族夫妇收留了他,等他们一家走到拉萨,到得大昭寺门口,他咯咯笑了。藏族夫妇异常吃惊,认定他与佛有缘。后来,养父母便将他送到寺庙当了喇嘛。这次,他就是要到拉萨去看看,带给他第一次欢笑的大昭寺。讲述这些事时,其加脸上仍然挂着标签似的微笑。

"江白旺堆是我进寺庙后,活佛取的名字。不过,我还是忘不掉爹妈给起的名字。你知道'其加'在藏语里是什么意思吗?"

"吉祥如意?"关良试探着问。

"哈……哈哈哈……"其加大笑着,露出白净的牙齿,"狗屎!"

"什么?"关良没想到他忽然骂人。

"'其加'的意思就是——狗屎!"

"啊?你不是开玩笑吧?"

"你们汉族不也给小孩取名'狗剩'吗?"

关良注意到,他说的是"你们汉族"。

"我的藏族爹妈给我取这个名字,本意是怕我养不活,和我的身世倒也相符。"

"你别这么想……你亲生爸妈肯定有什么难处……"

其加没再说话,关良也没再说话。沉默里响着他们单调的脚步声,左脚,右脚,右脚,左脚,扑扑踏踏。其加回过头,黝黑的额头闪着汗水的光泽,"我想到大昭寺去转经筒,特别大的那种。"他转动着手上的木质转经筒,一本正经地说:"为我的藏族爹妈转,也为我的汉族爹妈转,让他们早脱轮回之苦。"

"这转经筒有什么特别的?"关良随口问。

"你不知道吗?"其加瞪大眼睛,他表现得如此吃惊。"这里面是六字大明咒的经文啊。每转一次,就相当于念诵经文一次。念诵经文越多,就表示对佛越虔诚,也就越能早日脱离轮回之苦。大昭寺正门边有两个特别大的转经筒,里面装的经咒很多,转一圈比我转手上的小经筒积累的功德更多……不过,"他神色稍变,"活佛说,我这么想并不对……对了,你信佛吗?我知道很多汉人不信。"

"我不知道……"关良本想说"没意思"的,不知怎么,改了口。

"你怎么能不知道?"其加再次瞪大眼睛。

他们为"信不信"的问题,几乎讨论了一整天。也就是在这晚睡下后,关良发现了其加的秘密。其加趁着关良睡着后,往两肩涂抹东西,关良忽然拧亮手电筒,被眼前的一幕惊呆了:其加的肩膀被尼龙绳勒出深深的两道口子,血水和脓水混杂在一起。其加慌忙拉上衣服,脸色由黝黑而暗红。

不管其加怎么说,关良坚持停下休整。

"我们必须休息好再走。"关良内心里升腾起一种责任,这令他自己都有些吃惊。

其加不言语,女孩儿似的低头咬着嘴唇。

第二天一早,其加仍像过去的六天一样早早醒来。他推醒关良,关良仍旧坚持头天晚上的意思。其加不再争辩,自顾自整理好东西,洗了脸,烤了几个土豆,自己吃两个,兜里装两个,剩下的五个全给了关良,最后,给空的矿泉水瓶灌满雪山上流下来的溪水。关良看着他做这些,劝说的话说了一箩筐。"你总不好意思撇下我一个人吧?你不累我可累了!"关良近乎哀求他了。可其加还是走了。

"你真的不知道自己信不信吗?"其加走了一段,回过头问。

高原明亮的阳光烧着他身上的猩红色僧衣。

"不知道……"关良摇摇头,"没意思"三个字在意识中一闪,便没影了。

"到了拉萨,你就知道了。"其加很笃定地说,下意识地又咧开嘴笑了。

关良看着其加慢慢走远，猩红僧衣持续燃烧。

"江白旺堆！"关良大声喊他。

"还是叫我其加吧。"其加头也不回地说。

天空碧蓝，阳光耀眼，其加的猩红僧衣一点一点燃尽了。

这一天，关良一直没离开帐篷。他相信，其加会回来的，他们得一起走。夜色渐渐弥漫，其加的猩红色僧衣仍未在他眼前点燃。满眼只是闪耀的星星，那是一些冷得死去的石头。第二天天未亮明，关良就上路了，非得赶上其加不可！然而，他再未见到他。

绝大部分时间，关良都在走路，走路，抬头看看天，低头看看地，身边的景致不看也知道，不是草原就是雪山。他的准备明显不足，鞋子坏了，衣服也不够。冬天了，关良浑身冻得青紫，哪怕躲在帐篷里也哆嗦个不停，他几乎寸步难行了。更糟糕的是，吃的东西没带够。幸好在巴松措附近，遇到一辆军车，士兵们吓了一跳，以为碰到原始人了——可以想见关良皮肤粗糙胡子拉碴头发蓬乱衣衫敝旧的模样——不料，原始人竟掏出了一张名牌大学的毕业证。士兵们免费载了他一程，分别时，还送他不少衣物和一箱方便面。就这样，原始人关良扛着一箱方便面抵达了拉萨前的最后一站：南珈迪瓦。

鲁健告诉我，关良的心情非常好。几个月来，关良早看厌了雪山，可在南珈迪瓦，关良说他才算看到世界上最美的雪山。若是往常，鲁健定会和关良打嘴仗，你又没看过世界上所有的雪山，怎么就能说那是世界上最美的？但如今的鲁健完完全全相信关良的判断。

鲁健还喋喋不休地向我转述关良异常文学化的描述：夕阳的余晖映照着雪山，雪山上云雾蒸腾，恍若有神仙往来。历经千辛万苦的关良仰望雪山，想起了一生中许多后悔的事儿。

鲁健有些迟疑："你说，关良还会玩游戏吗?!"

我说："那怎么能再玩儿呢？"

鲁健说："还是古人说得好啊，故天将降大任于是人也，必先苦其心志，劳其筋骨，饿其体肤……关良告诉我，在西藏，像其加这样的汉人弃婴并不是个例，很多年轻人有了孩子又不想养活，就到拉萨去，生下孩子扔给当地人。关良说，路上根本没用什么钱，到拉萨后，他会用我们给的钱，为这些孩子做些事……"

眼前闪烁着一座雪山，又一座雪山。我飞奔而去，不料身子越来越重，两条腿更是软塌塌的，使不上一点儿劲，雪山明明近在眼前，就是不能抵达。我累得大汗淋漓，伸长了手，不过是徒劳。更糟糕的是，雪山正慢慢朝远处漂移，移动得越来越快，我离雪山越来越远了。我一着急，使劲儿想要挣脱自己沉重的身子朝雪山飞去，不承想，脚下陷落，整座雪山也连带着倾斜了，不偏不倚地朝我压下来……我惊醒过来，四周一片漆黑，不一会儿，又睡过去，却又梦到身边的墙就是雪山，这次倒是近得很，问题是，仍旧一个劲儿地压将下来……这一夜，我就这么反反复复地流连在雪山林立的梦境里。

我对着镜子，刮干净胡子——一夜之间，它们竟然长出那么多。一不小心，刮了上嘴角一下，一粒小小的血珠子渗出来，我用一张卫生纸按住了，挪开，雪白的纸面就有了一点点殷红，让我有一瞬间联想到雪山和落日。

这样的梦，持续了一个多星期，直到我再次接到鲁健的电话。

"关良……关良……到拉萨了！"

"他真到了？"我感到血在心口猛地翻腾了一下。

"到了！可你知道吗？"鲁健愤怒不已，"……就是这样，你说说，这浑蛋，他吃了那么多苦，我们给了他那么多钱！"

我忽然笑了，笑得上气不接下气。

我想象得出，鲁健在电话那头，一定涨红了婴儿肥的圆圆的脸。挂了电话，我继续笑了一阵，也不知道自己究竟笑的什么。

渐渐地，我的脑海里异常清晰地浮现出这么一幅图景：黄昏时分的拉萨街头，衣衫褴褛、披头散发、肮脏发臭的关良呆立着，人们稀稀拉拉地走在他四周，略带惊讶地瞅他几眼，又稀稀拉拉地散了。他完全放心了，仔细打量了一下街道两边的店铺，大摇大摆地走进一家拉面店，要了一碗牛肉拉面，呼噜呼噜吃净了，连汤汁也喝净了，又要了一碗，同样呼噜呼噜地解决了。他志得意满地摩挲了一下鼓鼓的肚皮，志得意满地打了个饱嗝，背上行囊，大摇大摆地穿过街道。走到街道中间，他会不会犹豫了一会儿呢？会不会想起我们，想起牛丽华、蒋伊倩、于欣，还有其加？不管怎样，这些都不能阻止他在下一刻毅然决然地朝对面的网吧走去。

在网吧里，关良接到鲁健的电话。

鲁健说："你到拉萨了吗？"

关良说："到了。"

鲁健说:"天哪!你真到了!拉萨啊!徒步啊!……"

关良说:"没……意思。"

## 关良和我的最后交往

小说写完后,我收到个硕大的包裹,包裹上有关良的署名。仔细看了看,寄出地址是拉萨,盖的邮戳却分明是上海的。

是一套西装。一眼就认出了,是关良找工作穿的那套。上衣口袋里,塞了一张小小的纸条,写着两行歪歪扭扭的字:

多谢无私资助

祝愿前途无量

借出的五百块钱没指望了!就当五百块换套劣质西装吧。可关良为什么把西装送我呢?仅仅是作为对"窗帘事件"的弥补吗?盯着西装,我有种感觉,关良从此消失了。

现在,就挂在我身后的墙上,这套西装,一只巨大的蝉蜕。

2011年10月6日 7:05:34 初稿

2011年11月7日 15:00:35 二稿

2013年2月16日 3:09:10 再改

# 阿童尼

> 我为阿童尼哭泣——他已经死了！
> 噢，为他哭泣吧！虽然我们的泪珠
> 融解不了那冻结他秀额的冰霜！
>
> ——雪莱《阿童尼》

## 一、"忧郁的时刻"

表哥昨晚咽下了最后一口气。

咽气前两个小时，他从床上坐起，掀开身上的被子——被子里堆满了冰冻的矿泉水瓶，有的瓶子里的水开始融化了。这些，是为了给他降温。守在旁边的舅舅问，"你要做什么？"他不说话，歪着身子坐在床沿，两手抬起一条腿，放到床外，又抬起另一条腿，放到床外。他晃荡着两条腿，坐在床沿看窗外。窗外是一条水泥路，偶尔有人走过，说着话，听不清。是个晴天，但雨可能很快到来。"你要做什么？"舅舅又问了一遍。"我去上厕所。"他咕哝着，两手支起身子，挣扎着站住了。舅舅和我看着他，想要上去搀一把，又都坐着没动。他歪歪倒倒地走出门去，很久——也可能只是几分钟后，听到卫生间传出滴滴答答的声音。尿液溅到瓷砖地板上了。

表哥回转来，蹭到床边，艰难地躺下，慢腾腾地拉过被子盖上，扭头望向窗外。窗户比床高，他透过窗户看到的，只是窗外路对面的石灰墙。

"他倒是好，死了就死了，丢下这一大家子。"

"怎么能这么说呢?"我皱了眉。

扭头看表哥，他木着一张苍白的脸，微微张着嘴巴，似乎并不在意舅舅的话。

天一点一点暗下去。窗外有蝙蝠在飞。

两个小时后，我们发现表哥仍然盯着窗户，喊了他两声，又推了推他——

他死了。

表哥的嘴张得很大，舅舅和我轮番上阵，用手帮他合拢，但只要放开手，下巴又掉下去了。我们只好找来一张白毛巾，兜住他的下巴，在头顶打一个结。乍一看，表哥仿佛一个戴着蝴蝶结的小姑娘。这副模样，简直要让我们忍俊不禁。

表哥的尸体在堂屋停厝好后，来相帮的人暂时都没什么事做，三三两两的，聚在白炽灯下打牌，聊天，星散了一地瓜子壳。有几个是表哥的发小——

读书那会儿，我们几个数小谷成绩好，可他的心思却不在读书上，成天捉鱼摸虾，有一次我见到他在看书，抓过来一看，是小人书。闹腾了几年，他竟然连高中都没读就回家了。我们这几个原先比他成绩差的，倒是都上了高中，几年后，好歹也进了师专之类的学校，如今都在县里的各种单位待着。只有小谷回家当了农民。按他的性格，安安稳稳种地是不可能的。我记得刚开始那几年，他种过蘑菇，养过黄鳝，养过蜜蜂，还倒腾过兰花。后来，又去开货车，又开了店做服装生意，再接着是做家电生意、羊肉生意、钢材生意。

有一年春节，县城里卖彩票。两块钱一张彩票，中奖的话最小的奖是五块钱；运气好点儿的，能抽到一箱啤酒；再好点儿的，是一台录音机；大奖则是一辆五羊摩托。那时县里摩托还很少。那辆大红色的五羊摩托真够诱人的，可谁会有那样的好运气呢？我买了两张，连五块钱都没中。就在那天下午，小谷买了一张，就中了那辆摩托。我们都不敢相信。小谷大喜之余，又花了五百多块钱买了两百多张彩票，那些彩票只中了几个五块钱和一箱啤酒。我们几个喝光了那一整箱啤酒。小谷一直在笑，还让我们轮流坐到摩托上去。

一年后，小谷结婚了。

不夸张地说，至少二十年来，村里没人娶到过那么漂亮的新姑娘了。很多人羡慕又嫉妒。小谷的老婆漂亮不说，还温柔、贤惠。结婚后，很多人看到小谷骑着那辆五羊摩托带她上街。我们和他们打招呼，摩托车呼啸而过，他们的笑脸也呼啸而过。又过了一年，在我们面前呼啸而过的，又多了一张孩子的笑脸。

大概两三年后，我见到小谷骑一辆很炫酷的摩托，问他怎么买了这么一辆摩托,他说那摩托不是他的,是他帮别人检审,从中可以拿一笔钱。那天,我和他坐了摩托回县城。他把摩托开得飞快,发动机声音巨大,这一路上,我没听清他说的哪怕一句话。

如果他一直做摩托检审的生意,也不错吧?

后来,听说他把攒了好几年的钱,都投到一个什么矿山项目里了。那项目是朋友介绍的。他来跟我说,要我也投资几万块钱,我问他那项目是谁给他介绍的?他说是个信得过的朋友。最终,我没投钱进去,还说了他几句,他好像有点儿不高兴。三个月后,他拿到了第一笔回报,是五千块钱。他又来找我,说他准备再投两万块钱进去。我有点儿心动,但又不想示弱,还是没投钱进去。大半年过去了,没再见到小谷,和人一打听,才知道他弄的那项目黄了,负责人都找不到了。我真有点儿后怕。

最后一次遇到他,是三年前吧?他胖了很多。我还想,他是不是发财了。他的神情却是懒懒的,问他最近在做什么,他才两眼活泛了,亮亮地有了神色。他说他在猜字花。我说什么叫作字花啊?他说就跟小时候猜谜语差不多,有个大公司在做,出个谜面,猜十二生肖中的一种动物,两天后公布答案。你猜准了哪个,就花钱买那个,十块钱一份,可以买很多份,如果跟答案相符了,那每份就奖励十倍。他说得眉飞色舞,又要约我一起参加,说我是语文老师,最合适干这个。他给我写了几个近期的谜面,我想了半天,说出来的答案一个都不对。他脸上带着笑,连连摇头,说亏你还是语文老师呢,怎么猜不对呢?他告诉我答案是什么,并向我解释为什么是那样。看得出他很兴奋,脸色都红润了。我说,这些你都猜对了?他说多半也没猜对,但经过近期的分析,他相信今后对的一定会更多的。我内心里不认同,但也没怎么表现出来。只说还有事儿,匆匆跟他告别了。我想,没能说服我一起参加,他该有些失落吧?

我后来才知道,他那时候已经生病了。

## 二、"更有的还活下去"

表嫂的哭声渐渐低下去。她蹲在表哥身边,一手环抱着他的头颅。表哥脚前点着一盏长明灯,灯光把表嫂的身影投到墙上。身影在墙壁和天花板处折了弯,脑袋贴在天花板上,俯瞰着它的主人。表嫂在喃喃地说着什么,听不清。

门口有小货车的声音。车灯闪烁。喇叭响了两声。

一个身影扑进来,带着哭声。是表姐回来了。

表姐直奔堂屋,她的哭声又勾起表嫂的哭声。她们一边哭,一边骂。骂了一阵,不骂了,只是哭。哭声慢慢又低下去。过了好一阵,表姐走出堂屋,抹了几把脸。两只眼睛红红的。她和院子里的十多个人一一打招呼。大家不咸不淡地说些安慰的话。表姐说,这么晚了,要不要吃点儿东西。大家都推让着。表姐又说,还是吃点儿东西吧。

表姐叫上我,开车到县城去买夜宵。

离县城不过两公里,远远地,看得到县城那一片光亮。朝天上看,浮了一团粉色的滞重的云。我在副驾驶座上,久久地望着那一团云。

一路黑暗。没有路灯,也没有星光,车灯那一小团光,不断被黑暗吞进去。我们的车,也被吞进黑暗的肚子里了。

我和表姐没说一句话。

从来没在这个时间到过县城。不过十二点,街上已经看不到一个人了。偶尔有一两家店铺还亮着灯,是一只只孤独的眼。小货车开到要去的大排档,没人了;又换了一家,还是没人;再换一家,依旧没人。我和表姐在空荡荡的县城大街上转了一圈又一圈,仍然两手空空。表姐停下车,两手捶了方向盘几下。

"我就不相信,一家开着的都没有了。平时,这时候不还有很多人吗?"

"要不去开发区看看?可能还有烧烤店之类的。"

在开发区,我们没找到烧烤店,找到一家卖小笼包的。一对年轻小夫妇,为第二天的生意做准备。我们说明来意,他们答应先做几屉给我们。我们就站在小店前的柏油马路上等着。

"虽然早就知道会有这天了,我还是觉得,不像是真的。"表姐抬头望望天。

"是啊,太假了。"我也抬头望天。那朵粉红的云也是假的。

"太假了……怎么可能呢?"表姐顿了顿,"我哥才三十多岁啊!"

几天前,我翻到一张照片,是我和哥小时候的合影,我们站在村外的小河边,身后是一棵桃树,桃树正开花,但那是张黑白照片，看不出桃花是粉红的还是大红的还是粉白的。我也记不得了。我前面有一蓬艾蒿。至今，我倒还想得起那蓬艾蒿是什么气味。

小时候啊，我总黏着哥哥。我们每天一起去县城的学校，一起从学校回家。早上去学校时，天还是黑的。我们常常一边走，一边看天上的星星。那时候，县城还没这么多灯，天上的星星比现在的多。自然课上，老师教过星座。我们就一路仰着头，认那些星座。天上的每个星座，哥哥都认得出来。在他的指点下，我也很快认全了。呵，现在也全忘了。

一天早上，我们走出村子不远，走到小河边，忽然，一团巨大的光亮从天上慢慢地滑过。地上都照亮了。小河水亮堂堂的。屋子、田地、树木，看得一清二楚。是流星吗？流星没那么大。哥哥大叫，是宇宙飞船吗？宇宙飞船要来接我们了！哥哥又叫又跳，朝它使劲儿挥手。我吓得不行，连忙拽住哥哥的手，对哥哥喊，别叫了，别叫了！哥哥不听我的，大喊着追上去。那亮光忽地加快了速度，转眼间就不见了。

天黑漆漆的，我和哥哥气喘吁吁地站在黑夜里。

哥哥埋怨了我好几天。我们和好了，他还不时提起，说要不是我拽着他，他早就跟宇宙飞船走了。现在，我就是想拽他也拽不住了。

渐渐地，哥哥不大和我同路了。他的朋友越来越多，有些我认识，更多的我不认识。大概就是从那时候开始吧，我们疏远了。哥哥没读完初中就退学了，我读完初中，高中毕业没考上大学。后来我进服装厂、化工厂做了几年,结婚了。我结婚三四年后,哥哥才遇到嫂子。

那时候,我知道哥哥好像在谈恋爱,也不好问他,只听说那是县城的姑娘。再后来,听说有人又给哥哥介绍女朋友。哥哥不愿意,还是被我爸我妈催着去见面。哥哥就约了我一起。我们很久没怎么说话了,不知道他怎么会想到要约我一起去。我当然很愿意陪他去。

那村子我从来没去过,哥哥也没去过。在那家人的院子里,一个和我年纪差不多的姑娘正在晒衣服。那天太阳特别好,吹着风,衣服一次次扑到她脸上。她的脸白一阵,红一阵,特别好看。我发现,哥哥都看呆了。

好多年了,哥哥没和我说过那么多话。回到家后,爸妈围在屋子里,问哥哥喜不喜欢那姑娘。哥哥一个劲儿笑,笑得在床上翻跟头。我妈问,你不是喜欢那个鼻子上有颗痣的姑娘么?这姑娘鼻子上可没有痣。哥哥笑得更大声了。

哥哥正儿八经开始恋爱了——虽说是介绍的,他们并没有直接谈婚论嫁。两家人离着不过十来公里,他俩却还给对方写信——那时候家里还没装电话呢,更别说手机了。有一阵子,两个人大概吵架,我哥不吃不喝一整天了,我妈让我去他屋里看看。我进去了,吓了一跳,屋里地板上、床上、桌上扔了无数揉皱的纸团。都是哥哥写的信。他整个脑袋埋在废纸堆里,还在写呢。见我进去,他朝我瞪了一眼,问我干什么,顺手抓过正在写的信,又揉成了一团。

不多久，他们和好了。嫂子来家里看哥哥，哥哥送她回去，哥哥骑摩托，表嫂骑单车。哥哥就一路慢腾腾地跟了十多公里路。

我妈看不下去了，说赶紧结了吧，再不结，光是油费都付不起了。

结婚那天，大概是哥哥这辈子笑得最多的一天吧？

就在那天，两家人竟然因为彩礼吵起来了。嫂子家非要一辆单车。家里为筹办婚事，钱都花光光了，哪里还有钱买单车？就说我们家里不缺单车啊。嫂子的爸妈怎么都不肯答应，一气之下，哥哥跑了。过了不到两小时，哥哥竟然把一辆崭新的单车送到嫂子家，扔下后，饭都不吃就回来了。嫂子一下子哭了。

哥哥哪儿来的钱？我想不明白。几天后，我才听说，哥哥跑到县城，跟人打了几把牌，赢了钱了。

然而好景总是不长。结婚后不久，哥哥就迷上了赌博，打牌、打麻将、买彩票、猜字花，还有很多我说不上来的。嫂子反对过几次，还把钱藏起来，没什么用，哥哥借钱也能赌。有过几次，嫂子都被要债的人堵在了门口。

一天黄昏，我回来吃饭，远远地看到家门口，哥哥跨在摩托上，一个人横在他摩托前面的地上，我吓了一跳，赶忙跑过去，一看，地上的人是嫂子。嫂子披头散发，声音沙哑，你有本事就从我身上碾过去，我就不相信你今天有本事赌得成！哥哥大喊，让开！你让不让开！你别以为我真不敢碾过去！远远地有十多个人在看热闹，谁也没劝一句。哥哥两眼通红，头发根根竖起,我扑过去,一把拽起嫂子,摩托轮子擦着我们碾过去了。

我和嫂子抱头大哭。

你说,人和人怎么会变成这样的?

粉色的云缓缓散去,露出一轮即将圆满的月亮。

风一阵阵吹过,地上飞起一些纸屑,飞高一点儿,又落下,又飞高一点儿,恍若折翅的鸟。虽是深夜,并不很冷。南方的冬天就要过去了,春天就要来了。

## 三、"有一个梦还紧抱住他冰冷的头"

朦朦胧胧地,听到楼下人声喧哗。我从一团雾气般的乱梦里醒来,闭着眼睛继续躺了一会儿。意识一点一点回到身上。这是故乡,这是冬天的最后几天,这是表哥家的楼上……我努力让一些情景回到眼前——

那时候,这栋楼还没装修,二楼很空旷,粗糙的黄木地板,阳光一块一块。我们躲在柱子后的暗影里,紧盯着阳光里的一面筛子,筛子底下支一小棍,小棍连着绳子,绳子在表哥手中。

筛子底下的谷粒金光闪闪!

世界真安静。我们听得到远处的汽车喇叭声,小贩的叫卖声,孩子们的打闹声,还有风声,树叶的沙沙声。一只麻雀停在了窗台,阳光照亮它的全身。我们屏住呼吸。麻雀扭了扭头,像是凝神谛听……麻雀跃下窗台,一跳一跳地靠近筛子。屏住呼吸。阳光耀眼……

舅舅敲门,喊我起床了。

表哥的坟还没砌好。请的石匠到后山去了。我和舅舅要给石匠们送水和别的一些东西。村道上稀稀拉拉有些人在走动。我和舅舅并排着走,一路上有人跟他说话。听说昨晚小谷没了?舅舅嗯一声。你也别太伤心了,没办法的。舅舅又嗯一声。

穿过村子,往山上走,空气变得越发清冷了,仿佛有许多根看不见的紧绷绷的弦。枯草凝了一层淡白的霜,在鞋底喊嚓喊嚓响。仄着身子,还是没能躲过小路两旁的油菜花。油菜花肥大的叶片也凝了一层白霜,硕大的花朵则聚了一些小水珠。稍微一碰,水珠就弹到身上,眨眼间,一个小白点儿就消失了。

我大口大口呼吸,吐出一团团白雾。舅舅走在前面,呼吸声比我的还响。他走走又停停,不断抬头望松林,松林后海看不见太阳。山脚的大片油菜地沉在昏晦里,一座座坟头若隐若现。舅舅说,这些坟里埋的,差不多都是他认识的人,他们的年纪都比表哥大。

他死这么早,和他的性格也有关,不单单是因为病。你说,这么多年,他都折腾了些什么?他开店卖过衣服,干了一年,就把店铺倒给别人了;卖过电器,也只干了一年;前些年,兰花热,又忙着种兰花,我还和他到山里挖过。院子里种了几十盆,每天浇水,每天盯着看发了几支芽开了几朵花。县城有人来买,有一盆给到三千,他不卖。我说差不多就卖得了,他说,你懂什么?只消三五个月,那盆兰花少说要涨到几万块的。结果呢?三五个月过去了,兰花价钱涨没涨我不知道,但再没人来买过，我劝他去找找之前那人，卖了得了，他仍然说再等等。又过了半年，听说兰花跌价了，多少种兰花的人亏得内裤都没了。他倒是很笃定，说生意嘛，有涨就有跌，有跌就有涨，市场还会好起来的。又过了半年，你说怎样？兰花价格继续跌下去不说，院子里种的几十盆兰花，有一多半都枯了。他管都不管，还得我每天去浇水。他见兰花死了，也不心疼，我也懒得管了。再后来，你也晓得，他又种过香菇。花了大价钱，在家里的三亩地上搭了架子，种了半年，香菇倒是种出来了，可价格也一落千丈，卖都卖不掉。每天几篮子几篮子地往家里搬香菇，院子里是香菇，睡房里是香菇，厨房里也是香菇，就连厕所里，也一大股香菇味儿。家里人见到香菇没有不皱眉的。

这些也就罢了。就像他说的，大概就是命不好吧？可明知道命不好了，为什么还去赌？我是不明白，一个人怎么会把命交到那完全不可知的东西手里。

他赌钱时，我去找过他一次。

很晚了，他还没回来，一家人都候着他。打他手机，他也不接。等到十二点了，还不见回来。我说这么等下去不行，得去找他。去哪儿找呢？我打了手电筒出门，在村子里走。村子不算大，但村路曲里拐弯的，有的人家还在半山坡，我把他常去的几家都走遍了，哪里有人？后来，想起他说过隔壁村的一个人。没有路灯，真是太黑了，电筒光就像萤火虫一样。到了那人家，果然，在大门外就听到搓麻将的声音。我推了推门，门没关，进去后，看到堂屋里还聚着七八个人。有的光着膀子，吆五喝六的。小谷也在里面,背对着我,低头看牌,左手不停地捏成拳又张开。他赢了一局,又赢了一局。没想到他是在赢钱。我站在暗处,差不多一刻钟,哪个都没发现我。我没喊他,出门回家了。我想,他也是想赢几块钱用用吧。——我竟然这么想!

第二天天还没亮,听见脚步声,我晓得他回来了。

我打开房门,瞅着他,说赢钱了?他笑,说,是赢了几块。又说太困了,先睡一觉。他进房里去后,我在天井里站了一会儿。

一直睡到小晌午,他才起来。瞧得出他很高兴,吃过饭后,他来到堂屋里,当着一家人的面,拿出一个方便袋,里面全是钱。一百一百的好几捆,还有五十二十的一堆。他说,那七万多块钱是他头晚赢的。我们从来没一下子见到过这么多钱,自然是吃惊得不得了,又欢喜,又担忧。他安慰我们,说不用担心,又不是偷来抢来的,是正大光明赢来的,怕什么?他随手拿出一叠百元大钞,塞给我,说是给我们做家用。多少年了,他头一次说要给家里钱,我没要,说要他自己存起来。一家人,钱放在哪儿不一样?

后来啊,我真是后悔得要死,那时候就该接起那一大叠钱啊!

这辈子,也就这一次,我差点儿享他的福了。可我不惜福——

吃过晚饭,他又去赌了。我没去找他,心想行行出状元,赌钱翻了身的，也大有人在。说不定他又赢回几万块钱呢？第二天，他没回来，第三天早上，他回来了。我开门出去，瞅着他，说又赢钱了？他没理我，径直进屋去，关上门时说，睡一觉再说。等他醒来吃过饭，我们才知道，那七万多块钱全输出去了不说，还欠下了两万多块钱的债。

生病后，他常对他儿子说，他是不会享他的福的。好几次，我让他督促儿子好好读书，他都是这句话。他只想着把种子撒下，从来不问收成。

死这件事，他准备了十来年了。大概他都觉得，准备得有点儿长了。这十来年，他从来没想过怎么好好活，都是想着怎么死。他确定了这件事后，赌得更厉害了，我后来还见过几次他在灯下赌钱的样子。越来越狰狞了。我简直怀疑，那灯下坐着的，不是人，是鬼。我忽然明白了，他想要钱，要特别多的钱，不是为了拿钱去做什么，仅仅只是想要钱。

## 四、"从大地的心脏"

大地的胸膛被剖开，掏出褐色的骨头，红色的肌肉。伤口越来越大，也越来越深。四五个石匠围绕这伤口挥汗如雨。后天，他们将会把一颗黑暗的心安置在这伤口里。伤口很快便会愈合，只在平地上留下一个小小的结痂。

我帮不上什么忙，袖手看石匠们干活，胡思乱想。

石匠们停下来喝水时，才发现，茶杯带了，竟忘记带茶壶了。

我自告奋勇回家取。又犹豫了一下。还是得回去。太阳升起来了，阳光穿透松林，被松枝切开，犹如一块一块清爽的豆腐。穿过阳光和树影，脚下青苔发出轻微的声息，松脂的气味若隐若现。翻过松林，眼前便是油菜地了。初升的太阳，柔嫩的阳光，油菜花黄得惊心，热闹。我听得到那些浓得化不开的黄色发出的窃窃私语。站在黄色的边沿，屏息听了一阵。忽然让一切声音沉寂下来的，是那些长满草的坟头。忽然的阒寂，仿佛整个世界往后退了一大步。我恍若站在很远的地方，眺望这一片阳光下的黄。

预想中的恐惧，刹那间消弭了。

走在油菜花地间，心底一片纯明，身边的坟头一个一个，安静如许。

从两个坟头间拐过，远远地看到表哥走过来了。我停住脚步，感到心跳了一下，又安妥了。我等他走近。他也看到我了，却并不着急。他手上拎了一把茶壶。白瓷茶壶，晃动着一个白亮的点。阳光直直照在他脸上，看不出他的表情。白毛巾搭在他的肩头。走了一段路，他停下来，用毛巾擦了擦脸。他看起来很累。

我一句话不说，等他走上来。

几十米的一段山坡路，他走走停停，差不多花了十分钟。他总算走到眼前了。眼窝深陷，脸如金箔，汗水一滴一滴地流向下巴。他又抓过毛巾，擦了擦脸。谁也不知道说点儿什么好。

风一浪一浪吹过，油菜花香吹到心里去。

鸟鸣一声一声，婉转清凉，喔哦——喔——

表哥转身朝西边走，我迟疑了一下，慌忙跟上。他两手背在身后，白瓷茶壶拎在手上，茶壶盖一掀一掀的，磕碰着壶身，叮叮叮响。我盯着茶壶，一个让人眩晕的白亮光点，脚下高一脚低一脚。鹅黄色的油菜花纷纷退却。

眼前是一片用空心砖圈起来的空地，空地散乱地长着十多株大树，树高六七丈，树干并不笔直，相互倾倒倚靠，枝叶婆娑，嫩叶是红色的，老叶上会长出黄色的鸡冠样的小包，里面住着小虫子。小时候，表哥常带我到这儿玩儿，摘下那些鸡冠，看里面的小虫子。这树我们叫作小公鸡树，学名是什么，一直不清楚。大树中间，有一座小小的神龛，供奉了山神和土地。我们有时候会把摘下的"鸡冠"放在他们面前。

我们坐在油菜地边，一言不发，可以望见闪动着阳光的树冠。越过树冠，可见不远处的小河。河水波光潋滟。听不见水声。

"表哥，你还记得吗？小时候我们老到这儿玩儿。有一次，我们为鸡冠里的虫子是不是一家，还吵起来了。我说，它们挤在一个鸡冠里，肯定是一家。你说也有可能几家挤在一起啊，还有可能，哪一家的人多，要分开住几个鸡冠。我怎么都说不过你。"

表哥面无表情。

"我们还常到那小河里捞鱼。说是去拔草，每天吃过早饭背了篮子出门，却总拐到河边去。卷了裤脚下到河里，河水真凉啊。那时候是冬天还是春天？河边好像也和现在一样，开满了油菜花。河底尽是鹅卵石，阳光一照到底，鹅卵石上的青苔都清清楚楚。鱼就在鹅卵石间。乍一看，动也不动，如停滞了的一条条水草。手伸过去，小鱼倏地游走了。水从指缝间漏下，每一滴水珠都闪着光。河里最多的,并不是鱼,是一种蝌蚪。很大的蝌蚪。我想,那应该是牛蛙的蝌蚪吧?谁知道呢。那时候,我们只觉得它比小鱼肥大,抓到了更有成就感。它们不像鱼一样悬在水中,而是紧贴在鹅卵石上。手凑过去,两手猛然合拢,它们便逃不掉了。我说,它们可比小鱼笨多了。你说,怎么能这么说呢?鱼和蝌蚪又不是一种东西,怎么能说谁笨谁聪明?况且,容易被抓到,就是笨吗?"

"小时候,我们总是争论不休。你比我大七八岁,却也从来不让一让我。"我笑一笑,瞥一眼表哥,他只是僵僵地坐着,青苔爬到他脚上了。他直视前方,却似乎什么都没看见。

"我上大学后,我们越来越少说话了。是因为生病吧?记得你是在我大一那年得的病。也有可能之前你就得了,是我知道得晚了。我从上海回来,到家里玩儿,看到你坐了一把小板凳,在院子里烤太阳。半年不见,你胖了一大圈,脸都肿了,眼睛陷在肥厚的肉里。我差点儿喊出来。后来才知道,是因为吃了药,你才变成那样的。我们寒暄了几句。你没像许多人那样,问我上海大不大,高楼多不多,女孩漂不漂亮。你淡淡地说,吃过饭后,带你到县城买双鞋子吧。我们去了,看了好多家鞋店,每一双合适的鞋,都在一百块以上。你不停地咂嘴。我说算了吧,我又不是没鞋子穿。我们走出鞋店,回到街上,街面似乎一下子变得宽广了。路过一家冷饮店,你买了个雪糕递给我。你说你好久没吃这东西了。我们咬着雪糕,走在冬天阳光耀眼的大街上。不知道怎么,我一直记得这个画面。"

"回家后,你仍然坐在院子里烤太阳,和你说话,你总是懒懒的。我提议出门走走，你没去。我还是出门了，和你十来岁的儿子。我和他来到河边，我们没到河里捉鱼，我和他说了，好多年前我和你在河里捉鱼的故事。我以为他会提议，我们也到河里捉鱼吧。并没有。"

表哥的身子动了动，仍然不说话。

"那以后，我们再也没争论过了吧？哦，不，还争论过一次，是两年前吧？还有半年，我就要工作了。我读书那些年，你的病好好又坏坏，那阵子，情况仿佛有所好转了。我们吃完了饭，看到餐桌下，有几只黄褐色的小蚂蚁，费尽力气，在搬一粒饭。争论就是从这儿开始的吧？你对着那几只蚂蚁自言自语，来世做只蚂蚁，可比人快活多了。我说，怎么会快活呢？人不扔下饭粒，它们到哪儿搬去？这么活着，不过仰人鼻息。你说，你怎么这么狭隘？没有人，就没别的动物了？我说就算还有别的动物，它们不也得靠着别的动物活着？你说，难道人就不是靠着别的活着？我说人会劳动，动物不会。你说，你这就更狭隘了，你说什么是劳动什么就是劳动啊？既然活着，都在劳动。不劳动，怎么能活着呢？那时候，我这个大学生，恨不得马克思附体，恨不得好好地跟你讲一讲，什么叫作劳动，人又是如何区别于动物的。但我没说什么，只是很鄙夷地笑了笑，说，这么说，你是真觉得蚂蚁快活？你又不是蚂蚁，你怎么知道它们快活？——事实上，这不过是耍了庄子的旧把戏，而我竟然那么得意。不料，你说，照你这么说，你又不是我，你怎么知道我不知道蚂蚁的快活？停了一下，我说，那你就去做蚂蚁吧。你也停了一下，讪讪地笑，说，没准儿我现在就是蚂蚁，你又不是我，你怎么知道我不是蚂蚁呢？我说，原来你把自己当蚂蚁啊。你又讪讪地笑。"

"那天的争论如果到此为止，还算是无伤大雅吧？后来是我多嘴，我说，你不觉得自己活得跟蚂蚁似的，很没意义吗？——我为什么要问这话呢？那时，其实我也在想，活着对我来说，有什么意义呢？——我活得好好的，只是因为快要离开学校进入社会了，找工作不顺利罢了。读了二十来年书，原来毫无用处！但这不过是不值一提的小情小调吧。你似乎一下子看透了我的心，扬了扬眉毛，说你觉得自己活得很有意义？我一时语塞，厚了脸皮说，那总比你活得有意义吧？你想想你这辈子，就跟蚂蚁似的，塞在这么个小地方瞎折腾，折腾出什么了？"

"我竟然说出那样的昏话，真是不知好歹。你当时竟然只是笑了笑，并不生气。你是真的不生气吗？"我有些胆怯地瞅一眼表哥。

表哥脸上又露出了当初一模一样的笑。青苔慢悠悠地、不可避免地爬上了他垂在膝盖前的手背后，又一点儿一点儿地爬上了他的胸口。

"还记得吗？你当初怎么说的。我记得你说，满世界跑，难道就不是瞎折腾吗？满世界跑，难道就算有意义了？再说，什么叫作意义呢？你觉得蚂蚁活得有意义吗？如果你认为它们活得没意义，那么它们为什么会活着？无意义的东西为什么能够活着？！"

"你一口气说完，大口喘息着，脸皮发紫，脖子上的青筋一根一根地暴起。我这才想起，你是个病人，我怎么能跟一个病人争吵呢？我并没被你说服，只是有些同情你，或者说怜悯你。我说那好吧，管他意义不意义的，活着就行。你不答话，低头喘息。我耐不住那沉默似的，又补充说，不过，我永远不会成为你这样的人。我说这话很平静,却是恶狠狠的。你想必知道,我从不同人口中,听说了你赌钱的事儿。我对此真是深恶痛绝。"

"这次,你并不恼,大概是力气用光了吧?你又喘了几口气,近乎慵懒地抬起头来,笑笑地瞅着我,说,你这么肯定吗?你不知道吧,人都会成为自己特别厌恶的那种人。我很不屑,这话说得够无赖的,人为什么要成为自己特别厌恶的那种人?你又淡淡地笑了笑,说世界上有无数种人,为什么每个人都有自己特别厌恶的一种人呢?就因为这人本身就有变成那种人的潜质,他怕自己变成那种人,所以提前就会厌恶那种人。但厌恶又有什么用呢?越是厌恶,就证明他越靠近那种人,因为那种人一直在吸引着他。越是厌恶,证明那种人对他的吸引力越大。慢慢地,他也就在自己的厌恶中变成了那种人。"

"我真够吃惊的,你竟然能说出这样一番话来。我虽然觉得你说的毫无道理,却一时不知道该如何反驳你。半晌,我才很无力地说,这么说,你本来是很厌恶赌博的了?你又很轻蔑地一笑——我恨透了你这样的笑。你说,不,我从来不厌恶赌博。我只是厌恶自己做不到愿赌服输。终于,我看到了你最脆弱的一点,我真是够残忍的,我盯着你,一字一句地说,难道你还想赢?话一出口,我感觉心里轰然一声,有什么东西碎了。"

"你低头看蚂蚁,蚂蚁们已经把饭粒搬很远了,正想办法怎么拖拽着饭粒下台阶。我感觉得到,你盯着它们的目光有一种疯狂的贪婪和力量。但你并没站起来,去帮它们一把。你一动不动地坐着,和身下的松木椅子连成了一体。忽然,蚂蚁们连带饭粒,一起滚下了石阶。你一惊,还是一动不动,稍许,叹息一声,目光抬高,望向对面的瓦房。瓦房顶上蔓生着瓦松，它们正开出灯笼似的小花来。"

此时，青苔已经爬上表哥的下巴，很快，整张瘦削的脸就被攻占了。紧接着，他整个身子都被青苔吞噬了。他又死了一次。

"人这辈子，就是这样吗？"我心如死灰，喃喃自语。

——不知道哪儿传来一声表哥的叹息。

青苔纷纷抖落，表哥竟然站起来了！他拎了白瓷茶壶，转身朝山上走，我收拾起惊讶，慌忙起身，顾不得两腿麻木，很吃力地追上去。他越走越快，我跑得气喘吁吁。连他的脚后跟都看不见了。白瓷茶壶在远处，反射耀眼的白光，壶盖敲击壶身，叮叮叮响。我连爬带跑，还是追不上。那白光，那声音，都越来越远。我喊表哥，喊不出声。转眼之间，发现自己陷落在一条幽暗陡峭的路上，什么都看不见，什么都听不见，除开那一点儿遥远的白光和那一点儿缥缈的声音。我哽咽着，跑啊跑，跑啊跑，跌跌撞撞，趔趔趄趄，仿佛从出生到现在，我就一直在这么奔跑，没有尽头没有终了地奔跑。知道追不上了，我仍旧拼命追上去。

呼隆一声，脚下一空。

"哎哟，小心点儿啊！"

我正坐在石匠们挖好的墓坑里。四壁和身下，是南方高原鲜红的砖红壤。我两手撑住湿漉漉热乎乎的红土，站起身来。头顶刚刚高过墓沿。我看到几双巨大的脚立在眼前。

2015 年 11 月 18 日 11：41：41 上海

# 鱼王

## 一

最初的黄昏是一条很淡的线,从西山头无声无息滑下,渐渐地,汹涌起来,很快淹没了整个坝子,黑压压一大片,漫到东山脚,我们知道该回家了。我们牵着牛,挽着马,撵着猪,浩浩荡荡回山下的家,不断招呼还不打算回家的伙伴,回去咯,回去咯,呼喊四处传出。口哨声此伏彼起,夹杂着满山满林脆亮的鸟啼。鸟啼一声高过一声,口哨也一声高过一声。傍晚灰蒙蒙的阳光下,寂寂的山林一下子喧腾了。我们下了小山坡,一眼就望见那片白亮的湖水。湖面夕光粼粼,好似一尾尾红鲤鱼跃出水面又钻入水底。我们立住脚,望一会儿湖水,湖水把眼睛浸得湿漉漉的,不少人想起两年前的白水湖。那时候的白水湖清亮、热闹,鱼王的传说让人满怀想象。现在,传说消逝在涟漪之中,记忆消逝在时间之中,白水湖仿佛抽掉筋骨的人,显露出倦怠的面容。那时我们也不用到远处的山坡,只消将牛马猪羊撵到湖边,就可以撒手不管了,牲畜们才舍不得离开湖边水嫩的青草呢。我们打牌、钓鱼,脱得赤条条地游泳,游完了又站上岸边的大石头,八叉着腰,腆着肚子,朝水里撒尿,叮叮咚咚,撒完了又扑通一声跳水里,肥大的水花白生生地簇拥着我们古铜色的小身子。

从我们记事那天起,山半腰的白水湖就是我们这一村的。父辈们、祖辈们也说,打他们记事起,白水湖就是我们这一村的。这么说来,尽管时间已经面目全非,许多事是不会改变的。那时候我们相信这种状态会持续下去,直到两年前那个早上。

一大清早,我们醒来后,看见村主任出现在院子里。村主任对父亲母亲说,从今天起,你们和自家小娃说说,不要到白水湖游泳了。我们的父亲母亲眼角糊着黄眵,眼神蒙着一层纱布,呆得像一段木头。村主任补充说,村里把白水湖卖了,卖了十年,人家在湖里养鱼,小娃再到湖里游泳就不好了。这时候,我们的父亲母亲才擦干净眼睛,看到村主任身后闪出一个男人。男人比村主任矮半个脑袋,却差不多有两个村主任那么粗,宽手大脚,脖子短促,脑袋浑圆憨实,好比一大颗熟透的南瓜搁在木墩子上。他望着我们的父亲母亲,肥厚的嘴唇朝两边拉了拉,做出一个笑的动作,突然,两手欻地叠在一起,朝父亲母亲铿锵地举了举,用一种陌生的方言,洪亮地说,我姓刁,叫我老刁就成,往后全靠你们了!老刁的动作和声音来得太突然,太像电视里的了。我们看见父亲母亲轻微地抖了一下,惶遽地向两边躲闪着,嘴巴张开,嗯嗯啊啊不知说什么好。

我们对老刁的第一印象走了两个极端。有人对他崇拜得五体投地，把他和心目中的英雄人物归到一块儿，人前人后学他：两手嶽地叠在一起，举一举，大声说，往后全靠你们了！学完再也憋不住笑。也有人听了父母的分析，对老刁怀有相当大的戒心。他们的理由很多。首先，老刁的姓就有问题，只听说过姓张姓李的，他姓什么刁？大家又都知道很著名的刁德一，不能不让人生疑。其次，他们认为老刁到每家每户来那么一套，明面上是向各家各户打招呼，实际上是警告各家各户。最重要的一点，原本是全村人的白水湖，一夜之间，什么风声也没听到，就变成他的了。白水湖不再是我们的了。

起初我们对最后一点没有足够的认识，后来越想越不是滋味，又都不相信。什么都能卖，那么一大片水，怎么卖？又怎么在里面养鱼？当天下午放学后，我们又牵了牛，牵了马，撵了猪，接二连三走出家门。去哪儿？我们相互打着招呼，比往日热情、激动。去白水湖啊！没人回答别的。

白水湖还是老样子。一大片白亮的水汪在群山间，黑黢黢的山影静静倒映湖心，山风穿过松林，呼呼从湖面刮过，掀起一层细细的涟漪，如一群银白背脊的鱼迅速跃过。我们的心安定了。我们把牲畜撵到湖边水草丰盛处，可一时想起早上的事，心里又有些不稳妥，我们沿湖边走，试探着，侦查着，走着走着，一阵风吹来一些声音，是斧头吃进木头里，笃笃——笃——很有力量，一下是一下。以为有人偷松树，走近一个小山坳，才发现声音是从里面传出来的。不到一天的工夫，山坳里平地起了一间空心砖小屋。四面墙打好了，两个人正在摆弄一堆木头，看来是要给小屋做屋顶。我们看清楚了其中一人正是老刁。老刁身边站着个十四五岁的男孩，男孩短粗精干，我们一眼就看出来，他是老刁的儿子。

我们站在湖边，一排脑袋仰着，目不转睛望着他们。男孩先发现了我们。他扭过头，怔怔地望着我们，我们也望着他，他迅速低下头，嘴凑到老刁耳边。老刁扭过身子，斧头横在额头，冲我们大声喊，上来嘛，上来！我们保持着原来的姿势，任凭老刁的声音在耳朵里嗡嗡回响。斧头的刃口在阳光里刺啦亮了一下，有人眯缝起眼睛。老刁站起来，斧头划出一道明亮的弧线。老刁又喊，上来嘛，上来！我们吸吸鼻子，看看彼此，脸上泛起一丝得意的表情。

老刁是干活的好手。我们围成一圈，眼睛看直了。老刁松松握住斧头，把疙里疙瘩的原木削得光滑溜亮，又抄过锯子把长长的木棒断开。锯子发出纯净持久的鼾声，声音高上去，又低下来，老刁龇着牙，上身俯下去，又直起来，我们的视线追随着老刁握锯把的大手，脑袋不自觉地移上移下，如同小鸡啄米。只有老刁的儿子一动不动，两手扶着木头，垂着脑袋盯住裂口落下的木屑，木屑潮湿、金黄，均匀地铺在地面，不多一会儿，铺了鞋底那么厚一层，散发出微带苦涩的清香。老刁锯好椽子，又拿凿子凿了眼，之后就开始往房顶架。我们完全忘了试探，心全然沉在对老刁的钦佩里了。我们掩饰不住兴奋，跟前跟后，希望老刁派给我们一项任务。不多久我们就发现了自己的无用。我们总是忙忙叨叨，叽叽喳喳，打翻墨斗，撞倒锯子。而老刁的儿子一句话不说，沉静地跟随老刁，只要老刁一伸手，他立马把东西递到老刁手中，件件是老刁想要的。我们停下来，看着他，想弄清他如何看透老刁的心思，他见我们看他，迅速低了头，脸从耳朵红起，红上了脖子，红上了额头，两鬓沁出大颗大颗汗珠。

钉好椽子，得把石棉瓦放上去。老刁站在屋顶，我们往上递。石棉瓦很重，老刁的儿子一个人搬有些吃力，我们不等老刁吩咐，早七手八脚和男孩一齐搬起石棉瓦，做出很吃力的样子，把石棉瓦高高举到老刁眼前。老刁的手一碰到石棉瓦，我们便轻松了。老刁说，辛苦了！辛苦了！我们脸通红通红，激动得小小的心脏一个劲儿乱蹦。

火烧云满天，落日染红湖水的时候，小屋仿佛雨后冒出的第一朵蘑菇，那么小巧、别致。我们走进小屋看看，又走出小屋瞧瞧，一想到小屋的建成有我们的一份功劳，心就满满的。我们磨蹭着，舍不得走。老刁忽然想起了什么，说你们先不要走，转身进了小屋，在一担行李中摸索。我们充满期待地望着他的背影。老刁走出来，一双大手捧着堆尖的花生。老刁把花生推到我们前面，很客气地说，辛苦了，没什么好东西谢你们，随便吃点儿。我们在裤子上擦着手，久久不肯伸出去。最后，我们每人抓了一大把花生，面朝湖水，坐成一排，嘴里发出一片磕巴磕巴声。我们吃了嫩嫩的花生，奋力将壳朝湖水扔过去。老刁和他儿子则把花生壳堆在脚跟前。我们看到，他们父子俩的脸是如此相似，湖水反射着通红的夕光，夕光照亮他们饱满黝黑的脸庞，一阵山风吹过，夕光晃动着，他们的脸也晃动着。

我们回家时夜色已经浸进湖里了。前脚才进家门，我们便迫不及待地讲白天的事，没想到大人的态度很让人扫兴，他们听完后，要么不发一言,要么阴着脸说,小娃家晓得什么!

第二天,我们迫不及待来到湖边,老刁远远望见我们,很热情地朝我们招手,我们看到紧挨昨天盖好的小屋,老刁和儿子又在盖另一间,盖好后,太阳还剩一大截。我们像头天一样,没有立即走,我们的等待有了具体内容。老刁呵呵一笑,很豪迈地挥挥手,说算了算了,转身进屋,又捧出堆尖的花生。

就在我们大声呸呸着朝湖里吐出花生壳的时候,一头水牛大摇大摆朝湖里走去,湖水很快淹没了它的整个身子,一层层涟漪的中心是它昂起的大黑脑袋,它一边悠然地往水深处游去,一边很响亮地喷着鼻子:噗突突——噗突突——黢黑的脊梁偶尔凸出水面,乍看上去,还以为是传说中巨大无比的鱼王呢。我们对这种场面早习以为常,这时候当着老刁的面,心里却莫名地得意。三皮倏地站起,哈哈笑着,扔掉花生壳,朝水牛奔下去,一路上甩掉了衣服、裤头,我们听见他的光脚板啪啪拍打着草地,嫩草芽儿溅出绿草汁。接着,扑通一声巨响,白亮的水花溅起。三皮细细的胳膊在水花中舞动着,脑袋葫芦似的,浮起来又沉下去。三皮很快抓住一只牛角,牛摇摆脑袋,哞哞叫唤,想要摆脱他。他不慌不忙,随着牛的摆动调整身体,我们知道三皮在炫耀自己的游泳技巧,更得意了。我们偷眼看老刁,不知怎么回事,老刁板着脸,并不看我们。闹腾得四周的水浑浊了,三皮才狗刨着水,身子朝后缩了缩,一只手搂住牛脖子,一只手拽住绳子,翻身骑上牛背,让牛转回头,朝岸边游回来,一只手高举着,向我们大声打招呼。我们也向他举起一只手。落日铺满湖面,三皮疮疤遍布的小身子熠熠闪亮。

我们又偷偷看老刁,老刁嘴角抽动着,眼神茫然。老刁的儿子焦急地望着湖水,一只手被老刁牢牢拽住了。

三皮牵回自己的水牛,湿淋淋上来后,我们围着他欢呼雀跃,声音在大山之间久久回荡,在湖面激起细小的涟漪。老刁干干笑了两声,拍拍三皮的肩膀。三皮咧着嘴,一副讨好的样子。

回到家后,我们不像头天那样对白天的经历充满表达的欲望,心里头闷闷的,对父母的疑问置之不理。

我们再来到湖边,没看见老刁和儿子盖房子,他们似乎不打算再盖第三间房子了。他们在湖边忙碌,一些粗大的钩担竹躺在身边。我们静静看着,老刁和儿子吃力地拉着锯子,竹子不时涩住锯子,锯子发出的鼾声时断时续,锯口断断续续落下一缕缕淡绿色的潮湿粉末。老刁吃力地朝我们笑笑,老刁的儿子绷红了脸。我们问老刁,你们做什么?老刁不回答,把锯子拉得山响,咔嗒断开竹子,喘了一口气,大声说:筏子!

我们的兴奋是不消说的。我们只在电视里见过筏子。老刁扎好筏子,我们一致认为,老刁的筏子比电视里的筏子更像筏子。筏子推入水中,我们谁都想挤上去,又都有点儿担心,怀疑湿竹子能不能受得住我们。正当我们推推搡搡时,老刁从屋里拿来一根细竹竿,一点,刷地一跳,身子稳稳当当落在筏子上。筏子荡着,扩开一层层涟漪。老刁笑眯眯地说,成了!我们欢叫起来。但老刁没让我们上去,他把筏子荡远一些,望着我们,你们想坐筏子?他说。那还用说!我们号叫着。那你们得答应我,老刁沉吟着,今后不要让牲畜下到湖里，你们也不要到湖里游泳。我们沉默了。老刁又说，白水湖还是你们的，不过白水湖下头就是滚石河，你们游泳可以到河里嘛。——我们还能说什么呢？

我们一一上了筏子，小心稳住身子。最后上的是老刁的儿子。老刁说，海天，回去拿瓶酒来。我们这才知道这个沉默寡言的男孩的名字。我们望着他弓着身子，缓缓爬上慢坡，走进屋子，出来时两手空空，直到他跑到湖边，我们才看到他屁股后面的裤兜插着一个透明的玻璃瓶，骄傲地一闪亮一闪亮。老刁没让筏子靠岸，而是将竹竿向儿子一推，海天一伸手抄住了，像老刁那样，竹竿一点地，唰地跳上了筏子。筏子剧烈晃动着，有人差点掉水里，胆小一点的尖声乱叫。

花生没了，老刁笑着说，今天喝酒！咚一声揪掉瓶塞，浓白惨烈的酒气弥散开。我们围坐成一圈，轮流接过酒瓶。孙宝扭头避让着，猫头抢过酒瓶，咕咚灌了一大口，脸色陡变，望着我们，眼睛潮红，憋了一口气，脖子梗了梗，眼角浸出泪水。三皮只抿了一小口，猛一转身吐了，狗一样伸出舌头，用指头弹拨着。我们笑起来，海天厚厚的肩膀一抖一抖，老刁啪啪拍响大腿。整个下午，我们任由筏子在湖面漂荡。我们看到牛马立在湖边，仰着脑袋，吃惊地望着我们。牛羊越来越小，我们的笑声越来越响亮。

没想到老刁和他的儿子海天竟然如此好酒量。老刁猛地立起酒瓶，喉结像一只小老鼠一上一下，酒冒着泡儿，汩汩往下落，好半天，老刁才猛然翻过酒瓶，晃晃脑袋，悠长地叹了一口气，抹抹嘴角的硬胡茬，摇摇残酒，递给海天，站起来，突然一声长啸，震得四周的大山微微颤抖。海天瞥一眼老刁，嘴角露出一丝笑，垂着头，羞涩地抿起烈酒，一小口一小口，酒瓶就见了底。他两手软软地耷在膝盖上，仰起酡红的脑袋，望着父亲，眼睛湿漉漉的。

我们被他们父子吓到了。

## 二

我们每天下午把牛马撵到湖边，缰绳系在大石头上，保证牛马不下到水里，然后才到小屋去。老刁和海天每天锁了门去湖边割草，我们就在门前空地上打牌。他们割了草，划了筏子，到湖心去，满满两篮草全扔进水里，还往水里撒饲料。起初，第二天还见得到头天扔下去的草，渐渐地，那些草当天傍晚便踪影全无了。我们没亲见他们往湖里放鱼苗，但知道湖里的鱼多了。我们以前经常到湖边钓鱼，钓起的多半是巴掌宽的鲫鱼。老刁来后，我们明着不好意思钓了，只好暗暗偷着钓，钓起的不再是鲫鱼，而是罗非鱼，一种生长迅速的鱼类，它们厚厚的嘴唇总是咬得钓钩紧紧的，一副永远吃不饱的贪婪相。

两个多月后，我们躲在一个山坳里钓鱼被老刁发现了。老刁脸色一僵，随即缓和了，原来是你们啊，他干干地说，我还以为是什么人，好几天见到水面漂起死掉的小鱼。我们很不好意思，纷纷站起，脸红脖子粗，脑袋耷拉着。老刁蹲下去，看看我们鱼桶，说不错嘛，这么多。我们更不好意思了，又都不知道说什么好。老刁抬起头，目光从我们脸上一一滑过，你们要钓鱼和我说一声嘛。短粗的指头捏住鱼桶,晃了晃,心疼地说,你们钓了鱼,大大小小都带回去,不要又扔湖里,扔进去也活不了。那以后我们明着暗着都不好意思钓鱼了,只有猫头是猫托生的,隔三岔五还钓一钓。

时间久了,我们喜欢上了海天,他和老刁回来晚了,总会很不好意思地对我们笑笑,说今天去的地方草少,还要解释什么,却自己先红了脸,嗫嚅着说不下去了。我们喜欢和海天说话,其实多半是我们在说。我们说,海天,你和我们到村里玩吧。海天摇摇头。我们说,海天,你和猫头较手劲吧。海天又摇摇头。猫头愤然站起,指着海天,你再不和我比,就是瞧不起我!海天仰脸望着他,很为难地笑笑。猫头不依不饶,卷起袖子,捏着右手臂铁疙瘩似的肌肉,说不要吞吞吐吐的不随男人,要比就比。我们都撺掇海天,海天和他比!海天弄死他!海天却只是微笑着。猫头气得暴跳如雷,指着我们大骂。骂完我们又骂海天,你个怂包!你个怂包!不知道海天是受了我们的鼓动,还是受不了猫头的叫骂,满脸火烧,卷了袖子,说,比就比!即刻欢声雷动。

屋前有块大青石。我们吹干净石面,海天和猫头面对面站定,手肘杵着石头,手握手开始较劲儿。猫头咬牙切齿,眉毛倒竖。海天面无表情,眼神黯然。我们觉得猫头气势很盛,又觉得海天真人不露相,后劲很足。舆论却一边倒,我们愿意海天一举成名,打败不可一世的猫头。我们大叫着,海天加油!加油!弄死他!猫头一张脸绷成猪肝色,翻着白眼神,恨不得用目光戳死我们。海天也确实不负众望,他的手肘仿佛在石头上扎了根,缓缓往下压。猫头喉咙"扩扩"响,白眼球布满血丝。我们的呼喊越发山摇地动,猫头像一根轻飘飘的茅草，随时会被吹走。眼看胜利在望，海天眼睛里忽然一乱，猫头直直盯着他，迟疑了一下，猛地将快要碰到石面的手翻转过来，啪！海天的手被重重砸在石头上。我们的呐喊夭折了，我们张着嘴巴，失望地看看海天，又看看趾高气扬的猫头。海天傻子似的，站起来，望着小屋，低声说：爹——

我们回头看见老刁站在门口，神色威严。老刁说，我说了多少次，不要逞强，要服软，你听进耳朵了？

海天给我们每家送来两条罗非鱼。海天打开鱼篓，让父亲母亲选。一样大的，他说。肥滚滚的鱼跃动着，细细的鳞片和花纹闪闪发亮。父亲母亲问他，做什么送鱼来？他说，我爹让送的。又问，你爹呢？他说，在上面。再问，就红了脸，大滴大滴汗珠沁出脸颊，见到我们，才稍微松了口气，嘴角浮上一丝笑。父亲母亲拿了鱼，留他吃饭，他连连摇头，逃跑似的走了。我们看到硕大的鱼篓压得他微微弯下腰，似负轭的牛一样抻着脖子，走起路一步是一步。鱼篓还在滴滴答答落水，湿了屁股，湿了大腿，屁股和大腿部位的裤子蓝得很深。

我们来到湖边，小屋前已围了不少人。海天守着一只黑塑料桶，桶里有半桶罗非鱼。孙宝的哥哥老黑大声嚷嚷，怎么不卖？怎么不卖？海天神色困窘，说，卖的，等我爹回来。等不多时，老刁推着单车回来了，单车两侧绑着两只黑色塑料桶。老刁以低于市场价五角钱的价格将鱼卖给村里人。不到一个小时，一桶鱼卖光了。连续好几天，煎鱼的香味四处飘散，村里馋嘴的猫们急得上蹿下跳。

我们不明白他们是怎么抓到鱼的,湖水看不出一丝浑浊。被我们问急了,海天才指指屋角的一堆东西,我们凑近一看,是一张眼很大的网。我们激动无比,一定要海天教我们怎么撒网,海天嗫嚅着,眼睛望向老刁。老刁很高兴,挥一挥手说,去吧,再弄两条鱼上来。海天脸色舒展开,选了一张很小的网,带我们上了筏子。我们尽量给海天腾出位置,筏子就显得很挤。海天一只手拽绳子,一只手将网抛出去。动作灵活、秀气,女孩子似的。网在半空翅膀似的张开,悠悠落下,提回来时,我们惊喜地看到,网里蹦着不止一条鱼。海天拿了大鱼,小鱼放回湖里,抬起头羞涩地望着我们。我们拥挤着,谁都想先试。这时候,海天大人一般指挥起我们,给我们一一排好顺序。我们竭力学着海天的样子,转身,撒网,拉回来,哗哗全是水。猫头扔了两次,网回几根草。

湖边传来女孩子的笑声。村里的三个女孩子正对我们指指点点。我们气不打一处来,撩起水朝她们撒过去,水疲软地落在我们眼前。她们笑得越加肆无忌惮。看到筏子撑过去,她们立马后退了一截,又笑着,对我们指手画脚。忽然,猫头冲到前面,褪下裤子,肚子一挺,冲她们撒尿。她们惊叫一声,其中两个蒙上了眼睛。另一个却还往这边瞟,红了脸,尖声叫骂着。猫头一扭头,说,上!我们齐齐站成一排,齐齐褪下裤子。尿点又白又大,落在湖面,激起一片悦耳的沙沙声。叫骂的女孩子也被打败了,我们听到她打着哭腔,狠劲骂着流氓,和同伴钻进松林里了。湖面响彻我们的笑声。

我们庆祝完胜利,一转身才发现海天缩在后面,脸红成一只煮熟的大虾。我们像打量一个陌生人一样打量着他。猫头狞笑一声,朝他走过去,手伸向他的裤子。可猫头万万没想到,他的手会被如此轻易挡开。我们一拥而上也无济于事。筏子剧烈摇晃,快要翻转时,海天忽然大叫一声,我们吓得毛骨悚然,一齐住了手。海天紧紧拽住裤腰,脸红得洇出了血似的,忽然,自己笑得弯下了腰。

远近几个村子都知道白水湖每个月有鱼卖了。老刁每次抓鱼,均会让海天给我们几家送两条,卖给村里的鱼也一直比卖到市场的便宜五角钱。老刁正试图融入这个村子。村里每有婚丧嫁娶,请不请他都会到,到了还必定挂礼。村里人挂礼都是十块,而他慷慨地翻了一倍。村里人还注意到,他挂礼用的不是自己的名字,是海天的。看来他们父子是打算长久留在这个村子了。日子一天天过去,有人对他挂礼比别人多也有看法,认为多少有显摆的成分。也有人酸溜溜地说,他们父子挣大钱了,每次抓鱼,给村主任家送四条鱼不算,还送钱。送多少钱呢?传话的人神秘地摆摆手。但不管怎么说,我们由衷喜欢每个抓鱼的日子。

每个抓鱼的日子,老刁都会亲自动手烧一道红烧鱼。老刁煎鱼很有功夫,两面脆黄,肉一丝不掉,而他最拿手的是做浇在鱼身上的作料,我们的父亲母亲从没做出过那样的。他用姜、葱、蒜苗、辣椒、食盐、味精,再加上好几种天然香料和少许红糖,先后擂进热油,文火慢慢熬,熬出一种杏黄色的糊糊。熬的过程中浓香不断溢出,我们在老远的湖边就闻到了,止不住的口水在喉咙打转转。饭桌便是小屋前的那块大青石。菜就一大盘红烧鱼,外加一个清汤,汤面漂着几个亮亮的油花和几段绿葱,当然,一瓶白酒是不可少的。老刁给我们每人一双筷子,指指热气腾腾的红烧鱼,说,吃!又说,不是吝啬，饭少鱼多，大伙儿尽量吃鱼不要吃饭。我们巴不得，起初还假意客气着，一会儿筷子和肚皮全解放了。老刁和海天却不怎么吃鱼，特别是老刁，只用筷头蘸了蘸。他们的重点放在喝酒上，老刁竖起酒瓶子，咕咚咕咚喝，喝完必定抹抹嘴角，长长地叹一口气，目光迷离，很舒服的样子。海天接过酒瓶，低着头，带点儿羞涩，小口小口抿，喝得特别平和、安静。我们吃得迅疾，如风卷残云，盘子里很快露出几大根惨白的鱼骨头，肚子饱得鼓胀了，动作慢下来，话也多了。他们还在喝，自顾自地，仿佛没我们在场，你喝完递给我，我喝完递给你。这时候，我们看着他们酡红的脸，又觉得他们不像父子，倒像亲密无间的兄弟了。

　　白水湖边的草越来越少，我们开始撵了牛马向远处转移。老刁和海天每天一大早起，背了大得吓人的篮子到湖边去割草。好马快刀，草都是连土皮割的，他们身后的湖岸扎满星星点点泛白的草根，待他们将湖边割了一圈，原先割过的草长得差不多了，又一次在劫难逃。虽说每月捕鱼，可湖里的鱼似乎越来越多，越来越大，越来越能吃，两篮子草扔进去，不过杯水车薪，一眨眼没了。他们的脸印满喜悦，也印满疲倦。湖边的草不能完全供够，他们不得不转战他处。他们对四周没我们熟悉，便问我们，哪儿有草，嫩草？我们一说，不消几天，那地方的草光秃了。几次以后，他们再问我们，我们不由得有些支支吾吾。

　　我们和老刁父子还发生了一件不大不小的不愉快。一个燠热的中午，我们看到他们父子背了篮子离开白水湖，到远处割草去了，猫头便躲在一个小山坳，摸出了钓鱼竿。猫头连连说，不能钓鱼，憋死我了，憋死我了！我们都笑话他，狗日的，猫托生的吧？他不屑于和我们打嘴架，盯着浮漂，专心钓鱼。

太阳炙烤着，蓝灰色的天如一块热钢板，脚底下石头滚烫滚烫，青草卷曲着，发出焦煳的气味，晒得头昏脑涨的青头蚂蚱不时剪着紫红翅膀，扑哧哧从身边掠过，一头扎进浓密的灌木丛。我们脱得精赤，露出一根根肋骨，肚皮上全是黏糊糊的汗。忽地听见一连串水声，扭头去看，只见孙宝已脱了裤衩朝水里走，两只手鸭子一样摆划着。我们脑门冒火，厉声骂他，狗日的，上来！又说，我们答应过老刁不到湖里游泳的。他转回头，皱着眉说，那猫头钓鱼你们不说？你们就晓得欺软怕硬。我们又骂他，猫头也骂，小狗日的，不说你两句还不过瘾了？老刁说过不让钓鱼吗？说过吗？孙宝没话说了，嘻着脸说，游一下怕什么？游一下也弄不死鱼的。继续往湖里走。我们又急又气，抓起碎石子扔他，他躲闪着，越走越往里。三皮气不过，扑通一声，扑进水里。你等着，瞧我不抓住你！三皮是游泳的好手，孙宝也不差，他们在水中追逐着，扑腾起白亮的水花，水花溅湿灼热的空气，空气吱吱作响。更多的人叫骂着，定要揪出孙宝，扑通扑通下了水。

我们全下水了，大声笑骂着，好久没这么痛快了。

鱼不时撞上大腿，我们吓跑了所有打算咬钩的鱼，猫头站在岸上骂，蹦起又跳下，朝我们扔碎石子，活像一只被毒蛇咬了屁的狗。我们快活得笑岔了气。猫头无奈，爬上一块大石头，抖开裤裆朝我们撒尿。一线腥臊的尿从天而降，我们抹一把脸仰起头，看到猫头那黑黢黢的东西和洋洋自得的脸。我们正要嘲笑他那东西，猫头慌张地抖了抖手，低声说，起来，快起来！

我们一直没察觉老刁和海天在对岸。他们背着冒尖儿的青草，青草乱成一团遮住了脑袋。他们站着是两座长满青草的小山包，走起来是两辆满载青草的手推车。我们光着屁股跳上岸，湿淋淋套上裤子，头发滴滴答答落水，一个个狼狈不堪。再看对岸，老刁和海天走成了两辆青草车。

我们羞愧不已，再不好意思出现在白水湖附近，放牛放马总到远远的山坡。回家却不得不经过白水湖，海天站在小屋前，犹犹豫豫，想举手向我们打招呼，又不好意思。我们低着头，沿湖边走，不往小屋看，只看湖里，看投在湖里的小屋的倒影、海天的倒影。海天一直望着我们，我们走到湖水尽头了，回头还看得见满湖灿烂的霞光里他小小的身影。时间一久，我们更不好意思去找老刁和海天了。时间正把我们推离彼此，距离越来越大。白水湖再一次抓鱼那天，我们都有些失落，又有些期待，海天背着硕大的鱼篓出现在院子里，又都红了脸。父亲母亲拿了鱼，又硬留海天吃饭。无功不受禄，他们说，每个月吃你们父子的鱼，也该给我们个机会还你们。海天红着脸，期期艾艾地说，我爹说，是我们……亏你们……你们本来就……在湖里钓鱼。说这话时，他的眼睛搜寻着我们的身影，我们在父母的催促下，磨磨蹭蹭从房里出来，见了海天，我们还未脸红，他先脸红了，垂着脑袋，声音很低地说，一会儿来吃饭，一定要来！

我们和老刁、海天又恢复了往日的友情，甚至比往日还要亲密。

但我们觉察出了这亲密里刻意的成分，彼此都有些小心。

## 三

我们见到老刁愁眉苦脸蹲在湖边，凑上去看，老刁手里掂量着一条巴掌大的死鱼。鱼已死去多时，眼珠子发白腐烂，身上的鳞片大半脱落。我们掩了鼻子，夸张地扇着手，说老刁，你做什么，拿条死鱼？老刁抬起头，困惑的目光从我们脸上滑过，我们浑身发冷，说你看什么？我们又不是鱼。老刁很踌躇，嘴巴张了张，不说话，又低头看死鱼，喃喃自语，怎么会死呢？这鱼怎么会死？

老刁不是第一次发现死鱼了，那些鱼总夹在岸边的苲草丛里，不翻开苲草看不到。老刁不再让海天随自己到远处割草，说你在湖边割吧。我们心里不大好受，心想老刁是怀疑我们弄死鱼，让海天防着我们呢。不过转个念头又高兴了，我们能趁机和海天玩了。最让我们欢喜的是和海天坐筏子到湖心，大把大把朝水里扔青草，扔完后，脸朝下四仰八叉躺在筏子上，耳朵对着竹缝，听鱼来吃草。我们听得到大批大批灰色的鱼群穿过四面八方的湖水，每一条鱼是一柄窄窄的梭子，许多条鱼聚在一起，就发出成片的"嗖嗖"声，恍若沉闷的雷声。鱼越聚越多，雷声越来越近，也越响。雷声渐渐消散，接着听到鱼吃草的喀喋声，仿佛急躁的雨点打在尘灰遮蔽的路面。我们忘记了躺在筏子上，直如躺在一片滚沸的声响中，感到惊恐、无助、忧伤。我们乐此不疲。

老刁剖开一条刚死不久的鱼查看了半天，啊了一声，说我晓得了，我晓得了！我们疑惑地瞅着他，他有点儿不好意思，说我晓得这鱼是怎么死的了。我们问，怎么死的？老刁很有把握地说，是打鱼器电死的。老刁认为能使用打鱼器的人不会是小孩子，一定是大人，且身强力壮，海天不一定能守住鱼。

第二天下午，我们见到海天后大吃一惊：海天背着一杆大枪！枪很长，立起来一定比海天高，海天让枪斜着，枪口朝后翘，右手刚好按住伸到前面的木质枪托。枪支管制前，我们见过气枪。我们估计，气枪不过有这枪的一半长。枪支管制后，我们好多年没看到枪了，此刻，忽然出现的枪令我们热血沸腾。但很明显，海天为自己背着这么一支长枪不好意思，他见到我们，脸红了红，说是我爹让我……他说，怕有人再来打鱼。……不是打人，只是装装样子。而我们并不在乎他们用枪做什么，我们只在乎一件东西：枪！

猫头摸了摸枪管，乌黑的枪管闪着沉默的光泽，烫到了手，手指抖了一下。他眼睛聚起一点光亮，说是真的，真枪！我们中起了不小的骚动，都想上去摸一摸。海天竖起枪，让细细的枪口指向天空。我们的手指久久滞留在枪管和枪托上，当孙宝的手伸向扳机时，海天及时制止了他。不能乱摸的，海天说，会响。孙宝尴尬地笑笑，手指在枪托上留恋了一会儿才缩回去。真会响？三皮很兴奋。海天点了点头。三皮羡慕地望着他，上子弹了？海天又点了点头，又说，不是子弹，是铁砂，这种枪不上子弹。我们很想让海天开一枪试试，海天却很吝啬，不行的，他抱着枪说。我们觉得很无趣，再说，海天还是摇摇头。我们没办法，目光却禁不住在松林、湖面搜寻靶子。有一只雪白的鹭鸶落在湖面的水葫芦丛中，我们激动得气喘吁吁，海天，有鸟！有鸟！海天顺着我们的手指往湖面看看，仍然摇了摇头。他说，我爹会听到枪声的。

我们知道不可能让海天开枪了。水光云影使得日子格外漫长。我们懒洋洋地跨上牛背马背，沿了白水湖岸走，慢慢远离了小屋。我们回头望见湖边有个小点，是海天背着长枪在徘徊。

好多个日子，海天就这么独自一人背着长枪在湖边徘徊，偶尔看见他在枪口插了一枝浅紫的水葫芦花。

我们好几天没到湖边放牛，不知道那支长枪是否起到威慑作用。村里对那支长枪已然议论纷纷。有人强烈不满，认为老刁给整个村子难堪，他一定认定了是村里人用打鱼器打湖里的鱼。说不定哪天，那枪就会撂倒谁——每个路过白水湖的村里人都可能被撂倒。这类看法在村子里最为普遍，不少人胆战心惊，又特别气愤，扬言只要老刁那支长枪一响，打没打到人，都会让老刁尝尝自己的"辣子面"。也有人对那支长枪表示出不屑，认为它根本不可能打响。从城里打工回来的老黑说，那不过是聋子的耳朵——摆设罢了。我们基本同意老黑的看法。那支长枪确实只是摆设，尤其是在海天手中。直到一个细雨霏霏的夜晚，我们听到后山传来一声沉闷的巨响。我们的父亲母亲惊恐地坐起，但声音已被雨水砸落在地，消弭无痕，只听见雨水长久地敲打着屋顶，发出一片庞大的滴答声。

老刁阴沉着脸，坐在小屋前。海天站在他身边，神经质地搓着手心，汗垢被搓成细条儿纷纷落下，手心通红，好似剥了皮的兔子肉。海天见到我们，脸上艰难地闪过一丝笑。

老黑的父亲孙锅头指着老刁，手指点点戳戳，向四周的人们看看，说大家评评理，大家评评理！他是什么地方来的东西？说白水湖是他的就是他的了？村主任说卖，我们没说卖，我们也没得一分钱！白水湖是我们一村人的，不是哪个人的，不是他村主任一个人说了算！你以为你神气了？——孙锅头围着老刁绕圈子，老刁面无表情，目光凝聚着，望着远处的湖水。孙锅头猛然一蹦，鞋底啪的一声响，你有两个钱就开始欺人啦？他激动地说，你就乱开枪打人啦？派出所的都不敢乱开枪，你是哪个？玉皇大帝？你就敢随便开枪打人？突然，人群外面传来一声撕裂烂布般的声音。孙锅头的老婆撕扯着自己的衣服往湖里冲下去，连滚带爬，头发衣服沾满草屑和泥巴，高声号着，不活啦！儿子死了，我也不活啦！

这天小屋前实在精彩纷呈。老刁始终一言不发。海天已是满脸通红，不停曳起袖子擦汗。我们盘问海天好半天，才弄清楚是怎么回事。原来昨晚下雨，他们睡不着，听见湖面传来"吱吱吱"的声音，不像雨声。老刁悄悄摸起，拎了长枪开门出去，摸到湖边，那声音还继续着。老刁干干咳嗽一声，那声音突地没了。老刁问，哪个？一点回应没有，朦胧中却看见一个人背着东西立在湖边。老刁又问了一遍，还是没有回应。厉声道，再不说话我开枪了！就听见咣当一声，一只铁桶倒了，一个人转身飞跑。老刁大声喊着，追了几步，看不见人，竖起枪管，朝天开了一枪，远处传来啊的一声惨叫。

——老黑被打死了？我们急急问，努力掩饰着心里的兴奋。年少的我们都有些嗜血。海天摇摇头。我们发现孙宝也站在人群中，三皮把他揪到外面。你哥呢？孙宝看看我们，笑了一下，又看看海天，很不好意思地说，在家里呢。三皮又说，我问他怎样了？孙宝又笑笑，样子很猥琐，说没事，在家里躺着。三皮再问，他不答应了，挣扎着，说你们是一伙的？

孙锅头和他老婆逐渐成为人群的中心，老刁和海天倒在其次了。一些人劝着他们，一些人掩着嘴巴窃笑。孙锅头脸上不再表现出难过的神色，一副小人得志的样子，跳得高，叫得响，目光在人群中穿梭往来，巴望着赢得喝彩。老刁分开了人群，走到他面前，咣当扔下一只铁桶。孙锅头一时愕然，看看铁桶，又看看老刁的脸。老刁很客气地说，你看看，是不是你家的。孙锅头疑惑地盯着他的脸，拎起铁桶，翻过来看到桶底用大红油漆涂了一个"孙"字。村里就他一家姓孙。是我家的，孙锅头说。老刁点点头，是你家的就行。说着走出人群。孙锅头咣当扔下铁桶，又蹦起来，指着老刁的背影叫道，你什么意思？老刁说，铁桶是昨晚来打鱼的人掉的，你帮忙带回去吧。人群轰的一声大笑。

看到孙锅头两口子铩羽而归，我们笑得筋疲力尽。有人学孙锅头说话，惟妙惟肖，孙宝跟着笑，后来那人又学孙宝说话，孙宝气得抽着鼻子走了。我们再一次哈哈大笑。老刁却蹲在地上，望着远处的湖水出神。我们的笑声响彻雨后沉闷的天空，只激起一阵小小的回响。

老刁和海天仍旧不断在苍草间发现死鱼，老刁捞起一条条腐烂的死鱼，痛心疾首，眉毛拧成刺疙瘩。可白水湖很大，靠他们父子俩，根本不可能看得住。那些日子，老刁一头硬发蓬乱如鸟窝，两只眼睛布满血丝，连草也不去割了，每天背着长枪在湖边转悠，气势汹汹好似一头走投无路的野兽。我们看到长枪黑黑的枪口，浑身起了一层鸡皮疙瘩。海天也很少再和我们玩,他的眼神飘忽涣散,见到父亲时小声小气。我们感觉老刁也让他胆战心惊。他们仍嗜酒如命,与以往不同的是,老刁喝完酒后,不再用手抹嘴角了,也不再长长地叹那口气了。我们总觉得老刁喝酒有了一种难以说清的缺憾,以至于一旁的我们吃起红烧鱼来也没滋没味。

一个暴雨过后的早晨,老刁在湖边发现了裂成四片的筏子。老刁摸着那些用刀割断的绳子,坐在湖边发了半天的呆。傍晚时分,我们看到他拎着两瓶好酒,从山上慢慢下来,垂头丧气进了孙宝家的大门,天擦黑时又垂头丧气出来。第二天我们在村里见到老黑,发现瘸了一个多月的老黑一夜之间好了,他拍拍大腿,眯缝眼睛斜着我们,见过诸葛亮吗?他说,老子就是诸葛亮!老刁以为自己能,嫩着呢!也不撒泡尿照照镜子,敢跟老子斗!昨晚还不照样给老子作揖打躬,乖乖送上钱孝敬老子?他两个指头相互搓着,笑得一张脸越发黑了。

我们很沮丧。我们见到孙宝,总不忘鼻孔里哼一声。孙宝也不愿理我们,他说,我哥说了,你们等着瞧吧。

老刁也让我们感到沮丧,他那张豪气的脸有了畏缩的样子。三皮说,老刁,你那天到孙宝家……老刁眼神慌乱,显然不愿提起这件事,忙打断三皮,说,不晓得白水湖最大的鱼有多大,你们村不是说湖里头有鱼王?

## 四

鱼王的传说不知哪年开始的。父辈们小时候听祖辈们说,我们小时候又听父辈们说,我们以后还会对那些很小的小孩说。鱼王的传说虚无缥缈,又实实在在,鱼王无迹可寻,又无处不在。许多年后我们才知道,村里人年轻时无一不找寻过鱼王,又一一遭到挫败。有一天,他们忽然明白,鱼王是没有的,他们便长成这个村子里最最普通的一员了。可等他们辗转一个大圈子,又渐渐地认为,鱼王是有的,他们没缘遇见罢了,那时他们已经是老人,快要离开这个村子了。

鱼王月食时才出来,我们的父辈们说。月亮被天狗吞下,本来浮满月光的湖面黑沉沉的。鱼王出现了,从水底慢慢升起,湖水打身子两侧滑落,哗啦哗啦响,最终有一小半身子浮出水面,恍如一座小山。每次月食到来,满村子的人走出家门,咣咣咣、当当当、叮叮叮敲响饭盆、脸盆、漱口的口缸等等但凡可以发出一点儿声响的东西,我们一群孩子则抓了手电筒,没命地往后山跑。看鱼王去!我们气喘吁吁打着招呼,激动而又不安。我们站在湖边,揿灭电筒,胆战心惊地挨着彼此,耳朵警惕地翘着,等待那一片哗啦啦的水声。瞎了的月亮隐约坠在天的耳垂,月下的白水湖漆黑一片,偶尔有一只水鸟呱啦一声掠过,我们的心扑通一跳,低低骂一声。胆子大的重拧亮电筒,握一束光亮探向湖面,漆黑的湖面出现一些椭圆的光斑,并没有鱼王。我们失望地呆立着,褪下裤子朝湖面撒尿,尿撒入湖水,荡开一连串寂寞的细小回响。

我们对鱼王的关注不减反增。我们问,鱼王的家在哪儿?父亲母亲说,在湖底龙眼里。我们又问,鱼王吃什么?父亲母亲说,你们不见湖里从来钓不上大鱼?全被鱼王吃了。我们的惊恐又添了一层,从此只敢在湖边游泳。

　　对鱼王议论最热闹的是五年前的冬天。快黄昏时,我们在山脚看见傻子老飞一跳一跳朝我们走来,兴奋地咿咿呀呀着。我们注意到他手里捏着什么东西,灿灿地反射太阳光,不时有一个耀眼的斑点晃到我们脸上。三皮笑嘻嘻地说,老飞偷了哪个小媳妇的镜子?拿来我瞧瞧。笑一下子硬在老飞脸上。老飞说我在湖边捡的,一扭身把东西藏腋下。三皮嘿了一声,说老飞还舍不得了?做出要抢的样子。老飞哇哇叫,躲闪着要跑,不想一头撞在身后的猫头怀里,被猫头轻描淡写地夺了手中的宝贝。猫头跳上一块大石头,纳闷地瞅着手中巴掌大的东西。老飞嗷嗷叫,肥厚的大脚板拍起遍地灰尘,快要够到的一刹那,那东西已飞到三皮手中。三皮撮着嘴,也不明白那是什么。三皮和猫头敏捷地传递着那东西,老飞像一头黢黑的公猪,嗷嗷大叫,在他们中间跑得满头大汗。三皮说,这是什么呀,老飞?老飞吭哧吭哧,说,我不不不说!那东西又到了猫头手中,猫头说,是擦屁股纸?老飞吭哧吭哧,说,你瞎瞎瞎!三皮又高高举着那东西,透过它,黄昏的太阳好似冰下游动的一尾红鲤鱼。三皮说,那是什么?你说了我就还给你。老飞吭哧吭哧,说当当当……三皮说,真!老飞说,鱼鱼鱼王!

　　三皮不相信那是鱼王的鳞片,但那确实很像鳞片。他没把鳞片还给老飞。老飞一直追到他家,他关了大门,任由老飞在门外号啕。

　　几天后老飞失踪了。随后三皮发现桌上的鳞片不见了,才想起傍晚喂牛时听到门扣响。村里人打了火把找遍村子,人影没见一个,又往山上走,火光透迤,一直通到白水湖。冬天夜里的白水湖极其冷寂，水面不起一丝丝涟漪。人们的喊声衬着偌大的湖面，是那么的渺小，孤零零地撞到对面陡立的山崖，"噗噗"掉水里，激不起一点儿回响。只有孤独的鸟儿在密林中发出一两声凄惶的梦呓，村里人不由得毛骨悚然，颤颤地举了举火把。火把像温暖的小舌头，很浅地舔开了一些些夜色。火光惴惴地照向水草幽密之处，只照见执火把人的影子。火把们鼓起勇气向更远处的山坳延伸。快到达白水湖的龙眼处，人们很吃惊地看见一点光，面面相觑，相互鼓动着走近了，竟然是老飞！

　　湖边高高架着一堆火，干燥的松枝噼噼啪啪爆响，鲜红的火光涂红大片湖面。老飞面朝湖水，叉开两条腿坐着，一面抠着脚趾间的泥垢，一面傻呵呵地对火光笑。火光袅袅娜娜舞蹈着，也"呵呵呵"笑。老飞脸红彤彤的，在火光中轻微地摇晃着，平日呆滞的表情灵动飞扬。村里人围了老飞一圈，你看看我，我看看你，又都看着老飞。老飞目不斜视，似乎没看见村里人，仍一个劲儿对着火光傻笑，他呵呵呵，火光也呵呵呵。村里人炸起一身鸡皮疙瘩，只觉得脚底发虚，头皮发麻，喉咙发干。僵持许久，一个胆大的说，老飞，谁给你烧的火？老飞目中无人，毫不理会，笑眯眯盯着火光。打破沉默后，那人壮了胆子，拍了老飞的脑袋一巴掌，大声喊，老飞，你怎么在这儿玩火！人们呆愣愣的，听到他装腔作势的声音冰块似的迅速消融在温暖的火光里，猛然清醒过来，七手八脚，生拉硬拽起老飞，老飞醒转过来，怔怔看着村里人，头扭向火堆对面，打着哭腔嚷嚷：鱼王！鱼王！

　　鱼王给老飞烧了一堆火的事情很快在村里传开。不过多数人只把这当作饭后的谈资，并不相信。老飞那样一个傻子怎么见得到鱼王呢？鱼王还给他烧一堆火？打死我也不相信，他们说，连我们这样的正常人都见不到鱼王呢。不少年轻人对老飞见到鱼王的事也持否定态度，不过他们认为问题不在老飞，而在鱼王。他们说，根本就没有什么鱼王嘛！只有老人和孩子对鱼王打心眼儿里感兴趣。我们围了老飞打听鱼王的事，老飞却昂着脑袋，只说他把鳞片还给鱼王，鱼王烧了火谢他，除此再不肯透露一言半语。

第二年，老飞随母亲迁移到外地，我们再没得到鱼王的消息。

海天对鱼王的兴趣超出我们的料想。不知出于什么原因，我们从来没和海天提起过鱼王的事儿，可那次老刁问起，我们说了后，他一直问个不停。鱼王的那个鳞片是怎样的？一块巴掌大的鱼鳞该长什么样？我们说不出个究竟，他只好举起自己的手，对着太阳看。他的手积聚了十多年太阳的能量，黧黑而厚实，指甲间嵌着永远没法洗掉的泥垢和草汁。可那手挡在太阳和他的眼睛之间，却隐隐透出一丝丝光亮来。

不单对那片鱼鳞穷追不舍，他对老飞那晚上看到的景象更是沉迷。那晚给老飞烧火的就是鱼王？一定是的。他自言自语，不然谁会在大冬天里给老飞烧一堆火呢？不晓得鱼王是鱼还是人，是鱼的话是什么鱼呢？鲤鱼？罗非鱼？刺鳞鱼？他自顾自地摇摇头，似乎觉得这些鱼都太过于平凡了，没有一个可以成为鱼王。可是是什么鱼呢？他想不出来，我们更想不出来。如果是人呢？他继续问，会是个什么样的人？他能在岸上吗？一定能的，不然怎么烧火呢？鱼王想去哪儿就去哪儿。他似乎想明白了,不由得露出笑容。那鱼王一定是人了!如果是鱼,那总会被网住的,但鱼王从没被网住。他下了结论。你们说,那天晚上会是怎样呢?究竟在白水湖的什么地方烧的那堆火?他充满希望地瞅着我们。我们胡乱指了一个地方,他却皱起眉头,摇了摇头,不对啊,他说,怎么可能在那儿,那儿有那么多苄草,旁边都是浅滩泥地。他的目光在白水湖周边漂移,湖水在耀眼的日光下银光点点,恰如无边无际、起伏不定的亮白铁皮。湖光在他的眼睛里闪耀着。他的目光终于落在湖对面最远的一个岬角,高出湖面好几丈,后面是青森森的松树林。我担保在那儿!他指着远方朦朦胧胧的岬角说,那儿才是鱼王烧火的地方。他的眼睛一亮,恍如在漆黑的眼睛深处突地闪过一星火光。

海天对鱼王的追究越来越具体,一个个古怪的问题弄得我们张口结舌、手足无措,渐渐地,我们有些不耐烦了,不断支支吾吾,海天变成了自问自答,他的回答一点点地将一个真实、具体的鱼王展现在我们面前,我们仿佛看到鱼王眼睛里的自己的影子,奇怪的是,我们心底里却渐渐滋生出另一种情绪来。我们怀疑根本就没有什么鱼王,那不过是大人哄小孩子的谎话罢了,怎么能信呢?这么一想,才发现我们其实从来没有打心眼里真正相信过有鱼王,这让我们有些怅然若失,可也让我们感觉一下子成熟起来了。我们就要成为大人了,不会再相信那些哄骗小孩子的玩意儿。海天再问我们关于鱼王的事儿,我们一致改了口径,假的,我们说,哪有什么鱼王呀!我们不是小孩子了。海天愣愣地盯着我们,半天说不出话来,黑黑的脸膛透出紫来。老飞不是见过吗?怎么会没有?

老飞不知道到什么地方去了,所以鱼王的存在成了很大的问题。可就是老飞回来,说真有鱼王,我们也不会再信了,傻子的话能信吗?

海天没再向我们打听鱼王的事儿。我们时常见他一个人把割回来的草扔进湖里后,呆呆地坐在湖边那个岬角上,呆呆地注视着湖水,巴望着鱼王有朝一日从水里走上来,给他笼一堆火。夕阳西下,湖面仿佛漂着一层油,被太阳点燃了,上百亩的湖面火光熊熊,映照得四周青色的山峦微微晃动着,和透过红色塑料糖纸看到的一个样。海天在这日复一日、茫茫无际的火光中变得很弱小,一个小小的树桩头,执拗地栽在孤零零的岬角。

## 五

白水湖风平浪静。老刁和海天不再背着长枪巡逻,那支长枪不知道被藏到什么地方了,我们很想再看一看、再摸一摸那坚硬的枪管和枪托,海天总是微笑着摇头。我们说,你让我们看枪,我们让你骑马。猫头的两匹红马高腿宽肩,英姿飒爽,不安地打着响鼻。海天看看马,淡淡地说,我不骑。

最让我们乐的还是捕鱼。每到那天我们总起个大早,和老刁、海天划了筏子到湖心。每一网捞起来,我们都为网中蹦跳的鱼大嚷大叫。抓了鱼,老刁和海天照例要喝酒。我们喜欢看老刁喝酒,喜欢听他喝完酒后那一声长啸。可惜老刁的长啸不再给我们英雄的感觉,他似乎只是为了让我们高兴。我们几乎把他也当成我们父辈的一员。

最大规模的捕鱼在去年年末。老刁动用了最大一张渔网,渔网差不多占了湖面宽度的四分之一。又请了村里的好几个精干小伙。老刁和三个小伙子在筏子上,抓了渔网的一头,另一头在海天和另外三五个小伙子手里。筏子和人往一边走,走得很缓慢,但每个人都弓腰曲背,看上去走得很吃力。湖面雾气朦胧,太阳照耀湖面,一片片光亮斜斜射入,如闪亮的白铁刀子切进豆腐。大雾缓缓消散,湖面满眼绯红,波光粼粼,似有无数鱼群在跃动。走着走着,鱼接二连三往渔网后蹦,渔网上方闪过一条条优美的银色弧线。我们盯着往后蹦的鱼,发出一声声惊叫,心疼得要不得,心想这么下去,鱼要跑光了。越往后他们走得越沉,额头挂满汗珠,衣服脱光了,单穿一条小裤衩。阳光如水一般响动,如音乐一般流淌,洗濯着每一个健康、赤裸的身子。那些三五成群站在岸边、裹着臃肿的花衣服的年轻女人们,不时低头说笑,脸颊飞起一片轻红,偷偷拿眼去觑那些凸显着力量的筋肉。拖网的小伙子们的目光往岸边瞟,大胆地从一个身子弹到另一个身子。身子里用不尽的力量涌动着,变成一声声清亮的吆喝冲口而出,沉甸甸的渔网被拉得飞快。往后蹦的鱼越来越多,一条比一条蹦得高,蹦得远,长了翅膀的鸟儿似的。岸上围观的人从未见过这等景象,吃惊得张大嘴巴。我们想,完了,肯定什么也捞不到了。网终于被拖到岸边,围观的人嘴巴张得更大了。谁都没见过这么多鱼。

偏僻的村子一日之间和远方有了关联。村里狭窄的道路挤满从县城和小镇开来的汽车,汽车长龙从村外一直蜿蜒到村后的小山,喇叭声此起彼伏。七八岁大的小孩在汽车之间疯跑打闹，引得司机破口大骂。捕鱼接连进行了三天，村里的道路也接连挤了三天。三天后，整个县都在谈论老刁和白水湖了。他们说，白水湖真出鱼王了，姓刁！自此外面有不少人见了老刁就喊鱼王，老刁总是拱拱手，说抬举了，抬举了。村里只有几个人这么喊他，多数人私底下议论，鱼王？他也配？不过一个养鱼的！

　　第四天黄昏，老刁出现在我们几家的庭院。我们看到父亲母亲受宠若惊，父亲激动得舌头打结。老刁，他说，老刁！竖起了大拇指。母亲系着围裙，刚下完蛋的母鸡似的，欢声笑语，走得呼呼生风。留下来吃饭！留下来吃饭！她连连说。老刁疲倦地微笑着，又抱了拳，向父亲母亲举了举，说不麻烦，不麻烦，我是来请小东西上去吃饭的。

　　那天晚上老刁的手艺发挥得淋漓尽致。我们吃得山呼海啸，额头冒汗，鼻尖流油。老刁和海天还那样，不怎么吃鱼，只是喝酒，喝得异常猛。我们才往肚里稍稍垫了个底，大半瓶酒下去了。海天嘴角挂着笑，脸颊潮红，静静盯着老刁。老刁满脸潮红，短粗的指头颤动着。我们看到老刁眼中渐渐有了变化，眼黑和眼白渐渐变红，变得透明，融为一体，悠悠地像两朵小火苗，摇曳着，闪烁着，越来越明亮。他仰脖咕咚咽下最后一滴酒，空酒瓶往桌上轻轻一搁，抹了抹硬胡茬，长长叹了一口气。叹息绵长悠远，温婉动人，感伤的歌声似的传到湖面。湖面静悄悄的。我们举着筷子，静静盯着他。

## 六

今年开春即落雨。雨点仿佛滚肥的灰白蛾子,乱纷纷扑向山林湖泊。白水湖日渐满溢。老刁心急如焚,想了许多法子泄洪,不少鱼随洪水而去,老刁也只能叹息一声。山下不少人家在小沟小汊置了鱼笼,提起不少白花花的鱼,心里暗暗高兴。幸好一过四月,天气晴好,水陡然落了许多。老刁满脸的皱纹刚舒展开,可谁也不曾料到,竟从此几个月再不落雨。白天极其漫长,太阳红得嗷嗷乱叫,趴在湖上方总也不挪窝。眯起眼睛,看得见周围的空气中充斥着无数长满刺的小火球,小火球落在皮肤上,皮肤吱吱响,立马闻到一大股烤肉味。山上山下的庄稼被烤得蔫头耷脑,还得从白水湖引水浇灌,山上的玉米地也靠着白水湖,每天湖里有好几架抽水机,"突突突"往外抽水。几面夹攻,白水湖的水落得更快,不出一个月,已经落到村里老人们见过的最低水位以下。

老刁如热锅上的蚂蚁,别人到湖里抽水,他便到抽水的人身边坐着。起初很热情,递烟递水,感叹天如何干旱。村里人说,从盘古到扁古,没见过热天这么旱!老刁说,从南闯到北,没见过这么古怪的日子!可日子一久,村里人一到湖里抽水,老刁就到人家身边坐着,不免惹人嫌了。抽水的人暗地里议论,他这是来看着大家,好叫大家不好意思多抽湖里的水。这话一出来,人人气愤。都说你老刁在湖里养鱼,得了多少好处,大旱天里,抽你一点儿水救命要什么紧?老刁不知道村里人对自己有了看法,却从他们脸上看出来了。他一到，别人眉毛一拧，扭过头去，爱理不理的。老刁明白过来后，不到抽水处去了，心里又气又急，又实在想不出办法。方圆几公里内，白水湖已是最大的水源地，只有出的，没有进的。

夜里酷热，老刁让海天先睡，自己摸一瓶酒出门，在湖边转，借着月光看水落到什么地方，陡立的山崖上黏着不少晒成灰白色的螺蛳壳。日益窄小的湖面不时有黑压压的鱼群游过，像捉摸不定的影子。

又过了一个月，白水湖已经不大像一个湖了，只是一个小水库。一些小鱼干死在湖边的湿泥滩或苟活于泥浆中，不断引来鸟儿啄食，弄得满湖腥臭。残存的湖水很浑，老刁知道是鱼多水少，鱼搅浑了水的缘故。老刁捕鱼更勤更快，但水还是浑浊。到白水湖担水的人经常舀起鱼，手舞足蹈，欢喜雀跃，村子里隔三岔五腾起煎鱼的香味。到湖边挑水的人目的不那么单纯了，不少人不是冲着水，是冲着鱼去的。老刁整天在湖边转悠，看见小孩摸水里的鱼还说两句，看见大人却不好意思开口。摸鱼的人看见老刁，起初脸上还有些挂不住，讪讪地说，小娃吵着要吃鱼，来拿两条回去。过两天给你钱。老刁挥挥手，很慷慨地说，说哪家话，一两条鱼的事！到后来，见到老刁连不好意思的表情也没了，很大方地说，来拿两条鱼回去！老刁只好干干地笑。

老刁把孙锅头老婆堵在了湖边。老刁冷冷地说，把鱼放回去！孙锅头老婆说，你说什么？我听不清。老刁还是那句话，把鱼放回去！孙锅头老婆立即哭丧了脸，说你不让我挑水？我家地里的菜秧快干死了，你不让我挑水？村里那么多人家种菜，你要村里的菜全干死了才高兴？你以为你是什么东西？对我儿子也要打躬作揖！老刁几个月来窝了一肚子火，懒得跟她打嘴仗，走下堤岸，轻轻松松从她肩头卸下挑子，把两只铁桶朝湖边草地倒了，两条手掌宽的罗非鱼在草地上扭动着身子，噼噼啪啪闪着亮，很快蹦回了水里。孙锅头老婆一屁股坐地上，干号着，你们瞧瞧，这是哪里来的东西？不让我们在祖祖辈辈传下来的湖里挑水呀！围观的人都看到那两条鱼了，不过没人笑一声，脸上僵僵的，感觉光天化日下给老刁剥光了衣服。

这天以后，老刁似乎预感到有事发生了。他眼窝深陷，目光精亮，夜夜大口吞酒，打算将鱼几网捕尽，可不是年末，并没那么大的市场。

老黑借口浇地，每天必到白水湖挑水。他已不止一次舀上鱼了。出事那天，老黑和十来个年轻人挑了水桶到湖边，他们并不挑水，只把扁担搁在湖边歇息。我们也在湖边，那些年轻人我们一个都不认识。他们凑一块儿议论着什么，有几个离开了，剩下的几个又议论一阵，脱了衣服裤子，拎了水桶往湖里走，有两个人手中还有渔网。我们一下子明白他们要做什么。那时候老刁和海天恰好在远处割草，情急之下，猫头骑了红马跑出去了。猫头很兴奋，英雄一样耸着肩，一根柳枝"啪啪"抽打马屁股，嘴里"驾驾"着。猫头带了海天回来时，湖里已不止那十来个年轻人。

原先离开的几个人到处喊，抓鱼啦，抓鱼啦，哪个抓到归哪个呀！人们听到后愣了一下，马上撂下手中的活，风风火火赶过来。

山上、地里、山下的村子，旁边的村子都有人赶来，他们端着盆，拎着桶，跑得满脸赤红，一到湖边，精神焕发，全然不顾泥泞，裤子来不及脱就冲进去。男人、女人、年轻人、小孩，甚至老人，全陷在湖里，体弱一点的在湖边接应，在泥浆里摸，会水的男人就深入湖中。老黑和他那十来个同伴张了渔网，一半筏子，一半岸上，来来回回拖拉。偌大的白水湖如一大锅沸开的水，人如草芥，在其中翻滚、挣扎、沉沦。各种声音乱成一片，有两个人抢一条鱼引发的激烈争吵，有女人被摸了奶子发出的叫骂，还有孩子被大鱼打翻在地的哭喊。海天一下马，看见这幅景象，两只手痉挛般互搓着，嘴里"啊啊"叫着，却说不出话，两眼一时滚满泪水。

老刁后面赶到，一瞧这场面，两腿软了，手不断拍打着大腿。送我到村里！老刁声音颤抖着，紧紧抓住猫头的手，送我到村里！

猫头带了老刁往山下赶，碰到的全是拿了各种捕鱼工具上山的人。整个村子关门闭户，空空荡荡，人全到山里了。他们好不容易找到一家还在营业的小卖部，往镇上派出所挂了电话。又赶到村主任家，村主任家里一个人没有。他们再次回到湖边，湖里已有四五百人。

老刁跑到湖边，站在一块大石头上，双手抱拳举了举，扯着喉咙，用陌生的方言喊，老乡！老乡！行行好！没人听他的，声音如水渗入干渴的土地。他又跳下石头，"唰啦唰啦"拖着泥水跑进湖里，给每一个碰到的人作揖，大声喊，老乡！老乡！仍没一个人理会他。他发了疯似的，抓住每一个遇到的人，对着人家的耳朵大声喊，老乡！老乡！我给你跪下啦！人家瞅他一眼，似乎根本不认识他这个人，一把推开他，继续在水里摸鱼。无数的鱼在浑浊的水里蹦跳着，应和着熙熙攘攘的人声。老刁跌跌撞撞，两眼通红，浑身裹了厚厚的泥水，终于在人堆里找到了村主任的小儿子，问明村主任的大致方位。找到村主任时，他从后面扑上去，紧紧拽住村主任的衣领，村主任看也不看，一拳抡过来，回过头才看到是他。老刁！怎么是你？村主任愣住了。老刁好似历经磨难找到母亲的孩子，扑突一声，抽了一下鼻子，差点儿哭出来。又恨恨地说，你怎么也在这儿抢……村主任看着手上扭动着的鱼，脸上发讪，说不出话。

也就是这时候，派出所的人来了。派出所的小车根本开不上山，村里的路已经给四面赶来的大小汽车堵住。白水湖抢鱼的消息如浓烈的鱼腥味，已飞速传开，连县里、镇里数着钟点拿钱、穿丝袜打领带的人也坐不住了。他们想方设法赶往白水湖，赶赴这千载难逢的盛会。半年前他们来过，这次是轻车熟路。派出所来了三个民警，他们站在岸上，望着眼前的一幕瞠目结舌。一个民警手伸到裤腰那儿，被另一个年长的民警制止了。不要乱来！年长的民警厉声道，这种时候，你开了枪还想不想离开？年轻的民警嗫嚅着，缩回了手。这时湖里的老刁正揪了村主任的领窝子，四处乱窜，要找一棵救命稻草似的。村主任力弱，给他拖拽着，又是泥又是水，嘴里叫骂不止。正乱着，老刁瞥见岸上三个穿制服的人，欢叫一声，拖了村主任，不管不顾往外闯。

三位民警看史前动物一般看着眼前的泥人。泥人竟然开口说话了。泥人扔下村主任，抱了拳，向他们举了举，哽咽道，你们算是来了！我是老刁啊！

三位民警为了向老刁证明，在这种情况下，他们也帮不上什么忙，还是和老刁一起劝说了几个人。在巨大的诱惑面前，连他们也感觉到，自己的劝说是那么苍白无力。那位年老的民警不嫌脏，拍了拍老刁的泥肩膀，说没办法了，老刁，忍了吧！老刁本来又矮又壮，此时浑身裹了一层厚厚的泥浆，就如一个泥球。眼睛如泥球上的两个窟窿，动了动，忽然撇下民警，朝小屋冲去，出来时，手里攥着那支长枪。派出所的民警还来不及阻止，老刁已经大步冲到湖边，对着人群上空耀眼的太阳，扣动了扳机。

巨大的声响带来片刻宁静。

人们停下来，抬头看看头顶的天空。明亮的天空中飘浮着一小朵蓝色的云，正在缓缓升高，缓缓飘散。他们又转过头看湖边开枪的人。

——就是这个人！是老黑的声音。老黑大叫大嚷，白水湖不是他一个人的，他凭什么开枪打人！枪都禁了，他凭什么还有枪！老黑的声音回荡着，人们脸上的表情为之改变。一个人，两个人……一群人朝老刁跑过来，不少人喊，白水湖是大伙儿的，凭什么归他一个人？老刁茫然望着冲向自己的人，紧紧攥着那支长枪。派出所的三位民警飞奔过来，可是迟了一步，一个个泥浆滴答的拳头早把老刁包围在中间。老刁没有呻吟一声。

民警把老刁和枪带上小车，海天扑了上去，像掉进陷阱的野兽般号叫着。海天是小一号的泥球。人太杂乱，他和老刁走散了，直到枪声响起，海天才看到枪口升起的那一小朵蓝色的云……海天抓住车门，头抵住车窗。民警说，你放开，我们不带走你爹，你爹会被打死的。他不为所动，大声嚷嚷着。又说，我们还要带你爹到镇上瞧瞧伤得怎样,你回去守住你们的房子。他还是不放手。民警扶起老刁,让老刁劝他走。老刁的脸突兀地出现在车窗后,脸上的血和泥如烧煳的浓稠糖稀。那张脸迷惘地对着他,眼珠迟滞地动了动。他还是不放手,声音越发大得吓人。最后车子强行开走了,他拽住车子跑了一段,啪!摔在地上,磕破了嘴唇。

白水湖如一头死去多时的巨大野兽,浑身爬满了蛆虫,被迅速分割着、消解着,快要露出最后一根隐蔽的骨头了。雪白的鹭鸶盘旋半空,久久不敢落下。我们也加入了抢夺的行列。猫头说,不抢白不抢!我们不抢,鱼就全教那些狗日的抢走了。再说,那么多人抢,多我们也不多。海天回到小屋前,呆呆望向湖面,不知道有没有望见我们。一瞬间,我们想起了不久前的白水湖,心里疼了一下。

震惊了所有人的事正是这时候发生的。——我们想,或许村里人会很快忘记抢劫白水湖的事,或者不认为那是抢劫。但这件事他们会一辈子记着,他们还会讲给他们的子子孙孙听,含着赞叹、惭愧,或者忧伤的心情,让子子孙孙也一辈子记着吧——我们先是听到无数人的低声议论,议论声中脸色陡变,接着听到岸上一片响的脚步声,接着,听到巨大的拍水声,我们还以为是筏子上的人掉水里了。但拍水声接连不断,一声比一声响亮,感觉得到脚下的地微微颤抖,人们隐隐感到惊恐,感到有什么可怕的东西正在逼近。杂乱的声音弱了,弱了,寂静中恐惧在一圈一圈扩散,以至于湖面全然死寂。突然,我们听到歇斯底里的喊声:

套住了!——抓紧!抓紧!——网破了!——再来!再来!

啊！又破了！——妈呀！——再来！再来！——他妈的！——哈哈！哈！——往上拉！往上拉！——使劲！——使劲啊！……

所有人在奔走，在呐喊。厚厚的泥浆糊成的面具后面，他们的脸痉挛般扭曲着。在沉静的天空和庞大的山影笼罩下，他们杂乱的声音饱含仇恨，令一些胆小者战栗。那可怕的拍水声夹在炽热的呼喊中，愤怒、焦躁，又有几分力不从心。我们飞奔上岸，跑上一个小山包，目睹了那难以置信的一幕。一头巨大的、黑乎乎的动物被网在四五层渔网中，缓缓离开了水，腹部上两片巨大的东西挥动着，似要割破渔网，巨大的尾巴"啪啪"拍着泥浆水，水花溅湿每一个试图接近的人，有胆大的硬靠上去，即刻被打得瘫倒在地。那是鱼王！三皮拽住猫头的胳膊，声音掺杂着兴奋和恐惧。猫头声音发颤，是鱼王！说过了，又说一遍，是鱼王！

五六个人、十多个人拉着网往岸上拖，他们正当盛年，肌肉发达，浑身充斥躁动的力量，可他们仍被鱼王弄得跌跌撞撞。鱼王扭一下身子，他们当中就有人扑倒，睡进脏兮兮的泥浆水中，老半天爬不起。但他们是不会认输的，也不屑于一对一的竞赛规则，他们显示出了蛆虫一般执拗的个性，更多的人加入进来，十多个人、二十多个人一起对付鱼王。他们为鱼王终于被拖离水面欢呼雀跃，在这欢呼中，又有人加入进来！三十个人、四十个人一起对付鱼王！还有人挥舞棍子，狠狠砸向鱼王。鱼王愤怒地弹跳、翻转、拍打尾巴，啪啪——啪——所过之处，泥浆飞溅，现出一个个触目惊心的大坑，泥浆子弹一样射向人群，惊叫声不断炸开。但人们知道鱼王无所作为了。它不时弓起身子，灵巧地往上一蹦，却被身上层层叠叠的网拽下，砸出一声叹息似的巨响。

鱼王躺在干裂的岸边湿地，硕大黑亮的脑袋、光滑闪亮的巨大鳞片、巨型剪刀一样的尾巴，组合起来像一辆满载货物的小型拖拉机。最让人感到不可思议的是，它翕张着洞穴似的嘴巴，发出婴儿一样"呜呜"的叫声。若只听见声音，一定会惊讶怎么会有啼哭如此洪亮的婴儿。离鱼王五六米远，一个个泥巴身子、泥巴脑袋围了一圈，两圈，圈外还是圈，好似钉在伤口上的蛆虫。鱼王两眼硕大如腰鼓，哈哈镜似的，映出每个人脏兮兮的脸。所有人在想，是鱼王！这真是鱼王！白水湖里真有鱼王！鱼王不是什么了不得的东西，只是一条特别大的鱼罢了。传说一下子兑现了，他们有些晕，天旋地转，感觉如坠梦中，身子不听使唤。

——是我抓到的！老黑得意非凡。他想靠近鱼王，走了两步，又退了回来。鱼王威严地拍着尾巴，没人受得住一下。围观的人回到现实中来了，却谁也不说话，静悄悄的，鱼王扇动席子大的两腮，呼呼有声。寂静让一些人感到冒犯了什么，一个个汗涔涔的，交替抹着两只泥手，心里升起一丝恐惧。——这鱼哪个想要？老黑望望四周的人，大声说，整个买不起，零碎买也成嘛，想要哪块我给割哪块！没人答应他，他的话干巴巴的，那么虚空无力。

所有人围着鱼王，没人看到海天从小屋前冲下来。一个声音在人群外炸响，所有人脑袋里铮地亮了一下，心咚咚直跳。海天提着一把菜刀，英武地出现在人群外面。海天喊，让开！他努力憋着哭声，声音很低沉，但钻进了每个人的耳朵里。人们小声议论着，一起望着他。海天的脸红了红，又喊，让开！让开呀！怒目扫视每一个人。人们眼神怯怯的，脚不自觉地移动着。海天红着眼，提着刀，梗着脖子，从人缝中硬撞进去。几个人半路伸出手，被海天轻巧地拨开了，他的刀子擦着那几个人的鼻尖划过，惊叫声中，人群乱了。我们睁大眼睛，望着平日那么羞涩的海天提着一把菜刀横冲直撞。又有几个人想要夺下他的刀子，却吃了他的拳头或刀子，或被打得跟跟跄跄，或被划破了手臂，殷红的血汩汩往外冒。人们纷纷退避，惊恐地望着眼前这个眼睛烧红的少年，明白过来，他真会杀人的。

海天提刀站在鱼王身边，一字一顿说，你们哪个想上来，我杀够两个就不亏了。说这话时，没人怀疑他在唬人。

老黑笑了笑，瞟了人群一眼，说你们瞧，学电视里呢。指着海天的鼻子，说你老子还给我打躬作揖，我就不信，你敢动我一下！说着朝鱼王啐了一口浓痰。鱼王婴儿似的发出呜呜声。这时，我们看到海天眼中瞬息万变，瞟一眼鱼王，目光还未收回，刀子已朝老黑伸出的手劈下去。老黑啊了一声，一段拖着细细红尾巴的东西落在泥浆中，蹦了一下，又蹦了一下。

我们拉不动鱼王，只好解开渔网。不少鳞片随渔网脱落，鱼王身上泅出很淡的血，我们心中升起一丝羞愧。海天不说话，我们喊他也不答应，只低头瞅着鱼王。喊了几次，他才抬起头，睨我们一眼，眼神中满是厌恶。我们又站了一会儿，他再次抬起头，恶狠狠地扫我们一眼。我们只好走开了。树林边还有不少舍不得离去的人，我们走到他们身边，恶狠狠瞪了他们几眼，他们只顾盯着鱼王，没注意到我们。三皮说，鱼王怎么办？猫头咬着牙，脏兮兮的手一次次擦拭额头。鱼王还在不断拍打尾巴,但不再蹦跳。海天拍拍鱼王的脑袋,嘴唇凑到鱼王头侧,似乎和鱼王说悄悄话。我们看到他两手撑住鱼王的脑袋,两条腿蹬直了。海天想把鱼王推回水里?三皮说。猫头不搭腔。海天"啊啊"乱叫,听得出他铆足了劲儿,鱼王"呜呜"叫唤,却纹丝不动,只无力地拍打尾巴。三皮站起来,打着哭腔说,我们去帮海天吧。猫头拉住了他。海天不会让我们帮忙的,猫头从未有过地低声细语,说,我们也帮不上忙。

黄昏笼罩了浑浊的湖面。湖面仿佛一张衰弱、哀伤的脸。被人遗弃的小鱼还在泥浆中苦苦挣扎,飞鸟无影无踪,并不来啄食。它们无望地弹跳着,是白天纷杂的声音仅存的细枝末节,正等待被时间吞噬。海天不再推鱼王了,他提了两只很大的铁桶,一遍遍往来于湖水和鱼王之间。铁桶不时撞到膝盖,发出一声闷响,溅出一片水声,到后来他渐现疲态,不时滑倒。他在稀泥里躺一会儿,又爬起来,回头重新提了水。鱼王和他都安静了,不急不躁,像是为时间打扫无关紧要的残渣。海天又提了满满两桶水回来,哗哗浇在鱼王头顶。水在空中姿态优美,如一匹闪亮的绸缎迅速穿过生死之界。海天退几步,盯着鱼王。似有隐秘的光将他们连接在一起。猛然间,鱼王尾巴一拍,巨大的身子平平升起,在半空闪了一下,又重重落下,孤零零的巨响回荡在四周的山峦,似手掌拍动一堵坚厚无比的墙,似脚掌无意中踩入一个陌生世界。鱼王落下后,硕大的身子轻微弹了一下。

## 七

村子迎来了从未有过的鱼的盛宴。只有少数人家把鱼拿到街上卖，多半人家懒得麻烦，都养在水缸里，自家留着慢慢吃。煎、炸、烩、炒、煮、蒸、焖，什么烹调方法都用上了，我们总觉得没老刁弄的好吃。

村里有人认为，鱼王的肉一定更鲜美，或许还有意想不到的效用。现在只有少数几个老人认为鱼王是神了。老人们站在风里，眼泪濡湿干瘪的脸颊，喃喃地说，老天爷瞧着呢，谁碰了鱼王要遭报应的！有人反驳说，鱼王要真是神，怎么会斗不过人？就算有鱼王，那抓上来的肯定不是，鱼王怎么可能被抓住？那不过是一条特别大的鱼罢了。他们的理由如此充分，以至于那些老古董豁着没牙的嘴，无话可说。然而，却没人管那条鱼叫大鱼。那就是鱼王，就是鱼王！他们曾经敬畏地谈论过它，如今，他们决定了它的命运。终于有几个胆大妄为的人上山打算割鱼王一块肉回来，却未能如愿。他妈的，还守着！去的人回来都这么说。

几天以来，海天一直守着鱼王，吃睡也在鱼王身边。太阳热得发疯，山影黑沉沉的，湖面僵死一般，白色的鸟儿冷丁丁盘旋，久久不敢落下。海天拎了刀子，在鱼王周围走了一圈又一圈，湿泥滩上有了一大圈深深的脚印，似坚固的防线。他停下来，瞅瞅脚印，似乎很满意，又举起刀子遮在眉头，往湖面望，往山头望，往天上望。刀口亮了一下。他迅速向山林里躲藏的人扫上一眼，又回过头去看看鱼王。

鱼王早不动弹了，从海天很少再给鱼王提水来看，海天也知道鱼王死了。不但死了，在炎热的天气催逼下，鱼王正迅速被各种细菌分割着、消解着。才过了一天，鱼王已经散发出一大股腥臭味。第三天，人们远远看到鱼王的表皮已经破损，绽出大朵大朵鲜红的花，臭味更浓了。又过了两天，这股浓烈的恶臭传到了山下。人们感到肠胃蠕动着，肚子里的鱼肉似乎响应鱼王的号召，也一齐变臭了，腐臭味像滑溜溜的鱼一样满肚子游动。喉咙痉挛，嘴巴一张，鱼肉鱼汤全吐出来了。一个人吐了，两个人吐了，整个村子都在吐，吐得搜肠刮肚，衣服宽了一大圈，旗子一样曳在风中。到镇上医院检查，医生却说没问题，只开些补药，回来吃了，一会儿又吐干净了。

有人认为是鱼王腐烂后污染了空气和水源，提议上山埋掉鱼王，但所有人都吐得太厉害，上山的力气还有，挖坑的力气是绝对没了。尽管如此，花了一天时间，十来个男人被拖拖拉拉地组织起来，排成一条疲倦的长蛇，弯弯扭扭往白水湖走。我们也混进了大人的队伍。大人们看到我们跟上来，并没像往日那样驱赶我们，只无力地朝我们瞟了几眼。这让我们高兴，似乎从此获得了某个位置。

大人们同意老黑的说法，白水湖一直是我们村的，凭什么村主任说租出去就租出去？话虽这么说，说起老刁父子，却又露出歉疚的神色。我们仍摇摆不定，想起被打的老刁，总禁不住要站到他们一边，对老黑被砍掉一根手指心存快意，甚至想把鱼还回去。

山上的天空蓝得晃眼，谁都不敢抬头望天。人们垂着脑袋，脸色灰扑扑的，全缄口不言。有人将锄头扛在肩头，一边肩头似乎压得矮下去。大部分人干脆拖着锄头，咧嘴咋舌，手臂如同一根草茎，拖拉着沉甸甸的铁砧，随时可能嘎巴一声断掉。锄头撞击着路上的碎石块，叮叮的声响坚定地撞击着平坦的沉默，四溅的火星儿灼痛耳膜，我们痛苦地忍受着。

浑浊的湖水仿佛老女人哭泣的、沾满尘土的脸。湖边的小鱼小虾早被飞鸟啄食干净，泥滩尽情展示着自己的一无所有。鱼王的尸体荡然无存。大伙儿手足无措地看看彼此，小声嘟囔着，说话声像微弱的小火苗，刚刚出现，又被沉默掐灭了。不知是谁第一个拖着锄头朝湖边走去，其他人略一迟疑，也跟着走下去。满湖的鱼腥如臭灰褐色的波浪般卷裹着每一个人，人人脚步踉跄，心里浪潮翻涌。大家都咬紧牙关忍受着，谁都知道，只要一个人吐了，那剩下的人肯定无一幸免。湖边泥地上不时出现凹陷，队伍沿着湖边跌跌撞撞走，投在湖面的影子悄然滑动，如水漫过沙地。锄头在泥地上留下很浅的印痕，不再发出一点儿声音。湖水迟钝的反光让人头昏脑涨，但我们明白，鱼王是找不到了，鱼王就像从未出现过。后来，在鱼王被拖上来的地方，我们见到了那个可怕的泥坑。泥坑保留着鱼王巨大身躯的形状和浓烈气息。我们恍若又看到了鱼王，闻到了鱼王。鱼王的存在不可质疑，鱼王的消失也不容置疑。鱼王被弄到哪儿了？也许回到了湖里，也许就埋在我们脚下，我们只好胡乱揣测。快到老刁父子的小屋前，腥臭似乎愈加浓烈，三皮弯下身子，干呕起来。其他人眼中闪过惊恐的神色，防线瞬间失陷，一个接一个弯腰驼背，嗷嗷呕吐。浑身上下被鱼王的气息抽打着，吐出肚子里酸腐的臭气，直到面对鱼王留下的泥坑，半蹲半跪，眼泪汪汪。天空蓝得炫目。许久，大家哆哆嗦嗦站起，彼此扶掖着，在绝望和麻木中继续前进，失去目的的行程愈加令人倦怠，走到老刁父子的小屋前，感觉已是走了几千里，疲乏得难以站立了。

　　海天站在小屋门前，两手攥着拳头，俯视斜坡下的我们。我们仰脸望着他。他的目光里有种冷冰冰的东西，使彼此相距遥远。我们想喊他，问问他鱼王在哪儿，声音挤到嗓子眼，无论如何出不来，仿佛面对的是一个陌生人。两边谁也不说话，这么静静地对峙了一会儿，队伍里带头的轻声说，走了。我们没说什么，低下头，默无声息地跟着走了。我们知道即使把鱼还回去也于事无补了。寂静的午后，落日昏黄，一行人就那么走下去，谁也没胆量回头望上一眼。

　　老刁在医院住了十多天才回来，村里人无力地倚着门扉，看到他杵一个竹棍，一瘸一拐地穿过村子，一瘸一拐地上了山。几个人不由得红了脸，扭过头，不去看那个熟悉而又陌生的背影。第二天，有人说看见老刁和海天喝酒了。你喝完递给我，我喝完递给你，一瓶酒很快下肚。又说，你们知道他们在哪儿喝酒？他们就在鱼王被拉上来那儿喝酒，他们真不怕臭啊！臭成那样了，他们还喝得下。说话的人还未说完，听话的人已感到肠胃的可怕蠕动，摇摆着手，抱住肚子，弓下腰，哇天哇地一阵吐，吐出一些腐臭的绿水水。说话的人撑了一会儿，终究撑不住，也扶着听话的人一阵猛吐。

　　足足吐了一个月，整个村子彻底瘫痪。男人、女人、老人、孩子，只能勉强吃一点儿素淡的东西，然后就软软地躺在阳光下，脸上浮着软软的表情，傻子似的蠢相，像笑不像笑，像哭不像哭。这时是不会吐了，肚子里所有的东西都吐干净了——感觉连五脏六腑都吐干净了。整个人虚空、清净、轻飘，几乎算得上无欲无求，如同刚刚离开母体的婴儿。可怜那些关在圈里的牲畜，它们浑身充满活力，却得不到充足的饲料，饿得啃食槽，啃栏杆，昼夜嘶鸣。等我们养足了力气上山放牛放马，已是两个月后。那时候老刁和海天早走了。

他们是半个月前的一个早上走的。那天三皮起得早，躺阳光下晒肚皮。他听到两个脚步声，一听就是正常人的，一点儿不发虚发飘。他盯着门前小路，等待着，果然看到了老刁和海天。老刁不再杵竹棍了，脚还是一瘸一拐。海天慢慢跟在老刁后面，挑着一担行李，扁担嘎吱嘎吱响，靠门这边的那担行李绑着一根长长的东西，刺眼的白，仿佛一柄细长的刀子。

三皮琢磨了很久，半个月后才明白那是什么。转眼已是深秋，落了几场雨，湖水又回去了。湖面萧瑟空旷，云彩的影子静静踱过大山的影子，鸟儿的影子落叶似的静静飘荡。我们来到小屋前，发现小屋锁着，随时欢迎老刁和海天回来的样子。我们摇了摇锁，往门缝里张望，闻到一股淡淡的腐臭味。我们没有贸然撬锁。我们坐在大青石上，等待老刁和海天回来。说来竟不知道他们是什么地方的人。每次问他们，他们总是笑笑，说远着呢，我们也不再问远着是哪儿。不知道他们走到哪儿了，我们眺望山下，浮想着难以想象的远方。等了许久，终于完全确信他们不会回来了，屋子里的腐臭味引诱着我们，我们如饥饿的猎狗般，经受不住本能的驱使，找石头砸开了锁。眼睛慢慢适应屋里昏暗的光线，看到似乎早已料到的一幕——尘灰堆积的泥土地上,是鱼王巨大的骨架。鱼王激起的巨大水声在耳边回响,又迅速消失在窄小的空间。我们注视着这史前动物般洁白、匀称的骨架,心中充满愧悔、敬畏,还有说不出的沮丧——从此,白水湖还是我们的,我们却再也没有鱼王的故事讲给那些很小的小孩听了。后来三皮俯下身子,摩挲着鱼王粗大的脊骨,手指忽然僵住了。三皮低声说,你们瞧!由他指点着,我们这才注意到,鱼王的骨架缺了一根巨大的刺。

2008年5月28日3:40:21 初稿

2008年6月8日3:24:00 修改

2008年11月2日4:23:37 再改

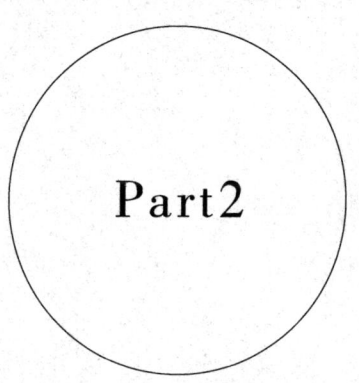

# 独在此乡为异客
## ——关于甫跃辉短篇小说集《动物园》

李敬泽

甫跃辉写过一篇小说,题为《动物园》。其中,男人住在租来的房子里,他爱上了一个女人,两情缱绻,接下来本该谈婚论嫁,但是,居然没成。为什么呢?因为窗外的动物园打扰了他和她,动物的气息让他们心有旁骛、心不在焉。心不在焉是个小小的严重问题,结果就是两个人各自"剩下了"。

读这小说时,我一直在为男人和女人着急,不错了很好了,专心一点别折腾,好好过日子吧。当然我的祝福遭到了挫折——很多小说愿意满足我们淳朴善良的愿望,但也有小说家看不起这种好心好意的做法,比如曹雪芹,他就偏不肯让林黛玉嫁了贾宝玉。这样的小说家一边祝福着,一边诅咒着,看到最后,你知道,他最终是站在了人世无常这一边。

人世无常。对男和女来说,有多少力量让他们走到一起,就有多少力量迫使他们分离。但在《动物园》里,似乎并无外力,有的仅仅是某种气息。

这是什么样的气息呢?我想甫跃辉其实也是说不清的,但他相信,有这样一种气息,它不是从外面来的,它来自生命内部,这是

"存在"的某种提醒，某种无法言喻的不安，他的小说里的那些男男女女，会在某个时刻，忽然被这种提醒、这种感觉攫住，某件小事、某个偶然机缘，使他们在实实在在的生活中失重、漂浮。

但也不完全是来自内部，而是，"这个世界真安静"，在甫跃辉的《丢失者》中，一个人丢了手机，然后又因为此前接到的一个女人莫名其妙的电话跑到了郊区，当然，他在那里什么也没找到，天黑了，"零零落落的几星灯火，只能照亮路灯下的一小片地面。他连那条让他飞奔的路也想象不出来了。他盯着窗玻璃，看到一张陌生的脸渐渐显出山露水：头发蓬乱，颧骨突出，眼神呆滞，嘴巴歪斜，至于那大得有点突兀的鼻子，让他想到了某部小说的最后一句话：他很讨厌别人注意他的鼻子，因为它看起来像一只裹着硬壳的蛹"。

——小说就这么结束了。这里有一种深重的自我厌弃，这种厌弃、这种不堪自照的震惊从何而来？正如小说所暗示的：这是空间的丧失，这个人，在这个广大的世界上，忽然意识到，他所能够辨认的、属于他的世界只有脚下的"一小片地面"，或许这就是"动物园"？世界之广大只是一种修辞，可以言说，但走不过去，也难以想象。

甫跃辉，生于二十世纪八十年代，他来自遥远的云南，来到遥远的上海。

有意思的是，这个人处理云南和上海的方式——也是处理他生命经验的方式：云南是云南，上海是上海，似乎各自孤悬，不交集、不呼应。这本集子基本上是以上海为背景，虽然常常语焉不详，但我们确知，这是一座大城，这不是故乡，在这里，人是没有故乡的，没有过去，也就很少回忆。他的小说和他的人物似乎一开始就被禁闭在这个地方，这个庞大都市、这个此时此刻，没有远方——空间和时间之远，有的仅仅是某种来路不明模糊不清的气息。

他的人物有一个共同特征：他们都没有自己的房子。住在租来、借来的房子里。这个特征具有明确的社会和经济含义,但在甫跃辉笔下,这同时也构成了复杂暧昧的隐喻,指向心与身、意识与现实的割裂游移。

去年评选郁达夫奖时,读到甫跃辉的另一个短篇《巨象》,我开了一句纯属玩笑的玩笑:"此人是郁达夫的转世灵童啊。"

我的意思是,如果郁达夫活在现在,如果他不是从当日的浙江抵达东京,而是从云南抵达今日的上海,他会怎样写小说?

他也许会像甫跃辉这样吧?

郁达夫和甫跃辉一样,被巨象般的事物压迫着,满怀自我厌弃,但是,郁达夫把这个"巨象"外在化了,或者说,他知道、他以为他知道,那些令他如此卑微的事物是什么,他把自身的卑微感历史化,直接提升为国家民族的感受,发出向着历史和民族的吁求,颓丧的"小我"在激愤的"大我"中得到安放。

但是,在甫跃辉这里,换了人间。郁达夫知道他在异乡,独在异乡为异客。而甫跃辉,他的意识中没有故乡和异乡,或者说故乡和异乡已经丧失意义,这里就是这里,就是此刻此地。他属于这个近乎绝对、无历史的此刻此地,因此他也同时感到自己是一个无可解脱的异客。郁达夫有一种由意识的地理学转化而来的政治学,而甫跃辉没有。周围高楼林立,他似乎已经来到了世界的尽头。在《丢失者》中,主人公冒险前往上海的远郊,但是这并不是供他向往的新天新地,他感到惊悚不安,对他来说,这更像是一场梦魇。

——从郁到甫,构成了中国现代性演进遥遥相对的历史面相。

甫跃辉小说中的人物都是从外地移居此地,他们没有房子,是白领,但谈不上富足,他们在这个城市处于一种粒子般的飘零状态,有时他们忽然发现:除了那具不高不帅的肉身,原来他们并不拥有世界:汉娜·阿伦特意义上的世界,那个在交往中感受意义的空间。

——这大概就是"屌丝"吧。

很多人会在甫跃辉的小说里依稀看到自己,而如果你要认识作者,也许只需要看他的小说:他本人很像是从他的小说里走出来的。

这位年轻的小说家,师从名家,受过很好的训练——中国的小说家和读者都过于相信才华,才华当然重要,其重要性就相当于妈妈得把我们生下来,否则一切无从谈起,但生下来不是万事大吉,还需要教育和训练,使才华成为有效的和持久的。

甫跃辉力图表现个人世界的枯竭——他使枯竭转化为意识,变成被我们想到、认识到的事物,这本身就是一种重建世界的努力,这种重建需要自创一套表意系统,他无法像郁达夫那样直接征用现成的概念和词语,他要诉诸意象、象征、隐喻,在沉默之域努力意有所指。

这恰恰是甫跃辉的才华所在,他具有敏锐的、受过训练的写实能力,更有一种阴郁的,有时又是烂漫天真的想象力,就如《骤风》那样,突如其来的大风如此奇幻、如此具体细致地呈现了世界;这份想象力也许会把他救出来——他现在的小说似乎也面临着深陷此时此地的危机——带着他走得很远。

2013 年 4 月 14 日上午匆草

5 月 4 日改定

## 故事尽头，洗洗睡吧
### ——由《鬼雀》谈甫跃辉
杨庆祥

《鬼雀》中有一种奇怪的声音："呕，呕"。这个拟声词并不常见，也许是作者想象出来的一种声音，也或许某些偏僻的区域确实有这样一种鸟类的存在，这些都不重要，重要的是，叙述者需要这样一种声音来推动故事的发展。"呕，呕"在小说中反复出现，带有一种宿命的意味，伴随着这种声音的，是一个个意料之外的死亡事件。《鬼雀》这部小说让我想起二十世纪八十年代的某些香港恐怖片：在一个偏远的，似乎处于文明社会之外的区域，存在着一种不遵循现代理性的生活，这一生活由此变得似乎难以理解，同时，也生成一种诡异的气氛，让生活在现代的读者感觉到惊悚和恐惧。其实这一传统最初的缔造者是爱伦·坡，他成功地将现代生活重新抛掷于"非现代"的原始语境，从而揭示人心的幽暗和人性的深不可测。《鬼雀》的发生学是否如此复杂？也许我是多虑了，也许在作者甫跃辉那里，文本的发生并不需要理智的多思，一种声音，一种气息，一个莫名其妙的梦境，或者，仅仅是站在上海的夜晚回想起故乡的某个细节——就像普鲁斯特《追忆逝水年华》中的玛德兰小点心一样，故事就开始了。

《鬼雀》中有一种细腻的对于感官的敏感。那个懵懂的少年并不理解世事的凶险。他唯一与这个世界关联的，就是他极其敏锐的听觉。正是由于这种听觉，他和他周围的世界发生了某种联系。这种联系同样是懵懂而暧昧的，带有人类在生命初期的那种原始性和神秘性。这篇小说最打动人的地方可能也正在于此：一切仿佛都在羊水之中，意识的源头一片混沌。唯一的"听觉"作为最基本的介质，试图突破这种混沌，让我们了解生命的本相。至此我们可以稍微回到故事之中：少年人听到鬼雀的叫声，担心阿公死亡，接下来一连串的死亡开始发生：阿幺死了，奶奶死了，老太太死了，最后，阿公也死了。死亡在这里成为"事件"，因为死亡并非按照自然的规律来发生，它变形了，在某一个时间段以"重复"的发生昭示其不可抗拒的力量。少年人不服从这一力量，他以一种罕见的倔强试图与"鬼雀叫，人要翘"的心理暗示和奇风异俗进行抗争，而他的这种对抗，不过招致了更多"不幸"的发生。相对于少年的这种不屈不挠，阿公——像所有小说中的智慧者一样——选择顺从。他遵循古老的习俗去理解世界和死亡，去理解他听到的声音，即使这声音将使他失去生命。少年人和老年人构成了这篇小说所营造的世界的两极，他们构成一种成长式的平衡——老年人不过是从少年人蜕变而来，而少年，无论生命的意志多么顽强，都不得不接受无常的惩罚，并领受命运的安排。

即使作为短篇小说，仅仅凭借这一故事还是显得单薄，但好在作者有另外的自觉，他试图探讨重要的话题，比如死亡："阿幺死时，他没哭；奶奶死时，他没哭；阿幺曾祖母死时，他也没哭。那时候，他只是被突如其来的死亡震住了，这就是死啊！直接、沉默、不可动摇。现在，这震住他的死亡的帷幕掀开了，后面竟还有一个广大的、柔软的、绵绵无尽的世界。他从来没想到，还有这样一个看不见的世界！这世界的辽阔和坚硬，让他无所适从，也让他无比哀伤。"他将死亡作为一个本体性的而非功能性（仅仅用来结构故事）的东西来进行思考，对死亡的儿童式的恐惧慢慢消失，一种更温柔的感动上升——原来死亡如此广阔，如此令人哀伤，而不仅仅是简单的恐惧和拒绝。这少年人真的意识到了这一点吗？还是甫跃辉故作老成地将自己的理解加之于作品中的人物？这些我们且不管他，因为在一个短篇中讨论"死亡"之类观念性的东西，毕竟有些风险，哪怕仅仅是意识到了这一点，这个作品已经相当不容易。我更感兴趣的地方在于，在经历了小说里发生的一切之后——或者说，在故事的尽头，我们的主人公与世界之间的契约是否发生了变化？他与这个世界究竟构成了一种什么样的关系？

　　回答这个问题不能局限在这一篇小说里面。这里有必要提到甫跃辉的另一篇小说，同时也是他的代表作——《动物园》。这篇作品写一个男人和一个女人相爱，他们两情相悦，从各个角度看似乎都没有什么障碍能阻止他们"从此幸福地生活在一起"。但《动物园》的题目已经提醒我们这并非一个童话，当作者安排他的主人公顾零洲住在动物园旁边，一开窗就能闻到动物的气味的时候，我们大概已经能够猜测到，这意味着将出现不一样的东西。这不一样的东西出现了：男人喜爱动物园的气味，而女人讨厌这种气味。男人和女人因为这种不同的对气味的态度而起了争执，这争执一路发展，竟然变成了两个人之间一种隐秘的带有强迫症式的战争：他们彼此防范，像斗法一般开窗关窗。窗外就是动物园，红色的象群在夜色中若隐若现。《动物园》里同样有一种发达得过于敏感的感官，顾零洲有特别的嗅觉，他着迷于动物园的气味，并试图在这一"气味"中建构出一个与众不同的"自我"。这一气味究竟是什么？李敬泽揣测其为一种"气息"："这是什么样的气息呢？我想甫跃辉其实也是说不清的，但他相信，有这样一种气息，它不是从外面来的，它来自生命的内部，这是'存在'的某种提醒，某种无法言喻的不安。"

(李敬泽：《一句玩笑，换了人间》)因为这种提醒和不安，顾零洲和虞丽的爱情走了另外一条路——尽管他们在做爱的时刻是那么心心相印——但生命本身的裂隙不可避免地涌出，并狡黠地置换了最初的目的。

无论是《动物园》中的青年顾零洲，还是《鬼雀》中的少年阿育，他们都生活在一个日常的世界之中，并构成了这个日常世界的一部分——即使是微不足道的一分子。但是，他们似乎保持有某种"异秉"，他们的感官世界还保持着生命最初的敏感，并与外部世界保持着一种敏锐的互动——少年阿育听到了鬼雀的叫声，青年顾零洲闻到了象群的气味——他们由此发现了生活和生命本身的空洞和裂隙，并透过这一空洞和裂隙，发现了常态中的"变态"，"有常"背后的"无常"。《动物园》和《鬼雀》的空间背景迥异，一个是偏远的远离现代的乡土世界，一个是现代性的城市中心，惯性思维者会不加辩驳地将此做"乡土写作"和"城市写作"的二分，这显然是简单而无效的。空间的背景在此其实并不重要，与其说甫跃辉关心的是一个空间问题，莫不如说他关心的是一个时间性问题。在将生活时间和故事时间错置的过程中，空间的背景消失了，因为人活在永恒的时间之流中，所要追问的，不过是宿命的安排为何是此时此刻？只有在这个意义上，空间出现，并变得重要起来，因为，在这个重新出现的空间里，自我被重新规划了。

在另外一篇小说《惊雷》中，开篇就给我们提供了一个非正常性的时空：雷雨之夜的一个桥洞。这个桥洞类似一个戏剧的舞台，而闪电和雨声构成了舞台的背景，三个演员和一个观众——中学生、小青年、中年人以及叙述者——开始其告白，由此我们知道了中年人原来是一个杀人犯，他杀死了因生存所迫做妓女的妻子；青年人是一个小偷，他通过"偷"的方式反抗公司对他的无人性的盘剥；中学生则一脸无辜，他仅仅是来寻找他在雷雨中走失的狗。——在一个并非日常的、不过是暂时性存在的空间里,却通过不同的叙述展示广阔的社会视域,这是这篇小说的可取之处。它悬置了道德的判断和同情心的廉价泛滥,仅仅是通过对话和动作来展示他们的性格和命运,通过回溯个人的历史来揭示外部世界的冷酷荒谬。但即使如此,叙述者的态度也不过是,"他没有太难过,拉上包的拉链,背在身后,默默地从桥下走出,慢慢地从河坡爬上公路。"这是很典型的甫跃辉的方式,无论是个人和外部世界之间发生了任何形式的冲突、摩擦和碰撞,他最终都回到人物的内部来化解这一切,由此那些错置的空间,那些被敏锐的感官所触碰到的异样的世界,那些在"雷雨交加"之际所涌现出来的具有爆发力的人性和力量——可以与"巨象"媲美的力量——都消失得无影无踪。

这或许就是我们这个时代意识和想象的无可奈何,在故事和生活的尽头,并没有大象,而仅仅有大象在无限遥远的远方传来的一丝气息,我们深深地吸一口气,然后,洗洗睡了。

2014.1.19 于北京

## 巨象在上海：甫跃辉论

黄 平

> 地下人来自社会底层，拥有理智却没有权力，拥有欲望但缺乏实现欲望的途径。工业革命让他有了文化，有了最低限度的闲暇，但是资本与官僚沆瀣一气，大行其道，剥夺他的外套。……地下人生活在马克思概括描述的无产阶级与真正的资产阶级之间的痛苦的中间地带之中。
>
> ——乔治·斯坦纳，《托尔斯泰或陀思妥耶夫斯基》

> 陀思妥耶夫斯基的小说，绝大部分在讲犯罪，讲人的堕落。然而他最想讲述的却是人如何得到拯救。
>
> ——甫跃辉，《陀思妥耶夫斯基和孩子》

甫跃辉的写作有一点很特别，他在每篇作品后面，都要署下极其精准的时间，如《动物园》写作于"2010年12月6日6：30：41师大一村"，《苏州夜》写作于"2012年1月6日4：53：33师大一村"，《后记：刺猬，还是狐狸?》写作于"2013年3月22日2：52：12"，这一串串如此精确的时间标记有一种反讽般的惊悚感，似乎前一秒和后一秒，一切就都不一样了，他所能感知的只是此时此刻。

在小说集《动物园》的后记中，甫跃辉用以赛亚·伯林流行的

"狐狸"和"刺猬"来理解自己的创作,他认为"刺猬"类乎长篇,"狐狸"类乎短篇,"刺猬"意味着"终极的解决方案",而"狐狸"般的短篇"无须对整个世界发言,看清一时一地的风景足矣"①。甫跃辉以"青年作家"的口吻说,"对身处的世界,我还远没有形成固定的、站得住脚的且完全属于自己的考量标准。这世界实在太大太复杂,我只能一点一点地了解它。"② 自从在《山花》2006 年第 9 期发表处女作《少年游》至今,甫跃辉七年来一共发表了四十三个短篇、十四个中篇,狐狸般地在云南与上海、乡村与城市之间游走,他似乎知道很多事。

然而甫跃辉所拥有的只是此时此刻。同样是行踪不定地漂移,在苏东坡那里何其洒脱:"人生到处知何似?应似飞鸿踏雪泥。泥上偶然留指爪,鸿飞那复计东西。"(《和子由渑池怀旧》,写于 1061 年),古典时代的大作家拥有无限辽远的空间,飞鸿踏雪,悠然与天地同在。然而和青年苏东坡相比,类似年龄的甫跃辉,则直面着世界的枯竭,他在时间洪流的孤岛上写作,他的人物在逼仄的空间中挣扎,伤害别人,更被别人伤害,人性沉沉下坠,在深渊中偶尔惊鸿般透出一线光亮。在所有的关于甫跃辉的评论中,李敬泽说得最为精当,"他的小说和他的人物一开始就被紧闭在这个地方,这个庞大都市,这个此时此刻。……甫跃辉力图表现个人世界的枯竭——他使枯竭转化为意识,变成被我们想到、认识到的事物。"③

对我而言,甫跃辉的"枯竭",以及对于"枯竭"灵光骤现的拯救,是他的小说中最迷人的时刻。

---

① 甫跃辉:《动物园》上海文艺出版社,2013,第 266 页。
② 同上,第 267 页。
③ 李敬泽:《独在此乡为异客——关于甫跃辉短篇小说集〈动物园〉》,《南方文坛》2013 年第 5 期。

## 一、枯竭

对于"枯竭"的追索,将我们带到甫跃辉的城市小说系列——主要以顾零洲及类似青年为主人公的上海故事。这批小说有《巨象》(《花城》2011年第3期)、《晚宴》(《大家》2011年第3期)、《饲鼠》(《大家》2013年第5期)、《动物园》(《十月》2012年第3期)、《丢失者》(《十月》2012年第3期),以及《走失在秋天的夜晚》(上海文学2009第10期)、《苏州夜》(《山花》2012年第6期)、《亲爱的》(《长江文艺》2013年第7期)、《朝着雪山去》(《收获》2013年第4期)等。这类青年大多数出身农村,在上海的重点大学读书,毕业后留在上海工作,在这座国际大都会中开始新的生活。

在当代文学的谱系上,顾零洲故事其实是高加林故事的延续:来自偏远山区的青年,在"现代"的询唤下,割裂乡土的一切,再造一个新的自我,憧憬在大城市中安身。不同的是,在高加林的时代,对于城市的憧憬是通过阅读,在《人生》小说版中是高加林阅读《人民日报》国际版,在《人生》电影版中是高加林阅读《人民画报》,眼前不断幻化出城市的高楼大厦;是一系列符号的交换:高加林穿着咖啡色大翻领外套、天蓝色料子筒裤、米黄色风雨衣,聊着波兰团结工会、里根与国际能源问题,这一套符号置换了巧珍带来的"狗皮褥子"与"你们家的老母猪下了十二个猪娃"。然而,在顾零洲的时代,今天的青年所面对的不是符号的交换,经过三十年铺天盖地的城市化进程,他们都已经将现代的符号系统内化了,他们所面对的是冷酷的资本交换,人与人的交流(也即小说中的青年男女所寻求的"爱")必须通过资本交换的过滤。我们看到顾零洲们一次次艰难面对女友的诘难:"最近一次他再说时,女友狠狠瞪了他一眼。'结婚?怎么结?晚上睡大马路啊?'"① (《巨象》),"她甚至质问过他,毕业时你能有二

---

① 甫跃辉:《动物园》,上海文艺出版社,2013,第156页。

十万吗?"①(《晚宴》),难得的一次逃离发生在小说《红鲤》中,一对青年恋人寻找"安宁",在一个小村庄一砖一瓦地自己建了一座小屋,似乎过上了逃离城市的隐逸生活,但是"我"还是无法摆脱这套交换系统的烙印,看着村里的孩子们拿着青青的麦穗、石榴树枝、蟋蟀交换夜明珠、猫眼石就"暗自心疼",觉得孩子们是一帮"野蛮的小畜生",这座山上的小屋,最终的结局也可以想见了。

匮乏资本交换的"顾零洲们"——他们既出身农村又收入菲薄②——只能被这套资本交换的系统压抑在"出租屋"中,在《饲鼠》中顾零洲在出租屋里抓到一只又一只老鼠,折磨一只又一只老鼠,同时窥视着对面高楼中的年轻女孩,"他的目光像一片带静电的塑料袋碎片,牢牢粘在对面屋的窗玻璃上"③;在《巨象》中顾零洲知道上海本地的女友有了新男友后,困兽似的在自己的出租屋里转来转去,想大吼一声,然而窄小的阳台堆满杂物,对面十几米就是另一栋楼,他喊不出声;在《动物园》中顾零洲租住在动物园旁边,同居的女友反感动物园的气味,而顾零洲每次都悄悄推开窗子,他渴望大象们的生活,"大象的生活充满了庄严、温柔的举止和无尽的时光"④。

和"出租屋"相联系的是"宾馆",都是短暂的、借来的空间。《晚宴》《苏州夜》《亲爱的》中,"顾零洲们"一系列的"爱"都是在宾馆发生的,顾零洲在"胜家旅馆"里带着忐忑的恶意与前女友做爱;"他"在"滥觞酒吧"发生令自己感到"恶心"的性关系;陈昭晖带着傅笛从徐州到泰安跑遍京沪沿线的站点,十年间从一家宾馆到另一家宾馆。这与其说是爱,毋宁说是做爱,在小说的表面上,

---

① 甫跃辉:《动物园》,上海文艺出版社,2013,第96页。
② 在《饲鼠》中"顾零洲不过拿着老家小县城一样的三千来块的工资",在《朝着雪山去》中"我一个月不过三千多块钱"。
③ 甫跃辉:《饲鼠》,《大家》2013年第5期。
④ 甫跃辉:《动物园》,上海文艺出版社,2013,第56页。

青年男女以最直接的方式进入肉体关系。顾零洲们在《动物园》中伴笑着:"我们……是不是太快了?"① 而在《亲爱的》中,陈昭晖与傅笳"彼此在背上写字,他接连写的都是'亲爱的',傅笳接连写的都是'傻X'"②。

被资本交换这套系统所压迫,没有自己的立足之地,"顾零洲们"像他的前辈一样,像高加林一样变成了"铁了心"③ 的人。只是顾零洲的故事更寒冷,如《巨象》写出了阴冷的另一面,"吃人"的当下城市文化心理结构。在以往的小说中,纸醉金迷的上海滩吞噬纯洁的外省青年,总要基于一个由头,比如漂亮的外表、干练的才华。《巨象》中的李生毁灭火车上偶然认识的小彦,却不需要任何具体的理由,小彦"她一点也不好看""活脱脱一个农村初中生"。李生也不爱她,把小彦织了两个星期的黑围巾"塞进了宾馆黑洞洞的鞋柜"。他选择和小彦不断发生关系,源自被上海女友抛弃:"他要做点儿出格的事儿,要一些人付出代价。"小彦成了这种"填充空洞"的牺牲品。小说中有一段写得平静而残忍:

> 女友在他心中不知不觉已成为这个城市的象征,和女友在一起,就等于真正进入了城市。女友的离开,被他下意识地理解为进入城市的失败。我终究是个"山里人",他忧伤地想。而她和他一样是外地人,他凭借早先进入城市的优势,很容易就会把她弄到手。她在一定程度上能够弥补他的失落,又让他怜悯和厌恶自己。④

---

① 甫跃辉:《动物园》,上海文艺出版社,2013,第46页。
② 甫跃辉:《亲爱的》,《长江文艺》2013年第7期。
③ 路遥:《人生》,人民文学出版社,2005年,第136页。青年感受到"自我"的重要,心变得"铁硬",开始于高加林将"爱情"推向资本交换:"他尽量得使他的心为得铁硬,并且咬牙切齿地警告自己:不要反顾!不要软弱!为了远大的前途,必须做出牺牲!有时对自己也要残酷一些!现在,这个已经'铁了心'的人,开始考虑他和巧珍断绝关系的方式。"
④ 甫跃辉:《少年游》,作家出版社,2011,第161页。

这是有着一张更为黑暗面孔的"高加林",在"城里人—外地人—更弱的外地人"这条生物链上,李生吞噬起更弱的小彦来十分平静,尽管偶尔闪过犹豫,觉得"她和他是一样的,都是飘零无根的人",但依旧吞下去了。

　　没有更弱的女孩子可以吞噬的时候,"顾零洲们"就缩在自己的出租屋里折磨着老鼠。在《饲鼠》中,当顾零洲终于在出租屋里抓到一只小老鼠时,"他找来一根一次性筷子,捅进铁笼去,捅它的眼睛,捅它的嘴巴,捅它的身子,捅它的尾巴,它没有嘶叫,没有颤抖,没有躲避。他很不满,便加大力度,继续捅它。它只是略略躲闪,没看出一点点惊恐。然而,它曾经让他那么惊恐! 他反复戳着它。反反,复复"。① 当顾零洲将这只老鼠折磨死后,"他仔细想过,那么对付它,残忍吗? 不! 他不过是以牙还牙"。②

　　面对城市的交换系统而无法交易,不断体验着空间的压迫感,一步步向角落里退缩,途中间或吞噬着比自己更弱小的以发泄,我们称之为"人性"的存在,就在这过程中一步步枯竭下去了吧。就像李敬泽对于"顾零洲们"的描述,"他们在这个城市处于一种粒子般的飘零状态,有时他们突然发现:除了那具不高不帅的肉身,原来他们并不拥有世界:汉娜·阿伦特意义上的世界,那个在交往中感受意义的空间"。③ "顾零洲们"在三十岁左右的年纪已经干枯了,无力抵抗,没有梦想,被动地应付着庞然大物般的世界。在《动物园》中,"回望近三十年的生命,顾零洲惊讶地发现,自己几乎没什么梦想可言"④,唯有窗外动物园暮色中那庄严而温柔的十二头亚洲

---

① 甫跃辉:《饲鼠》,《大家》2013 年第 5 期。
② 同上。
③ 李敬泽:《独在此乡为异客——关于甫跃辉短篇小说集〈动物园〉》,《南方文坛》2013 年第 5 期。
④ 甫跃辉:《动物园》,上海文艺出版社,2013,第 60 页。

象，可以为茫然的生活赋予某种意义，然而这种"古怪"的向往是不被理解的，最终导致了顾零洲和女友虞丽的分手。而顾零洲也无法洞悉自己在追求些什么，他只能在存在的系统里为自己的梦想找一个位置，他以为自己曾经想当"动物学家"。

假设，顾零洲有一天能够交易，人性就复活了么？《饲鼠》结尾，"顾零洲边喝红酒边讲这些事时，又一个二十年过去了"。[1] 噩梦般的往事已经过去，顾零洲可以从容地摇着红酒追忆，面对的也不再是连眼白都没有的小老鼠，而是衣着考究、妆容精致的女人，作为"先富起来"的一员，他的内心大概不会那么逼仄了吧。然而顾零洲放下酒杯："犹如将军命令出征的士兵：脱！"[2] 我们到此方知，那一只只老鼠，是死在顾零洲心底的。把这个顾零洲叫作余华的李光头，似乎也无不可吧。

## 二、梦魇

"顾零洲们"无法讲清楚自己在面对什么，那无形的网，总是在深夜中卷进顾零洲的意识里，化作极小的鼠，或是极大的象，威胁着、踩踏着顾零洲已经脆弱不堪的生活。在《饲鼠》中：

> 不少时候，他会被魇住。感觉有什么爬到自己身上，挥手，那东西继续爬，再挥手，那东西仍不肯停下。而且，他的手是那么沉重啊，被黏稠滞重的黑橡胶般的梦胶住了。最后，那东西爬到他的脸上，他没力气推开它，就连拉上被子挡住它都做不到。巨大的惊恐如旋涡一般搅动着他，他被吸入梦的深处，又忽地被往外抛出。他大叫一声，啊！那东西倏然跑了。他几乎可以听见它离去的声音。就像那些被灯光吓退的影子。他抹

---

[1] 甫跃辉：《饲鼠》，《大家》2013年第5期。
[2] 同上。

着颈窝上积蓄的冰冷汗水,气喘吁吁,惊魂难定。①

在《巨象》中:

> 巨象们加快步子,猛然撞上腐朽的茅屋,茅草受惊的鸟儿一样飞起,椽子和大梁嘎吱嘎吱响,李生眼瞅着巨象的脚掌黑夜似的压下,憋得紧紧的喉咙终于发出了声音,那是极其短促的一声:啊!②

"顾零洲们"在自己身处的时代里,紧张,不安,压抑,内在匮乏,被无力感与失败感所笼罩,在貌似平静的日常生活下,在梦魇里苦苦纠缠,像网中的鱼。甫跃辉的小说为顾零洲这一代青年立传,以具备历史深度的梦魇,微微照亮他们生活中的卑微、残忍与不堪。

由此甫跃辉的作品普遍有一种悚然的气氛,但必须指出,他写的是两类不同的"鬼"。笔者很少谈论甫跃辉的乡村系列(其实到目前为止,甫跃辉的创作还是以乡村居多),并非这批作品不好,而是涉及文学观的差异。巨象在云南的原始森林里不是故事,巨象出现在上海才是故事。与"雕刻时光"的文学相比,笔者更偏重历史时间的冲突。脱离了人性与历史那激烈而无声的博弈,在乡村这种静止的时间中,甫跃辉的"鬼"变得温情了,就像山川、草木、老人的逝去、少年的成长一样,是人类永恒岁月的一部分。在这类故事中,甫跃辉笔下的人物仿佛和作家一样回到了故乡,恢复了人性的感知。比如《玻璃山》,小雅这个小姑娘在父亲的坟前,总会遇到一个弹玻璃球的小男孩,小雅吹了一个大大的口香糖泡泡给小男孩,小男孩以为这是个白蘑菇,笑得很开心。小雅透过玻璃球看来看去的时候,"小男孩不见了,只看见一团燃烧的火"。③ 到此成熟的读者

---

① 甫跃辉:《饲鼠》,《大家》2013年第5期。
② 甫跃辉:《少年游》,作家出版社,2010,第154页。
③ 甫跃辉:《动物园》,上海文艺出版社,2013,第203页。

已经渐渐明白了:小雅有一天沿着小男孩的足迹去找他的时候,又走回了坟场,站在一座矮矮的坟前。后来妈妈告诉小雅,三四个月前,一个小男孩捞丢进河里的玻璃球,落水淹死了。这个鬼故事的结尾是温暖的,就像吹过小雅温暖心灵的轻风,小雅回去找这个男孩子了,她想知道坟上有没有自己送的泡泡糖:

> 她听到心咚咚跳着,每一下心跳,都是一个泡泡,圆鼓鼓的泡泡。终于,她站在了一小堆黄土前——堆成了个大鸡蛋的模样。阳光照拂着坟头的青草,使叶缘沾染了一圈儿鹅黄。她情不自禁地伸出手,轻轻地抚着草尖,草尖便如初生的小鸡嫩嫩的喙,轻轻地轻轻地啄着她的手心。其中一下特别轻柔,扒开草丛一看,是一小朵圆圆的乳白色蘑菇。她伸出手指又碰了它一下,很轻地。
> 
> "快下雨吧。"她仰脸望着天说。①

小说就在这样美好的时刻结束,在创作谈《依旧温暖如初》中,甫跃辉回忆自己的童年,他的故事来自奶奶,奶奶的故事尽管"形若鬼魅,时常唤起我对世界莫名的恐惧",不过终究是温暖的:

> 那些故事虽然恐怖,却能反衬出现实世界的温暖。现在想起来,恐怖已然消退,剩下的只是温暖。那些故事依旧温暖如初。
> 
> 写小说,当然并不仅仅是讲故事。但小说若能像奶奶的故事那样,唤起一个人内心的哀戚、忧悒和恐惧,又能将之抚慰平整,不是一件很好的事么?②

作家在此隐隐在谈他的文学观,在《红马》中,被女鬼索去了性命的红马,在爷爷临终时飘然而来:

---

① 甫跃辉:《动物园》,上海文艺出版社,2013,第206—207页。
② 甫跃辉:《依旧温暖如初》,《滇池》2010年第6期。

我看见一道耀眼的红光夹着一片紫光闯进屋，裹挟了爷爷，爷爷轻如树叶，安静的婴儿般被红光轻轻托着，红光紫光一眨眼旋出去，屋外响起坚硬的蹄瓣砸在泥地的橐橐声，大风平地刮起，一匹红色的马驹火一样烧远了。①

爷爷当年的往事是可怖的，他烧死了精怪所化身的女子，但小说处理起来依然轻盈。然而我的疑虑在于：在我们这个时代，边城的翠翠的故事，无法抚慰上海的顾零洲。甫跃辉的乡村小说，大抵以儿童的视角出发，孩子望着成年的世界，在成年的边界摸索。然而"顾零洲们"是回不去的，既无法回到故乡，又无法回到童年，一切已经发生了。无论怎样，乡村中的"鬼"是永在的，是民俗学意义上的，而非城市中的"鬼"是此刻的，是政治学意义上的。永在的鬼并不可怕，此刻的鬼才狰狞，它不在山野传说中，不在爷爷奶奶的叙述中，它就在你狭小的出租屋里，正对视着你。

### 三、救赎

甫跃辉比较认同阎晶明的一个判断，阎晶明认为甫跃辉通过写作"寻找人与人之间最重要的关系要素：沟通。探讨这种不可沟通与不可逾越造成的悲剧与悲哀"②。因枯竭而无法交流，"爱"对于"顾零洲们"变得艰涩。在《走失在秋天的夜晚》中，李绳（和《巨象》中的李生谐音，他们都属于顾零洲家族）离开家乡在一所大学旁边的复印店打工，他无法融入省城，找了一个本地女孩，但可以

---

① 甫跃辉：《少年游》，作家出版社，2010，第15页。
② 在《小说写到最后，应该有临门一脚——甫跃辉访谈》（原载《艺术云南》2012年第6期）中，甫跃辉谈到了阎晶明这个看法，并表示"我就是对人和人的交流挺困惑甚至挺绝望的。像《白雨》《雀跃》《走失在秋天的夜晚》以及今年刚刚发表在《十月》杂志上的《动物园》等小说，都写到人和人的沟通以及沟通的不畅"。

预料到以失败告终。"他被和人交流的欲望鼓动着"①,打电话给暗恋的初中同学曹英,他从来不敢在电话中说话,沉默地听着曹英面对一个"陌生人"的责骂、抱怨与倾诉。有一次曹英讲起来她的暗恋史,她原来也暗恋着李绳!在欢乐与痛苦中,李绳鼓足勇气追求自己的幸福,但是,"握着话筒,他突然就不能说话了""他试过用手机,可只要那边是曹英的声音,总是无法开口"②。李绳最终回到家乡,杀死了曹英负心的男友,"只有这样才能让身体里的哑巴再次开口说话"③。甫跃辉在此有一句话写得很妙,李绳杀死曹英男友后,"觉得自己同时解决了三个人"④。

在《亲爱的》中,陈昭晖想在肉体的最深处寻找到"爱",他疯狂地和傅箭做爱,"他简直迷上了这件事。他想亲到她身体里,更深的深处,深处的深处。那些藏着谜底的深处。那些不能抵达的深处。那些让人着迷的深处。"⑤ 在甫跃辉笔下,这对青年男女宛如搏命的两头狮子,性爱有一种荒诞的形而上意味,尤其在两个人最后一次做爱的描写中,甫跃辉以一个荒唐的细节,深刻写出了幻想由"性"抵达"爱"的绝望。

这是怎样的虚无啊,这对青年男女在泰山之巅的宾馆里最后一次做爱,清晨去看日出,但是太阳不是他们的,一丝光亮都没有,灰云密布,落下大片的雪花。他们在阒寂无声的高崖上,突然谈起了一个书法家朋友赵东元,赵陷入和学生的私情中,最后跳楼殉情。陈昭晖在离别的火车站上再次想到死,这一次是《安娜·卡列尼娜》的场景,他想象着傅箭被轧死在眼前的铁轨上,红色的血宛如旗帜,

---

① 甫跃辉:《少年游》,作家出版社,2010,第 145 页。
② 甫跃辉:《少年游》,作家出版社,2010,第 147 页。
③ 甫跃辉:《少年游》,作家出版社,2010,第 149 页。
④ 同上。
⑤ 甫跃辉:《亲爱的》,《长江文艺》2013 年第 7 期。

但陈昭晖与傅箫不是安娜,他们幻想以死亡这最后一跃来确证爱,但他们既不敢死,也不敢爱。

这样的时刻,考验着这个时代的青年,也考验着我们的作家。这是救赎的时刻!甫跃辉曾表示过最热爱的作家是陀思妥耶夫斯基,他对陀氏的小说看得很准:"陀思妥耶夫斯基的小说,绝大部分在讲犯罪,讲人的堕落。然而他最想讲述的却是人如何得到拯救。"① 甫跃辉和陀思妥耶夫斯基的故事都有类似的恐惧气质,但茨威格说得好,"陀思妥耶夫斯基的作品给人的第一个印象是恐惧,第二个印象是伟大。"② 其伟大,正在于陀思妥耶夫斯基更早也更深刻地见证了人性的枯竭,在《罪与罚》等巨作中深切讨论在一个上帝离去的世界中,没有高于我们的存在,如何定罪,如何惩罚。最终,拉斯柯尔尼科夫在决定命运的时刻跪在了街头,"怀着快乐和幸福的心情吻了这片肮脏的土地"③。在西伯利亚的监狱中,拉斯柯尔尼科夫枕头下放着索尼雅送给他的《新约全书》。这正如陀思妥耶夫斯基在《作家日记》中所写的:"无论是一个人或一个民族,都不可能没有一个'更高的理念'而活下去,而在世界上只有一个这样的理念,那便是人类灵魂的不死。"④

即使郭敬明这样的小说家,也会在作品中触及青年的危机。由于文学能量虚弱,《小时代》最终只能安排主人公在惨痛中离开上海。真正有力量在上海直面陀思妥耶夫斯基在圣彼得堡遇到的困境的,是甫跃辉这样的作家。然而甫跃辉无法像陀思妥耶夫斯基一样

---

① 甫跃辉:《陀思妥耶夫斯基和孩子》,该文刊于笔者主持的《名作欣赏》2014年第1期"青年作家谈经典"栏目。
② 〔奥〕茨威格:《三大师:巴尔扎克、狄更斯、陀思妥耶夫斯基》,申文林译,安徽文艺出版社,2013年,第63页。
③ 〔俄〕陀思妥耶夫斯基:《罪与罚》,岳麟译,上海译文出版社1995年,第613页。
④ 〔俄〕陀思妥耶夫斯基:《作家日记》,转引自何怀宏《假如没有上帝,道德如何可能》,《南昌大学学报》1999年第1期。

背靠上帝写作,那束救赎的白光,他把握的到吗?

《晚宴》中有一个千钧一发的时刻,大学即将毕业的顾零洲,接到前女友的短信,约他找个地方喝酒。顾零洲模糊地感觉到前女友和现在的男友出了问题,他订好房间,买好白酒,心怀歹意地准备给女友拍几张裸照,以报复当年的背弃。一夜狂饮,女友借酒发泄,吐得一塌糊涂。最深的黑夜里,顾零洲在惨白的小旅馆扶着衣不遮体的前女友去卫生间,女友已然意识模糊,顾零洲太累了,他抱着她坐在卫生间的地上:

他低下头,看着怀里这张无比熟悉的脸,轻轻地在额头亲了一下。他才想起,今晚还没亲过她。

就是这样的时刻——顾零洲厌弃他自己,也厌弃他的前女友,周遭的一切都不可爱,混沌沌向下沉,黑暗即将吞没一切,但是顾零洲亲了她,就像拉斯柯尔尼科夫亲吻肮脏的大地。我们是没有上帝的民族,我们的作家也不信神,但是上帝,不就在我们每一个人的内心深处?甫跃辉作品最迷人的时刻,就是在他冷静、克制、写实化的展开中,在巨象带着沉重的喘息逼近、老鼠吱吱叫着乱窜的环境中,地下室中的人已然准备把自己交给魔鬼了,但忽然间有光亮透过内心。所谓救赎,就是灵魂这一跃!救赎的可能性就在我们的内部,依赖外部的政治经济解决固然是常道,对于文人学者也是莫大的诱惑,但那不是文学,文学追索的是内心的光。

但甫跃辉和陀思妥耶夫斯基相比,终究有一段长路。我们年轻的作家还做不到以文学的形式,完全地呈现内部的光。和厌弃相比,爱更难;和绝望相比,希望更难。在陀思妥耶夫斯基的小说中,形式仿佛消失掉了,只是动辄七八百页的篇幅嘈杂地一路讲下来,大量地进入到人物的内心,大量的观念的冲撞,他的小说像鲸鱼一般驮起了世界。而在《苏州夜》这篇小说中,甫跃辉只能用一种很别扭的方式叙述，这篇小说讲述"他"在苏州丧失了童真，欲望不仅构成诱惑，更构成一种压力。终于，画家朋友王弗带他去见见世面。

小说写到这里，突然叙述人"我"跳出来了，"不知不觉就写了这么一大段，如果有一天，他看到我写的这个小说开头，没准会觉得，如此啰唆、纠结的叙述，正与他没去那种地方前的心态相谋和"。[1] 在甫跃辉之前的作品中，基本上是以第三人称讲述，偶尔出现第一人称视点，也是作为一个视点人物，一个故事边缘地带的旁观者，懵懂地勘测着成年人的世界，他知道的并不比读者多，比如《少年游》《鱼王》《老街》。而在《苏州夜》中，叙述人"我"对于自己讲述的故事感到不适，他既在讲故事，又担心故事中的人对自己的讲述不满，他既全知一切，但又无法控制这个故事，"作为一个旁观的叙述者，我就这么看着他沿着夜色一路走下去，一点办法没有"[2]。这种奇怪的感觉，就像叙述者既活在主人公"他"的体内，又游离在"他"的外部。小说结尾，"我"居然出现在故事里了，在"他"因刚才肮脏的——无论肉体还是灵魂——做爱而在路边呕吐的时候，"我"就像一个天使经过这条街。在叙述学上，这个地方是说不通的："我"如果仅仅是过路人，这样限制的视点无法讲述之前的故事，试问"他"在仅有五六平方米的小屋做爱的时候，"我"是怎么看到的，怎么可以栩栩如生地叙述出相关细节的？除非——"我"就是"他"，"我"和"他"就是一个人，或者就是"人"本身。毕竟，小说的伦理学高于小说的叙述学，甫跃辉违规了，然而真实。果然，"我"对"他"的感觉很奇妙，"我很想对他说：'你很像我的兄弟。'"[3]

当叙述人"我"出现之后，"我"接管了这个故事，面对着

---

[1] 甫跃辉：《动物园》，上海文艺出版社，2013，第246页。
[2] 同上，第250页。
[3] 同上，第262页。

"他"所面对的酒吧前的年轻女孩,"我"回想起自己的一段往事,初中时候骑着车子偷偷追着暗恋的女孩:

> 她忽然立住了,呼地转过身来,定定地瞅着我,忽地,抿嘴笑了:
> "我就想,你能这样跟着到几时……"
> 那会儿,天空那么蓝,阳光那么耀眼,油菜花那么肆无忌惮地在我们周围泛滥。春天正小心翼翼地、静悄悄地藏着即将到来的夏天的热闹。①

《苏州夜》这篇小说就结束在"我"的回想里,一半天真,一半堕落。小说叙述的分裂,在于甫跃辉找不到更好的形式来理解"人":一半分裂为"我",一半分裂为"他",善与恶,童年与成年,爱情与欲望。这就是青年作家所必须经历的成长吧,尽管已经是中国最富于陀思妥耶夫斯基气质与潜质的作家,但甫跃辉在目前还无法以陀思妥耶夫斯基的力量写作,托氏的人物无论怎样被灵魂的力量撕扯,内心像大海的怒涛一样滚动,他依旧是完整的,正是这种海水与火焰在人物内部的对峙让我们震撼。而甫跃辉无法让顾零洲们拥有这样粗韧的灵魂,《苏州夜》中的主人公是没有名字的,分裂为两道影子。

这就像《巨象》的结尾,一篇近乎杰作的作品,被自己的结尾所拖累。李生抛弃了小彦,再次梦见巨象,巨象的脖颈上是一面镜子,"镜子里是他自己"②。这个写法一下子把小说的丰富性写小了,李生不需要镜子,他也会在关于巨象的梦中看见自己。更值得商榷的是,李生从噩梦中惊醒后,接到了陌生的小彦哥哥的电话,小彦用那条被李生遗弃的黑围巾上吊自杀!突然,小彦阴惨惨的哭声从

---

① 甫跃辉:《动物园》,上海文艺出版社,2013,第263页。
② 甫跃辉:《少年游》,作家出版社,2010,第174页。

手机中渗出来，怎样也无法关掉。崩溃的李生跳楼自杀，但是落在了自己的床上，原来依然是一个梦。备受折磨的李生长吁一口气，但就在这个时候，手机真的响了，是小彦的号码……小说就结束在这样鬼故事般的气氛中。

无独有偶，在《走失在秋天的夜晚》结尾，李绳已经被枪决，曹英仍然在下意识地等电话。一夜，电话突然再次响起，和往常一样没有回音："她壮起胆子，竟然问道：是你吗？她听到电话那端回道：是你吗？她吓得丢掉话筒。话筒里的声音继续执拗地传出来：是你吗？是你吗？那是她自己的声音。她听到自己的声音在某个未知的地方久久回响。"①

甫跃辉需要克制内心的鬼气，他和顾零洲们一样，都要找到转化内心惊悚的道路，而不是直接把获救的途径抛到外部，变成不可知的灵异。怎么以文学的方式形式化地处理我们内心的获救之源，在现实中找到对应的故事，这大概是刺猬的工作了吧。甫跃辉在问自己：刺猬，还是狐狸？他一定知道这句名言来自古希腊诗人阿寄洛克思，原话是："狐狸知道很多的事，刺猬则知道一件大事"。

2013 年 12 月 3 日 22：23：24
上海二三书舍

---

① 甫跃辉：《少年游》，作家出版社，2010，第 152 页。

# 时代的精神状况
## ——甫跃辉小说阅读札记
项 静

越来越多的读者和批评家注意到甫跃辉这个名字,与出版、媒体、影视于一体的市场运作方式不同,甫跃辉的被关注是文学在另一个层面上的薪火传递:文学传统的继承与技艺的研习。甫跃辉发表的第一篇小说是《山花》上的《少年游》,以小心翼翼的笔触临摹了一个少年的雾气蒙蒙的心事。一代人有一代的心事,一代人有一代人的秘密。在我们还没有找到一个稳妥的概念来指称这一代年轻人的时候,"80后"依然不失为一个有效的词汇,它在最宽松的意义上指向一代人的写作背景,如果说"50后""60后"避免不了"家国"这个词汇,"70后"从个人的身影出发,那么"80后"是从"童年"开始书写的。几乎每一个"80后"作家都在童年这个题材上徘徊过,这不是一种简单的题材写作,而是一代人的文学出发点。即使是大相径庭的写作路径,单就起点也可以看得到日后分疏的来由。

甫跃辉的长篇《刻舟记》,是一部童年记事式的长篇,叙述了云南乡村的刘家三兄妹刘家木、刘家林、刘家雪的童年故事。小说的开头标识了这部小说的时间主题,"开始讲述这些故事前,那条永远潮湿的煤渣小路还未消失",划定了讲述故事的草图,也圈出了讲述者站立的独特位置。刘家林是一个独特的"孩子",他是父母意外获得的不受欢迎的孩子,处在不上不下的位置,处在哥哥和妹妹中间,而父母钟爱的哥哥和妹妹的相继死亡,更把刘家林的活着推到尴尬的境地。他对死亡格外敏感,像一个灵异人士,能够提前感知到死亡的信息,于是家里人总用异样的眼光看他,没有人相信他说的胡话。于是他在这个乡村的人群中陷入了一个角落,必须在每一个夜晚来临时,独自承受人所不知的恐惧和孤独。故事人物的出场以自然蔓延的方式呈现,从刘家三兄妹到刘家父母、爷爷奶奶,到刘家林在寂寞与恐惧中接触到的王虎、红旗、王福昌、阿荣以及村子里的其他人,每一个人都是一串故事的连接点,于是整个村庄就像词条一样被片段式地缀连在刘家二儿子刘家林的记忆中。这是一部成年后的刘家林从记忆中拼贴出来的童年史。

这又是一部"80后"的童年史,学校的教育、对性的朦胧认识、班级"老大"的更迭、对有身体缺陷的同学的孤立、几个性格独特的同学,等等,虽然故事发生在一个村庄,虽然并没有刻意出现具有时代特征的物品,但这些事件是具有普遍性的,是同一时代人共同的童年记忆。从一个被挤压到乡村角落的刘家林的记忆到一代人的记忆,从最小的点拉伸到无限广阔的世界,这些最小的点就是懵懂的儿童对世界的感觉。追忆往事不是轻而易举的事情,旷野中的童年往事拖泥带水,四处生长扎根,要清理要打磨,要补偿要疗救。所以小说选择了片段式场景的写法,不按时间顺序出牌,不断地由发生在此场景的主角"能够想起的过去"或"不曾意料到的未来",交叉中开拓出一条时间流逝的小径。能够想起的过去和不曾预料到的未来,都标注着一种不确定性,暗示着存在的遗忘和选择,就像掉在河里的那一把剑,你可以从各种角度去解读这个故事,就像面对我们远去的童年,故事就在那里,物远像近的成像原理一样,每一个东西每一个人都跳脱了原来的位置。所以那些随意纷飞的情绪或许就是时间给予他们的特权，放大或者缩小，都是为着现在的书写，而你知道，我们任何一个人都不会站在原来的地方，除非死亡把时间定格。

甫跃辉的小说有着很扎实的风格，叙述的语调不疾不徐，跟生活流保持着稳重的速度比，给人一种少年老成的感觉，比如《鱼王》《红马》《雀跃》《牙疼》等，它们跟青春文学天然地隔着一段距离，叙事的节制和收束像是一种提前防范。尽管他也是从少年写起的，他的少年时光带着一种干练的、纯净的、鬼魅的光泽，温润细致，像一张大网，牢牢地笼络起那些灰蒙蒙的氤氲，不至于跑掉活量。从这一点上也可以看出，他是一个拥有全面防御功能盾牌的作家，细细密密地组织起自己的文学世界，而不像那些拥有尖锐利器的作家，冲锋陷阵一般来建立自己的王国。童年往事部分的书写，除了记忆中的暗伤和与死亡的遭遇，大部分都是对世界的探求和寂寞的情绪，它们随意倾洒，隔着时间的长河，那些小故事和情绪变得蓬松，柔软，无处拆解，文字使得它们坚固夯实，堆砌成一种丰满的风格。这部《刻舟记》让我想起作者的一篇短篇小说《守候》，写了一个小男孩守夜的故事，基本没有故事，就是一个胆小的男孩一个人在夜里的种种心理活动：他有点自虐地想起刚才跑过的那段漫长的路。是怎么跑过来的？实在想不出，总之是跑过来了。如流水奔下瀑布后，会汪得格外安静，他此时的心也格外安静。他摩挲着渐渐温暖的棉布被，把脸贴在焐得烫乎乎的电筒上。颤抖渐渐止息。现在安全了的他待在一个"罩子"里。罩子对甫跃辉的小说来说应该是一个有意味的意象，这种刻意的描绘和情绪的厚重感，形成了感觉主义的写作风格，彰显了作家的实力，这种风格在小说《骤风》《惊雷》中体现得更为充分。这种写作方式，尤其是针对童年时，本身又是一个"罩子"，罩子就像一个温室，它所给予我们的是叙事上的安全和精致、精雕细刻的完满。对于这一代人的童年,在各种叙事方式、语言风格、地域差别的交错中本身已经越来越定型,难免会有一种奢望,希望打破罩子,风也进来,雨也进来,阳光当然要大喇喇地进来,那样才能在日渐完满之外看到破败与不堪。

小说《鱼王》已经初现他对人心世情的揣摩能力,作家谨慎地避免了乡土题材概念化的窠臼,讲述了一个让平静乡村撕裂的故事,老刁父子承包了白水湖用来养鱼。村民的典型心态就是:白水湖是我们村的,凭什么村主任说租出去就租出去?话虽这么说,说起老刁父子,却又露出歉疚的神色。因为老刁父子不是资本家,不是压迫者,而是勤快、本分、质朴并且带着善意的外来者,作为与老刁父子距离最近的"我们"面对老刁被老黑殴打,总禁不住要站到他们一边,对老黑被砍掉一根手指心存快意。这也是从儿童的视角所看到的无法遏制的欲望、利益之争,以及同样无法拔除的温暖与善意。小说最可贵的地方在于,欲望不是那么赤裸裸地到来的,它经历了刺探、和平、萌发、不可收拾以至于互相伤害。从世态人心的角度来看,其实是作家在细心打磨一个个故事,《鱼王》和《牙疼》《动物园》《走失在秋天的夜晚》《丢失者》都是一个脉络的,流淌着相似的精神血液。

《鱼王》《牙疼》等小说主要是乡村背景的故事,随着作家在生活中逐步移居城市,城市背景的故事已经成为甫跃辉小说的主要组成部分。这也是当代中国城市化进程中的一个缩影,大学生、民工从乡村进入城市,并且主要以城市作为自己实质上的栖身之所和人生价值取向的风向标,乡村在塑造伦理、趣味和个人价值观上退居其次,充其量也只能算作一个驿站:精神上偶尔涉足的家园和仪式上的返程之地。甫跃辉的小说《走失在秋天的夜晚》《巨象》《晚宴》《动物园》《苏州夜》《饲鼠》《朝着雪山去》都是在写被卷进城市化进程中的外乡青年的生命体验。

《走失在秋天的夜晚》里在省城打工的农村青年李绳,谎称自己是在校大学生,戴着大学生的面具赢得了一个本地女孩的爱情,可是这个面具很快被识破了,女友提出分手,并且一再声明,她只是不能原谅他的欺骗,以谎言换来的爱情也以谎言结束,似乎弥合了两人之间的城乡壁垒。李绳在失恋的痛苦中想到了曾暗恋过的中学同学曹英,他给她打电话,从不说话只听听她的声音,到听她讲述的自己的生活琐事,二人互相倾听互相安慰,这变成了他的一种生活形式,给他那个被抛弃的灵魂找到了安慰。但是,这个完满俱足的形式被另外一个男人打破了,曹英的男友,他威胁到了曹英跟李绳之间这种完美的关系,于是李绳挥刀杀死了他。《巨象》《晚宴》的结构和故事与《走失在秋天的夜晚》相似,男主人公都是名牌大学毕业后留在大城市发展,同样的乡村身份带来无形的挫败感,而被城市女友的嫌弃则带来心理上的伤害,这些显在的伤害和压力,转化成内心的阴影和下意识,《巨象》里的李生将这种伤害又转嫁到比他更弱势者小彦身上,内心充斥着恐惧与罪恶感,不断陷入梦魇中,而《晚宴》中受阻的欲望则转化为隐秘的报复心理。从《走失在秋天的夜晚》到《巨象》《晚宴》是一个从暴力到转嫁伤害、隐秘报复次第减弱的过程,当然也与主人公的身份相关,即民工与大学生的差别。

有论者[①]指出甫跃辉小说中的"卢瑟"情结——"失败者"情结,失败是他们普遍的自我感觉。甫跃辉笔下的"卢瑟"们都是进入大都市的异乡人,或者是农民工,或者是大学毕业后在城市取得稳定工作者,后者居多。他们的共同特征就是没有年轻人的朝气和

---

① 饶翔:《"普通青年"的欲望与现实——论甫跃辉》,《文艺报》2013年5月20日。

拥抱未来的乐观,而是被一种近乎先在的失败主义情绪所裹挟,个人的努力在这个庞然大物面前显得如此微小,他们的欲望被压抑,心灵被扭曲,生命欲望在都市丛林中得不到伸张,反过来又被欲望所伤。甫跃辉的小说深入他们的心理细部,勾画描摹之间,已触摸到了一种时代症候。

回到《动物园》,小说中有一个场景:顾零洲看到大象的那一瞬间,他居然泪水一再涌满眼眶,"他莫名地觉得,它们不再是庄严和温柔,它们赭红色的庞大身躯里,似乎隐藏着同样庞大的痛苦。"《饲鼠》写了一个青年与老鼠的同居生活,别人遛狗他遛老鼠。最后他把老鼠放到对面楼上。老鼠缩在笼子里一动不动,他抖了抖笼子,老鼠看看他,仍不往外走。他索性放下笼子让他自便。他走到楼梯口,回头看,那只老鼠仍蹲在铁笼子里,不知何去何从。这两个场景写尽了都市外来者的寂寞与空虚,只有在面对动物的时候,他们才释放了自己的真感情,仿佛看到了自己。《动物园》看起来是一对青年男女的日常消磨,其实是一个被动漂泊的青年在惶惶不安的都市中的寂寞感。为什么会寂寞?顾零洲深感生活陷入了一团迷雾中,他既想看清去路,也在竭力回想来路。高考、工作、恋爱都有一种误打误撞的感觉,他总是惶惶不可终日,担忧自己无法适应工作和生活,时间一天天催逼着他去面对。回望近三十年的生命,顾零洲惊讶地发现,自己几乎没什么梦想可言。住在动物园附近,让他想起"动物学家"算是他有过的唯一的梦想了,他自嘲现在算是紧挨着梦想生活了。未老先衰、暮气沉沉,即使跟女友之间没有任何可以交流的话题,也没想过要离开她,她大学毕业后离开这座城市,他没和她一起离开,因为他实在没有勇气去面对一个全新的城市。个体是被席卷到一个大潮中的,然后社会给予了我们青年一个笼子,剩下的就是消磨时光,这个体制在生产层级向下剥削(比如性),向上的道路是被阻遏的(没有任何反抗),生活是倒在平面上的水,东西南北流,是时间流水中的无情消磨。

都市腐败,而回到田园诗意的窠臼,曾经是19世纪浪漫主义时代的文学主题,但甫跃辉的小说还是很不经意地闪回到乡村,但这个闪回只是匆匆一瞥,即刻回到那个壁垒分明的都市。《苏州夜》叙述的是"他"一次难堪的嫖娼经历,小说的结尾,他一口一口吐着,像是要把今晚全部的遭遇吐净,好让身体重新变得干净。他想起以前暗恋的女孩,想起某个在街边呕吐的遭遇类似的"兄弟",想起故乡:那会儿,天空那么蓝,阳光那么耀眼,油菜花那么肆无忌惮地在我们周围泛滥。春天正小心翼翼地、静悄悄地藏着即将到来的夏天的热闹。《丢失者》写了生活中手机丢失的小插曲,手机上的540个人生活的痕迹没有了,也打乱了他生活节奏。手机弄好后,一个信息、一个电话也没有,根本不是他想象的样子。小说的结尾却回到了乡村:远远的,他就看到了仿佛早已熟稔的村子、村子前的香樟树,还有香樟树下那个翘首以盼的女人——那细长瓷器一般的女人正等着他呢。"他相信,他懂得她,她也会懂得他。"甫跃辉的小说放弃了这种廉价的安慰,自然是现实生活中此路不通的一种反映。

在"80后"作家上场之前,没有一个代际的作家如此反复地因他们的出生年月沉闷,转眼又被批评集体变老、暮气沉沉。正如《人民日报》所描述的,这一代青年有着无可比拟的生活条件和成长环境,但时代也制造了新形式的磨炼,他们遭遇着精神上的迷茫和认同感的缺失……对身处这样一个变革时代的年轻人而言,生活就像一部不断加速的跑步机,它一方面代表了某种值得追求的生活品质,另一方面也意味着不提速就要被甩下来。

青年之所以被媒体反复谈及寄予厚望,最主要的精神指征应该是破旧立新的可能性,以及对开创一个理想的未来的追求。当然理想这个词如今只能非常尴尬地在文学作品中出场了,不像革命年代,也不像新中国成立初期、改革开放初期那样理直气壮、雄心勃勃。每一代都有理想主义者,他们不肯认同现实,拒绝妥协,或者有超越自我的个人追求,有改造社会的梦想,后者在当下的文学叙述中已经杳无踪迹,前者尚存一丝理想主义味道。甫跃辉《朝着雪山去》,写了一个叫关良的大学生去西藏看雪山的经历。西藏这个地域,从市场经济进入中国开始,就成为众多文艺青年的文艺地标,它是一块精神的飞地,也是对抗现实、世俗、娱乐的一个他者,比如20世纪80年代以马原为代表的艺术家群体到西藏去的风潮,这个地域所代表的朝圣、圣洁与梦想,与大城市就业、结婚生子、欲望与消磨等日常生活相比,完全是两个世界。

《朝着雪山去》是比较严肃地触及"80后"一代精神状况的一篇小说,小说的主角关良并不是一个符合我们想象的理想主义文艺青年,他来自湖南农村,家境贫困、不努力不上进,也不找女朋友,外表邋遢,除了打游戏,没有什么能让他觉得有意思。他是一个众人不齿的人物,他的这种消极惹怒了同学,同学对他进行原罪批判:你的父母和妹妹打工供你读书,他们又有什么意思?这是关良的痛,也是我们的"良心",这个问题的抛出,使得两种人生斗争起来,关良被我们排除出去。可是,没有关良我们也没有意思,关良是我们的人生参照物,他的失败者、拖后腿形象是我们生活的有意义的背景,"说他的过程让我们很享受",一旦他缺席,我们的生活也失去了一部分意思。

就是这样的一个人物,在大家都在找工作、出国、结婚的当口宣布终于要去西藏,并向大家借钱。大家纷纷资助他,好像资助自己的某个梦想,随后又开始讨伐他,觉得可能是个骗局,正在大家失望的时候,他却上路了,一路到达拉萨。我们每一个人都把自己投射在关良身上,我们希望他去找工作,具有跟他的农村身份搭配起来的努力,讨厌他玩游戏混日子,他没去西藏前,盼着他去西藏,又期盼他雷声大雨点小，说到底，我们都希望自己和关良成为那种无比正确的正能量的集大成者：有成就、理想、金钱、欲望、爱情，我们希望越来越多的占有来充实自己虚弱的人生。而现实的原则不会把这些完全分配到一个人头上，于是为得失悲欢。关良仿佛是欲望之海里的一朵浪花，他说要去西藏，他们的理性与市侩这个时候就会站出来，可是又都是清醒的，绝不会成为理想主义的牺牲者，市侩计算的理性已经深植在心。其加是信仰的代表，他跟关良走了一段时间，分道扬镳。"你真的不知道自己信不信吗？""不知道。"关良摇摇头，"没意思"三个字在意识中一闪，便没影了。"到了拉萨，你就知道了。"其加很笃定地说。到了拉萨的关良给尚在都市打拼的我们的反馈只有三个字——"没意思。"我们和其加都在围观这个走在朝圣路上的青年，除了其加这个宗教代表，我们每一个人都没找到人生的意思所在。观察关良的过程，也是自我展示的过程，把一代人的琐碎、无聊、现实而又试图寻找超越的虚无主义心理刻画得饱满形象。

苏童在20世纪90年代写的《一个朋友在路上》，跟《朝着雪山去》几乎是处理一个同样的故事题材，但在精神取向上差异颇多，这就是不同时代青年的不同旨趣。力钧是一个理想主义者，他靠借钱理直气壮地活着，反而是"我"经常感到困窘，恼恨自己在力钧面前为什么总是显得虚弱而猥琐。

不要跟我谈钱，这个字最让我厌恶。力钧皱着眉头说，他把酒瓶推到我一侧，我请你喝酒，他说，别去想钱的事，别去想围墙里的学校和校规，想喝酒的时候就尽情地去喝，这样你的心里就会充实了。奇怪的是我竟然就此被驯服了，我第一次喝了白酒，在酒意朦胧中听见力钧对我说，冲破围墙到外面去，去看真实的世界，去找寻你的自我。我像一个虔诚的教徒经受了力钧的洗礼，也就此成了力钧最为忠实的朋友。

毕业分配前夕，正是这股激情驱使我的许多同窗学友报名去遥远偏僻的新疆、青海或西藏工作。力钧选择了西藏，在毕业典礼上力钧的发言再次语惊四座，他说，不要表扬我，不要赞美我，我并非听从祖国的召唤，这是我自己的需要，我需要的是在路上，在路上——在路上。力均的朋友、朋友的朋友三番五次来到城市打扰"我"平凡世俗的生活，需要向"我"借宿，需要"我"的金钱，以至于让"我"陷入困境，但"我"认为他们的事业比"我"重要，也比"我"更需要钱。最后是代表生活的妻子制止了这种打扰，"我觉得她不该这样对待我的朋友，也不该这样对待我朋友的朋友。但我没有说什么。我知道在这些问题上，妻子自然有妻子的想法。"

苏童这篇小说也在探讨理想与世俗的问题，甚至可以上升到信仰与牺牲的话题，要求庸人奉献出他自己的部分，个体开始觉醒，对理想怀疑，但他最终都没有对那种虚妄的高大的理想表现出蔑视和失望。而《朝着雪山去》则从一开始就抛弃了这种理想的崇高感，残存的只是一丝理想主义的气息，生活的原则稍微侵入，理想则荡然无存，而那个到西藏去的青年，他是不是一场无所谓的飘荡？

德国哲学家20世纪30年代的作品《时代的精神状况》对现代人的非精神化生活样态做了如下描述："人就是这样地被抛入了漂流不定的状态之中，失去了对于链接过去与未来的历史延续性的一切感觉，人不能保持其为人。这种生活秩序的普遍化将导致这样的后果，即把现实世界中的现实的人的生活变成单纯的履行能力。"[①] "80后"批评家金理曾经说，我们要做同时代人的批评家，为的是追踪文学可能出现的"新变"因素和理解我们这代人的生命经验。作为一个同龄人去评价作家的作品，往往带来同情之理解，也会单点放

---

[①] 〔德〕卡尔·雅斯贝斯：《时代的精神状况》，王德峰译，上海译文出版社，2005，第11页。

大我们自己的一隅之困。尽管有一个如何更好地以我们的眼睛认识世界,用我们的手心口更好地呈现世界的大前提,而把"我们"作为世界的中心,往往只是为了大声呼喊以引起他人注意。可是新鲜的感受是不能抹杀的,只有在不断言说中,才能发现言说的困难,略萨在《给青年小说家的十封信》中在仔细分析了叙述语调、叙述的策略之后,语重心长地说:"剩下的就是我们自我学习,从跌跌撞撞中一再地学习。"比之前辈作家对生活的把握能力,对世态人心的描摹,对历史明与暗的辨析分析,对人类精神疑难的辩诘与追问,对控制人类生活的消费主义迷雾、集权主义迷彩的对抗和解构,面对浩瀚的文学之旅,"80后"作家当然还在起步之时。矛盾与挣扎的心态,也是对自己和历史的负责之言,甫跃辉的话也许是很多"80后"写作者的肺腑之言吧:"对身处的世界,我还远没有形成固定的、站得住脚的且完全属于自己的考量标准。这世界实在太大、太复杂,我只能一点一点地了解它。在成为刺猬前,得先成为狐狸——当然,对写作来说,这是一个自然的过程,哪一个阶段都是美好的。"[①]

---

[①] 甫跃辉:《刺猬,还是狐狸?》,《文艺报》2013 年 5 月 20 日。

# 外部世界与内在自我: 我们时代的侨寓困境
## ——甫跃辉论

丛治辰

几乎所有论者在谈起甫跃辉时,都必然提及他从云南到上海的人生迁徙。云南/乡土与上海/都市成为阅读甫跃辉的一种定式。某种程度上,这确实也足以概括目前为止甫跃辉的小说创作。自2006年开始发表小说作品以来,很长一段时间里甫跃辉的笔力集中于对乡土世界的描写,虽然他从未表示要如福克纳一般在纸上建构自己的文学故乡,但那些长长短短的篇什已足够让人注意他出自云南乡村的童年经验。2012年甫跃辉在《十月》发表《动物园》和《丢失者》,笔锋一转,书写城市,才将读者恍然惊醒:原来这个云南少年,已在大上海生活了整整十年。乡村与城市的外在风貌自然判然有别,在甫跃辉笔下亦呈现出完全不同的情趣,这样的差异似乎也确实足以使云南和上海成为甫跃辉文学版图上的两极。

然而,从乡村/城市二元对立的视角阅读甫跃辉的小说,却极易落入一种论述陷阱,或者说,是一种论述困境。一个云南汉子,远离故土来到上海求学谋生,这样的叙述已然造成某种定见:云南自然是精神故乡,而上海则终是陌生的所在。甫跃辉于是成为一个当代侨寓作家的形象;身在上海陋室之中感慨漂泊,怀着无限的抒情冲动回望和再造乡土。甫跃辉写乡村多写儿童少年，而在城市题材的小说里，主人公皆是已大学毕业的青年，似乎又为如此论述提供了佐证。依此而论，则势必将甫跃辉的创作纳于侨寓文学的框架之内，但尴尬却由此产生：若将甫跃辉数十篇乡村题材的小说放置在乡土文学的脉络当中，我们将难免失落地发现，所有这些乡村想象都似曾相识，从主题到模式，甚至人物，乃至细节，都早经前辈们一再经营。从鲁迅到沈从文，对乡土中国的书写确已传统深厚，而包括甫跃辉在内的所有后来的写作者，都必然要在这传统的阴影下前行。实际上岂独创作如是，评论不也是这样？如果说小说家有义务在传统以外面对真实而具体的时代，创作新的可能；对小说家的阅读与评价或许同样需要跳出既有而方便的论述方式，采取新的视角，观察这一代作家不同于前辈之处究竟何在。

### 叙述的边界与悬置的他者

2006年，甫跃辉在《山花》第6期发表了他第一个小说《少年游》。这个以小镇为背景的故事显然已经具备了甫跃辉乡土题材的形态，并且不乏对侨寓前辈们的致敬：虽然并非真正的乡村，但是在对柳浪镇的描述当中，我们看不到任何现代气息，这是一个典型的乡土中国空间；而小说中成人世界蓬勃的男女情欲和复杂的人情纠葛，以及乡村道德有心无力的徘徊，都洋溢着乡土小说的流风余韵。但在我看来，小说所表达出的更为尖锐的经验，来自一个少年对于世界边界的探索，以及探索之不可能所造成的巨大挫败感。

十二岁时，"我"试图从柳浪镇离家出走，这是一次充满了成长狂喜的出走："昨晚脑子里刚蹦出离家出走的念头，一束火花就照亮了我对世界的想象。许多年以来，我的想象力要么在柳浪镇那条窄窄的小河上荡漾，要么在几条窄窄的小巷间徘徊，顶多不过攀上了镇东那棵不知道年岁的香樟"，而如今"我"将为我狭隘的想象力画上句号，变成另一个人。然而这次壮烈的旅行在三里地之外的大树下就戛然而止了，"一个人忽然发现他在这个世界上走不了多远，悲哀是免不了的。世界很大，但能去的地方并不多，能到达的地方更少。十二岁那年，我孤身一人离开家，赤脚踩上凉冰冰的青石板时，深切地感受到了对世界的无能为力。""我"于是只能退返故乡，重新面对植根于乡村社会的仇恨、爱慕、暴力与眷恋，等待着悠悠和小木头乘船从"我"熟悉的世界边界之外驶来，构成"我"的少年时代最可怀念的时光。而当十八岁之日"我"再次思考出走之时，世界已向我敞开，出走因而失去意义，我与世界之间的边界此时并非来自外部，而是来自内心："我已经自由了，父母已经不再约束我，我连逃避的对象都没有了。十二岁的时候，我可以逃离父母；十八岁的时候，我只能逃离自己。但我离不开自己，我害怕离开自己，我只想一遍又一遍地确认自己。"这个故事如此动人而诚恳，简直可以作为甫跃辉小说创作之欲望与困境的某种隐喻。

对乡村边界的不断触碰、突围和败退，或许恰恰透露出甫跃辉并不安于乡土的内心隐秘。乡土与其说是甫跃辉的精神故乡，倒不如说是他始终急于逃离的所在。而当"我"试图从小镇离家出走的时候，小镇之外亦并无一个明确的城市形象来安放"我"的期待，只有一个模糊而庞大的"世界"。因此，甫跃辉所心心念念的，或许并非在乡村与城市的二元之间寻找位置，而是如何从生存的此在境遇突围。乡村在此也就不是乡村，不是故园，而是栅栏，是封存了自我的外在密闭空间。如果说在甫跃辉的乡土空间边缘存在着一个边界的话，边界之外亦并非城市，而是少年成长的内心冲动。在此意义上，城市与乡村实际上是同构的。我们将发现，无论城市题材还是乡村题材，甫跃辉小说中永恒不变的正是这样一种边界，这边界由内心欲念和外在限度共同构成。这或许才是他真正感兴趣的主题，也是他堕突挣扎却无法挣脱逾越的地方，构成他不断需要讲出故事的内在动力：被关闭在城市或乡村中的自我想要突围而去,却发现边界如此牢固又如此荒诞,出走已无可能。要么显得孱弱而可笑,要么显得徒劳而无效。

如此看待甫跃辉的小说,大概能够更好地解释,为什么在他笔下有如此之多的他者形象。在书写乡土世界时,甫跃辉最为关注的,往往并非乡土,而恰恰是那些与乡土格格不入的人。而其小说当中最为丰沛的抒情,也绝非献给田园牧歌式的乡村,而是发端于那些乡村的他者与乡村之间发生的摩擦冲突,遭到的戕害压抑。《少年游》中的悠悠和小木头是从乡村之外闯入的,在构造了"我"成长当中最重要的经验之后,又黯然逃离乡村;《鹰王》中的余顺来以对鹰的诡异情感将自我与村人隔绝开来;李惠文终其一生都在回味少女时代的牵挂,从而使漫长而琐碎的乡村生活全变成外在于她的世界,她与从村庄外嫁入的小慧和因年迈被逐出家庭的乔老太一起,构成《收获日》中复杂的乡村他者群体。最令人动容的当然是《鱼王》,老刁父子无论怎样努力隐忍和善意地希望加入乡村世界,仍宿命般地遭到排斥、猜疑与伤害,连那些他们着意笼络的孩子们也终究成为他们的敌人。而当海天近乎偏执地守卫鱼王及其如罗马遗迹般的巨大骨架时,我想他绝未想过这是在凭吊乡村世界一去不返,或者在凭吊从未有过的古老道德与信仰。他只是在守护与这个乡村世界截然对抗、无法融合的内心世界。甫跃辉几乎将他所有的关注、同情与认同,都给予了这些与乡土世界相疏离的人们,这些以自己的内心世界与乡村隐隐对抗的人们。甫跃辉是站在乡村的陌生人这一边。这种亲疏之别更为内在地表现在作为叙述者的甫跃辉与他的叙述对象之间的距离。一旦开始书写真正的乡村和那些真正的乡村居民,甫跃辉就总是不由自主地站在他者的角度。这是一个永远悬置在叙述之外的叙述者,使所有故事都蒙上了一层冷眼旁观的意味。我们很难想象一个乡愁者会以如此姿态讲述故乡,这似乎恰恰足以证明,乡村其实并非甫跃辉的真正故乡,他的诉求在乡村之外,却在内心之中。

而其实上海城里的"顾零洲们",与乡村传奇中这些他者形象又有多大的不同呢?不过是同样的他者,同样的孤独,同样的隔膜,换了一个空间与时间。深刻的或许并不只是甫跃辉以一个云南汉子的忠直与困惑写出了现代都市社会当中的丛林体验,深刻的是甫跃辉一以贯之地构造起外部世界与内在自我的对峙与冲突,从中阐发残忍的抒情美学。这无关乎乡村还是都市,这不是一个空间的命题,而是一个时代的命题。

## 孤绝的自我与成长的难度

转移阅读视角之后,值得瞩目的便不再是乡村与城市这不同空间带来的经验差异,更为动人的是那个与外部世界抵死对峙的内在自我。正如《少年游》中所着意表达的:"我"是那么茫然、恐慌、无力而沮丧。这种复杂的内在感受不仅表现为在空间上永远无法逃脱,更表现为叙述在时间中几度迷失。我们永远无法确认甫跃辉笔下的乡村世界存在于哪个具体年代,那些村庄似乎超脱于历史之外,具有某种恒定性。那些伫立在甫跃辉回忆视线当中的村庄,本来便不必与具体历史发生联系,而只与甫跃辉个人有关:那是他用以探索内在自我的虚构场域。诡异的是,被视为故乡的这个世界永远无法在时间当中具象化。《少年游》中那个少年,在十二岁、十六岁、十八岁和二十岁的记忆当中来回穿梭,不同年龄的生活片段拼贴组合,混杂一处,难以辨识,这样的叙述手法在其他小说当中也一再出现。如果说,侨寓城市的甫跃辉曾经试图回望乡土寻找来历的话,那他或许只是失望地发现,连对于乡土的回忆都如此不可靠。他迄今为止唯一的长篇《刻舟记》是一个关于时间与回忆的故事,同时也是一个关于丢失的故事:"我"的妹妹、朋友,那些曾经相信的和曾经珍视的,都一一消失于记忆之流当中。而谁也无法回答妹妹发出的疑问:"掉水里的宝剑究竟去哪儿了?它真的还在原地吗?"作为一种心理活动,回忆比什么都更能说出内心的秘密,当像侨寓前辈们那样回忆故土都成为不可能,那个内在自我是何等不安,何等忧伤,又何等孤绝呢?

这或许可以为甫跃辉何以总是要以儿童视角来讲述乡村提供一个新的解释。如果说,仅仅因为甫跃辉的童年时代在乡村度过,而成年之后生活于上海,所以他在乡村与城市两种题材的小说当中采用了不同的叙事主人公,则不能说明,何以他笔下那些明显已经度过青春期的人物仍以一种童稚的语气讲话,而行为方式亦不符合其实际年龄所应有的表现。《少年游》当中的"我"、悠悠和小木头哪像是十六岁的少年少女?而《哑湖》中达哥的所作所为又何尝像是一个已届婚龄的男子?不合时宜的儿童心理恰恰是内心乏力、恐惧与脆弱的无意流露,这种无力或许不仅仅来自视角的设计,更源自视角背后的那个作者与世界相面对时的真实感受。而城市是如此庞大、复杂和令人恐慌,任何个人在面对它时都显得渺小和孱弱,在书写时自然也就无须假借儿童声口再予渲染。如果说小说《巨象》是将来自城市的压抑幻化成了梦魇中的那头巨象的话,实际上,这头巨象又何尝不笼罩着甫跃辉笔下的所有乡村。对于那些脆弱如童稚的心灵而言,乡村同样亦是一头巨象。

很多人将甫跃辉的乡村儿童视角小说看作成长小说,然而,真的成长了吗?诚然,甫跃辉喜欢讲述一个孩子的蜕变过程,但那与其说是成长,不如说是堕落,是内心自我在更加深刻地体验过外在世界的强硬逻辑之后的绝望或者妥协。《少年游》中的小木头,《鱼王》中的海天,乃至《街市》结尾那个曾经纯真的少年,莫不如是。外在世界如此强大,个人已无可能在其中得到充实而健康的成长,剩下的只有自我与世界之间无日无之的紧张关系。或许这就是甫跃辉如此迷恋于书写人性之恶的原因,那正是他对外在世界的真实体认。而当我们看到他冷漠地，甚至近乎残忍地将他笔下的人物一一推到极端，碰触恶的底线，不能不感觉到来自作者内心世界的哀叹，那已类似于弱者在自认弱小时无可奈何的发泄。而甫跃辉之迷恋于琢磨情欲，或许也出于同一原因：这样庞大的世界与这样孱弱的自我，除了攫住情欲，还能怎样聊以安慰呢？

当然，还有《动物园》里的那些大象："大象的生活充满了庄严、温柔的举止和无尽的时光。"在世界的夜晚当中，大象平静的背影还能给予我们以虚妄的力量吗？

### 我们时代的侨寓困境究竟何在？

尽管严肃的文学写作从来都是孤独的个人事业，但谁也逃不开时代的限制，成为某种共性的一部分。与甫跃辉同为"80后"作家之翘楚的湖南作家郑小驴在出版的长篇小说《西洲曲》中，同样讲述了一个无法成长的成长故事。而纵观这年轻一代的作家，有几人不在孤绝的自我与强悍的世界之间挣扎冲突，摸索叙述的边界？因此本文论甫跃辉，又似乎不仅仅是论甫跃辉，甫跃辉勤奋而忠直的写作恰恰使之成为这个时代写作的症候。

其实对论者而言，甫跃辉是否真的有意追随前辈，回望乡村和体验城市，或许并不重要。重要的是属于鲁迅、沈从文和郁达夫的那个侨寓时代确已不复存在。在这个多元分化又全球一体的时空当中，在这个沉重的传统与先在的偏见、碎片化的现实与幽灵般的历史都并置杂陈的时空当中，较之城市和乡村之间的断裂，尚有更为尖锐的审美命题。若一定以侨寓文学论甫跃辉，则与其说侨寓之感来自云南到上海之间的空间距离所造成的某种与传统不谋而合的乡愁，不如说，在自我与世界之间已生出了一种新的乡愁。这个时代的写作者无论愿意与否，自觉还是不自觉，都必然承担这一乡愁，将自己放逐于整个世界之外，而背后可能连城市这样一个蜗居之所都没有。

# 个人生活史、梦的解析与生死命题的文学讨论
## ——论甫跃辉《嚼铁屑》

刘小波

甫跃辉的《嚼铁屑》[1]是一部积淀多年的大部头作品,在主题和技法上都有明显的探索意味。《嚼铁屑》将三部曲的模式内嵌进作品中,由彼此关联又可以全然独立的三部长篇《广场》《大河》《危楼》构成,作品以个体生活经历与现实遭际为主线,描写个体从青年到中年漫长的人生之路,囊括现实生活的多个方面。从乡土到城市,从现实到梦境,从物质到精神,从感性到理性,从具象到抽象,从出生到死亡,无所不包,无所不容。作家围绕着个体生活史、梦的解析与生死命题几个核心问题的讨论展开,用日常生活的白描来展现一种命运的不可捉摸。作品在技法上也有所突破,诗歌、散文、独幕剧等其他文体以及书信、日记、短信、文摘、歌词等生活性文字融进小说,大量的梦境和内心独白让小说呈现出一种新的意识流形态。不管是从体量还是分量来看,《嚼铁屑》都预示着作家的写作达到新的高度。

---

[1] 甫跃辉:《嚼铁屑》,江苏凤凰文艺出版社,2023。作者也曾将每部分分别在《作家》《十月》等刊物发表。

## 一、个人生活史

《嚼铁屑》是一部关于个体生活的全景记录和呈现，对世俗生活的深描彰显出一种日常生活美学。作品以比较平和与细碎的笔触书写每位个体日常接触和感知的生活，可谓一部个人主义的生活史。作品关注个体的生活，描述不同的空间场域中的生活状态。作家对日常生活的呈现采用较为通俗的形式，流水账一样记录着日常点滴，对人物所遭遇的生活事无巨细表现出来。尤其是每部作品开头部分的书信、短信和日记，进一步强化了这一世俗化的主题。小说核心叙事元素是三段年轻人的爱情故事，而这也关涉一代人面对生活时的诸多抉择。在结构上，作品的三个部分以三个相互之间有密切关联的人物串起来，将个体家庭叙事与社会伦理关系书写结合起来。

《广场》以小说人物侯澈的视角，描写她返乡后的生活以及在她的视线中县城人们的生活样态。小说有两条线，一是通过书信串联起来的在大城市打拼所遭遇的职场与感情经历，书信部分在每个章节的开头将她自己在大城市糟糕的生活和情感状态呈现出来；另一条线是人物回到故乡县城所见证的县城人的生活，包括父母及父辈的朋友的生活，以及自己那些没有出走的同学目前的生活处境。通过将不同渠道的信息汇聚起来，侧写人们遭遇的生活。其中有两个较为中心的事件代表着不同代际的社会生活，母亲同事的葬礼与侯澈自己的同学会。在小说中，每个人都面临着生活的困局，但人们依旧不急不慢，以各自的生存法则应对生活。侯澈在大都市遇到婚姻问题困扰而回乡，与家人关系十分微妙；同学楼春雨母亲去世，却赶上集资者的集体讨债，与此同时，路师傅又遭遇被"捉奸"的尴尬；因为情感纠纷，路师傅最终被杀害，凶手也选择自尽；遭受生活厄运的残疾人初春，作为编外同学一起参加了一次同学会。这些都是生活的白描，作家还从城乡差距出发，通过对殊途同归的过年返乡书写，将各个群体的生存烦恼与困境表现出来，作品始终围绕个体生活展开。

　　另外两个部分分别围绕两个中心人物展开，也是聚焦日常的生活。《大河》以卢观鱼的视角，讲述他所遭遇的现实，主要书写自己在一个镇上租住期间的事情。在这里，碰见跳河轻生的女孩，结识开店的老薄，遇到房东老卢夫妇。不同人物的讲述，包括老薄回忆自己的往事、轻生女孩讲述自己的遭际、老卢夫妇的秘密揭开，生活也由这些内容构成。卢观鱼继续着梦境与回忆，他的日常生活也一一浮现，毕业、工作、辞职、分手、遇到新的恋情、加入救援队，再到小冷（小暖）的不辞而别，这些行为都是极为通俗的生活。另外一些人物也都有着各自的生活，房东卢氏夫妇，独自开店的老薄，务工者"黄毛"……每个人都有自己的生活困扰，也有各自的应对方式。还有那些走到河边结束自己生命的人，也都从不同角度直观呈现生活，即使是这里的谈资，也是关于他人的生活。《危楼》的故事场景虽然是一个虚拟的世界，但是书写的对象主要还是个体。一方面是对高近寒的生活状况的书写，另一方面是通过来岛上求死之人的讲述，将每个人的生活遭际表达出来。

　　《嚼铁屑》注重营造空间，空间叙述得到很好的展现，作品三个部分分别对应三个不同的空间。在此之前，甫跃辉的小说书写也十分注重空间，"在甫跃辉的都市文学书写中，空间似乎也被赋予了意象的特质，以特定空间象征都市人的生存环境成为甫跃辉都市意象构建的妙门。"[1] 空间在叙事作品中有着绝对的重要地位，正如龙迪勇所指出的那样，"真正构成中国小说叙事传统的，既不是某种题材或母题的书写，也不是某个观念或思想的表述，而是'叙述空间'这一结构性要素在叙事文本中或隐或显的存在。"[2] 龙迪勇将空间置

---

[1] 周珊伊：《异乡·动物·人——论甫跃辉都市书写的独特主题及意象建构》，《重庆电子工程职业学院学报》2020年第4期。
[2] 龙迪勇：《叙述空间与中国小说叙事传统》，《中国文学批评》2021年第4期。

于题材和观念之上，凸显出叙事作品中空间的意义，而作家们在实际写作中也在印证着这一理论。《广场》主要围绕广场这一独特的空间展开，《大河》里的空间即大河周边的领地，《危楼》设置了一个较为虚拟的空间，即公海上的一座孤岛，与前面的空间在本质上区别不大。三位人物，三段故事，三个空间，从现实空间到虚拟空间，作品的空间表达层层推进，正是这些独特的空间，推动着故事的进程。

《广场》部分书写侯澈回到故乡县城所经历的一些生活琐事，广场这一空间，春节这一时间，以及葬礼和同学会这样的事件，都具有一定的生活仪式感。《广场》中的广场是一种极普通又具有代表性的生活空间，商业、娱乐、交流几乎都可以在这里进行。"广场"有一种象征意味，广场是人间舞台的一角，喧腾散去，阒寂重临。有人梦游，有人失眠，有人告别。锻炼健身要在广场上，调解纠纷的宴席要安排在广场边的饭店，就连凶杀案也发生在广场上，这块独特的空间是一个县城所有人的公共空间，也是每个人的私密空间。这部分还特别营造了一个特殊的空间：县城一位普通退休女职工的葬礼，围绕葬礼帮忙的、讨债的、亲戚、朋友、子女，各色人等一一出场，纷繁复杂的纠葛事件慢慢浮出。作品以一个回乡者、旁观者、他者的视角，断断续续在见证着某一件事，事件的原委并不是问题的症结，而这些就是解不开理还乱的乡土伦理的真实写照。

《大河》里的空间即大河周边的领地，主要以河边一个小镇、具体到一家羊汤店周边为故事的主要空间。店里从不缺少谈资，卢观鱼遇见形形色色的人，听到千奇百怪的事。正是在这样一个独特的空间中，关于死亡的问题才会被直接摆在面上，因为围绕河边的是投河与救助这一对行为。正因为投河的人太多，才有了民间救援队的成立和救援工作的展开，公益性的救援活动首先也是日常生活的一部分，正如死亡一样。《危楼》进入虚拟的空间，集中书写一种人伦关系，整体架构上就是在处理侯澈一个家庭的关系。小说结尾侯总突然出现,透过他的讲述,让人对这一人物有了进一步的认识。在都市遍体鳞伤的主人公回乡疗伤,但是遭遇到的是又一次伤害,母女冲突再次上演。女儿侯澈从大都市上海回到小县城,回到家中,母亲只顾忙碌着自己的事情。女儿和母亲之间的关系若即若离,她们对于很多问题有着不同的理解,但是并没有爆发冲突,小说的结尾,侯澈与母亲的对话欲言又止,作品结束了。和解是小说的一个关键词,与亲人的和解,与同事的和解,与恋人的和解,以及与自己的和解。所有的矛盾与纷争,最终都走向了和解,但是其中的误会往往是漫长的时间。《大河》里人与人之间的关系更多的是冲突,到了最后也是和解。卢观鱼在一个小镇上租房,房东老卢夫妇和开羊汤店的老薄之间的矛盾与秘密慢慢揭开。老薄与老卢夫妇之间的隔阂是因为孩子救人搭上了自己的性命,再加之其子与老薄女儿的特殊关系,老卢一家将错误归结为老薄一家。虽然是救人的行为,却引发了很多矛盾,先是妻子的离去,然后是邻居的指责,子女的不解。一面锦旗的背后,本应有一个年轻人的名字。到最终,老薄的行为完全能够配得上这面锦旗,所有的误解也在那一刻得到化解。

到小说结尾时,侯澈、高近寒、高红、侯总的关系交代清楚,他们原来是一家人,由此,整部作品始终围绕一个家庭来展开,进一步强化这种个体生活史的表达。陈林在研究甫跃辉的创作时提出,"在百年中国激进现代性的道路上,中国现当代文学以宏大的民族国家叙事为主导。然而,文学对我们的原初承诺,也许只是那些亘古不变,又说不清道不明的愉悦与哀戚",论者进一步指出,甫跃辉许多小说写的是一种对宇宙人生的感怀[1],这种相较于宏大叙述的人生

---

[1] 陈林:《后理想主义时代的困惑与求索——甫跃辉小说论》,《当代作家评论》2017年第2期。

感怀，也就是对日常生活的基本体悟。情感主题也是作品着力表达的内容，还是回归到生活史书写上来。《广场》描述了母亲与女儿的那种微妙的亲情伦理关系，同时涉及不同代际间的友谊，父辈之间的互助和同学间的情谊是两代人友谊的不同呈现。母亲和她的同事们、女儿和自己的同学们，这些关系构成了最基本的生存法则和伦理。路师傅和杜霞的感情引发了凶杀案，楼春雨母亲去世，生前卷入集资风波，楼春雨不得不应对这后续的工作，也是亲情的表达，叙述者侯澈在大都市遭遇情感危机，回乡后又不得不处理亲情，每个人都在经历情感的考验。《大河》中老卢夫妇对租客卢观鱼的过分热情，也是一种情感的投射、转移和安慰。

作品书写一种逃离和回归及其之间的种种挣扎。这块广场也是所有县城广场的一个缩影，这条大河也是万千条河流的代表，这几个空间中上演的故事在其他地方同时发生。生活史的书写试图为生活留下点什么痕迹呢？借助这些独特的时空场景，以点带面，书写一个群体关于时代生活的记忆。作家的这种书写，和前几代作家的关注点有很大的不同，对个体世俗生活的强调，也是他们同代作家的共同选择，在甫跃辉的上一部长篇作品《锦上》中，作家也是在表达同样的主题，作品书写三代女性的彝绣传奇和当代青年的人生抉择。一个个小人物，被时代裹挟，又在时代的洪流里力图发出自己的声音。他们用自己微弱的火光，照亮了一个古老民族的漫漫来路和前途。当然，世俗书写之中，也有深远主题在掘进。在书写个人生活史的同时，甫跃辉切入了对历史和时代的关注。

## 二、梦与梦的解析

《嚼铁屑》将宏大主题融进世俗生活，对历史和时代的切入并没有正面出击，而是采用迂回的策略。城市化的浪潮席卷到小县城，到处都是拆迁的废墟和新建设的工地。在关于时代等大的主题方面主要通过人物遭际来展现。《广场》是以侯澈的视角书写县城的生活状态，出走成为一种生活的向往，能走出去的几乎都走出去了，不能出去的，也在向往着外面的世界。侯澈姐弟两人去了上海，还有的去了北京、广州，传统的春节能够让很多外地的人回来，但是很快又会踏上远行的路。县城里到处是拆迁的工地，废墟中孕育着新的县城形态。《大河》则转向卢观鱼的视角，书写大都市的生存万象。他的逃离则是辞掉工作，选择到一个小镇上来生活，最终获得了对生活新的理解。接受老卢夫妇的认亲要求，参与民间救援队，背后也有着逃离大城市的社会语境，具体落实有其各自的理由。除了这些，作品的主题深邃性主要通过对梦境的反复书写来实现，让作品在生活写实之外，有了更多的可能性。

《嚼铁屑》是作家精心编织的一场大梦，也是对梦的一种深度解析，梦是生活的投射、延伸和注脚，作品用现实与梦境的交融模式来书写一种生活的繁复性和混沌性，不少地方梦境与现实并没有明晰的区隔。大量的梦境和内心独白让小说呈现出一种新的意识流形态，也带来几分神秘色彩。作品中反复出现弗洛伊德的《梦的解析》这本书，也是对此主题的一种明示。弗洛伊德对人的潜意识有深入的发掘，小说对人的潜意识也有不同程度的发掘，内心的独白是对自我潜意识的一种释放和正视。而这些梦境，多与这种潜意识有关。《广场》一开篇就是大段的梦境，梦里的车祸开启了非正常死亡的叙述。全文写得比较多的还是梦境。而这些梦境的书写也无外乎是对现实生活的补充。这种梦魇般的书写揭示一种残酷的生活真相。残酷的生活真相也许在现实中还有所隐藏，但是在梦境中暴露无遗。这个世界有那么多的秘密，每个人都背负着秘密活着，而秘密在梦境之中能够充分暴露出来，这也是反复表达梦境的原因。

作品的题目"嚼铁屑"是对生活残酷的一种极端化的比喻，源于一个在作品中出现的行为，也是迷醉中的癫狂行为，与梦也不无关系。一个轻生女孩醉酒后,遇见五金店的一堆白铁屑,将其放在嘴里咀嚼,因为处于醉酒状态中,嘴里那团铁屑早已不见,她也忘记这事了,并不觉得嘴巴有什么问题。直到获救后,才慢慢觉出,嘴里疼得不行,从牙缝抠出一些东西,竟是雪白铁屑,她这才慢慢回想起落水之前做过的这件事。"嚼铁屑"是一种迷狂中的行为,但是一旦清醒便需要承担相应的后果。这其实也是对一种生活的普遍性状态的隐喻。

梦是中国文学的基本母题和大宗主题之一,梦的叙述是一种十分重要的叙述形式。梦如果不被讲述,仅仅是一种自我的内部感知,一旦讲述,就成了叙述,情节的重组不可避免,梦本身并不构成叙述,而关于梦境的讲述,则是一种典型的叙述行为,在文学作品中用梦的框架来圈定一些行为,有其特别的叙述用意。"人类在十多万年的进化中没有淘汰梦的原因,是梦有力地加强了人的叙述能力,梦帮助人类超越日常所需的层次,成为一个靠讲故事整理经验,并且能用幻想超越庸常的动物。"① 甫跃辉对梦境的重视正是这种基本叙述能力的体现。《嚼铁屑》延续了作家一贯的梦境书写。小说开篇就是一段梦境,这段梦境几乎成为整部作品的基调。检视梦的内容,有个重大特点,就是"负面题材"占绝大多数,这和人类的各种叙述一样,后者的大部分内容也是悲剧性的,是对各种危险的警示。②在《嚼铁屑》中,大量的梦境都是描述这种负面题材,车祸、凶杀、死亡不断在梦中出现,这是源于作者对悲剧呈现的需要。大量的梦境和心理描写形成一种意识流的技法,内心世界的复杂与生活本身的繁复形成对照。

梦境也和成长的经历有关,《嚼铁屑》也是书写青年成长的作

---

① 赵毅衡:《广义叙述学》,四川大学出版社,2013,第56页。
② 赵毅衡:《广义叙述学》,四川大学出版社,2013,第53页。

品，在成长过程中所经历过的种种遭遇留在身心之中，长久无法抹去，久而久之会在梦境中不断浮现。侯澈所经历的"锅炉房"事件，正是其多次梦魇的源头。如果细细梳理，小说几乎是由一段段的梦境串联而成的。对过往的恐惧，对现实的恐惧，最终归结到对死亡的恐惧，如此多的人的遭遇，都旨在搞清楚为什么而生、为什么而死。《危楼》中的梦境书写更多了。总体来讲，这个部分的书写已经较为虚拟了，人工智能的出现，梦境的不断出现，如几十年前的士兵的出现，历史人物的出现，都让小说有了几分非现实的色彩。但是小说所描写内容仍然和生活本身密切相关，这一特别的职业能够接触遭遇不同生活的人们，并从他们的讲述中，一步步复刻生活的面貌。

综上，作品中大量的梦境从根源上来讲是对死亡的恐惧，这又开启了另一个问题的讨论。《嚼铁屑》层层剥开生活的真相，一个家庭的人物关系在临近结尾时才慢慢揭开，作品以子女和父辈几代人的生活来勾勒中国人的生存图景。以母女代沟为具象呈现的城与乡的观念差异。借助这样一种矛盾，思考的是一种城乡关系，父辈与子辈的伦理关系。小镇有小镇的生存法则，小县城有小县城的，大都市有大都市的，每个人都在既定的生活轨道上，很少有越轨的行为，叙述者较为极端化地展现，似乎稍有不慎，就要付出生命的代价，这以《广场》中的路师傅和杀害他的人为代表。在书写日常生活史的同时，作家也没有放弃文学独特精神追求的一面，关于梦境的书写多为一种技术性的需要，而关于生死问题的讨论则是其主题上的升华。

### 三、"死生亦大矣"

《嚼铁屑》是一部从多个角度讨论生死问题的作品。作者直言，生与死正是贯穿《嚼铁屑》的核心主题。① 甫跃辉的写作一直有一种

---

① 李黎、甫跃辉：《小说家应该是杂食动物》，《现代快报》2022年5月30日。

疼痛感，面对内心的空虚和生活实感的衰退，甫跃辉试图将恢复具体的原初的痛感作为开启一条救赎之路的契机。① 痛感书写到了《嚼铁屑》中，就是直面死亡的书写了。生死命题在甫跃辉的作品中是一以贯之的，《牙疼》中，叙述者的换牙经历与董师傅的女儿蒙受"城里人"欺骗诞下死婴的故事交错并置。《刻舟记》中，以"我"的视角平静地讲述了妹妹和哥哥的成长及他们的死亡。《嚼铁屑》从多个角度书写生死主题。《广场》用生命体验课、疾病、安宁疗护（临终关怀）等事件来洞穿生死奥秘，思索生命的意义。开篇第一封信，就是源于和死神擦肩而过后产生的种种思绪。连续的死亡事件，让叙述者对此问题的关注跃然纸上。虽然小说的人物见证了周围人群所遭遇的一件件生死大事，但是生活依旧没有放慢脚步，仍需谈论下次出发是什么时候。《广场》聚焦的多是死于意外的非正常死亡，《大河》与《危楼》则集中书写自杀这一问题。《广场》的开篇就是一场车祸，接下来主人公不断遇见人的离世：因病去世的，因情感纠纷被杀害的路师傅以及自杀的孙子，夜钓被河水卷走的同学赵飞飞，生命的无常在这些时刻中被放大。《大河》则更为深入地讨论这一问题。围绕着投河的人与河边救援的人，将生死对抗的意味演绎出来。

《大河》每章节开头的短信内容几乎都是在讨论这一命题。短信部分主要是卢观鱼向一位跳楼轻生的女生的倾心吐诉，其中有这样的一段话："你们都是选择走那条窄路的人。不同的是，你从楼上，她从桥上。你走了，她回来了。重返人间的人，一定有些不一样的吧？"这里描述的是自己的恋人选择轻生的事情。也许正是小冬的突然离世，带给卢观鱼无尽的冲击，于是才有了一系列关于生死问题

---

① 曹禹杰：《经验的虚构，或召唤痛感的文学——论甫跃辉的小说创作》，《新文学评论》2022 年第 2 期。

的思索。小说中写到的死亡比较多，有代表性的有投河的小冷、因为儿子出家，选择投河自尽的明空大和尚他妈妈，施救一方有小军和老薄。通过一段段人物的讲述，尤其是出自老薄之口的讲述，能够体察到这一群体还有不少人。老薄在河边安家，开启了救人的生活。每年他都能救上来五六个人。作品还借老薄之口插叙了大段的关于河边捞尸人的生活："我想起和老头儿在长江边的那些日子，老头儿也是这样，经常在长江边走来走去，一边走一边往江面上望。只是他望的是死人，我望的是活人。"这两种人的对举也揭示了生命的某种真相，抛开生死，还有什么值得一提。老薄讲述往事时提到在江边打捞尸体的老人的故事，进一步强化了思考生死问题的主题。作品也多次直接表达作家对此问题的思考，比如这一段："如果抛开人为附加的那些东西，死这件事，都是一样的吧？无非是停止呼吸，腐烂变臭，灰飞烟灭，哪里会有'深刻''肤浅'之别？死过的人，对'死'这件事，会有完全的了解吗？活着的人，对'活'这件事，了解的只是自己活过的那一小部分。可是，如果真是这样，那死后是怎样？'我'究竟是怎样成形的，怎样开始产生自以为属于自己的思想的？又是怎样消失的？"这样的段落在全书中有不少，这些追问，都体现出作家的深刻。

《嚼铁屑》具有形而上的哲学思辨，直面生死问题与灵魂有无的问题。《广场》多次写到死亡，《大河》中也出现了很多次的死亡，并讨论生死的命题。《危楼》部分则是全面地探讨生死问题，将自杀行为进行了多角度的呈现。尤其是《危楼》，死亡几乎是唯一的主题。小说写到主人公高近寒对死亡的直观体验，从参加高校社团的自杀干预，再到孤岛上的"过山车"服务，通过对自杀这一行为的全方位考察来表达作品的生死主题。核心内容就是赴死之人的临终讲述，一年的时间，一共有几百位顾客来到这里，只有三十多个折返回去，即便是这几十个人，死亡也是无法避免的，他们回去之后又以别的方式结束生命。

生死命题是中国文学的基本母题之一。讨论死亡的话题，其实也是向生的主题。《大河》列举了大量关于死亡的话题，最终还是回到珍视生命的主题上来。每个人都有自己的隐秘世界，但是都坚韧地活着，哪怕投河死过一次的女孩，就连河边的寺庙，也叫生生寺。"未知生，焉知死"，作品写死亡，其实是为了写活着，如何能更有价值地活着。《大河》的结尾部分，到了大年三十晚上，卢观鱼、老薄和救援队的人在一起团聚过年，祝酒词就是"活着万岁"，但在这时候，又有人跳河，老薄义无反顾地参加了最后一次救援行动，虽然没能救成功，还搭上了自己的性命，但是这样的行为其实诠释了重视生命的主题。到最后，老卢夫妇认下继续从事救援活动的卢观鱼为干儿子，也慢慢从丧子的阴影中走了出来，并认可了儿子小军从事那份工作的价值和意义，也进一步将小说表达的生命主题凸显了出来。很多细节其实是在表达对生的珍重。《大河》中卢观鱼选择加入救援队，既是一种施救，也让自己的人生得到新生。《危楼》中来岛上的人，虽然绝大部分都未能活下去，但是一系列的讲述，却是关乎生的话题。

为什么要自杀，这不仅是一个生活问题，也是一个哲学命题。人的痛苦源于沉重的肉身，自杀干预等与死亡有关的话题被拿出来进行了探讨，《危楼》中，通过这些赴死之人最后的讲述，将一些社会事件进行了呈现，很多是影响较大的社会事件，也进一步强化了小说的生活史主题，形形色色的人遭遇万千缤纷的事，对世间万象都有所触及。小说有一大段是描写来到岛上之人的一种情绪，几乎包括了所有的负面情绪，但只要最终决定坐上"过山车"，这一切都将消失，是死，让这一切变得轻如鸿毛。但是，用死亡来抵抗这些生活的阴暗面并非易事。生死考验的主题之下，是对人性的深度剖析。《大河》中，面对投河之人，五金店的人的戏弄，卢观鱼的不施救,显现出人性的冷漠。老薄的女儿在得知父亲去世的消息后并没有多大反应,反而是没有血缘关系的一众人等操心着他的后事。《危楼》中的这些赴死之人,大多也是看穿了人性的冷漠,从他们的口中讲述了各种欲望驱使下产生的人性之恶,导致悲剧的一再上演。以生死透视人性,更见力道。

如何将三部曲联结得更为紧密?作家在技术上也进行了相应处理,比如相同人物在不同部分的出场,相同的时间的设计。《广场》和《大河》都设置了大年三十这一天,安排了在不同空间所发生的故事;小说快结束时将人物关系进一步厘清;尾声部分,危楼诗、大河文、广场剧的插入,进一步完善了小说整体的故事线、结构以及主题。如此,一部体量庞大的作品能够以连贯的姿态成形。大部头的作品也十分注重细节的描写。多重文本,多线叙事,每个章节开篇的书信将一段失败的恋情娓娓道来,同时也侧面梳理了主人公在城市的遭际。关于恋情、亲情、友情等不同的情感纠葛,不同代际之间观念上的差异,老年生活互助组、临终关怀、"过山车",都是一些新鲜的事物。大部头的作品肯定需要更多主题的涵盖。作品将读书人或者文学爱好者作为一个特殊的群体进行了单独关照。《广场》开篇有一家书店的书被偷,然后是烧书取暖的描写。这看似无关紧要的一笔,其实暗含着书与读书人在当下的命运,而那些爱书、爱读书的群体,自然也就成为特殊的群体。《大河》中通过老薄之口讲述的捞尸人是一个拥有大量藏书的人,而老薄也是一个愿意阅读的人,哪怕是在尸臭的环境中。卢观鱼也是一个读书人,搬家带着几大箱书,也会随时翻阅不同的书籍。小说的深意还通过一些互文文本来强化,对读书这一行为有较多的描述和论断,每一部中都插叙了一些经典作品的内容摘抄:《大河》中,《西西弗神话》不断被引用,甚至作为精神支柱一般的存在,它引导着卢观鱼抵抗虚无、理解生命的意义;《危楼》中出现的是《鲁滨孙漂流记》,两者环境相仿，但是一个求生一个求死，构成了强烈的反差。

## 余论

甫跃辉有着庞大的野心，历史与现实，城市与乡土，肉体与灵魂，通通被他纳入自己的写作体系之中。《嚼铁屑》的三个部分相互独立，又可结合在一起。在叙述者的回忆中，远去年代的生活场景慢慢复原，同时在父辈恩怨的追溯中，更为遥远的年代也浮现了出来。作品围绕着一个县城的空间展开，书写几代人的命运，关注日常点滴、生老病死，检验真情与假意、人情冷暖，无论是在小县城，还是在大都市，每个个体都遇到各种各样的烦恼，也各有其化解它们的方式。《嚼铁屑》也是作家对之前创作的一种检视，很多内容在此之前已经有过书写，比如那种站在都市回望故土的写作姿态，以及用令人悚然的梦魇来表达青年内在不安的写作方式，也可看成是这个大部头作品的积淀。更进一步，面对到处是虚空的声音的世界，作家借助生死问题来讨论如何应对虚无的问题，由轻生嚼铁屑的女孩获救之后的感悟，来表达对生的珍重。

《嚼铁屑》是一部面向"80后""90后"群体的小说。作为"80后"，甫跃辉的写作也体现出一代作家的特点，他们的经历铸就了与前几代作家不同的写作风格。其表征之一就是历史的厚重感较淡，或者说对历史的关注较少。但他们也绝非完全避开历史，《嚼铁屑》正是如此，通过梦境与插叙还是对历史有所切入，不过作者并不正面写历史，而是借助人物之口来进行转述。在《大河》中，叙述者借助老薄的口吻对历史进行了一番回忆性书写，并且老薄在一番讲述之后，还要对此进行解构，真真假假，虚虚实实，无法印证，更加深了这种历史的暧昧性。老薄讲述他在逃难时遇到的捞尸人的故事之后，有一段对话就是在强调这一点：

"意思是那些都是假的？"他瞅着老薄。

"假的真不了，真的假不了。讲故事的人只负责讲故事，是真是假，我说了，你就信？说到底，信不信都在你心里。"老薄有些高深莫测地笑起来。[1]

因为这些讲述都算作道听途说，又是较为传奇的情节，由此事情本身是存疑的，但是故事里所蕴含的生活真相问题并不虚假。这部分里，老薄逃难中与捞尸人共同生活的经历，看似有传奇化的色彩，但仍是一种普通生活的展现。这段话其实也是第三部《危楼》所讲述故事的某种隐喻，虽然故事本身真假难辨，但是其中所蕴含的生活道理并是真实的。小说明显使用了一种传统小说的叙事模式，在"故事中套故事"，比如老薄讲述的捞尸人的故事，梦境中荒岛士兵的故事，以及开篇那些书信、日记、短信所记录的生活琐事，这些故事具有极强的修辞功能[2]，丰富着主线叙事。一个青年作家对这种传统的延续，也可一窥他们的创作理念及文学追求。

又比如，"80后"作家相对缺乏个体经验，毕竟生活阅历只有这么多，大部分为"从书本到书本"的写作，在《嚼铁屑》中，书籍的出现就比较频繁。此外，他们更多关注个体命运，采用以普通个体为中心的叙事策略，是总体性生活的解体与碎片化时代的一种展现。又或者，他们的作品注重人物性格的描写，而不是进行道德的审判。程光炜在一篇文章中论及"60后"的写作特性，并从他们的创作观分析这一代作家至今未能统治文坛的缘由，其中有很大部分的缘由是他们生活资源的缺乏，尤其是历史经历的缺失[3]，而"80后"比"60后"作家更加缺乏上述的历史经历，在写作上也更具有

---

[1] 甫跃辉：《嚼铁屑》，江苏凤凰文艺出版社，2023，第 395 页。
[2] 关于"故事中套故事"的叙事模式及其修辞功能参见格非：《雪隐鹭鸶：〈金瓶梅〉的声色与虚无》，译林出版社，2014，第 267~271 页。
[3] 程光炜：《"60后"的小说观——以李洱的〈问答录〉为话题》，《文艺研究》2015 年第 8 期。

个性化。但是，他们笔下有没有一种宏大主题的野心？答案显而易见，这些生活的写真中，也蕴藏着属于他们一代人的思考，只不过在呈现方式上有所不同。甫跃辉也试图进行一种反向操作，一位青年作家，如此深入地思考生死这样的话题，有着十分老成的写作心态。李敬泽在论及甫跃辉时提道："甫跃辉力图表现个人世界的枯竭——他使枯竭转化为意识，变成被我们想到、认识到的事物，这本身就是一种重建世界的努力，这种重建需要自创一套表意系统，他无法像郁达夫那样直接征用现成的概念和词语，他要诉诸意象、象征、隐喻，在沉默之域努力意有所指。"① 这也足以说明甫跃辉的文学抱负及其创作实践对此的无限逼近。甫跃辉是一个多体裁的写作者，尤其钟情诗歌写作，这种诗性思维进入小说，也会让每一个句子乃至语词都有复杂的意指。

《嚼铁屑》是分量十足的大部头作品，但不同于那些百科全书式的堆砌式写作，后者将各种材料填塞进作品而缺乏必要的提炼，《嚼铁屑》则始终围绕着相对统一的内容进行反复强化，劳苦工作、情感困扰、聚会交友、谈天说地、生老病死构成了生活的真谛。下岗工人、出租车司机、外卖员、都市白领、退休职工、僧人，都进入了作家视线，众生演绎生活万象。《嚼铁屑》从生活的细微处深挖，书写个体生活史，却依然围绕着生死这一带有终极意义的问题进行探讨，这种写作，具有很强的张力，在一种微观与宏观、具象与抽象、现实与梦境的辩证法中，呈现出一定的相对性来，生活的真相也被一一揭露。"死生亦大矣"，生存还是死亡，这是人类永恒的难题。

---

① 李敬泽：《独在此乡为异客——关于甫跃辉短篇小说集〈动物园〉》，《南方文坛》2013 年第 5 期。

## 越轨的自由
——论甫跃辉的小说

李 琦

一直以来，甫跃辉的写作，尤其是他的城市系列小说，因刻画了城市化进程中外乡青年的侨寓困境而受到学界关注。有评论者将其笔下的主人公归入"失败青年"的形象序列，认为其触及了当今时代最重要的结构性问题之一。这一解读自然有其道理，但需要进一步讨论的是，在这一共同的结构困境之下，在不同代际的作家彼此相通的关切之下，甫跃辉提供了何种独特的视角与经验，又以怎样的文学形式为之赋形。乔治·布莱在《批评意识》中曾提到普鲁斯特的阅读与批评之法："在普鲁斯特看来，阅读一位作者的第一本书，然后开始读第二本，在第二本中觉察到一些与第一本中发现的特征相同的特征，只有从这时起，读者才能真正进入作者的作品中。"阅读甫跃辉十余年来积累的数量颇丰的小说作品，不难发现有某种主题，某一情境，甚至只是一个微小的细节在不断闪现。这并非创作上的自我重复，而是让人感到似乎这样一些事件或情境在作者的生命体验中留下了格外深刻的印记，使他不得不或不由自主地一再回返和重述。在这篇文章中，我尝试捕捉这些"含义深远的频率和富有显露性的顽念"，阐释甫跃辉在对城市青年生命体验的描摹中所表现出的独特的问题意识与感觉结构。

## 一、放纵的瞬间与越轨的自由

在甫跃辉的小说世界中，复现频率最高的一个主题是两个青年男女之间飘摇不定的情爱关系。《巨象》《解决》《弯曲的影子》《动物园》《晚宴》《亲爱的》《三条命》《坼裂》、"秋天"系列、《新生曲》……这一主题贯穿他迄今为止的整个创作过程，尤其在他那些以上海为背景、主角名为"顾零洲"或"李生"的篇章中更是占据了主要部分。在小说集《每一间房舍都是一座烛台》的后记中甫跃辉曾说，男女之爱在某种意义上僭越了上帝的权力。"之所以能够僭越，是因为他们能够撇下孤独合二为一。在那短暂的一瞬，人就是'上帝'。"这句话可以视作他反复书写这一主题的原因，也道出了这些"爱情故事"言在此意在彼的性质。与其说他注目于爱情本身，不如说是将爱情作为透视人物存在状态的一个窗口。这在某种程度上已经显示出甫跃辉的文学特质：相比于直面人物所面对的现实问题，他更关注现实在其情感世界中的投影。

孤独，是"顾零洲们"生活的底色。这可以归因于他们背井离乡的身世。甫跃辉曾多次写到一个颇有意味的情景，高考后从乡村去往城市的少年在火车上看到窗外的灯火，对辽阔的远方、未知的未来涌起无限期冀。而在真正置身其中之后，那在想象中"真实如一个传说或一行诗"的城市却反而变得遥远隔膜，全部的联结不过是手机中保存的五百个号码，一个小小的意外就能毫无痕迹地断送（《丢失者》）。正是在这庞大的陌生中，爱情成为仅剩的依靠。这些故事中，主人公往往有一个本地女友，双方一直分分合合，而他之所以无法果断地放弃这摇摇欲坠的感情，是因为感到女友是自己与这座城市唯一的联结，"他没法忍受，自己一个人待在这么巨大的一座城市"，仿佛独自置身一艘不断下降的沉船。

然而，勉强维系的亲密关系不但无法给予他们真正的心灵的安宁，有时反而成为另一种压迫的来源。故事中的那些"本地女友"，或不满于"顾零洲们"的经济能力而舍弃彼此多年的感情，如《巨象》《解决》中的前女友；或反过来成为"顾零洲们"臣服于现实压力而选择的"捷径"，如《巨象》《三条命》中的新女友。无论是哪一种，这样的亲密关系都因与现实过于难分难解而不再是一个自在安全的休憩之所，反倒构成一种精神负担。于是，甫跃辉笔下多次出现这样一种悖谬的情境：当主人公遭遇一些真实的痛苦与不安需要倾诉时，看似稳固亲密的对象竟然不如一个萍水相逢的陌生人来得亲切。《巨象》中，失恋的李生在逼仄的出租屋中困兽般打转，一遍遍翻看通信录，"手指在一个个名字上跳过，每个人都有着自己的生活，跟他没关系的。"最后他只能想到仅有数面之缘的小彦。"那么多朋友，只有她——严格来说还算不上朋友的一个人可以说说话，有时候事情就是这么奇怪。"《云变》中，怀疑自己得了绝症、被死亡的恐惧笼罩的李生感到周遭熟悉的世界整个变得陌生，他排除了父母、女友，最后似乎只能和一个在校园中时常偶遇但从未说过一句话的女生聊一聊自己的心事。

这或许可以解释甫跃辉笔下为什么有那么多"非正当"的情爱关系。当"正当"的、确定的关系无可避免地被坚硬的现实收编，秩序之外的露水情缘似乎反而因无须担负什么实际的责任而显露出爱情应有的单纯质地，成为疲惫压抑的主人公们最后的归依之所。在《巨象》《亲爱的》《坼裂》《安娜的火车》等篇目中，男女主角们不由自主地一次次从既有的社会角色、生活秩序中逃逸出去，去陌生的城市与隐秘的情人短暂相会，在一种无所顾忌的情爱体验中享受难得的温馨与自由。

这种经由僭越秩序、超出常规而获得的自由感是甫跃辉执着于书写的一种生命状态。他擅于捕捉那些循规蹈矩的个体在备受束缚的生活中任性纵情的一刻。这些时刻有时只是人物头脑中一个一闪而过的念头。比如《隐我》中，临近毕业不得不寻找工作的李生在前往面试现场的路上遇到堵车，他一面催促着司机，一面又忍不住在心里想："不可能赶得上了。那干脆不用赶了。一念及此，不禁浑身轻松。"故事的最后，李生被庸碌的工作所困，他在一次酒醒后的独自游走中再次生出类似的念头。"路上越来越黑，完全不像上海了。起初还有些胆小，又忽然想，就这么胡乱走下去吧，又能怎样呢？"这些日常小事中倏忽而至的念头都发生在人物因内心诉求与现实要求发生违背而深感压抑被动的时刻，它们并未对人物的生活产生什么重大影响，甚至没有落实为行动，却深刻地折射出他们的精神状态：在处处掣肘身不由己的生活中，他们只能在这些小事上、在一种假想中体验放任自我的快感，获得片刻畅快的呼吸。

在另外一些篇目中，这种心理机制外化为两种行为，也即甫跃辉笔下经常出现的两类情景，一种是前面提到的越轨的情爱，另一种则是醉酒。小说《断篇》即以李生人生中的数场喝醉断片的经历为主要内容。从高考后为筹措学费而攒的饭局，毕业季与朋友因自尊而起的拼酒，到第一次去女友家做客与工作后的应酬，李生在每一个给他压力让他困窘的场合借助酒精挣脱了虚伪的社会角色，忘记了紧要的利害关系，肆意地释放了真正的自我。醉酒断片这一行为由此在这篇小说中成为一个反讽性的隐喻，如狂人的疯病一样，象征着一个尚未被现实完全驯化（用文中的话说是尚未"融入正常社会"）的青年恢复真我的时刻。它使他拉开与世界的距离："一段消逝的记忆，让他和这个世界有了不可弥补的罅隙"；也让他得以感知自我的存在："可是一想到不能喝酒，似乎自己和世界之间的罅隙更宽大了。"

但是，一种完全悬浮于现实之外的无边无际的自由，有时比绝对的束缚更让人无所适从。在那些爱情故事中，甫跃辉以不为叙事逻辑限制的散漫笔触灵巧地捕捉着两人之间那种难以解释又极为真实的微妙心绪，呈现了看似无所牵绊的情爱关系的漂浮无常。男女主人公一时亲密无间，一时又强烈地感受到对方的陌生与感情的虚幻，在约会的当下也无由地产生对方随时可能不告而别就此消失不见的联想。"他盯着电影屏幕，想着，她再也不会回来了，他得一个人回宾馆，一个人在这陌生的城市待两天。他和她的事儿，就这么结束了，仿佛从未发生。"而在《断篇》的结尾，李生如是描述他在喝醉后的感受："我觉得，自己变成了另一个人，一个突然冒出来的人，没有记忆，没有过往，只是当时当地偶然的存在。我接下来该做什么呢？我做什么都可以。既然做什么都可以，做什么还有什么意义？"这样一种感受在《春天有冰》这篇题材完全不同的作品中有过相似的表达。男孩为了卖冰棒第一次离开家去其他的村庄，在全然陌生的环境中他很快感到一种因远离所有社会关系而来的自由："因为陌生，他似乎也不再是那个熟悉的他了。没人知道他是谁，没人在意他说什么做什么，就算他喊'卖冰棒'，也不会有人笑话他……他没想过要回家。他还不愿意回家。他几乎是对这陌生的世界陌生的时间着迷了。"而渐渐地，他感到一种无所依傍的恐惧，一种不可承受之轻。"不管他呼喊、还是沉默，都不会有人在意。从未有过地自由，从未有过地被忽视。他站在冰山上，冰山正迅速融化，他越来越大声地呼救，听到的只是来自天空的自己的回音。他不敢再喊，噤若寒蝉，浑身战栗，想要冲出这陌生的厚障壁。"

无论是越轨的情爱，还是酒精的迷醉，都是一种消极抵抗，一种没有落点的放纵。人物无法从中累积起正向的改变，只能在放任自流的当下感受一种一无所有的轻松。这种为逃脱现实压力的放纵很快演变为另一种异己的坠力，将意志薄弱的主人公拖入失控的深渊，使他们在感受到真实自我的同时为一种濒临脱轨的恐怖所笼罩。甫跃辉对这种人被赖以解放自身的手段所操控的上瘾式的状态格外敏感。在《新生曲》中，顾零洲在固定的女友之外与网友小雾发展出一段越轨的情爱，不久后又与小雾的好友小舞私下交往。在连续的越轨中，诱惑牵引他的似乎已经不再是情爱与情爱对象，而是越轨这一行为本身。主人公对自己的行为丧失了主宰，理性上深知不应如此，却不由自主地在一种黑洞般的惯性中越陷越深，一面沉溺于旋生旋灭的欲望所带来的快感，一面在整体的混乱、失重与日渐加深的负罪感中变得焦虑不堪。在寓言式的小说《滚铁环》中，甫跃辉曾以少年滚铁环的游戏将这种状态具象化。

不是他在控制着铁环，是铁环在控制着他。铁环。路。他。路。铁环。他体会到一种濒死的感觉——就像是……对，像是整个身体化成一张滩涂上不断翕张的鱼嘴，想要吮出空气里的水。他从未体验过这种感觉。这是春天，阳光明亮，花草繁盛，世界新鲜、耀眼，忽然间，整个世界就倾覆了。忽然的黑暗袭击了他。他在世界蜷曲封闭的内心，喘息，挣扎，逃！突然，他惊悟，他不是跑在世界上，是在铁环内。他是一只渺小的蚂蚁，在铁环的内部奔逃。那是浑圆的圆，恒久的圆，永远跑不出去的圆。那滚动铁环的人是谁呢？控制那人的力量又是什么呢？他的脑袋里噼里啪啦噼里啪啦，爆裂开春天的火光。

正是在对这种"越轨的自由"的持续书写中，甫跃辉以一种感性的穿透力深入到人在醉酒、梦境、性爱等介于意识与潜意识之间的临界状态，烛照出个体精神世界的脆弱与虚空。他笔下的人物都具备一种柔弱敏感的性情，对生活中无处不在的"惘惘的威胁"极度敏锐而又无力抗衡。世界在他们眼中是一个时而如巨象、时而如老鼠般的异己之物，给他们以无从抵抗的压迫或幽灵般的侵扰。他们不具备掌控自身生活的能力，唯一主动的尝试只是在"此身非我有"的困顿中以放纵求得片刻解脱，却也很快为放纵的"铁环"捕获,秩序感与道德感遭受严重冲击。小说《苏州夜》在这个意义上可以视作"顾零洲们"与其所置身的世界(城市)之间关系的隐喻。小说讲述了一个外地青年第一次踏足酒吧的经历。他先是莫名其妙地被朋友带入其中,又莫名其妙地被诱导着接受了一场事后令他懊悔不已的服务。整个过程中最突出的是一种被动感。城市深处这一陌生而神秘的"禁区"对他形成一种震慑,让他无所适从,不知所措,如一只喑哑的提线木偶被混混沌沌地引入泥淖,一切结束后才意识到究竟发生了什么。

## 二、虚伪的"幸福"与"另一种生活"的想象

"铁环巨大无比,不可抗拒,坚不可摧,而他从未有过地渺小、柔弱、虚空。"这是甫跃辉小说中外部世界及其拥有的宰制力量与个体之间的关系。在如此悬殊的对比之下,"顾零洲们"只有两条路可走。一是如《断篇》中所隐喻的,戒除所有越轨的行为,"融入正常社会"。这里的"正常"与《狂人日记》开头的"然已早愈,赴某地候补"同为反语,但暗示的已非现代启蒙者的命运,而是当代青年的困境。在甫跃辉的作品中,还有一个词语与之相近:幸福。在写于2008年的短篇《你在找什么》中,一对夫妇为去外地上学的女儿送行,在怅惘虚空的等待间隙,一家四口开始在附近的草丛中寻找代表幸福的四叶草。本是打发时间的游戏,心情各异的四人却越找越严肃,似乎未来的幸福真的寄托在那一片小小的草叶之上。而现实是,两个女儿相继远去,等待夫妇二人的是漫长而无情无绪的寂寞生涯。这种为众人渴望向往的"幸福"在写于2009年的《弯曲的影子》中却成为人物惧怕、拒绝的存在。天之骄子丛岸于毕业前夕在学校附近的一处荒废私宅自杀,十年后他当年的未婚妻时雁也在同一地点自杀。究其原因,来自二人在这一废园中受到的启示。相传这个园子的主人和设计者是一位富商的宠妾,她过着人人艳羡的

生活，却在十八岁生日当天上吊自杀。丛岸死前一直执着于探寻她的死因，最终得出结论："什么特殊的原因都没有，她和她的生活完全正常——完全可以说很'幸福'，她或许只是厌烦了这种太过正常的日子和太过正常的自己。"这正是这一颇为理念化的故事的题旨所在：由"正常""幸福"这些被广泛认同的概念所标示的生活可能隐藏着无形的吞噬力量，让人在舒适的沼泽中沉沦，在无知无觉中失去方向与意义的凭依，如小说最后所引用的《一块红布》的歌词的暗示。十八岁的花园女主人、即将走出校门的丛岸和十年以来在丛岸自杀阴影中思索人生意义的时雁相继发现了那个悬在未来的"弯曲的影子"，遂断然以死亡拒绝了这名为"幸福"的绳套。

可以归入这一主题的还有写于 2010 年的《动物园》。在这篇小说中，甫跃辉罕见地塑造了一对正当且般配的情侣。顾零洲和虞丽是老乡，职业相近，志趣相投，经由网络认识，见面后迅速确定关系。一切似乎顺理成章，然而来自隔壁动物园的气味却意外地扰乱了他们原本稳定的感情。两人因为是否关窗这一微不足道的小事暗中对抗，渐生嫌隙，终于分道扬镳。这篇小说让我想到另一位"80后"作家郑执的短篇《霹雳》。一对年轻夫妇终于搬进高档小区，新家宽敞舒适，风景优美，对面的别墅区则预示着他们或可触及的美好愿景。谁知没住几天，家中忽然散发出一股莫名的恶臭，将他们搅扰得不得安宁，一直隐伏的矛盾也就此激化。小说末尾，男主人发现原来恶臭来自他们两年前走丢的一只白猫。正如动物园的气味让顾零洲想起被遗忘的梦想，白猫的尸体也将过往的温馨岁月召回并确凿地宣告了它们的逝去。这些幽灵般的气味如同一道霹雳，轻易击碎这些"幸福生活"可疑的假面，暴露出千疮百孔的内里，也让人物痛苦地顿悟："幸福它配不上我。"

在这些作品中，写作者站在青年与中年、理想与现实、过去与未来的交界，影影绰绰地窥见时间的陷阱，对那些被奉为现代生活终极理想的内容,那些社会教导他们需要在当下的年龄去争取的事物发出质疑。其所指向的不仅是虚伪的中产生活形态,如优渥的物质条件、安稳体面的工作、和睦美满的家庭,更是一种朦胧而必然的"中年危机",一种消磨、阉割掉原初的生命激情的"太过正常的日子"与"太过正常的自己"。正是以此为前提,"死亡"这又一频繁闪烁的意象在甫跃辉的作品中焕发出独特的意味:它既是青年们放纵尽头的绝望之举,也是抵抗虚无的终极方式。

甫跃辉的人物时常惊讶于生活难以打破的惯性的庸常,仿佛一潭死水,偶尔出现一些波澜也会很快被吞没,如同从未发生。《动物园》中,与女友的矛盾促使顾零洲反思自己迄今为止的生活历程,他如同陷入一团迷雾。"他很少计划什么,也很少坚持什么,同样,很少思考什么。他的生活就是顺着一条不需要挣扎的轨迹往前滑动。"《亲爱的》中,与交往十年的情人分别后,顾零洲感到不可思议的平淡。"他们不过如此平淡地分开了,就像什么都没发生过,就像过去的十年时光里他们没一起度过。这和在他们认识后的第一个元旦节前结束有什么区别?"相似的感受在《解决》中也曾出现。李麦在与相恋六年的女友分手后产生强烈的虚幻感,"如果那些都不存在了,此刻又存在吗?如果此刻不存在,那么什么才是存在的、真实的?他似乎并不太为失恋难过,而是因生活的不真实感到异常的孤独。"这种感受在《丢失者》中得到了更详尽的表达。偶然丢失手机的李生发现自己在社交网络中的消失竟然没有给周围人造成任何影响,没有一个人发现和在意他的失踪。"他连一个告诉他丢了手机的人都找不到,他甚至有那么一丝丝怀疑,他是否真的丢过手机。"这样一个小意外让他猛然意识到当下生活在正常的表象之下根本性的异常。

他的生活出现了一个巨大的裂缝,又这么轻描淡写地给填平了。谁也不会知道,也不会有人想知道,他的生活曾出现过什么裂缝。没准儿哪一天，就连他自己都会怀疑，他的平坦的生活是否有过这样一道裂缝。而这种事，竟然每时每刻在这个世界上发生，人们见怪不怪，习以为常。生活，就是用彼此相似的今天去抵消明天。时间以惊人相似的面目，取消了彼此的差别。不单旁人不知道其中的差异，就是当事人，哪天也会自我怀疑。这是多么可怕的事情！

在这样的荒诞之中，死亡成为主人公们从超稳定的庸常生活中突围的救赎之法。这些小说中都存在一个"死亡对照组"，除了《弯曲的影子》中的丛岸，还有《亲爱的》中为情感纠纷自杀的赵东元、《新生曲》中殉职的年轻消防员、《云变》中不知因何跳楼的同学，以及《安娜的火车》《解决》等篇目中出现的互文式联想——为爱杀死自己的安娜·卡列尼娜和为爱杀死爱人的罗果仁。这些闪现于主人公周遭与头脑中的"死士"以毁灭自身的方式在死水般的生活中划下一道不可能被填平的永久的裂缝，其中迸射出的生命的强光令"顾零洲们"自惭形秽并深深向往。他们渴望改变、冲破这贫乏空洞的存在状态，无论以什么方式，哪怕是死亡。毕竟，如李生在小说《魔鬼缠身》中获得的启示："令人悲痛的，不是离弃生命，而是离开赋予生命以意义的那种东西。"

然而无奈的是，"顾零洲们"清楚地知道自己没有安娜与罗果仁的那种生命的强力，他们既渴望改变，又畏惧变故，只能一次次在头脑中演练那残酷而壮丽的场景，在现实中领受作为一个软弱虚空的"正常人"的命运。

他脑海里忽地闪现出另外一个画面——她被轧死在了铁轨上。红色的血犹如旗帜，在他眼前猎猎飞扬。她就是安娜。他乘坐着安娜的火车匆匆而去，把安娜留在了冰冷的铁轨上。但这过于文艺气息的念头强烈地敲打着他的内心。如果真那样，他的生活将会发生巨大的改变吧？可是，为什么他不想着自己去死？他连赵东元都不如。他脑海里又浮现出赵东元流血不止的脑袋。那血猩红、饱满、冒着热气，在他的思绪里执拗地漫流着。那思绪像一块顽固的皮癣，牢牢地钉在他的后脑勺。他下意识地挠着后脑勺的头发。那儿只有头屑，没有鲜血。

现实是如此平淡。

在《每一间房舍都是一座烛台》的后记中，甫跃辉曾这样概括他的主人公："李生也好，陈昭晖也罢，这些名字不同的人，本质上却是一个：从乡村来到城市的、正在走向中年的、虚弱虚伪虚无而又有所固守的男人。"其"固守"在于始终与外部世界保持一种紧张关系。他们对当下的"异常"有充分的感性体认，渴望改变，渴望在"另一种生活"中重获"新生"；其虚弱则在于这种紧张始终无法转化为切实有效的行动。他们既看不清当下的问题何在，也对"另一种生活"缺乏具体的构想。

于是在许多作品中，这种没有落点的向往只能一再地回返到那个被视作人物命运拐点的选择之上——由乡进城，留在上海。人物不断向自己提出这样的问题："我们为什么非要留在上海呢？""我为什么非要过这种生活呢？我不是非要过这种生活的……"他们发现，自己也不明白为什么会做出这样的选择，这好像是一个不需要回答的问题，但所有人都无法解释个中原因。"假如我没到上海去读大学，又或者，去上海读完大学又回来了，会怎样呢？我会过着怎样的生活？我又会成为怎样的人？"在《隐我》中，李生对这一设想进行了推演：毕业后回到家乡的他凭借名牌大学的学历顺利进入当地高校，而后恋爱、结婚、买房、生子，然后在日复一日毫无意外的生活中飞速地度过余生。这样的想象让他恐惧，而正是这种恐惧成为他留在上海的直接原因。而别有意味的是，他对离开大城市、回到家乡的生活的想象完全是主流认识给出的那个贫乏的预设，没有任何新鲜之处。在这样的自问自答中,甫跃辉揭示出当下青年的一种悖谬处境:我们被似乎天然正确但实际非常含混的意识形态驱使,离开故土,在大城市中艰难求生。而事实上,我们从来没有真正想清楚自己为何要如此,同时也失去了在惯有认识之外想象另一种生活的能力。

都市异乡人的处境一直是解读甫跃辉小说的一个基点,这首先源自他在作品中的自觉表述。在许多篇目中,"外地人"常常是主人公最突出的身份标识,并被叙述为其生活与精神困境的根由。如前面提到的爱情小说中,主人公与女友的矛盾总是根源于二人之间一城一乡、一本地一异地的身份差异。而在另一些作品中,找一个有房产的本地女友成为主人公解决自身困境的途径。但是,甫跃辉在频频突出这一现实身份的同时,似乎并无心去详细地表现和探讨这一身份具体在哪些方面、以怎样的方式左右着人物的生活。他始终致力于描述的是一种更内在因而也更朦胧的心灵戏剧。换句话说,他所关注的不是社会现实本身,不是人与环境之间的直接关系,而是它们在人的情绪、情感、记忆乃至潜意识中沉淀的印记。这些印记经过主观世界的过滤重组,已然难以再与具体的现实因素一一对应。这便造成他作品质地的一种割裂感。这让人联想到郁达夫《沉沦》结尾那句面向大海的哭号:"祖国呀祖国!我的死是你害我的!你快富起来!强起来罢!"正如这一句中的民族国家意识难以与前文对主人公忧郁颓废心理的真切细写顺畅衔接,《巨象》中这一直接指向城市、城乡差距的控诉也与前文的基调难以融合,而像是一种刻意的理念植入。这种割裂感并不意味着人物对国家民族、现实问题的归因是虚假的、不够真诚的,而是透露出个体与其所置身的现实之间的隔阂。他们确凿地生存在现实之中,真切地体验着其间的种种异常,却看不到这一切具体是如何发生的。世界的运行规则对他们而言是不可见的,他们能够诉诸的只是一些固化的概念,在扁平的概念与充沛的感性之间缺乏一条层层推进的认知的桥梁。因此,"无论是个人和外部世界之间发生了任何形式的冲突、摩擦和碰撞,他最终都回到人物的内部来化解这一切。"[1] 而正是在这个意义上,甫跃辉的写作成为当下城市青年生存状态的双重映照:他以卓越的感受力沉浸式地捕捉着他们精神与心灵中的波澜,也以自身的"局限"症候式地显露出他们认知和想象上的无奈。

但必须说的是,似乎也正是这种与现实的隔阂使得甫跃辉的故事逃脱了印证与解答生活问题的"责任",而获得了一种无拘束地呈现人物内心世界的自由。它们遵循的不是作者明确连贯环环相扣的意图,而是人物任性的、说变就变的内心轨迹。他最好的那些篇目正是作者放松自己的控制权,跟随人物(而非反过来)走到未知的深处的那些作品。它们充满突然的心血来潮与随机的迷狂,"人物好像突然活起来,像真正的生活里的人,像每一个自行其是、无力自知其无知、又执着于思索的普通人"[2]。这些作品让人想到詹姆斯·伍德对契诃夫的评价:"不论契诃夫的人物碰到什么事,不管他们如何期望,他们都拥有契诃夫文学天才所赋予的一项自由:他们可以像真正自由的意识一样行动,而不是作为文学人物被指使。这是一种不可小觑的自由。"[3]

---

[1] 杨庆祥:《故事尽头,洗洗睡吧——由〈鬼雀〉谈甫跃辉》,载《社会问题与文学想象:从 1980 年代到当下》,上海文艺出版社,2017,第 246 页。
[2] 张定浩:《无形之物》,华东师范大学出版社,2021,第 153 页。
[3] 〔英〕詹姆斯·伍德:《破格:论文学与信仰》,黄远帆译,河南大学出版社,2018,第 121 页。

# 经验的虚构，或召唤痛感的文学
## ——论甫跃辉的小说创作

曹禹杰

从偏远的云南边疆到上海负笈求学，甫跃辉的成长轨迹似乎天然地预设了一种站在都市回望故土的写作姿态。地理位置的漂泊游移、生活习惯的变更重塑以及文化样态的巨大差异带来了"一种巨大的冲击力和差异感"，全然陌生的环境为甫跃辉整理童年经验中所蕴藏的人事提供了契机："我从家乡来到上海，处在一种强烈的对比状态中，家乡的很多东西就会被我'重新发现'。"[①] 然而，这种姿态并不意味着甫跃辉的写作是 20 世纪 20 年代"侨寓文学"的翻版。这不仅是出于写作者的自陈，"从背景上说，这些短篇有乡村背景的，有小镇背景的，也有城市背景的。但我实在不愿意以此来划分小说……这是地理分类，不是小说分类"[②]，同时也因为甫跃辉那些以乡村为背景的小说难以被归入某个或某几类特定的主题——如果说

---

[①] 甫跃辉：《我更愿意关注个体如何面对这个世界》，"中国作家网" 2020 年 7 月 17 日，https://baijiahao.baidu.com/s?id=16724544053346138068&wfr=spider&for=pc。

[②] 甫跃辉：《后记：刺猬，还是狐狸?》，《动物园》，上海文艺出版社，2013，第 267~268 页。

收入《散佚的族谱》中的几部中篇以及长篇小说《刻舟记》尚且带有家族史的印痕，那么收录在《少年游》中的作品则以诡谲灵异的父辈传奇、复杂残忍的人性悲哀以及烂漫童年的悄然远逝，刻意和冷漠都市伴生的温情乡土拉开了距离。晚近出版的《五陵少年》更是挑战了以《动物园》为界标、将甫跃辉的写作线索割裂为乡村与城市的二分法。《万能灵药》和《解决》这两篇以城市为背景，塑造了李生、万三等失败青年形象的小说提示着读者：甫跃辉在写作的起步阶段就同时注目于自己的故乡经验和异乡生活，并将其转化为鲜活可感的文学形象。

其实，乡村/城市二分的传统图式在甫跃辉这里没有彻底失效，可若想要穿透甫跃辉多元纷繁的写作主题和细密缠绕的文学语言，真正走近甫跃辉，那必须要"跳出既有而方便的论述方式，采取新的视角，观察这一代作家不同于前辈之处究竟何在"[1]。新的视角并不意味着对传统论述方式的全然离弃，而恰恰是要以此为出发点，在读解甫跃辉文本的过程中更新和再造既有的论述方式。唯有如此，才有可能脱离故步自封的论述窠臼，发掘甫跃辉在一个个其来有自且惝恍迷离的故事中贡献的独特美学经验，用文学构筑意义空间的同时，烛照背后足以丰富文学版图，却被"既有而方便的论述方式"遮蔽的新的意义空间。

一

在甫跃辉营建的乡土世界中，限制性的内在儿童视角往往被用于呈现村庄内外发生的各种人事。不过，儿童视角的引入并没有将乡村晕染成无瑕的美丽净土。体认世界的复杂性后，甫跃辉笔下的

---

[1] 丛治辰：《外部世界与内在自我：我们时代的侨寓困境——甫跃辉论》，《名作欣赏》2013 年第 34 期。

孩童并没有蜕变为生气勃勃投入生活的青年形象，直面强硬的外部世界；他们更多是感到冷酷无情、伤感落寞与自我的孱弱无力。与许多成长小说相似，《少年游》中的"我"渴望着一场离家出走。在成长小说的脉络中，离家出走往往具有特定的形式意义，"余华《十八岁出门远行》这样的离家出走，就是一种形式，一种象征，象征了一个人或者一代人的成长以及对世界的好奇和认知，'我'并没有预先对世界有多少想象和期待，所以，一切都充满了不确定性，世界显得特别广阔"①。但《少年游》改写乃至翻转了离家出走这一形式象征的意义，小说开篇就呈现出"我"对身处在一个封闭世界感到的悲哀："我离家出走时，柳浪镇笼罩在一场鸭蛋青的大雾中……一个人忽然发现他在这个世界上走不了多远，悲哀是免不了的。世界很大，但能去的地方并不多，能到达的地方更少。十二岁那年，我孤身一人离开家，赤脚踩上凉冰冰的青石板时，深切地感受到了对世界的无能为力。"②

《少年游》中，离家出走不仅没有带来经验的更新，丰富"我"对这个世界的想象，反倒让"我"更深刻地意识到世界的荒诞与悲哀，"我很泄气地站在桥头。一个人忽然发现这个世界跟他想象的完全不一样，泄气是免不了的"③。"成长的隐痛"和意义的失落如影随形地浮现在甫跃辉的乡村叙事中，渴望飞翔的"我"从白马上摔落，认清"我们都不能飞，我们身上将永远留下飞翔失败的记号"的残酷现实后，最终幻化成一只"硕大无朋的鹰，飞向黑夜无底的深渊"（《鸟》）④。曾经对周遭一切充满了好奇和正义感的懵懂少年车云飞，

---

① 甫跃辉：《成长的隐痛：读徐则臣〈水边书〉的一些随想》，《南方文坛》2011年第1期。
② 甫跃辉：《少年游》，作家出版社，2011，第192页。
③ 甫跃辉：《少年游》，作家出版社，2011，第193页。
④ 甫跃辉：《五陵少年》，广西师范大学出版社，2020，第15、24页。

在直面成人世界的出尔反尔和莫名伤害后,感到阵阵痛苦袭向心头,"拳脚更猛了。车云飞痛苦地张着嘴巴,所有的拳脚同样落在他身上。他痛得几乎喊出声。小偷的惨叫越来越响。他感到一个痛苦的声音憋在心口"(《街市》)[1]。在晚近的小说集《这大地熄灭了》中,还能读到以为看见飞碟而满怀激动,却被老师浇灭了热情的兄弟俩(《星垂》);过年时目睹儿时养大的猪被父母宰杀,除了哭泣却什么也做不了,只觉得"黑暗越来越重地压过来"的弟弟(《少年血》)[2]。这类以极端紧张的姿态和外部世界对抗的孩童形象仍旧清晰可辨。

在一篇谈论陀思妥耶夫斯基的文章中,甫跃辉这样理解《卡拉马佐夫兄弟》中的"少年"形象,"陀思妥耶夫斯基描绘的这个'少年世界',可以说是成人世界的'初级阶段',几乎每一个少年身上,都具有'双重人格',他们受到成人世界的阴霾侵蚀,但仍然保留着孩子的纯洁,而且有所发展"。甫跃辉进而区分了两种"纯洁","初级的纯洁,就是一张白纸,什么都没有,像婴儿一样,是无作为的……高级的纯洁,不是一张白纸,而是一张画满赏心悦目的美丽图画的纸,是具有感染力、具有爱的,是有作为的,这样的纯洁在婴儿的世界里是找不到的"[3]。甫跃辉似乎想让笔下的少年们努力贴近以伊留莎和柯立亚为代表的"高级的纯洁"。面对混沌世界的生拉硬扯,他们都尝试过用温情的爱守护即将远逝的纯真,最典型的莫过于《初岁》中曾亲历自己养大的猪被宰杀的兰建成,在要动手杀死侄女小微的猪时心生的犹疑,"小微一直给这头猪拔草,看着它一天天长大,早把猪当做自己的同伴,要是看到它给杀了,那非哭天喊地不可"——犹疑背后的良善指向了有感染力、有作为的"高级的纯洁"。然而,偶然如惊鸿般透出的"高级的纯洁"在甫跃辉笔下

---

[1] 甫跃辉:《少年游》,作家出版社,2011,第62页。
[2] 甫跃辉:《这大地熄灭了》,上海文艺出版社,2020,第106页。
[3] 甫跃辉:《陀思妥耶夫斯基和孩子》,《名作欣赏》2014年第1期。

并不足以上升为照亮深渊的光,陀思妥耶夫斯基以极其细腻的笔触反复强调孩童遭受的痛苦,可是甫跃辉笔下的少年们很快就忘却了这般痛苦,丧失了感知痛苦的能力,"时隔多年,兰建成已经不能体会面对一只猪的死产生的那种痛苦了,甚至为自己当年竟然那么痛苦感到难为情"①。在与世界赤身肉搏的过程中,内在于自我的纯真与感知痛苦的能力逐渐失落,取而代之的是近乎冷酷的"平静的悲怆"。全然归咎于外部世界的高压不足以阐明这种失落,因为甫跃辉意欲呈现的不仅仅是自我与外界的对峙,同时还有本己的、内心的、属人的成长困境。

因此,在《万重山》"孩子们"一章中,甫跃辉不再将矛盾重点置于自我和外部世界间的冲撞,而是转移到个体内生的困境。在其中的一些故事中,外部世界甚至是以温暖轻柔的姿态示人。《滚铁环》中的两兄弟因为滚铁环发生矛盾时,母亲的出场是为了维护兄弟间的团结。可当"我"再次滚动铁环,却感到"在铁棍和他的手之间,有一个大大的填不满的空隙;在铁棍和铁环之间,也有一个大大的填不满的空隙;在铁环和地面之间,还是这个大大的填不满的空隙。他感觉他和整个世界都是疏隔的"②。《春天有冰》中那个卖杂货的姑娘和卖冰水的小伙更是全然出于赤诚的热心,带着男孩吃斋饭、卖冰棍,但男孩仍旧感到前所未有的孤寂,"他站在冰山上,冰山正迅速融化,他越来越大声地呼救,听到的只是来自天空的自己的回音"③。可见,即使没有外界的强压,甫跃辉笔下的少年依旧会展露出与世界的隔阂。成长困境不再是出于乡土/城市、落后/现代、自我/外界等一系列的二元关系,甫跃辉书写的实质上是一种真正的现代个体境遇——想要冲破由经验、想象和欲望编织成的罗网,

---

① 甫跃辉:《少年游》,作家出版社,2011,第77、88页。
② 甫跃辉:《万重山》,上海人民出版社,2020,第142页。
③ 甫跃辉:《万重山》,上海人民出版社,2020,第157页。

突破固有的边界以抵达新生活、新世界而不得的挫败感。这种挫败感潜隐在甫跃辉以乡土为背景的故事中,最终弥散成莫可名状的悲哀。当这些"飞向黑夜无底的深渊",想要突围而无奈放弃的青年进入城市,自我的茫然和沮丧也就演变成了不可知的鬼魅叙事。

## 二

在早期作品中,甫跃辉常常用令人悚然的梦魇来喻指都市青年内在的匮乏与不安。如《巨象》中"只觉得整个城市只剩下了身处的这一幢孤零零的楼房,房里只剩下他一个人"的李生[1];还有《饲鼠》中"被黏稠滞重的黑橡胶般的梦胶住了"的顾零洲[2]。《静夜思》中的"他"则因为道德律令的自我谴责,"异常清晰地感知得到颤动的地板,每一下颤动,都针扎似的,钻进了脚底深处,一阵一阵,传遍了全身。他听得到浑身的骨头都在应和着颤动,几乎要垮塌了"[3]。对于甫跃辉笔下鬼影幢幢的都市故事,黄平一方面借"中国最富于陀思妥耶夫斯基气质与潜质的作家"之名,以"枯竭""梦魇""救赎"三个主题统摄其城市小说系列,并勾勒出一条触底反弹并寻求救赎的精神线索;另一方面他又直陈写作者的问题本质,甫跃辉尚不足以像陀思妥耶夫斯基那样驾驭人心深处复杂的灵魂,为小说人物提供坚实可行的远景道路,"甫跃辉需要克制内心的鬼气,他和顾零洲们一样,都要找到转化内心惊悚的道路,而不是直接把获救的途径抛到外部,变成不可知的灵异"[4]。

对于甫跃辉来说,如陀思妥耶夫斯基一般,为李生们和顾零洲们找到一条脱离困境、重获新生的道路并不是一件容易的事。甫跃

---

[1] 甫跃辉:《少年游》,作家出版社,2011,第 174 页。
[2] 甫跃辉:《安娜的火车》,北京十月文艺出版社,2015,第 6 页。
[3] 甫跃辉:《动物园》,上海文艺出版社,2013,第 31~32 页。
[4] 黄平:《巨象在上海——甫跃辉论》,《南方文坛》2014 年第 2 期。

辉无疑是把它当成了写作时所要处理的一个终极命题,但他并不急于抛出自己的答案。他曾借用以赛亚·伯林笔下的刺猬和狐狸形容自己理解的长篇与短篇,"长篇之所以成为长篇,不仅要'长',还要对世界有刺猬那样'终极的解决方案'",短篇则"无需对整个世界发言,看清一时一地的风景足矣。它尽可以单枪匹马,轻装上阵、行踪不定、声东击西、打一枪换一个地方"。这种轻盈游移的写作姿态并不意味着短篇小说在甫跃辉这里就天生地次于长篇,它们同样承担着至关重要的使命,"对身处的世界,我还远没有形成固定的、站得住脚的且完全属于自己的考量标准。这世界实在太大太复杂,我只能一点一点地了解它。在成为刺猬前,得先成为狐狸"[1]。在这里,甫跃辉继承的是塞万提斯留下的宝贵遗产,"当堂吉诃德离家去闯世界时,世界在他眼前变成了成堆的问题。这是塞万提斯留给他的继承者们的启示:小说家教他的读者把世界当作问题来理解"[2]。甫跃辉清醒地意识到,在成为用长篇小说提供救赎道路,给出"终极的解决方案"的刺猬前,他必须以极大的耐心来梳理小说人物以及他自身所处世界的斑驳参差。

因此,在晚近的都市题材小说创作中,甫跃辉不再满足于对激情梦魇的刻画。借由甫跃辉晚近的创作可以清晰地看到,他已经将写作重心从单纯塑造因心灵枯竭而衍化出的奇异诡谲的动物意象,转向对隐藏在鬼气和灵异背后那个混沌世界小心谨慎的探索。甫跃辉在《万重山》中专设了"现实种种"和"虚妄种种"两章,似是要在现实与虚妄间划出一道泾渭分明的界限。然而,《云变》中尾随着李生的白猫、《隐我》中对死后世界的幻想都暗示着这条界限的不

---

[1] 甫跃辉:《后记:刺猬,还是狐狸?》,载《动物园》,上海文艺出版社,2013,第266~267页。
[2] 米兰·昆德拉著,张玲等译:《小说的艺术》,社会科学文献出版社,1995,第67页。

可靠,"'现实种种'中有虚妄,'虚妄种种'中也有现实,彼此关联,互相照应"①。甫跃辉在突破现实与虚构间界限的同时,也拆解了城市与乡村、历史与未来、生与死之间的层层藩篱,如狐狸般游走在边界的内外,以此触及李生们和顾零洲们的本质困境。

《隐我》讲述了刚刚毕业踏入社会的李生,经历的四个或真实或虚幻的人生片段。无论是现实中正在苦苦找寻工作的大学生李生,还是虚构中回到家乡高校任教、步入中年的副院长李生,抑或是入职了郊区民办院校的青年教师李生,都不愿安于既有的现状,玄想并渴望着一种截然不同的生活。这个人物谱系甚至可以扩展到小说中其他的人物,结婚后被妻子严格约束、双方父母间矛盾不断的出租车司机同样可以纳入李生的序列中。与李生相对的是另外一组,以在苏州河畔聊知青生活的老太太和不断劝诫李生的梁雁为代表的人物谱系,他们将当下自己身处的现实作为唯一值得肯定的实有,不愿设想另外一种生活的可能性:"你总以为有另外一种更好的生活,所以轻视现在的生活,也轻视身边的人。可其实根本没什么另外一种生活。你只是胡思乱想,只是不敢面对现在的生活罢了……"②借由对抗性的人物谱系,甫跃辉揭示出笔下人物面临的根本困境。不愿循规蹈矩的李生们渴望着逃离庸常生活中的各种束缚,希望重新激发起被现代社会和成人世界压抑已久,几近枯竭的心灵;可是他们并不具有将突围的诉求转化为切实行动的能力,"另一种生活"永远只能驻留在想象层面。

由此,甫跃辉打通了乡村与城市间的区隔。昔日《少年游》中的"我"也曾一度憧憬于探索各种各样的可能性,"我们迷恋上了谈

---

① 甫跃辉:《我更愿意关注个体如何面对这个世界》,"中国作家网"2020年7月17日,https://baijiahao.baidu.com/s?id=16724544053461380068&wfr=spider&for=pc。
② 甫跃辉:《万重山》,上海人民出版社,2020,第77页。

论那些不着边际的问题。我们就那么望着滔滔不绝的河水,从满河霞彩一直说到暮色沉沉。但不久就发现,我们什么问题都解决不了,我们只是在漫无边际的谈论中不断沉迷,瘾君子似的,用虚幻的谈论暂时安慰飘摇不定的自己"①。当"我"以农村大学生的身份进入城市,儿童时期深切感受到的"对世界的无能为力"也就转嫁给了李生和顾零洲。在甫跃辉塑造的都市青年形象身上,几乎看不到特里林所谓以巴尔扎克、司汤达、德莱塞笔下进城青年形象为代表的"19世纪小说发展历程的伟大传统"②,他们甚至丧失了高加林在进入城市时以冷酷理性构筑起的能动性。昔日青年与世界对抗的那股粗粝冲劲消失了,取而代之的是尚未踏入社会就已经塞满内心的失意落寞。在这层意义上,乡村与城市是同构的,时空的转换并不能填塞个体内心的裂痕,《苏州夜》中诗意乡村的闪回也难以抵挡不断袭来的孤凄和冷酷。因为那群在城市空旷夜空下奔走的巨象,本就是从乡村中启程的。

## 三

如果仅仅停留于单纯书写外部世界带给青年的重压以及由此导致的能动性的阙如,那么甫跃辉并不能带来太多的新意。值得关注的是,在不断挖掘乡村和城市故事,梳理现实世界复杂性的过程中,甫跃辉正以狐狸般的灵巧逐渐逼近能够提供"终极的解决方案"的那根锐刺。《隐我》中与李生相对的是像梁雁这样的人物,同样是从偏远地区来到现代都市的她对自身处境与人生选择有着充分的自觉,

---

① 甫跃辉:《少年游》,作家出版社,2011,第212页。
② 〔美〕莱昂内尔·特里林:《卡萨玛西玛公主》,严志军、张沫译,载《知性乃道德职责》,译林出版社,2011,第150~152页。转引自金理《当代青年遭遇都市:青春文学与城市书写的一个现象考察》,《当代作家评论》2014年第4期,第69~74页。

并在自觉中生成了一种坚韧的生活实感与共情能力。梁雁接续了《初岁》中"在凡庸的岗位上从容尽着生命之理"的老董对于生命的体认[1],希冀以此能够将"傲慢、懦弱、不切实际"的李生拉回现实生活。但李生并没有听从梁雁的批评劝诫,以提起勇气直面生活的姿态退场。小说结尾处,李生又一次为自己设想了"另一种生活":"就这么胡乱走下去吧,又能怎样呢?会遇到抢劫吗?他嘿嘿地笑出了声。那接下去就是另一种生活了。这么想着,反倒精神为之一振,浑身自在舒爽,不由得甩开两臂,大踏步走进暗夜里。"[2]李生终究还是将希望寄托于不必为之承担任何责任也永远无须付诸实践的幻想,以此提振精神,带着近乎虚无的可能性走入了黑夜。

面对内心的空虚和生活实感的衰退,甫跃辉试图将恢复具体原初的痛感作为开启一条救赎之路的契机。《断篇》中的李生在得知自己昔日好友遭遇飞来横祸,感受到生命的残忍荒诞并痛饮断篇后,"最先恢复的意识是冷……大朵大朵的雪花箭镞似的激射在他脸上,冰冷又疼痛"。然而,这种痛感并不长久,很快就被虚空取代,"他内心里充满对自己的厌弃。又似乎,这些只在梦里发生过。由此,又感到巨大的虚空"[3]。《云我》则更具象地展现出青年感到疼痛,又由痛苦堕入虚无的时代症候。李生总觉得胸口"有一根钢针搅动,疼得坚硬而持久"[4],以至于怀疑自己得了肺癌。李生甚至为自己无须在世界上留下一星半点"肉体的血脉"与"思想的余绪"感到欢喜——这"不留下的坚决态度"带给了他"极大的快感"。生死带来的痛苦并不出于对这个世界的留恋牵挂,李生以对外部世界全然的

---

[1] 金理:《80后"传统作家"甫跃辉》,载甫跃辉《散佚的族谱》,安徽文艺出版社,2014,第8页。
[2] 甫跃辉:《万重山》,上海人民出版社,2020,第79页。
[3] 甫跃辉:《万重山》,上海人民出版社,2020,第55页。
[4] 甫跃辉:《万重山》,上海人民出版社,2020,第3页。

无意义来确认自己行将终结的生命价值。直到李生确认自己身体无虞后，他才重新尝试恢复和外部世界的种种联系——"他现在不会死了，今后还要读研究生，还要参加工作，还要挣钱，还要成家，还要孝敬父母，还要去很远的地方……他隐约感受到了一丝虚无的况味"①。

甫跃辉曾在不同场合反复引述鲁迅《这也是生活》中"无尽的远方，无数的人们，都与我有关"这句话，并意欲通过自己的写作尝试回答鲁迅的未尽之意，"没有一个人是独立于这世界的，他是这世界的一部分，世界也是他的一部分。但鲁迅先生没告诉我，'有关'是怎么个'有关'的。我最近一直在想这个"②。对此，郜元宝老师有极为精彩的论述，"从具体的生活问题出发的思想，要不断回到无边无际的生活本身。生活永远大于竖立其上的任何思想观念，生活才是唯一值得肯定的实有"③。以具体可感的现实生活为媒，在个体自我与外部对象世界间搭建起一条有健康联动性的沟通渠道，这是鲁迅终其一生，迁转于小说、讲演、散文诗和杂文等各种文体形式做出的不懈努力。如何才能贴近并触探"无边无际的生活本身"？鲁迅找到的一个重要把手是痛感。他深切认识到，近代中国是一个丧失了感知痛苦能力的国度，"造化生人，已经非常巧妙，使一个人不会感到别人的肉体上的痛苦了，我们的圣人和圣人之徒却又补了造化之缺，并且使人们不再会感到别人的精神上的痛苦"④。要打破"沙聚之邦"的"寂寞境"，必须要具有"闻渊深之心声"和

---

① 甫跃辉：《万重山》，上海人民出版社，2020，第 3 页。
② 甫跃辉、严彬、韦明芳：《无尽与无数》，《贵州民族报》2015 年 3 月 20 日。
③ 郜元宝：《鲁迅六讲》，北京大学出版社，2007，第 108 页。
④ 鲁迅：《俄文译本〈阿 Q 正传〉序及著者自序传略》，载鲁迅《鲁迅全集》第 7 卷，人民文学出版社，2005，第 81 页。

"相观其内曜"的能力①。"还未能忘怀于当日自己的寂寞的悲哀"的文学家鲁迅将抽象的"心声""内曜"转换为具体的文学实践,用切肤文字刻写了单四嫂子、祥林嫂和闰土等人无形的苦痛。鲁迅在《复仇(其二)》中更是将这种痛苦由外部世界拉回内心,秉笔直书"透到心髓中"的痛楚②。借助对肉体与精神痛苦细致入微的摹写,鲁迅不仅确立了如"连自己也烧在这里面"这般永不妥协的写作自觉,更是以直面自己痛苦的真诚,在自我和世界间建立起了真正有关的联系。

甫跃辉在写作中承续了鲁迅对感知痛苦能力的召唤,当他从云南乡村中走出来时,独特的童年经历注定了他能够极其敏锐地捕捉世间的纷繁痛苦。"焰火之中,虫蚁纷乱地翻飞,它们的翅膀,很快就要烧尽了,正发出一股股古怪的气味儿。这些微介的生命,是逃不脱这一场大劫难了。它们会呼喊吗?我是听不见的。它们有名有姓吗?我是记不住的。但这一幕是那么深切地撼动了一个少年的心。"③甫跃辉带着自己的生命经验步入城市,他看见了李生们和顾零洲们身上浮现出《少年游》中"我"的影子,听见了他们在矛盾挣扎中发出的执拗低音。经历了种种人事后,甫跃辉不再满足于借用鬼魅灵异镜照出这些"微介的生命"的形貌,更要成为一盏灯,烛照他们的影与神,在可欲的痛感中书写心灵,在无尽的自我辩难中串联起个体与时代间坚韧的纽带。④

甫跃辉是狐狸,也是刺猬。

---

① 鲁迅:《破恶声论》,载鲁迅《鲁迅全集》第8卷,人民文学出版社,2005,第23页。
② 鲁迅:《复仇(其二)》,载鲁迅《鲁迅全集》第2卷,人民文学出版社,2005,第175页。
③ 鲁迅:《文艺与政治的歧途》,载鲁迅《鲁迅全集》第7卷,人民文学出版社,2005,第120页。
④ 甫跃辉:《大地会烧尽吗》,载甫跃辉《这大地熄灭了》,上海文艺出版社,2020,第282页。

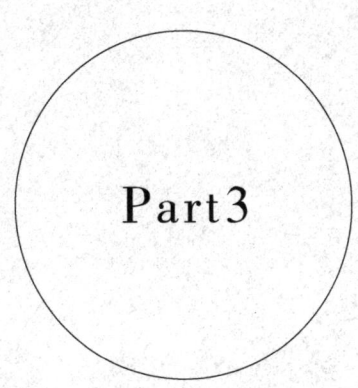

# 我们不是一个人活着

甫跃辉

《嚼铁屑》三部曲开始构思的时候，我刚刚离开大学校园没多久。三部小说先是有了各自的故事轮廓，接着渐渐有了各自性格渐趋饱满的主要人物，这些人物各自呼朋引伴，各自旁逸斜出，故事越来越复杂、丰满，三个彼此独立又相互勾连的地域渐渐形成一个完整的世界。

那时我一个人租住在华师大一村，常常是办公室里最后一个到的也是最后一个走的。有天黄昏，同事们都走了，我还在草稿上理这小说的框架，越想越兴奋，觉得这真是个不错的故事，想要跟人说一说。这时，听到隔壁《收获》杂志办公室里一位长辈打电话的声音，待声音停止了，我很想过去跟他聊聊这小说，都起身了，又坐下，我知道，这样突兀地过去跟人聊一个尚在构思中的长篇并没多大意义。过了几年，2014年底，这小说已经写了几稿了，但都作废了。记得是去贵州安龙参加《十月》杂志"小说新干线"的活动，某天路上，大巴车开了两个多小时，路上刚好和北京十月文艺出版社韩敬群总编坐一起，我们聊了读书，聊了写作，后来韩老师问最近在写什么，我说了在写的中短篇小说，还说起了《嚼铁屑》。这应该是我第一次跟人说起这部长篇，韩老师觉得这小说的内容和名字都挺有意思。听了鼓励的话,我不禁有些摩拳擦掌,恨不得立马回到电脑前,继续那中断了许久的长途跋涉。

2015年,十月文艺出版了我的中短篇小说集《安娜的火车》,之后,有差不多五年,我没出版一本书。这期间,好几次有人问,甫跃辉,你是不是不写小说了?我很想说,我一直在写啊,只是还没写完。但这话只不过在心里闪了一下。直到2020年,我才再次出书,那年先后出版了《万重山》(世纪文景)、《这大地熄灭了》(上海文艺出版社)、《五陵少年》(广西师范大学出版社)三部中短篇小说集,还出版了文汇报笔会副刊上的散文专栏"云边路"。《云边路》是十月文艺出的,这时候,我又跟韩老师说起《嚼铁屑》,但小说仍然没完成,而且对于写完它,我几乎已经失去信心了。

写不下去时,我也写些别的东西,包括中短篇小说,散文专栏"云边路",以及有关云南彝族刺绣的长篇小说《锦上》。但不管在写什么,心里总挂念着这部迟迟完成不了的长篇,里面那些人物持续不断地呼唤着我回到他们身边。

2021年10月,《嚼铁屑》有幸获得首届凤凰文学奖,授奖词说,"这是一部八零后作家走向成熟、开阔、深远、博大的典型之作,作者以人生归宿这一永恒而又充满日常气息与世俗情绪的命题为叙述对象,通过三部曲的架构,描述了大量普通人的人生选择,尤其突出了善良、互助等在人世间的力量。小说中穿插了书信、日记、诗歌、独幕剧等多种形式,一方面充满趣味与实验性,同时也对应着生命的丰富多彩与精彩,鉴于小说对重大哲学问题的正面强攻与高超的叙述技巧,特授予凤凰文学奖入围奖。"

2022年4月,《嚼铁屑》初稿终于完成了,真真松了一大口气;过了一年多,修改完了,又松了一大口气;2023年7月,感谢责编李黎和唐婧,历尽曲折,总算让这部书出版了,再次松了一大口气。这每一步,都比我预想的艰难得多。拿到样书的那一刻,十多年来压在心头的重担卸下来了，可以手脚轻松地去写写别的随便什么东西了。但这时候，却有种拔剑四顾心茫然的感觉，好像并不能很快进入新的写作里去，思绪还会不时回到《嚼铁屑》构筑的世界，回到那些陪伴了我许多年的人物身边。

那些人物，原本都是空无的，或者说，只是存在于我头脑里的一个个影子。在漫长的写作过程里，他们一个个诞生，在叙述里缓慢而坚韧地成长。这个过程，如同神话故事里的盘古开天辟地和女娲创造人类。创造是美好的，也必然是焦灼而艰辛的。之前多是写作中短篇小说，人物基本是可控的，只有到了这部长篇，我才真正体会到那种人物自有其呼吸和命运的感觉。以前，我以为写作者拥有的是创造万物的上帝之手，如今才明白，写作者拥有的只是将早已存在的故事从幽昧渊薮里照亮的一支烛火。

出版后的小说，排版字数约六十二万字，包含三部长篇和一个尾声。第一部《广场》，以一个内陆县城的中心广场为叙述背景，老人们在广场上跳舞，在广场外抱团取暖。从上海回到县城的八零后侯澈，在广场上遇到久别的同学，重温了友谊，见证了生死。在日新月异的县城，两代人组织起各自的互助小组。第二部《大河》，以上海郊区一条大河边的小镇为叙述背景。"八零后"卢观鱼辞职后来到这儿，结识了对他极其好的房东夫妇，结识了开热气羊肉店的老薄，以及自发组织起来的救援队人员，还结识了曾经跳河轻生的小冷。当老薄下河救人溺亡后，卢观鱼继续经营老薄的小店，并知晓了房东夫妇的秘密往事，彼此间的关系也发生了变化。第三部《危楼》，以热带公海上的一座孤岛为叙述背景。这岛上建有巨大的过山车，由人工智能星期八控制。"九零后"高近寒受到高薪的诱惑，来到岛上担任过山车的操控员，其任务是让人放弃自杀的念头回到原先的生活里去。亦真亦幻地看过了崖山之战和巴丹死亡行军的无数死者后，高近寒开始接待来自世界各地的人，他们带着各自的故事一个一个来到他面前,而最后一个到来的人,是当初招聘他的侯总——侯总竟是他从未谋面的父亲。这三部小说,第一部日常,第二部传奇,到了第三部,则是远离现实世界的完全虚构。

整部《嚼铁屑》,大概写了上百个人物,聚焦的是生命的最终归宿问题,实则关注的是我们怎样活着。

刚完成这部小说时,写过一个很短的创作谈发表在《新民晚报》上,里面有一段话:《嚼铁屑》的内容可以用一句话概括:我们如何在"死亡"这最终归宿前活着,以及我们如何面对这最终归宿。如果"人"是一个点,"广场"是一个面,"大河"是一条线,"危楼"则是一个体。一个点是微小的,但这世界上有无数个点。每一个活着的人,都在用其一生极其有限的运动,证实着生命拥有的无限可能。我想通过这三部曲的写作,对一个人如何活着、如何面对死亡,能够一部比一部思考得更深入一些。

死亡是一个黑暗的漩涡,终会将所有人卷入其中。但如果没有活过,死亡并不可怕,甚至可以说毫无意义。死亡之所以值得我们严肃以待,值得我们费力思索,是因为我们都还活着,正在活着,而且要好好活着。

《嚼铁屑》里的人物在虚构里活着,写下他们的我在现实里活着。活着和活着之间,只隔着薄薄的纸页或闪光的屏幕。小说里会不会也会有一个写作者,正写下我们这现实世界的小说?——虚幻和真实,是彼此的镜子。死亡和活着,也是。一部总在谈论死亡的小说,似乎显得很"负能量"?不,这绝非我的本意。恰恰相反,所有对于死亡的凝视,都只是为了更真切地看清活着的真相和意义。

# 人类、历史、地球上的这个"我"

甫跃辉

人让人费解的原因之一是,思索的主体是"人"本身。"不识庐山真面目,只缘身在此山中"。我们对自己所处的家庭、地域、文化乃至时代,往往也不是那么容易看清楚的。深陷其中,总难免多有执迷。

自出生那一刻起,每个人都是独一无二的。但这"独一无二"又是很有"限度"的。从人类、历史和地球的层面看,每个人都不过是出现过无数次的"人"的一个再现罢了,哪里有什么特殊呢?但我们作为生命个体,生命于我们来说是第一次也是唯一一次、最后一次,再加上"我与我周旋久",每个人交往最多的那个人永远是自己,为此,我们怎能不把自己看得特殊,把自己的愁苦、孤独、不幸或者欢喜、成功都看得天样大呢?放大了说,我们对自己身处的时代何尝不是如此?

或许因为媒体的宣传,我们很多人都觉得,自己身处的时代是特别糟糕的时代,房价高、环境坏。就连担负着未来的青年人,也似乎很糟糕,简直随处可见鲁迅先生笔下那九斤老太的语调:"我活到七十九岁了,活够了,不愿意眼见这些败家相——还是死的好。"

十多年前,"80后"这一说法刚刚兴起,就听很多人感叹,这一代作家如何如何糟糕。更听说,这一代人因为是独生子女,所以自私自利,似乎这一代人就像宰予那样,粪土之墙不可圬也。事实上,这一代人中独生子女只是少部分,因为占据中国人口大多数的农民,基本是可以生育两个孩子的。就我的印象来看,身边的朋友,差不多只有五分之一是独生子女罢了。然而,因为掌握更多话语权的是城市里的独生子女们,所以给人的印象是,"80后"就是独生子女的一代。不管怎样,现在这一代人不也成家立业了吗?不也上养老下育小了吗?地球并没因为这代人的出现而崩溃掉。

回到文学上来,很多人也是一样的论调,对我们当下的文学多有抱怨。觉得什么都是糟糕的,跟国外比,那是完全没法比的;跟过去的国内比呢?就说跟五四时期比吧,那也是完全没法比的。我们这个时代的作家,似乎遭遇了人类从未遭遇过的各种不利条件,人们不读书,人们只爱钱,就连作家本身也不读书,也只爱钱。作家无论年长的年轻的,似乎都在往名利靠,年长的作家且不去说,就是担负着文学未来的年轻作家们,也一个一个的不争气,也跟他们的长辈一样,千方百计向名利屈膝。进而有很多人说,我们是出不了一个好作家的。——几年前,我还听一位待在国外的华人作家以一种高高在上的语调说,我们是永远不可能得到诺贝尔文学奖青睐的。现在是没人这么说了。

真是这样的吗?

读前辈批评家丁帆老师为我的同辈人何同彬兄的新书写的序言《青年作家的未来在哪里》,看到的就是这样一幅文学浮世绘。阅读过程中,我真觉得丁老师说得太对了,这确实是我们当下的现实啊。别的不说,就说微信朋友圈吧。我朋友圈里的,大多是写作的。看大家的微信,有几个能够忍住不求取名利呢?得奖了,出书了,发表了——哪怕是发在个不入流的刊物上,都是要发朋友圈的。其次,加入某个协会了,到某个文学培训班学习了,到某地开会了采风了,见到某个著名作家了,也是要发朋友圈的。不止一次听说,为了参加这些个文学培训班啊会议啊研讨会啊,多少人是要争破了头的。还远远不止这些,只要想炫耀,那芝麻绿豆的事情都是值得炫耀的。凡此种种,确实让人厌恶得作呕。

可平心静气想想,我自己就没有炫耀过?

有的,肯定有。过去有过,未来也还会有。

记得刚写作那会儿,和一位比我年长不了几岁的批评家通信,他给我的信里有一句话,大概是说,你还是要把小说拿出去发表的。发表虽然是写作外部的事儿,但如果一个写作者完全没有外部这些鼓励,是很难写下去的。

那样摒弃外在荣光的写作,有一些人做到过,比如曹雪芹、沈三白和卡夫卡。

但绝大部分作家是不可能做到的。

我们需要发表、出版让自己得到鼓励,听到有人谈论自己的小说,也会多少有些高兴。若到了古代,那文学更是成了求取功名的利器。比如我们伟大的文言短篇小说家蒲松龄,把一辈子的多少时光耗在了考取进士上?再看看伟大的盛唐。李白得知唐玄宗召他如京,便一副得志的样子:"仰天大笑出门去,我辈岂是蓬蒿人"。同时代的杜甫又何尝不是呢?他客居长安十年之久,奔走献赋,投赠干谒,辗转于权贵豪门。国外这样的例子也比比皆是。

可我们能因为这些,否认这些作家的伟大么?

一方面,再糟糕的时代,也永远阻挡不了天才的出现。另一方面,那些伟大的作家,也是能够对抗时代的,即便他们再怎么深地浸染其间,也并不影响他们写出伟大的作品。

长久以来,我们把文学想象得过于神圣——或许不是神圣,而是脱离了尘世。同时,也把文学背后的作家高高地供了起来。可现实里，文学和作家都不是这样的。作家本是那个有着七情六欲的、身上有罪恶、心里有光明的普通个体，是那个本就在生活里挣扎、永远不需要刻意体验生活的普通个体。因为普通，他才能知道自己的愁苦、孤独和不幸，也是天下千千万万人的愁苦、孤独和不幸。他也才能以一己之心，去揣度千千万万的心。为此，他才有了书写人间百态世界万象的可能。

我们这一代人，当然也有这一代人的特殊性。但我并不认为，我们有必要去强调我们是"失败的一代"或者"悲情的一代"——这并不是这个时代真正特殊的所在。想一想，如果我们是"失败的一代""悲情的一代"，那请问，有哪一代人是"成功的一代""高兴的一代"呢？如果没有"成功的一代""高兴的一代"，又哪里有什么"失败的一代""悲情的一代"呢？如果说"失败""悲情"是现实，那这也绝不是一代人或几代人的遭际，这根本就是整个人类的遭际。整个人类的历史，本就充满了各种各样的"失败"和"悲情"。我们去书写我们这一代人的愁苦、孤独和不幸，也不是要去写"这一代人"的愁苦、孤独和不幸，而是要去写整个人类、历史和地球上的愁苦、孤独和不幸，是要去写人类和万物在恒久的悲剧中，那永不熄灭的勇气之光。

司汤达的墓志铭上写着一句话：活过、爱过、写过。

作为一个普通人，去写出这蓝色星球上出现的一段闪亮的人类历史，写出那无数个普通的身影，写出他们的前辈思索过坚持过，他们的后辈也将继续思索坚持，而他们也在思索和坚持的一切，是我对自己的期许。

2017年3月24日 14:14:29

## 笔涉城乡之间，叩问苍茫人生
——甫跃辉访谈录

甫跃辉　谢尚发

### 一、村庄、城市及其他种种人生

**谢尚发（以下简称谢）**：我们都知道，你是云南保山人。这个地方对很多人来说都是陌生的，能否先介绍一下自己的故乡？你对故乡的观察和感受？是否和许多作家一样，对家乡有着别样复杂的感情？

**甫跃辉（以下简称甫）**：保山位于云南西南，挨着缅甸了。很多人知道保山所辖的腾冲市，但未必知道我老家那个县，施甸县。施甸紧挨着腾冲，怒江从施甸西边穿过。保山还有一座高黎贡山。怒江和高黎贡山，我都去过不止一次，每次去都会被震撼到。

"故乡"这个词，仿佛是个回不去的地方。这些年很流行说"回不去的故乡"之类的话，但我觉得，只要想回就回得去。说回不去，对我来说太矫情了，我还是用"家乡"或"老家"这样的词吧。事实上，我确实经常回老家。我在老家有很多朋友，我回去会跟他们聚，他们到上海来，也会来找我喝酒。所以说，老家于我，既是"过去时"，又是"现在时"。

从"过去时"来说，我对老家有非常多的记忆，第一次看到风吹动树木，第一次看到露珠凝结于草尖，第一次看到太阳轰然坠落，等等这些，都是在老家完成的。我珍惜这些和世界的第一次接触，回想起这些细节，会让我保持对世界的热情。就这方面，我开始写一系列散文，囊括在"云边路"这个大题目下，作为一个专栏，持续发表在《文汇报》笔会版。从"现在时"来说，我对故乡仍然保持着密切的关注，山川的变化，建筑的变化，生活方式的变化，都是我关注的。和老家朋友的交往，在不断地改变着我对故乡的认知。我不喜欢那种概念式的说法，比如乡村凋敝了，乡村消亡了之类的，我更喜欢自己睁开眼去看，看到这些人云亦云底下真实的乡村图景。

每个作家对老家的情感都是不一样的吧。比如说，我知道有的人和老家已经没多少联系了，那和我对家乡的感情，肯定是很不一样的。即便我不能再像小时候那样长久待在老家了，但我仍然觉得，我是永远和老家在一起的。这是我不可割舍的认识世界的原点。

谢：在你的作品中，许多作品牵涉着乡土题材，《散佚的族谱》中的诸多篇什，都是这方面的代表。你在《后记》中还提及了奶奶讲故事"神鬼不分"的特色，这些也构成了你创作的一部分。对故乡的认知，一般都发生在远离故乡之后，有了一段审视的距离，获得了观察的视角。我想了解一下，你重审自己的故乡，或者真正让故乡成为"故乡"的心路历程如何？

甫：最初的写作是很随意的，并没想很多。所以，最初写的那些乡土题材的作品，并不是深思熟虑的结果。读研究生时，记得有一次在王安忆老师的小课上，我说到老家的一些事儿后，王老师说，甫跃辉，你是我们这些人中写作资源最多的，但不要浪费了（原话不记得了，大概是这个意思）。那时候我觉得，自己哪有多少写作资源嘛。后来，我慢慢意识到，老家对我来说，确实是写作上的巨大资源，有太多值得书写的东西了。但我又不愿意变成地域式的写作，那些独特的经验，我希望它们对整个世界都是有效的。

谢：能否介绍一下你的大学生活？到了"城市"之后，你有怎样的体验？这些不同的生活经验，对你的创作有着什么样的影响？

甫：大学期间，我要么上课，要么待在图书馆看书，要么待在寝室写东西，和同学交往不多。那时候，我性格有些孤僻——就是现在，有时候也会显出孤僻的一面来吧。记得大三到《萌芽》杂志实习，两个月里大概只和办公室里的人说过十来句话。实习结束后，带我的周佩红老师说，你要和人交流的。那时候，上海这个城市对我来说，是一个让人压抑的巨大存在。大街上都是陌生人和陌生建筑，就连天气也是陌生的。只有云和天，这些自然的东西，仍然是我熟悉的。我常常骑着单车在校园里转悠，去认识各种植物。复旦校园里有很多植物，都是挂着小牌子的，写明了什么科什么属。第一次见到鲁迅先生文章里的皂荚树，正是在复旦"三教"后。我写过一个短篇《晚宴》，里面写到的植物，都是从复旦校园里看来的。

这些生活经验对我最大的影响，大概是对我性格的改变吧。我渐渐变得外向了。写作上，也开始写一些像我这样的留在上海的年轻人。各种媒体，包括我们年轻人自己常说，我们留在北上广是为了理想，为了得到更多机会。但我发现，很多人其实是没什么理想的，也没得到多少机会。但我们仍然千辛万苦地留下来了，为什么呢？有时我简直怀疑，我们不过是出于惯性，高考后去了北京就留在北京，去了南京就留在南京，并没那么多冠冕堂皇的理由。我们动辄谈论理想，不过是活在一个别人制造的和自己笃信的谎言里。

谢：作为复旦大学首届文学写作专业的研究生，亲聆恩师王安忆先生的教诲，这对你的文学观念、创作有什么样的影响？能介绍一下你们当时的课程设置、课堂情况、写作训练等吗？

甫：我那个专业叫作文学写作专业，和后来的 MFA 有些不同。我和别的硕士专业的同学一样，要上很多公共课，比如英语什么的。写作方面的专业课只是所有课程的一部分。对我影响最大的写作课有两门，一门是美国约翰·舒尔茨教授上的写作课，全英文授课，作业也用英语完成。他让我在写作中对"眼耳鼻舌口"的运用有了更深的体会。另外一门课，就是王安忆老师教授的小课。记得王老师那学期出了个题目，"邂逅"。在这个题目底下，让我们自己虚构人物和事由。王老师反复问，什么样的人物"邂逅"才能不断发展下去，才能发展出一个有意思的故事。大家讲述自己的故事时，王老师会一再强调小说的"物质性"，或者说"经济问题"，每一个人物怎么生存，写作者都得心里有底。王老师强调的这些，让我在写作时，格外注意想象的合理性。虚构不是凭空而来的，必须是建筑在扎实的土壤之上的。用批评家谢有顺的话来说，小说是"从俗世中来，到灵魂里去"。俗世和灵魂的书写，都很考验写作者。

**谢**：在你平常的阅读中，你会特意关注哪些作家、作品？我观察到你阅读陀思妥耶夫斯基的角度很新颖，有着作家的敏锐。能否就你的阅读情况，聊一聊相关的"文学书单"？

**甫**：大学到研究生的那七年，大概是我在阅读上最为系统的一段时间。我读了很多我们都知道的作家的书，比如陀思妥耶夫斯基、托尔斯泰，比如雨果、巴尔扎克，比如川端康成、大江健三郎，还有国内的鲁迅、沈从文等。大学毕业后，有些懒散了，生活上的事也多了很多，读得没这么系统了。最近几年，我一再读鲁迅，还把《聊斋志异》等翻出来读。这个阅读书单，大概是很拿不出手的吧？每到年底，看许多朋友读了很多新书，大多是我没读过的。我只好安慰自己，我觉得阅读这些经典作品才更有价值。新作品太多了，实在有些读不过来。

**谢**：在《上海文学》做一个文学编辑，是否对你的创作有着微妙的影响？整日埋头在大批量的"作品"中，对你的创作是否有帮助？或者伤害？

**甫**：这个就很难说了。我没法退回刚毕业那年，没法设想如果当时没到杂志社上班，现在会写出怎样的作品。

但有两点，可以说是这工作对我有明显的影响。第一，我在杂志社上班，看到许多稿件，发现很多都很像。有一种说不大清楚的"期刊腔"。希望自己的小说能少一些"期刊腔"吧。第二，我能接触到很多当下的作家，知道名利在其中一些人身上所起的作用。我希望自己不要成为这种为名利写作的人，我之所以写作，只是因为表达的欲望。对我来说，最大的奖赏，就是把一个东西写好了。

## 二、莲花、动物和人

**谢**：我们还是沿着"人生的轨迹"来梳理你的小说创作吧。在《我的莲花盛开的村庄》中，你用日常叙事的方式，把乡村人物生存的状况做了一定程度的类似于"零度叙事"的还原。他们的生死、柴米油盐、人鬼不分等，看似传奇实则日常。尽管作品中有所交代和暗示，但我仍然想再一次追问，为何选择"莲花"作为一个小说的意象呢？如果从"莲花"来理解，《收获日》《庸常岁月》等，是否也能放置在这一形象之中呢？因为在我的感觉中，提到"莲花"，首先会想到佛教的种种，它是否是一个神性的象征？

**甫**：没什么特别的理由，就因为我老家村外有很多莲花啊。从小到大，我看着那些莲花开了谢，谢了开，等我写起小说来，自然就写进去了。

当然，一个作品写完了，和我就没多大关系了。如果对莲花，能够有这么多解读或联想，那也挺好。万物总是普遍联系的。

**谢**：可以看出，对故乡的书写，你是充满了一种"惦念"的温情的，每一次书写的感觉就如同是一次温暖的"返乡"，在心理上，在精神上。故乡的人事、风物，都奔涌在眼前。我想问的是，你在创作中，是如何处理生活经验和文学经验之间的张力的？从乡村所择取的种种，是否意味着你对人性观察的一次"情景设置"？

**甫**：我的小说，虚构成分应该占到九成以上吧，很少有直接来源于现实的。虽如此说，细节却是脱胎于现实的。再有想象力的作者，也没法凌空蹈虚。虚构如造龙，一鳞一爪总是来自实有的事物，"角似鹿，头似驼，眼似兔，项似蛇，腹似蜃，鳞似鱼，爪似鹰，掌似虎，耳似牛"（罗愿《尔雅翼》）。要把这些现实材料，或者说生活经验通过文学的方式表达出来，自然是要经过很多转换的，如何转换，以及选取什么样的材料，都体现出你所说的"对人性观察的一次情景设置"吧。至于是怎么做的，就很难说了，每一篇都会有所不同的。

**谢**：其实，在你的作品中，从"乡村"走到"城市"的东西，如果选择一个比较具体的代表的话，那应该是"大象"。在你的老家云南保山，是不是经常有大象出没？你经常在作品中，用大象来点染故事，尤其是《动物园》一篇，还直接引用了这样的语句："大象的生活充满了庄严、温柔的举止和无尽的时光"。在我看来，你是在用大象来反衬人类。不知道我的这种理解，是否正中你写作的下怀？

**甫**：完全没有的。现在经常有大象出没的地区，估计只有非洲的一小部分地区了，就算你到西双版纳的野象谷，也未必见得到大象。我老家有个清平洞，留下明朝将军邓子龙的许多遗迹，那儿有座亭子，叫作烹象亭。据说当年邓子龙大战缅兵，捕获了许多大象，在那儿烹煮了供士兵食用。可见那时候我老家是有大象的。但这是几百年前的事儿了。

我第一次见到大象，是在昆明的圆通山动物园。于坚老师送过我一本他的小书，是他拍的照片，其中不少是大象的，那些大象好像就是圆通山动物园里的。

写《动物园》时，我研究生刚毕业不久，每天下班后一个人待着，经常看BBC（英国广播公司）的纪录片，你所说的这句话，是其中一部有关大象的纪录片里的。当时听到后，心里一动，倒回去连续看了好几遍。我心里确实觉得大象的生活和人类的生活有某种对比性，但这种"对比"，具体是怎样的，就不是很好说了。

**谢：** 跟随着大象的脚步进入城市，我发现你和同代人差不多都涉及了"青年失败者"的角色，他们大多被你命名为"顾零洲"。徜徉在现代都市，尤其是上海这样的国际大都市，"顾零洲们"的失败身影无处不在，性爱与婚姻、金钱与资本、生存与日常……这些都是你展现这些人失败的素材。我想问的是，就你的生活和观察而言，着意于这些"时代的青年失败者"，你有着怎样的考量？他们是否是你身边生活的人物？还是你自己的经历被投射进来？

**甫：** 其实吧，我很不喜欢"失败者"这个说法，更不喜欢什么"失败的一代"这种说法。因为如果说有"失败的一代"，那请问哪一代才是"成功的一代"呢？完全没有嘛，每一代人都需要面对所处时代的很多问题嘛。同样的，如果将我们这个时代的某些人说成是"失败者"，那所谓的"成功者"又是谁呢？那些政要明星？那些富豪名人？但即使是他们，想必也都有自己的困境需要面对。我希望我写的，不是某一类人，也不是某一代人，而是人类的全体。我只想写人类生存的境遇，是那种在任何时代任何群体身上都可能出现的境遇。

但要写所谓的"人类的全体"，总是得从个体入手的。我所写的那些人，自然大多是我身边的，其中某些人物，也会有我自己的影子。想必其他写作者也多半是这样的情形。但如果一直是这样，难免是有局限的。所以，我也在想着，要接触更广大的人间，遇见更开阔的世界，正如古人所说，"读万卷书，行万里路"。多走多读，多看多思，这才能让自己的文学世界呈现出宏阔的面目吧。

**谢：** 在阅读《动物园》的时候，我强烈地感受到，在你书写城市里的那些"时代的青年失败者"们的肖像之时，他们的痛苦已经开始摆脱基本的"动物性"层面，比如饥寒交迫等，反而开始呈现一种"现代都市文明"与"人性自然本能"之间巨大的悖谬——顾零洲和女友享受着性爱的欢愉,爱情却因动物们排泄所带来的臭味而分裂,开窗和关窗之间,更像是个隐喻:文明人视为爱情的性行为,按照巴塔耶在《色情史》中的说法,也是一种排泄,和动物园中传来的臭味并没有本质区别,后者却被女友视为是肮脏的、无法忍受的,呈现了一种精神性存在和身体性存在的分裂。我将这篇小说视为你对"时代的青年失败者"们透视他们生存困境的一种"哲学性解释",所谓的"失败"不是世俗的价值评判所导致的困境假象,在阶层、资本等之外,还有着更为深刻的"心与身"的分离,而导致分离的恰恰是"现代文明"。如果我的这种理解成立,我想问你,在创作此类小说的过程中,你是否潜意识中,存在着"乡村文明"所代表的较为自然、朴素的生命形式与城市的"现代文明"所代表的"规训的温顺"与"刻意的修养"之间的对比?再简化一些,这是否意味着"文明与自然"的冲突,是你考虑这些小说的一个要素?

甫:你说得不错。这是其中一个要素。但我还有一些别的想法,一些我没想清楚的想法。我有时候会怕自己在写作时想得太过清楚,因为所谓的清楚,也有可能意味着简化。那样写出来的,很可能就干巴巴的了。不记得谁说的来着,想清楚就去写论文了,正因为想不清楚,才写成小说。

谢:人从动物而来,本身兼具动物性,但在社会化的过程中,所谓的文明在一步步将人的动物性排斥为肮脏的、丑陋的,这种社会化过程导致的"文明与自然"的分裂,是"顾零洲们"失败的重要原因,这是我阅读《动物园》这一篇小说后,结合着其他小说的阅读经验而获得的一种解释。本来想就此写一篇文章,来剖析"80后"写作的"哲学沉思",但我却想在这里和你探讨一下相关的问题:假如这种失败的根由是成立的,你在小说中塑造的"顾零洲"

就是"一个时代的肖像画",你的小说在对当代进行"历史化"的过程中,很明显走在了同代作家的前列。那么你在塑造这一类人的时候,是如何考量的?但愿我的分析和你的本意,没有"背离太远"。

**甫:**你说的这个,确实是我考量过的。但很多时候,也不是这样的。写作不会这么目的明确。那些让人愉悦的写作过程,总有很多毛茸茸的东西,朦朦胧胧的东西,说不清楚的东西。因为没想清楚,写作时才会有不断往下写、不断深入探究的乐趣。如果都想得清清楚楚了,或许写作就成了磨难了。谢兄的这些分析,是针对已经完成的作品得来的,而我作为一个写作者,更多的是面对未完成的作品。

写顾零洲系列,等写完后,回头看,确实如谢兄所说。但我更愿意去面对那些尚未成形的作品,面对那些不可名状的虚空,是它们给了我持续写作的动力。

### 三、以生存作为命题

**谢:**乡村、城市,动物和人,无意中形成了你作品的几个小小的主题。用动物性和人的文明性来隐喻着乡村和城市,无非是要探究在人的生存中所呈现出的种种"时代的状况",不管是精神性的还是身体性的。这就需要扩展到其他的小说上,比如《丢失者》中以"丢了手机"作为小说的设置情境,来展示现代人的生活;《饲鼠》中的老鼠,又令人想起《诗经·硕鼠》来……完整地展示"现代人的生存",尤其是他们的困境,生活的、精神的、心理的、情感的,成了你小说的一个特色。但根本上,我以为困境即境遇,所以我观察到,你在涉及"城市书写"的时候,多展示困境,而在"乡村题材"中,则多展示境遇,诸如乡村风俗中的生死、神鬼。这是否是你刻意为之?还是生活本来如此?或者你所看到的生活是如此的?

**甫:**正如你所说,困境即境遇,所以从根本上来说,区别并不大，都可以归结到人的生存状态上。这就是我看到或者说我理解的生活吧。

**谢**：你若不介意，是否可以请你谈一下，这些年来在上海的都市生活，与你故乡的记忆之间，有着如何的龃龉与错位？这些冲突性的东西，能否用来理解你小说中的这种似无实有、有却很轻的张力性要素？

**甫**：龃龉和错位自然是有的，生活状态很不一样。在我老家，我和自然接触得很多。就说我的童年吧，我是在村里度过的，虽然物质比较贫乏，但那真是异常快乐的时光啊。天光云影，草木鸟兽，和我挨得都特别近。在上海，这种感觉没有了，身边都是建筑，都是人。有时候，我会忽然发现自己很久没抬头看天了，更没有好好看看大地。放眼望去，都是建筑嘛，哪儿看得到大地。

生活方面，在我老家生活的人们，自然也都有自己的压力。我们不能因为自己生活在城市，就把乡村或者小县城的生活想象成田园牧歌式的。但我回家呢，又总感觉那儿的生活是很闲适的。因为那不是我生活的地方，只是我偶尔回去的地方了。回去总和朋友吃吃喝喝走走看看，自然觉得闲适。

记忆的美好，以及现在回去后感觉到的这种闲适，让我对老家很依恋，感情很深，会打心眼儿里想为老家做些力所能及的事。写作上也有很多有关老家的计划。上海和老家，差异实在巨大。这种巨大的差异，会让我在写老家或者写上海时，都有一个不一样的视角吧。这当然也可以作为理解我小说的一个视角。

**谢**：换一些轻松的话题吧。我注意到你写的《母亲的旗帜》《秋天的暗哑》《秋天的声音》《秋天的告别》等一系列的小说，其中贯穿着一个若隐若现的主线，乡村依旧是你念兹在兹的主题。你当时写这些小说的时候，是什么促发了你的构思？这些作品的写作和发表的情况如何？

甫："秋天系列"一共三篇，人物和故事都是连贯的。第一篇是《秋天的暗哑》，发表在2009年《上海文学》上，原本的题目叫作《走失在秋天的夜晚》。后来我觉得这篇小说没把里面的人物写充分，又写了一个《秋天的声音》。暗哑和声音，刚好相对应嘛。再后来，又写了个中篇《秋天的告别》。这些故事的背景，和我读初中时经常路过的保场街有关，写的并非乡村。《母亲的旗帜》不在这个系列里面，里面的故事核心，是从我看到的一条新闻改来的，和我老家远征军的故事结合后，做了很大的改变。

这些作品的写作和发表都还算顺利吧。反倒是我这一两年的写作和发表都不大顺利，写得慢，写出来了，又经常通不过。比如，我今年初完成的一个短篇，叫作《断篇》，投出去后等了半年多，在某家刊物三审都过了，终审没过，理由是写了喝酒，不够积极。

谢：在小说集《鱼王》中，你写了三个中篇，聚焦鱼、鹰、豺三种动物，并且将之关联着江海、天空和大地，再一次凸显了动物和人的关系在你小说中的重要意义。能否介绍一下这个小说集的写作情况？最初是考虑写成系列吗？

甫：最初是没考虑要写成系列的。发了一些小说后，有批评家说，我写了很多动物相关的小说，我回头一看，还真是啊。《鱼王》《鹰王》和《豺》是其中三篇，又都是中篇，刚好凑齐了海陆空，就给放在一起了。

谢：到目前为止，《刻舟记》算是你唯一的一部长篇小说吧？当初是如何动议要写一部长篇的？写作的过程和出版的故事，是怎么样的？

甫：那是我刚开始写作时候写的。刚开始写作时，太多故事在心里涌动着，自然而然就写了这么个小说。记忆中第一稿写得挺快的，十万字出头，大概写了三五个月吧，但修改了好多次，前前后后加起来，耗时不短。写完了也并没怎么想出版的事儿。那时候我还在读研究生，有个朋友看了这小说，觉得还不错，推荐给了重庆一家出版社，出版社说要出，条件是要我找王安忆老师写个序。这个让我很为难。我有没有跟王老师提过？似乎没提过。总之，后来我就跟出版社说，不出了。再后来，碰到个机会，在文汇出版社出了。

谢：不管是乡村还是城市，不管是动物还是人，生存都是你小说关注的一大主题。对于未来的创作，你是否会一如既往地关注这样的题材领域和类似的主题选择？还是会转变一下"写作的惯性"？

甫：关于人类的生存，估计绝大部分作家都会有意无意地关注。作家就是人类的一部分嘛，怎么可能不关注人类的生存呢？但"人类的生存"是个巨大的题目，每个作家还是会有不同侧重点的。我的写作计划很多，不会持续写作的"惯性"。但等几十年后，回头看看，或许这些作品都会被有意无意地囊括在某个大题目之下吧。除了死亡，没有一个人能有办法摆脱自己。

谢：如果顾零洲还会继续下去，你会在哪些方面寻求突破？还是会书写他的"困境"和"失败"？抑或会将之拓展到时代的其他面相上？

甫：一个人的一生是怎样的？从无到有，再从有到无。这真是个充满奇迹的过程。我确实曾经想过，要写很多关于"顾零洲"的故事，持续书写一个人的一生，就当自己多过了一生。那我要把他写成什么样的人？一个好人一个坏人还是一个不好不坏的人？当然，人不好用好不好来定义的。但我还是不能明白，他应该是个怎样的人。我该选择一个怎样的人在文字上陪伴我一生？这让我感到巨大的困扰。这是我这两年没再写"顾零洲"故事的原因。我还有别的写作计划等着我去完成，我应该离开顾零洲一阵子，去经历别的世界。

谢：最后一个问题，也算是附加的问题，在写作上，你一直追求"严肃文学"的调子,我想问的是,对于你而言,"文学意味着什么"?

**甫:**"严肃文学"这提法,让写作多少显得苦兮兮的。但写作对我来说不是这样的,写作总是让我很愉悦,即便是艰辛的写作过程,一旦写完了,也让我深感愉悦。这种愉悦感,是我写作的一大原因。如果哪天没有这样的愉悦感了,只剩下"严肃"了,那我肯定不写了。人生苦短,干吗找罪受啊?那么严肃着一张脸给谁看呢?所以说,我并没追求"严肃文学",我只是自然而然地写出了这样一种文学罢了。

我生而为人,自然对人好奇,对人所安身立命的这个世界也很好奇。文学是我表达好奇的方式。

2018 年 9 月 5 日 15:10:21

# 甫跃辉创作年表

## 出版目录

小说集｜《少年游》｜作家出版社｜2011 年 11 月

长篇小说｜《刻舟记》｜文汇出版社｜2013 年 2 月

短篇小说集｜《动物园》｜上海文艺出版社｜2013 年 5 月

中篇小说集｜《鱼王》｜北京联合出版公司｜2013 年 12 月

小说集｜《散佚的族谱》｜安徽文艺出版社｜2014 年 1 月

小说精选集｜《狐狸序曲》｜台湾人间出版社｜2014 年 12 月

主题中篇小说集｜《每一间房舍都是一座烛台》｜作家出版社｜2015 年 4 月

小说集｜《安娜的火车》｜北京十月文艺出版社｜2015 年 10 月

小说集｜《这大地熄灭了》｜上海文艺出版社｜2020 年 2 月

小说集｜《五陵少年》｜广西师大出版社｜2020 年 4 月

小说集｜《万重山》｜世纪文景·上海人民出版社｜2020 年 6 月

主题散文集｜《云边路》｜北京十月文艺出版社｜2020 年 12 月

诗集｜《去大地的路上》｜长江文艺出版社｜2021 年 9 月

长篇小说｜《锦上》｜云南教育出版社｜2021 年 12 月

长篇小说三部曲｜《嚼铁屑》｜江苏凤凰文艺出版社｜2023 年 7 月

## 发表目录

**小说**

短篇小说｜《少年游》｜《山花》第9期｜2006年9月

短篇小说｜《金色》｜《山花》第1期｜2007年1月

短篇小说｜《葵花八月》｜《文学界》第5期｜2007年5月

短篇小说｜《街市》｜《山花》第5期｜2008年5月

短篇小说｜《雀跃》｜《长城》第5期｜2008年5月

短篇小说｜《初岁》｜《鸭绿江》第6期｜2008年6月

短篇小说｜《刺青》｜《芳草（网络文学选刊）》第12期｜2008年12月

短篇小说｜《初岁（改本）》｜《作品》第1期｜2009年1月

短篇小说｜《长街》｜《广西文学》第1期｜2009年1月

短篇小说｜《红马》｜《广西文学》第1期、《台湾幼狮文艺》2010第3期｜2009年1月

中篇小说｜《鱼王》｜《大家》第2期｜2009年4月

短篇小说｜《滚石河》｜《中国作家》第4期｜2009年4月

短篇小说｜《小偷》｜《边疆文学》第5期｜2009年5月

短篇小说｜《少年行》｜《青春》第5期｜2009年5月

中篇小说｜《哑湖》｜《青年文学》第6期｜2009年6月

短篇小说｜《走失在秋天的夜晚》｜《上海文学》第10期｜2009年10月

短篇小说｜《红灯笼》｜《山花》第1期｜2010年1月

短篇小说｜《守候》｜《青年文学》第5期｜2010年5月

短篇小说｜《牙疼》｜《滇池》第6期｜2010年6月

中篇小说｜《虚妄的石榴花》｜《滇池》第6期｜2010年6月

短篇小说｜《万能灵药》｜《西部》第 5 期｜2010 年 8 月

短篇小说｜《父亲的手指》｜《山西文学》第 8 期｜2010 年 8 月

中篇小说｜《解决》｜《当代小说》第 8 期｜2010 年 8 月

中篇小说｜《鹰王》｜《青年文学》第 9 期｜2010 年 9 月

短篇小说｜《白雨》｜《红豆》第 9 期｜2010 年 9 月

长篇小说节选｜《少年列传》｜《青年作家》第 9 期｜2010 年 9 月

短篇小说｜《秘镜花园》｜《辽河》第 10 期｜2010 年 10 月

中篇小说｜《弯曲的影子》｜《文学界》第 11 期｜2010 年 11 月

长篇小说节选｜《初生记》｜《清明》第 1 期｜2011 年 1 月

短篇小说｜《回家》｜《朔方》第 2 期｜2011 年 2 月

短篇小说｜《巨象》｜《花城》第 3 期｜2011 年 3 月

短篇小说｜《晚宴》｜《大家》第 3 期｜2011 年 6 月

短篇小说｜《幸福草》｜《鸭绿江》第 6 期｜2011 年 6 月

短篇小说｜《秋熟》｜《西部》第 8 期、《小说选刊》第 10 期｜2011 年 8 月

短篇小说｜《爱飞翔的是鸟》｜《海燕》第 9 期｜2011 年 9 月

短篇小说｜《旧城》｜《青年文学》第 10 期｜2011 年 10 月

短篇小说｜《红鲤》｜《山花》第 10 期｜2011 年 10 月

微型短篇小说｜《人面桃花》｜《牡丹》第 10 期｜2011 年 10 月

短篇小说｜《骤风》｜《人民文学》第 11 期｜2011 年 11 月

大中篇小说｜《收获日》｜《江南》第 6 期｜2011 年 12 月

短篇小说｜《礼佛》｜《广西文学》第 12 期｜2011 年 12 月

中篇小说｜《我的莲花盛开的村庄》｜《西湖》第 12 期｜2011 年 12 月

童话中篇小说｜《光点》（原题《再见小王子》）｜《青年文学》第 3 期｜2012 年 3 月

短篇小说｜《动物园》｜《十月》第 3 期｜2012 年 6 月

短篇小说｜《丢失者》｜《十月》第3期｜2012年6月

长篇小说节选｜《妹妹》（长篇小说《刻舟记》节选）｜《作品》第5期｜2012年5月

短篇小说｜《苏州夜》｜《山花》第6期｜2012年6月

短篇小说｜《冬将至》｜《青年文学》第12期｜2012年12月

短篇小说｜《静夜思》｜《小说界》第1期｜2013年1月

短篇小说｜《暖雪》｜《长城》第1期｜2013年1月

中篇小说｜《杀人者》｜《创作与评论》第1期｜2013年1月

中篇小说｜《亲爱的》｜《长江文艺》第7期（《中篇小说选刊》2014年第1期选载）｜2013年7月

短篇小说｜《朝着雪山去》｜《收获》第4期｜2013年4月

中篇小说｜《三条命》｜《江南》第5期｜2013年10月

短篇小说｜《饲鼠》｜《大家》2013年第5期（《小说月报》2013年第11期选载）｜2013年10月

短篇小说｜《惊雷》｜《边疆文学》第10期｜2013年10月

短篇小说｜《玻璃山》｜《天涯》第6期｜2013年12月

短篇小说｜《鬼雀》｜《山花》第4期｜2014年4月

短篇小说｜《母亲的旗帜》｜《长江文艺》第5期｜2014年5月

短篇小说｜《坼裂》｜《十月》第4期｜2014年7月

短篇小说｜《秋天的声音》｜《收获》第5期｜2014年9月

短篇小说｜《骤风》｜《名作欣赏》第9期（80后文学新青年专号）｜2014年9月

短篇小说｜《普通话》｜《人民文学》第12期｜2014年12月

短篇小说｜《乱雪》｜《北京文学》第1期｜2015年1月

短篇小说/作家影记｜《看黄河》｜《作家》第2期｜2015年2月

短篇小说｜《星垂》｜《青年文学》第3期｜2015年3月

短篇小说｜《平野》｜《山花》第5期｜2015年5月

短篇小说两则｜《春天黄昏的一个电话》《滚铁环》｜《雨花》第 6 期｜2015 年 6 月

中篇小说｜《秋天的告别》｜《文学港》第 8 期｜2015 年 8 月

短篇小说｜《安娜的火车》｜《青年作家》第 9 期｜2015 年 9 月

短篇小说｜《侏儒》｜《长江文艺》第 12 期｜2015 年 12 月

短篇小说三题｜《见鬼》《春天有冰》《午夜病人》｜《钟山》第 4 期｜2016 年 4 月

短篇小说｜《公园》（长篇小说三部曲《嚼铁屑》第一稿节选）｜《大家》第 4 期｜2016 年 8 月

短篇小说｜《大蛇》｜《作家》第 8 期｜2016 年 8 月

短篇小说｜《阿童尼》｜《十月》第 5 期｜2016 年 8 月

短篇小说｜《热雪》｜《人民文学》第 2 期｜2017 年 2 月

短篇小说｜《雪山故园》｜《江南》第 2 期｜2017 年 4 月

短篇小说二题｜《灰狗》《鹦鹉螺》｜《作家》第 5 期｜2017 年 5 月

中篇小说｜《五陵少年》｜《芳草》第 3 期｜2017 年 3 月

短篇小说｜《除夕夜忆旧》｜《大家》第 3 期｜2017 年 6 月

短篇小说｜《福字》｜《湖南文学》第 7 期｜2017 年 7 月

短篇小说｜《长途》｜《作品》第 10 期｜2017 年 10 月

短篇小说｜《孤舟》｜《文学港》第 4 期｜2018 年 4 月

短篇小说｜《夜眼》｜《山花》第 6 期｜2018 年 6 月

短篇小说｜《荷叶斩》｜《江南》第 5 期｜2018 年 5 月

中篇小说｜《新生曲》｜《芳草》第 5 期｜2018 年 5 月

短篇小说｜《云变》｜《芒种》第 11 期｜2018 年 11 月

短篇小说二则｜《岁月城》《绿药》｜《大家》第 6 期｜2018 年 12 月

短篇小说｜《断篇》｜《草原》第 1 期｜2019 年 1 月

短篇小说｜《隐我》｜《青年作家》第 2 期｜2019 年 2 月

中篇小说｜《血鸽》｜《小说月报原创版》第 5 期｜2019 年 5 月

短小说｜《前生》｜《南方周末》2020年4月8日

短篇小说｜《酸木瓜·去缅甸》｜《青年作家》第4期｜2020年4月

长篇小说节选｜《去看一个人死》（长篇小说三部曲《嚼铁屑》节选）｜《T中文版》2020年8月25日

长篇小说｜《锦上》｜《芳草》第1期｜2021年1月

短篇小说｜《在高处》｜《天涯》第4期｜2021年8月

短篇小说｜《新年快乐》｜《T中文版》2021年2月12日

短篇小说｜《她》｜《山花》第6期｜2022年6月

长篇小说｜《大河》（长篇小说三部曲《嚼铁屑》第二部）｜《作家》第8期｜2022年8月

长篇小说｜《危楼》（长篇小说三部曲《嚼铁屑》第三部）｜《作家》第11期｜2022年11月

长篇小说｜《广阔之地》（长篇小说三部曲《嚼铁屑》第一部）｜《十月·长篇小说》第2期｜2023年4月

**散文、随笔、评论访谈等**

散文｜《草色凌乱的二十年华》｜《美文》第1期｜2007年1月

评论｜《寸土之王——关于叶开的〈莫言评传〉》｜《文汇读书周报》2008年9月19日｜2008年9月

评论｜《大时代的小记忆——评宗璞〈西征记〉》｜《文景》第5期｜2009年5月

创作谈｜《依旧温暖如初》｜《滇池》第6期｜2010年6月

评论｜《一个青年眼中的奇幻世界》｜《收获》2010年长篇专号春秋卷｜2010年5月

散文｜《摘除面具的于坚》｜《时代报》2010年6月｜2010年6月

散文｜《上海建筑印象》｜《时代报》2010年6月｜2010年6月

评论｜《从河到岸的路途——关于苏童〈河岸〉》｜《文汇报（香港）》2010年6月14日

评论｜《成长的隐痛——评徐则臣〈水边书〉》｜《南方文坛》第1期｜2011年1月

散文｜《我和我的村庄（选六）》｜《作品》第 5 期｜2011 年 5 月

散文｜《阳光碎片》（《我和我的村庄》部分）｜《青年文学》第 7 期｜2011 年 7 月

评论｜《熟悉却不了解，了解却又陌生——走走评论》｜《西湖》第 11 期｜2011 年 11 月

创作谈｜《两千零两夜》｜《西湖》第 12 期｜2011 年 12 月

散文｜《我和我的村庄》｜《滇池》第 12 期｜2011 年 12 月

散文｜《碎生活》（《我和我的村庄》节选）｜《红豆》第 1 期｜2012 年 1 月

评论｜《信念的找寻之路》｜《名作欣赏》第 9 期｜2011 年 9 月

创作谈｜《在上海，在写作》｜《十月》第 3 期｜2012 年 6 月

书评｜《〈七天〉评论》｜《深圳特区报》《文艺报》｜2012 年

评论｜《疯女人与魅影——〈呼啸山庄〉与〈简爱〉中的疯狂》｜《深圳特区报》｜2012 年

随笔｜《写作六年》｜《北京青年报》｜2012 年

评论｜《要娱乐效果，更要专业精神》｜《人民日报》2012 年 7 月 10 日

随笔｜《看啊，这些年！》｜《作家通讯》｜2012 年

评论｜《左右为难的历史——读张廷竹〈征衣〉》｜《收获》2013 年长篇专号春秋卷｜2013 年 5 月

随笔｜《读冯至十四行诗》｜《山西文学》第 10 期｜2013 年 10 月

创作谈｜《散佚的族谱（书的后记）》｜《名作欣赏》第 12 期｜2013 年 12 月

对谈｜《"到底有没有影响，不知道啊"（与从治辰对谈）》｜《名作欣赏》第 12 期｜2013 年 12 月

论文｜《陀思妥耶夫斯基和孩子——读〈卡拉马佐夫兄弟〉的一个视角》｜《名作欣赏》第 1、2 期｜2014 年 1 月

散文｜《海南看海》｜《春城晚报山茶版》2014 年 3 月 7 日

散文｜《故乡在远方》｜《萌芽》第 5 期｜2014 年 5 月

散文｜《做梦与写作》｜《名作欣赏》第 9 期（80 后文学新青年专号）｜2014 年 9 月

创作谈｜《外乡人的上海》(《坼裂》创作谈）｜《小说选刊》第 9 期｜2014 年 9 月

发言稿｜《为什么是"80 后"？》｜《钟山》第 1 期｜2015 年 1 月

发言稿｜《"三十而始"：我的致谢和计划》｜《雨花》第 1 期｜2015 年 1 月

诗歌｜《谁能和我说说话》（六首：《小糖人》《我喜欢这样的黄昏》《乌鸦和喜鹊》《春天》《谁能和我说说话》《夜晚》）｜《诗刊》第 4 期下半月｜2015 年 4 月

随笔｜《有一盏灯——〈每一间房舍都是一座烛台〉后记》｜《文学报》2015 年 5 月 7 日

散文｜《桂林：一个作为远方存在的地方》｜《桂林晚报》2015 年 5 月 24 日

散文｜《烦闷的现实，狂欢的叙述——读王蒙新长篇〈闷与狂〉》｜《王蒙研究》第二辑（2015—12）｜2015 年 12 月

话剧｜《三千夜》｜《芳草》第 1 期｜2016 年 1 月

随笔｜《和我有关的世界——谈谈我的最新小说集〈安娜的火车〉》｜《文汇笔会》2016 年 1 月 20 日

随笔｜《〈老残游记〉读后/现实的力量——读马尔克斯〈礼拜二午睡时刻〉及其他》｜《解放军文艺》第 2 期｜2016 年 2 月

创作谈｜《回望战火纷飞的残酷时代——关于〈三千夜〉》｜《作家通讯》第 3 期｜2016 年 3 月

荐读｜《〈记懒人〉荐读》｜《中学生天地·语文》第 6 期｜2016 年 6 月

散文｜《和巴特勒先生见面》｜《山花》第 6 期｜2016 年 6 月

散文｜《上山拾菌子》｜《文汇笔会》2016 年 7 月 28 日

发言稿｜《英语世界也有林琴南》（第四次汉学家文学翻译国际研讨会发言稿）｜《南方周末》2016 年 9 月 8 日

书评｜《世事纷扰，〈乱来〉来了》｜《文艺报》2016 年 9 月 26 日

诗四首｜《四季》（《春天》《草叶中的夏季》《短歌：写在夜的深处》《夕照巷》）｜《雨花》第 10 期｜2016 年 10 月

评论｜《时光里的好故事——读张晓琴短篇小说〈金莲一夏〉》｜《青年文学》第 12 期｜2016 年 12 月

诗歌｜《诗三首》(《一个无所事事的下午》《如果你绝望了》《一棵树》)｜《伊犁河》第1期｜2017年1月

散文｜《复旦小说创作与分析课听课札记》｜《大益文学·城》｜2017年1月

随笔｜《聊斋之爱：从欲望到真情》｜《最小说》第1期｜2017年1月

散文｜《奶奶的茶园》｜《文汇笔会》2017年2月8日

诗歌｜《甫跃辉的诗（诗九首）》｜《西湖》第4期｜2017年4月

诗歌｜《幽暗之春（组诗）》｜《滇池》第5期｜2017年5月

随笔｜《敬畏每一种语言》｜《人民日报》2017年4月23日

散文｜《高黎贡》（云边路第一篇）｜《文汇笔会》2017年4月24日

随笔｜《人类、历史、地球上的这个"我"》｜《大家》第3期｜2017年3月

论文｜《再谈刘庆邦短篇小说中的女性形象》｜《名作欣赏》第5期｜2017年5月

散文｜《端午记》（云边路第二篇）｜《文汇笔会》2017年7月5日

散文｜《火把烧》（云边路第三篇）｜《文汇笔会》2017年8月4日

散文｜《枇杷树》（云边路第四篇）｜《文汇笔会》2017年8月23日

散文｜《横沟小学里的启蒙者》（原题:启蒙者）｜《文汇笔会》2017年9月10日

随笔｜《新上海人鲁迅》｜《台湾联合文学》

散文｜《远行》（云边路第六篇）｜《文汇笔会》2017年10月1日

访谈｜《写作是我与万物对话的美好途径》/《我所了解的乡土生机勃勃情意绵长》（和金理对谈）｜《青年报专题》2017年11月5日

散文｜《隐身树》（云边路第七篇）｜《文汇笔会》2018年1月3日

随笔｜《记三位给我写序的前辈》｜《文学报》2018年1月8日

散文｜《分树了》（云边路第八篇）｜《文汇笔会》2018年1月31日

散文｜《大院子里的年夜饭》（云边路系列）｜《新民周刊》第七期｜2018年2月

散文｜《给外婆的信》（云边路第九篇）｜《文汇笔会》2018年4月5日

散文｜《莫斯科纪行》｜《新民晚报·夜光杯》2018年4月22日

散文｜《眺望与低回》｜《湖南文学》第5期｜2018年5月

散文｜《异乡人》（"海上异乡人"系列）｜《新民晚报·夜光杯》2018年5月6日

散文｜《野果》（云边路第十篇）｜《文汇笔会》2018年5月9日

散文｜《三人晚餐》（"海上异乡人"之二）｜《新民晚报·夜光杯》2018年6月11日

散文｜《春秋图》（云边路第十一篇）｜《文汇笔会》2018年6月16日

散文｜《语文课》（云边路第十二篇）｜《文汇笔会》2018年7月22日

散文｜《看江看海看远方》（"海上异乡人"之二）｜《新民晚报·夜光杯》2018年7月22日

散文｜《大地不会烧尽》（云边路第十三篇）｜《文汇笔会》2018年8月3日

散文｜《一条放之四海皆可的河》｜《新民晚报·夜光杯》2018年9月2日

散文｜《聊斋之爱》｜《文学报》2018年9月7日

散文｜《玉米》（云边路第十四篇）｜《文汇笔会》2018年9月11日

散文｜《去纳雍》｜《保山日报》2018年9月13日

散文｜《去圣彼得堡》｜《曲靖日报》2018年9月27日

散文二则｜《守山人·缅桂花》（云边路系列）｜《青年作家》第10期｜2018年10月

散文｜《秋光》（云边路第十五篇）｜《文汇笔会》2018年10月4日

散文｜《某日》（云边路系列）｜《解放军文艺》第11期｜2018年11月

书评｜《〈昨夜布谷〉：书写被遮蔽的上海》｜《文学报》2018年10月26日

散文｜《大风歌》（第四届东亚文学论坛上的发言）（云边路系列）｜《人民日报·海外版》2018年11月3日

散文｜《摩苍寺》（云边路系列）｜《人民文学》2018年增刊｜2018年11月

散文｜《读旧书》｜《凤凰读书》2018年11月25日

散文｜《前辈的身影》｜《新民晚报·夜光杯》2018年12月11日

散文｜《再访高黎贡》（云边路第十六篇）｜《文汇笔会》2018年12月23日

散文｜《杯中岁月》（云边路系列）｜《人民日报·海外版》2018年12月29日

散文 |《年猪饭》（云边路第十七篇）|《文汇笔会》2019年2月8日

散文 |《春来早》（云边路第十八篇）|《文汇笔会》2019年2月27日

序言 |《从写作文到写作》|《2019年上海市中学生年度最佳作文选》| 2019年3月

散文 |《山水为汕》（汕尾采风稿）|《人民文学》第3期 | 2019年3月

散文 |《山河文章》（云边路系列）|《文学报》2019年3月5日

散文 |《甜夜》（云边路第十九篇）|《文汇笔会》2019年3月10日

散文 |《北海的海》（北海采风稿）|《新民晚报》2019年3月16日

散文 |《云边三篇》（《汉村》《灶房里》《摩苍寺》）（云边路系列）|《丰与简》（大益文学第十期）| 2019年4月

散文 |《东山寺》（云边路第二十篇）|《文汇笔会》2019年4月7日

散文 |《清明天》（云边路第二十一篇）|《文汇笔会》2019年4月14日

散文 |《文学人生——纪念何锐老师》|《山花微信》2019年4月15日

散文 |《乡村音乐·无数桥》（云边路系列）|《广州文艺》2019年第5期 | 2019年5月

散文 |《我们都在寻找自己的名字——袁腾印象》|《西湖》2019年第5期 | 2019年5月

散文 |《野地》（云边路系列）|《光明日报》2019年5月10日

散文 |《一天》（云边路第二十二篇）|《文汇笔会》2019年6月21日

散文 |《看见辽远世界》（三沙采风）|《人民日报·海外版》2019年6月27日

散文 |《大命》（云边路第二十三篇）|《文汇笔会》2019年7月17日

散文 |《从滁州到滁州》|《文学报》2019年8月1日

散文 |《心灵、命运和未来——中国·东盟文学论坛上的发言》|《人民日报·海外版》2019年8月10日

散文 |《"云边路"里再造一个世界》|《文学报》2019年8月15日

散文 |《槜李》|《南方周末》2019年9月5日

散文 |《小诊所》（云边路第二十四篇）|《文汇笔会》2019年9月7日

访谈 |《写作《生活和故乡》|《语文学习》第10期 | 2019年10月

散文｜《我和〈小说选刊〉》｜《小说选刊》第 11 期｜2019 年 11 月

访谈｜《作家现在时》｜《小说月报》第 11 期封二｜2019 年 11 月

散文｜《崖子寺》（云边路系列）｜《文汇笔会》2019 年 10 月 24 日

散文｜《石榴》｜《文汇笔会》2019 年 12 月 10 日

散文｜《村中岁月新》｜《文学报》2019 年 12 月 26 日

散文｜《乡村里来了个年轻人》｜《文学报》2020 年 1 月 4 日

散文｜《雪花落在中国的土地上》｜《文学报》2020 年 2 月 2 日

散文｜《酸木瓜·去缅甸》（云边路系列）｜《青年作家》第 4 期｜2020 年 4 月

散文｜《汉村寺》（云边路第二十六篇）｜《文汇笔会》2020 年 3 月 23 日

散文｜《木老元》（云边路系列）《文学报》2020 年 5 月 14 日

散文｜《在工地》（云边路第二十七篇）｜《文汇笔会》2020 年 5 月 16 日

散文｜《万重山外》（《万重山》后记）｜《新民晚报》2020 年 6 月 25 日

诗歌｜《鲸鱼有小诗》（五首：《小菜园》《给我写一首唐诗吧》《世界》《小太阳过河》《垂钓》）｜《草堂》第 7 期｜2020 年 7 月

散文｜《山中有路》（云边路系列）｜《文学报》2020 年 7 月 16 日

散文｜《半壶酒半首诗》｜《新民晚报》2020 年 7 月 25 日

散文｜《大院子》（云边路第二十八篇）｜《文汇笔会》2020 年 8 月 15 日

散文｜《大云》（云边路第二十九篇）｜《文汇笔会》2020 年 9 月 23 日

散文｜《山河新故园》（云边路系列）｜《文学报》2020 年 9 月 24 日

诗歌｜《大海》（七首：《桥》《九月》《梦中》《昨夜骤雨》《大海》《马》《在低处》）｜《诗刊》第 10 期｜2020 年 10 月

散文｜《两人对酌山花开——写在〈山花〉创刊七十周年之际》｜《山花》第 11 期｜2020 年 11 月

散文｜《用文学创造一个新的世界》（据《文学报》采访稿整理成文）｜《作文大王·金鼠集 4》｜2020 年

散文｜《云边路两篇》（岁月晚·过年食）（云边路系列）｜《天涯》第 12 期｜2020 年 12 月

诗歌｜《春天诗篇》（六首：《新的一年》《思念》《唯有爱》《如你所见》《春雷》《春夜里》）｜《诗潮》第12期｜2020年12月

散文｜《夜鹭》（云边路第三十篇）｜《文汇笔会》2020年12月23日

散文｜《陇南赠我一只鼎》｜《新民晚报》2020年12月24日

散文｜《云边有路许谁知》（《云边路》序和后记）｜《文学报》2020年12月24日

诗歌｜《人间诗稿》（七首：《大雪》《亡灵》《咳嗽》《蜡梅》《风中鸟》《逝者》《春风十里》）《扬子江诗刊》第1期｜2021年1月

诗歌｜《在人间》（六首：《木莲》《野樱花》《日子》《鲜花女人》《冬夜》《清明》）｜《红豆》第1期｜2021年1月

讨论｜《非常观察：今天《小说如何革命？》（张莉主持）｜《江南》第1期｜2021年1月

诗歌｜《人间过往》（十三首：《稻田》《桔子与桃子》《三角梅》《乌桕树》《风吹山》《群山》《突然而至》《歌声》《身体》《坝子》《街头》《人间过往》《拐角》）｜《中国作家》第6期｜2021年6月

散文｜《〈五楼村志〉序》（云边路第三十二篇）｜《文汇笔会》2021年5月26日

诗歌｜《夜半醒来》（七首：《春光里》《云游》《黄昏》《落日》《流逝》《夜半醒来》《酒徒》）｜《广州文艺》第7期（兄弟同期）｜2021年7月

诗歌｜《在高处》《天涯》2021年第4期（诗颂百年路特辑）｜2021年7月｜

诗歌｜《白鹭》（冯雷点评）｜《中国诗网每日好诗》2021年7月19日

散文｜《梨园》（发表时由编辑改为"一树梨白"）｜《文学报》2021年7月29日

诗歌｜《无用者》（九首：《失眠者》《失踪者》《逃逸者》《沉默者》《穷苦者》《隐匿者》《无用者》《流浪者》《不眠者》）｜《长江文艺》第8期｜2021年8月

诗歌｜《孤岛》（七首：《失忆者》《残疾者》《人间》《古鼎》《秋天了》《孤岛》《林中空地》）｜《飞天》第8期｜2021年8月

诗歌｜《小歌谣》（八首：《黑夜》《小九》《给我写一首唐诗吧》《甜》《爱是什么》《青蛙》《冰激凌》《小歌谣》）｜《中国校园文学》第8期上旬刊｜2021年8月

诗歌｜《甫跃辉的诗》（六首：《大青树》《立界》《花深处》《渐渐》读信》《鹰》）｜《青年文学》第8期｜2021年8月

诗歌｜《夏天》（四首：《夏天》《数天》《羊草果树》《寄居者》）｜《西部》第 5 期｜2021 年 8 月

散文｜《小历史》（《云边路》第三十三篇）｜《文汇笔会》2021 年 9 月 3 日

诗歌｜《伊犁组诗》（五首：《那拉提》《巩乃斯》《伊犁河》《喀赞其》《巴彦岱》）｜《伊犁河》第 5 期｜2021 年 9 月

散文｜《时间是检验一个人的唯一标准——赵丽宏印象记》｜《青年报》2021 年 9 月 19 日

诗歌｜《远行者》（十二首：《岁末》《独坐》《春日》《桃花四枝》《宿醉者》《见证者》《远行者》《亲历者》《告别者》《胆小者》《关联者》《命名者》）｜《湖南文学》第 10 期｜2021 年 10 月

诗歌｜《镜子》（四首:水牛、石榴、银桦、镜子）｜《雨花》第 10 期｜2021 年 10 月

诗歌｜《过程》（小长诗）｜《散文诗》（青年版）第 10 期｜2021 年 10 月

诗歌｜《一条大河》（八首：《山林》《草坡》《李树人家》《看云》《看雨》《一条大河》《看月》《雨天的灯》）｜《江南诗》第 5 期｜2021 年 10 月

诗歌｜《诗八首》（八首：《竹林》《星星的梯子》《玻璃弹珠》《柴楼》《停电夜》《停电夜之二》《大风天》《看龙》）｜《青春》第 11 期｜2021 年 11 月

诗歌｜｜《孤独者·落伍者》｜《花城》第 6 期｜2021 年 11 月

散文｜《寻物启事》（云边路第三十四篇）｜《文汇笔会》2021 年 11 月 11 日

诗歌｜《巨物》（七首：《山坡羊》《巨物》《蜘蛛》《黑猫》《麻雀》《野象之声》《蝴蝶》）｜《诗刊》第 12 期｜2021 年 12 月

诗学随笔｜《在全世界不朽的诗行之上增加一行》｜《诗刊》第 12 期｜2021 年 12 月

诗歌｜《瓦兽》｜《人民文学》第 12 期｜2021 年 12 月

诗歌｜《静夜果实》（七首：《清晨》《年猪》《枇杷树》《灰烬》《荷塘》《静夜果实》《一只鸟在窗外叫》）｜《扬子江诗刊》第 1 期｜2022 年 1 月

诗歌｜《月亮落进深井》（九首：《小路》《摸黑》《看风》《树的声音》《大雾弥漫》《看天》《有一只鹭鸶》《夏天的草丛》《大雨》）｜《文学港》第 2 期｜2022 年 1 月

散文｜《捉鱼去》（云边路第三十五篇）｜《文汇笔会》2022 年 1 月 25 日

诗歌｜《万重山、怒江》｜《青年作家》第 2 期｜2022 年 2 月

散文｜《去铜陵》｜《新民晚报》2022年2月2日

访谈｜《笔涉城乡之间，叩问苍茫人生——甫跃辉访谈录》（谢尚发访谈）｜《三峡文学》2022年第2期、《写作》2022年第1期｜2022年2月

诗歌｜《人间诗稿》（八首：《无名者》《行进者》《焦虑者》《听雨者》《爱恋者》《晚祷者》《收获者》《乞行者》）｜《作品》第3期｜2022年3月

诗歌｜《七者》（七首：《呓语者》《衰老者》《失忆者》《预言者》《幻梦者》《毁灭者》《无花者》）｜《边疆文学》第3期｜2022年3月

诗歌｜《我祝贺你童年美好》（九首：《布谷》《野地》《夜雨》《一碗米饭》《荷塘月色》《旧雨》《无人》《祝贺》《一块豆腐》）｜《草堂》第3期｜2022年3月

诗歌｜《我是在梦中》（五首：《暮晚》《登山》《过河》《飞鱼》《松脂》）｜《诗潮》第4期2022年4月

散文｜《橘子的味道》｜《新民晚报》2022年4月5日

散文｜《写一部和我"无关"的小说——〈锦上〉后记》｜《文艺报》2022年4月11日

诗歌｜《成都组诗》（三首：《杜甫和奶奶》《李白和杜甫》《成都和酒和我》）｜《雨花》第5期｜2022年5月

诗歌｜《海螺里的暴风雨》（三首：《昼梦》《猜谜》《流星》）｜《星星》第5期｜2022年5月

散文｜《上海生活一种》｜《松江报》2022年5月25日

访谈｜《小说家应该是杂食动物——和李黎对谈》｜《现代快报》2022年5月29日

散文｜《如果写作只为了给自己一个人看》（即《"他画像"：胖子、和尚和诗人》）｜《新文学评论》第2期（评论小辑6月出刊）｜2022年5月

诗歌｜《诗六首》（六首：《冬日》《大松树》《野花》《小娥菜》《小卖部》）｜《西湖》第6期｜2022年6月

散文｜《九十九》｜《山花》第6期｜2022年6月

诗歌｜《豹子》（五首：《豹子》《鸭子》《兔子》《白鹭》《野象之夜》）｜《山花》第6期｜2022年6月

诗歌｜《海是铁》（八首：《更广阔的世界》《大海是什么》《镜中》《致星空》《兽纹》《在暗处》斯坦贝克）｜《滇池》第7期｜2022年7月

诗歌｜《简约的事物》（五首：《简约的事物》《蔷薇废品站》《母亲节》《悬崖》《外婆》）｜《百花洲》第 3 期｜2022 年 7 月

诗歌｜《听说雪》（五首：《这一天》《汉村》《蜜蜂》《看山》《听说雪》）｜《绿风》第 4 期｜2022 年 7 月

诗歌｜《细小的命运》｜《中国诗歌网·每日精选》第 129 期｜2022 年 7 月

散文｜《大蛇腰》（云边路第三十六篇）｜《文汇笔会》2022 年 8 月 12 日

诗歌｜《诗十一首》（十一首：《火》《牲口》《燕子》《野象北上》《梦中辩解》《旅人有信》《风在吹拂》《去年的柿子》《过去的春天》《细小的命运》《声音》）｜《红豆》第 10 期（兄弟同期）｜2022 年 10 月

诗歌｜《大风》（六首：《大风》《水仙》《冬天》《老鹳鸟》《搏斗者》《漫游者》）｜《绿洲》第 1 期、《诗选刊》2023 年第 9 期｜2023 年 1 月

散文｜《大命》（三篇：《大命》《捉鱼去》《给外婆的信》）｜《美文》第 2 期｜2023 年 2 月

诗歌｜《我是在梦中》（七首：《阿公》《花园》《大蛇》《佛头》《葬礼》《故园》《兔子》）｜《万松浦》第 2 期｜2023 年 2 月

散文｜《时间早埋好伏笔》（散文《九十九》补记）｜《新民晚报》2023 年 3 月 20 日

诗歌｜《霍山组诗》｜《诗歌月刊》第 4 期｜2023 年 4 月

散文｜《〈锦上〉予我》｜《新民晚报》2023 年 4 月 8 日

散文｜《有酒食》（云边路第三十七篇）｜《文汇笔会》2023 年 4 月 15 日

诗歌｜《六种梦》（六首：《石象山》《野生动物园》《樱花树》《惘然记》《麦田旧井》《巨雉》）｜《十月》第 3 期（十月诗会·诗）｜2023 年 6 月

散文｜《高考日》（云边路第三十八篇）｜《文汇笔会》2023 年 6 月 7 日

创作谈｜《甫跃辉谈新作〈嚼铁屑〉——要咬紧牙关活得振奋人心啊！》｜《新民晚报》2023 年 6 月 30 日

散文｜《屋顶》（云边路第三十九篇）｜《文汇笔会》2023 年 7 月 20 日

诗歌｜《想远方》（五首：《想远方》《初冬》《瓷杯》《你的名字》《醒头梦》）｜《诗词报》2023 年第 14 期｜2023 年 7 月

散文｜《老兵不死》（云边路第四十篇）｜《文汇笔会》2023 年 9 月 3 日

散文｜《坚持不下去的写书与骑行都完成了——写在一人一车 33 天骑行 3600 公里之后》（原标题：所有的路都在轮子底下）｜《新民晚报·星期天夜光杯》2023 年 10 月 1 日

诗歌｜《杂草》（小长诗）｜《扬子江诗刊》第 6 期｜2023 年 10 月

散文、诗｜《生命中的大河·危楼诗》（《嚼铁屑》尾声第二章、第三章）｜《云南都市时报·大象文艺》2023 年 10 月 27 日

散文｜《如果生命如大河》（《嚼铁屑》尾声第二章）｜《新民晚报·夜光杯》2023 年 11 月 16 日

散文｜《我的〈中文自修〉往事》｜《中文自修》2023 年第 12 期｜2023 年 12 月

诗歌｜《夜聚》｜《十月·长篇小说》2023 年第 6 期｜2023 年 12 月

散文｜《怒江》（云边路第四十一篇）｜《文汇笔会》2024 年 1 月 18 日

散文｜《朝着鲜花去》｜《人民日报》2024 年 2 月 12 日

散文｜《与龙》（云边路第四十二篇）｜《文汇笔会》2024 年 2 月 24 日

长篇散文｜《所有的路都在轮子底下——人一车，三千六百公里，从上海松江骑行到云南保山》｜《作家》第 5 期｜2024 年 5 月

诗歌｜《漫游者》（《悖行者》《漫游者》《搏斗者》《独唱者》《日落之声》《夏夜》）｜《广州文艺》第 6 期｜2024 年 6 月

散文｜《澜沧江》（云边路第四十三篇）｜《文汇笔会》2024 年 7 月 1 日

散文｜《古城漫步》｜《人民日报》2024 年 7 月 22 日

创作谈｜《我们不是一个人活着》（《嚼铁屑》创作谈）｜《新民晚报》2024 年 9 月 19 日

诗歌｜《写一首诗》｜《诗刊》第 9 期｜2024 年 9 月

诗歌｜《两手空空走向山冈》（《甜》《亲人》《一把斧头》《一截树桩》《一年》《时间来到九月》《九月玉兰》）｜《大益文学 2024·秋》｜2024 年 10 月

诗歌｜《诞生与消亡》（《玉米地》《小张云》《旧街》《写一首诗》）｜《上海文学》第 11 期｜2024 年 11 月

诗歌｜《扬州五首》｜《青春·世界文学之都版》第 11 期｜2024 年 11 月